Diogenes Taschenbuch 21538

Joan Aiken

Ärger mit Produkt X

Roman

Aus dem Englischen von Karin Polz

Diogenes

Titel der Originalausgabe:
›Beware of the Bouquet‹
Copyright © 1966 by Joan Aiken
Das Buch erschien erstmals
in deutscher Übersetzung unter dem Titel
›Das Todesparfüm‹
München, 1973
Umschlagillustration von
Hans Traxler

Neuübersetzung

80/90/36/4
ISBN 3 257 21538 x

1

Die erste offizielle Andeutung meiner bevorstehenden Verwicklung in den Fall ›Produkt x‹ erfolgte an einem trüben, garstigen Montag gleich nach Weihnachten, als George Salmon alle Mitarbeiter zusammenrief, um uns von dem neuen Auftrag zu berichten, den die Agentur einem Dutzend hungriger Konkurrenten – das wollte er uns jedenfalls weismachen – weggeschnappt hatte.

Salmon und Bucknell ist keine große Werbeagentur. Von den beiden Partnern lebt nur noch Salmon. Bucknell starb an einer Überdosis Beruhigungstabletten, die ›Schlafgut‹ hießen und später aus dem Handel gezogen wurden; glücklicherweise hatten wir nichts mit dem Produkt zu tun. Unsere Agentur versucht nicht, solchen Riesen wie B&H oder JWT Konkurrenz zu machen – im Gegenteil. Wir streben die persönliche Note an. »Eine einzige glückliche Familie« spottet bei jedem größeren Streit oder in Krisensituationen mit Sicherheit irgend jemand. Und leider scheint es auch immer irgendwie so zu laufen, daß unsere Kunden mehr und mehr zu *Familienmitgliedern* werden. Ein Geschäftsessen mit George macht den Anfang, als nächstes folgen rustikale Wochenenden in seinem Cottage in Maidenhead, dann begleitet Mimi ihre Ehefrauen zum Einkaufen, ich werde dazu verdonnert, mit ihren Kindern in den Zoo zu gehen, Tom fotografiert sie, und inzwischen leben sie praktisch im Büro, und wir wissen alle Einzelheiten über ihr Asthma, ihren Hausschwamm und ihre Probleme mit der Einkommenssteuer. Und umgekehrt natürlich genauso. Ich bin nicht immer so ganz sicher, ob diese Art der Geschäftsführung sehr effizient ist, doch das ist eben Georges Art: Er kann nicht anders.

Aber im allgemeinen kommen wir alle recht gut miteinander aus, und als es mir ziemlich schlecht ging, war die Agentur ein richtiger Zufluchtsort für mich. Sie ist, wie gesagt, nicht groß, läuft aber ganz ordentlich. Damals hatten wir einige gute, zahlungskräftige Kunden, eine amerikanische Firma, die sich ›Faireweather Foods‹ nannte, den Modemacher Franz Oesmacher, die ›National Peanuts Week‹, Midinette-Waschmaschinen, Funshine-Möbel und Bom, das Fleisch & Milch-Getränk, ganz zu schweigen von der Regierung von Turkinistan. Diese bereitete uns so manches Mal Kopfschmerzen, da sie lediglich aus einem Dutzend reaktionär eingestellter Scheichs bestand, die mit ihren Harems und ihren Cadillacs in der Wüste herumfuhren. Je weniger man über sie sagt, desto besser, aber sie gaben einen exotischen Farbtupfer in unserem Jahresbericht ab.

So saßen wir also in George Salmons Zimmer, dem einzigen mit einem Flauschteppich und bequemen Stühlen und tranken Kaffee, den Jimmy O'Riordan zuvorkommenderweise aus der Cafeteria im Erdgeschoß geholt hatte. Unser Büro befand sich in Paris Garden, keine sehr gute Adresse; »südlich der Themse« sagten wir meistens, um Southwark nicht zu erwähnen, aber es lag günstig zum Old Vic und zur Waterloo Station. Die Firma war zu klein, als daß sich eine eigene Kantine gelohnt hätte, aber wir hatten eine Versuchsküche, wo wir Faireweathers Fertig-Kebab auftauen und auf seine Genießbarkeit hin überprüfen konnten.

Ich fühlte mich wohl dort.

Ich nehme an, es gibt Leute, die sich immer wohlfühlen und sich daran gewöhnen, kaum mehr Notiz davon nehmen, ich allerdings habe gelernt, dieses Gefühl sozusagen zu horten, so wie Rheumatiker es genießen, wenn die Schmerzen nachlassen. Weihnachten war Gott sei Dank gut überstanden, und ich trug ein elegantes neues Kostüm – in einem Anfall von Extravaganz war ich Heiligabend in aller Eile losgerannt, um es zu kaufen, passend zur Jadekette, die Tom mir geschenkt hatte –, und ich hatte den lieben alten George Salmon im Flur getroffen, der mir verkündete, daß unsere Fernsehspots für Midinette einen Preis in Monaco gewonnen hätten – ich war also so richtig glücklich.

Ich nickte Susan und Jimmy zu und setzte mich neben Mimi. Sie zeigte mir die riesige, mit Flittergold verzierte Karte, die Seine Exzellenz der Emir von Turkinistan ihr zu Weihnachten geschickt hatte.

Wir kicherten über den Text:

Hätt' ich einen fliegenden Teppich, o meine Huri,
Würd' ich fliegen mit dir über den weiten Missouri;
Wir würden uns lieben wohl unter Sternen,
Zwischen Granatäpfeln, Pfirsich und Potpourri!

»Warum ausgerechnet der weite Missouri?« fragte Mimi.

»Offensichtlich ist ihm kein Reim mehr eingefallen...« In diesem Moment betrat George das Zimmer, über das ganze Gesicht strahlend. Ihm folgte Tom Toole, unser Art Director. Ich hatte Tom seit vor Weihnachten nicht mehr gesehen. Er warf mir einen ernsten Blick zu und setzte sich neben mich. Mein Herz machte einen kleinen Hüpfer.

George blieb stehen. Wie immer wirkte er sehr distinguiert – silberweißes Haar und eine Blume im Knopfloch –, doch auch ein klein wenig schäbig. Seine jeweiligen Frauen kümmern sich nie richtig um ihn, und er ist immer so damit beschäftigt, Unterhaltsgelder zu zahlen, daß er keine Zeit für sich selbst findet.

»Nun, meine Freunde«, sagte er, »wie ich sehe, haben wir alle das übliche Weihnachtsfest hinter uns, darum werde ich eure brummenden Schädel und strapazierten Lebern nicht mit zu schwierigen Dingen belasten. Ich habe euch nur zusammengerufen, um euch über unseren neuen Kunden zu berichten, Dunskirk und Sohn.«

Wir spitzten alle die Ohren. Daß sich ein neuer Kunde angekündigt hatte, wußte ich schon, weil George mir im Flur kurz vor der Besprechung einen deutlichen Hinweis gegeben hatte, aber der Name Dunskirk sagte mir nichts. Pharmazeutische Produkte? Müsli? Damenwäsche? Oder was sonst?

George fuhr mit seiner Ansprache fort. »Dunskirk ist eine

Firma, die sehr im Kommen ist«, holte er aus in seiner warmherzigen, aufmunternden Art, die einem sofort zu Bewußtsein bringt, daß er das Beste aus ziemlich deprimierenden Umständen zu machen versucht, und die, da bin ich sicher, der Grund dafür ist, daß seine Frauen ihn immer verlassen, obwohl er ein Schatz ist.

»Die Firma existiert seit 1920, als der alte Dunskirk ganz klein mit der Herstellung von Handcremes und Toilettenseifen anfing. Seit dem Zweiten Weltkrieg hat das Unternehmen expandiert, wie ihr wißt, und umfaßt das ganze Angebot an kosmetischen Produkten; den Damen werden die Gay-Gal-Kosmetika natürlich bekannt sein.«

»Gütiger Himmel«, murmelte Mimi leise. »Wie tief sind wir gesunken!«

Ich wagte nicht, sie anzusehen. Als ich zwölf war und mich zum erstenmal in das geheime Abenteuer kosmetischer Verschönerung stürzte, kaufte ich mir, das weiß ich noch, einen Gay-Gal-Lippenstift ›Flammender Flamingo‹ und irgendeinen korallenroten Puder, was für meinen Durchschnitts-Teint wahrscheinlich den ersten Schritt bergab bedeutete. Damals, etwa fünf Jahre nach dem Krieg, waren Gay-Gal-Produkte in Südengland nicht annähernd so weit verbreitet wie heute; der alte Dunskirk, der aus Lancashire stammte, startete sein Unternehmen sehr erfolgreich, indem er sich um die Arbeiterinnen in den Spinnereien und Fabriken in den Midlands und den Industriegebieten des Nordens bemühte. Hauptvorzug der Gay-Gal-Kosmetika waren die niedrigen Preise. Und bald schon wurde das Zeug zu einem vertrauten Anblick in den Schaufenstern – fettige, unförmige Lippenstifte in schwarzrosa gestreiften Hüllen, die schon in den Auslagen angeschlagen und schmutzig wirkten, geronnene Gesichtscremes in Behältern, die wie Puddingformen aussahen. Ein paar Jahre später stieß man überall auf sie – in Kettenläden und Supermärkten, in Kurzwarengeschäften und ländlichen Gemischtwarenhandlungen.

Mimi verzog den Mund, und ich sah ihr an, daß sie wie ich die Gay-Gal-Produkte nicht unbedingt für einen Gewinn der Agentur hielt. George jedoch strahlte immer noch wie eine Katze, die Sahne genascht hat, genau in unsere Richtung, da er ganz offensichtlich unsere Gedanken erriet. Trotz seiner augenscheinlichen Naivität ist der liebe George ein ziemlich pfiffiger Bursche; ich bin schon oft reingefallen, weil ich das nicht einkalkuliert hatte.

»Die neue Linie bei Dunskirk aber sieht ganz anders aus«, fuhr er fort. »Dunskirk führt ein Parfüm ein, das eine höhere Einkommensgruppe anspricht, und von dem sie erhoffen, daß es sie auf das Niveau von Luxus-Kosmetika hebt. Es soll den Anfang machen in einer Reihe von Artikeln für die... Oberschicht. Vielleicht möchten die Damen mal schnuppern?«

Aufmunternd nickten wir ihm zu, und er zog einen unscheinbaren kleinen braunen Musterflacon hervor, den er Mimi reichte. Mit einiger Mühe zog sie den Gummistöpsel raus und schnupperte.

»Das kann doch nicht wahr sein!« sagte sie. »Das ist wirklich gut! Kann ich einen Tropfen zum Versuchen haben, George?«

»Im Augenblick lieber nicht, meine liebe Mimi. Dies ist das einzige Muster, das sie uns vorläufig zur Verfügung gestellt haben. Es gibt nur ganz wenig davon; wie ich gehört habe, befindet es sich gewissermaßen noch im Versuchsstadium. Ich vermute, daß das vielleicht noch nicht der endgültige Duft ist. Du wirst dich also mit Beschreibungen zurückhalten müssen, bis die Versuche abgeschlossen sind.«

»Es ist gar nicht übel so, wie es jetzt ist.« Mimi reichte mir das Fläschchen. Ich schnupperte und stimmte zu. Es hatte einen herben Geruch nach Holz, sehr angenehm und erstaunlich stark. Die meisten Parfüms erinnern einen an den einen oder anderen besonderen Duft; das Merkwürdige an diesem war, daß es nach nichts Vergleichbarem roch und dennoch diese Intensität besaß.

»Wirklich sehr angenehm. Ungewöhnlich.« Ich gab die Flasche, auf der ›Produkt x‹ stand, an Tom weiter, der mich anlächelte und sagte: »Ich werde mein Okay geben, wenn du es gut findest, Martha. Ich kann Chanel No 5 nicht von Lapsang Souchong unterscheiden.«

Plötzlich, als habe eine Wolke die Sonne verdeckt, fühlte ich mich sonderbar trostlos und elend. Ich hörte eine andere Stimme zu mir sagen: »Kauf dir eins, wenn du möchtest, Liebling; für mich riechen sie alle gleich. Ehrlich gesagt, ich mag deinen eigenen Geruch am liebsten.«

Warum lassen sich Erinnerungen nicht abschütteln? Ich holte tief Luft und befahl mir: Vergiß es. Begrabe es, es ist vorbei. Laß doch die Erinnerungen.

Tom sah mich immer noch an; ich lächelte zurück: »Es hat einen... ich denke, man könnte es Holzgeruch nennen. Angenehm herb und dabei kräftig! Hoffentlich fangen sie jetzt nicht an, eine Menge Ambra und Jasmin dazuzuschütten, um es lieblicher zu machen.«

Nun waren Susan und Jimmy an der Reihe, und Susan stieß einen Bewunderungsruf aus über die Intensität des Duftes, obwohl sie für sich selbst, wie sie sagte, einen hübschen lieblichen Duft vorzog. Auch Jimmy war begeistert und meinte, es könnte leicht eines der wirklich großen, klassischen Parfums werden. Tom beobachtete mich noch immer; ich merkte, daß ich nach lieber, alter Gewohnheit meine linke Hand unter meinem großen blauen Notizblock versteckt hatte, und zog sie ungeduldig hervor.

»Nun!« sagte George, nachdem alle ihren Kommentar abgegeben und lange genug geschwatzt hatten. »Das Parfum ist unser neues Baby, Freunde – wir übernehmen natürlich das ganze Sortiment von Gay Gal, aber bei dem Parfum sind wir von Anfang an dabei, darum werde ich ein Planungsmeeting einberufen, wenn jeder dazu gekommen ist, sich etwas einfallen zu lassen. Offiziell wird die Leitung in Marthas bewährten Händen liegen, da Mimi im Augenblick ziemlich beschäftigt ist mit Oesmacher und dem Emir...« (Gelächhter), »aber wie gewöhnlich ist jeder, der einen guten Einfall hat, aufgefordert, ihn vorzulegen.«

Das war der Arbeitsstil bei Salmon und Bucknell: Theoretisch schrieben Mimi und ich die Texte, Jimmy kümmerte sich um die Herstellung der Fernsehspots, und Tom war, wie erwähnt, der Art Director, während Susan sich mit den Medien und mit technischen Einzelheiten befaßte, in der Praxis jedoch mischte sich jeder bei jedem ein, und dieses System funktionierte erstaunlich gut, vielleicht, weil wir alle gut miteinander auskamen.

Als die Sitzung beendet war, gingen Mimi und ich in das Zimmer zurück, in dem wir zusammen arbeiteten. Mimi ließ sich auf ihren Stuhl fallen, legte die Füße auf den Metallpapierkorb, preßte die Finger gegen die Augen und stöhnte: »Mein Gott, habe ich einen Kater! Was ist mit dir, *ma vieille*, Anfall von Melancholie?«

Mimi ist eine gute Freundin. Mit vollem Namen heißt sie Maria Irina Michailowna Dourakin. Sie sieht nicht so aus, wie ich mir Russinnen vorstelle – groß, mit klassischen Zügen und glattem schwarzem Haar. Mimi sieht eher aus wie ein zierlicher Kobold. Sie ist klein und mager und steckt voller Energie. Ihr Haar ist schwarz, gewiß, aber es steht über ihrer hohen Stirn vom Kopf ab und knistert vor Elektrizität. Sie hat ein hageres Gesicht, große grüne Augen, eine Nase, um die Cäsar sie beneidet hätte, und Kleider, um die sie *jeder* beneidet. Einige Stücke ihrer Garderobe stammen aus führenden Modehäusern, aber wenn man sie fragt: »Mimi, woher hast du bloß die sagenhafte Jacke?«, gibt sie sehr oft auch die unbestimmte Antwort: »Oh, die habe ich auf einer Art Straßenmarkt in Northampton gefunden, damals, als wir die Funshine-Werke besichtigten, weißt du noch?« Sie verstand sich ausgezeichnet mit dem Emir von Turkinistan, der sie seine Gazelle und seinen Paradiesvogel nannte, wenn er sie nicht gerade mit weniger druckfähigen Kosenamen überhäufte.

Jetzt musterte sie mich mit einem prüfenden Blick aus ihren verkaterten Augen und sagte: »Weihnachten ist jedenfalls vorbei, und das ist etwas, wofür man dankbar sein sollte, wie jedes weibliche Wesen weiß. Du kommst mir so vor wie ein Mädchen, das einen Tropfen Wodka im Kaffee brauchen könnte. Komm, verlassen wir diesen Ort und leisten uns eine kleine Stärkung.«

»Ich weiß nicht, was mit mir ist«, sagte ich. »Als ich heute morgen kam, ging's mir gut. Eine Vorahnung, vielleicht. Irgendwie kann ich keine große Begeisterung für dieses Produkt x aufbringen.«

»Gay Gal ist ein erbärmliches kleines Unternehmen, da kann man sagen, was man will«, stimmte Mimi mir zu und schlüpfte gewandt in einen militärisch aussehenden Mantel, der aus Rom stammte und erstaunlich überzeugend der Uniform der Schweizergarde des Vatikans nachempfunden war. »Trotzdem – das Zeug roch gut – bemerkenswert gut. Ich hätte nichts gegen ein paar kostenlose Proben. Wie wollen wir es nennen? Laß uns mal nachdenken.«

»›High Society‹«, schlug ich verdrießlich vor und zog meine schlichte schwarze Matrosenjacke an (bei meiner Größe und meinen Farben kann ich es mir nicht leisten, aufsehenerregende Mäntel zu tragen). »Oder einfach ›Oberschicht‹.«

Im Aufzug trafen wir Jimmy, der irisch und etwas durcheinander aussah und erklärte, er fahre rauf und runter, weil seine Sekretärin Grippe habe und er deshalb nicht arbeiten könne. Er kam mit, und wir gingen zu den ›Feathers‹, gleich um die Ecke, einem dieser gemütlichen, altmodischen Pubs, wo man auch guten Kaffee bekommt. Wir saßen in der Bar vor dem knisternden Feuer, alberten herum und amüsierten uns köstlich, indem wir uns extravagante, exotische Namen für unser Produkt ausdachten. Zum Glück war es leer in der Bar; es war noch zu früh für den Ansturm zum Lunch.

»Es sollte einen französischen Namen haben«, schlug Jimmy vor. »Cannebière? Corniche? Bois de Boulogne?«

»Coup de Grâce.«

»Hors de Combat.«

»Nicht schlecht«, sagte ich. »Dann müßten in den Fernsehspots Turnierkämpfe gezeigt werden bis zum bitteren Ende sozusagen, mit gräßlichem Schwertergemetzel, und die Schönheitskönigin würde in der königlichen Loge ihr Taschentuch flattern lassen.«

»Hübsch«, stimmte Mimi zu. »Warum nennen wir es nicht ›A Outrance‹?«

»Das ist nicht auszusprechen, Liebling.«

»Ihr vergeßt«, sagte Mimi, »daß wir uns jetzt auf einem höheren Einkommensniveau befinden, wo alle Kundinnen französische Pensionate besuchen. Aber vielleicht ist etwas dran. Was gehört sonst noch zu Turnieren: Fehdehandschuhe, Helme, Wappen...«

»Streitäxte.«

»Oh, sehr komisch. Kannst du dir vorstellen, wie jemand sagt: ›Eine Flasche Streitaxt, bitte‹?«

»Eine Axt Streitflasche«, schlug Jimmy vor.

George Salmon betrat das Pub, wo er oft schnell vor dem Essen ein Sandwich aß, bevor er für eine Stunde zurück in seine Wohnung eilte, um den Versuch zu machen, irgendeine Ehekrise in den Griff zu bekommen. Wir winkten ihm zu, und er setzte sich zu uns. »Wir haben beschlossen, unser neues Produkt ›Am runden Tisch‹ zu nennen«, erklärte Mimi munter.

»Ein wenig politisch, findest du nicht?« sagte George, nachdem er sich mit einem besorgten Blick vergewissert hatte, daß sie es nicht ernst meinte. »Erinnert mich an die Einigungsversuche von Labour und Arbeitgebern.«

»Auf jeden Fall möchten wir etwas, das ritterlich und nach König Artus klingt«, sagte Mimi streitsüchtig. Sie ist immer kurz davor, sich über George zu ärgern, weil er nicht viel Sinn für Humor hat, aber ihre Gutmütigkeit hält sie jedesmal rechtzeitig davon ab.

»Was haltet ihr von ›Guinevere‹?« fragte Jimmy.

»Kein Mensch würde wissen, wie man das ausspricht«, wandte George ein.

»Wir haben es jetzt mit einem höheren Einkommensniveau zu tun«, riefen wir alle im Chor, und George sah sich besorgt um in der Bar, die sich allmählich füllte.

»Camelot?«

»Das würde man mit dem Musical durcheinanderbringen.«

»Tintagel«, schlug ich vor, während mein Blick an einer Karte auf der Theke hängenblieb, auf der eine Burg mit Türmchen für Round-Tower-Starkbier warb.

»Tintagel? Das klingt nicht schlecht«, sagte George abwägend.

»Oh, ich habe es nicht ernst gemeint.«

»Nein, aber es gefällt mir. Es klingt interessant und vornehm. Genau in die Richtung müssen wir. Ich bin überzeugt, daß dies eines der wirklich großen Parfums werden wird, wie Arpège oder Chanel No 5; wir brauchen einen Namen, der dazu paßt. *Danach* müssen wir suchen, es muß etwas Ungewöhnliches sein. Nicht nur vulgärer Sex-Appeal, sondern etwas, das einen verfolgt.«

»Mehr verfolgt als *Sex*?« fragte Jimmy ungläubig, aber George war bei seinem Lieblingsthema und nicht abzulenken. Er ist ein verhinderter Dichter und erinnert uns von Zeit zu Zeit gern daran. Während er in Oxford war, veröffentlichte er zwei schmale Bändchen mit den Titeln *Klagen* und *Orgasmen*, deren er sich jetzt ein wenig schämt, aber er gefällt sich in der Vorstellung, daß er viel mehr aus sich hätte machen können, wenn er nur jemals Zeit gehabt hätte.

»Das einen verfolgt«, wiederholte er bestimmt. »Nostalgisch, vergänglich, beschwörend – das alles sollte ein Parfum sein. Gefährliche Meere – einsam im Zauberland ... in der Art etwa. Ich möchte wirklich, daß wir uns bei dieser Sache ins Zeug legen, mal sehen, ob wir damit nicht in die Geschichte der Werbung eingehen.«

»Die weiche Welle, George?«

»Die weiche Welle macht sich am Ende immer bezahlt«, sagte George, »besonders auf dem Kosmetikmarkt.« Das ist eine andere seiner Lieblingstheorien.

Mimi wird immer zynisch und aufsässig, wenn sie das kreative Glitzern in Georges Augen aufleuchten sieht. Sie erhob sich energisch und nahm ihre Handtasche aus Kalbsleder und ihre eleganten Handschuhe an sich.

»Bettschuhe«, sagte sie mit Nachdruck. »Die muß ich noch kaufen. Ob ihr es glaubt oder nicht, nicht ein einziges Paar Bettschuhe habe ich dieses Jahr zu Weihnachten bekommen, und ich gehe auf die Dreißig zu. Kommst du mit, Martha? Oder willst du lieber bei den Weisen bleiben?«

»Ich komm' mit«, sagte ich rasch. »Ich brauch' ein bißchen frische Luft.«

»Denk weiter in Richtung Tintagel«, riet George mir. Dann warf er einen Blick auf seine Uhr, stürzte den Rest seines doppelten Whiskys herunter und murmelte: »O je, o je, Eloise wird sich fragen, wo zum Teufel ich stecke. Es geht ihr im Augenblick gar nicht gut. Entschuldigt mich«, und hastete aus dem Pub.

Es vergingen noch ein paar Monate, bis wir ernsthaft mit der Arbeit an ›Produkt x‹ begannen. Dunskirk und Sohn hatten offensichtlich Probleme bei der Herstellung; aus irgendwelchen Gründen war die zweite Probe des Parfums nicht annähernd so gut ausgefallen wie die erste. Verständlicherweise hielten sie sich bezüglich einer Erklärung dieses Tatbestandes sehr zurück.

Inzwischen hatten wir verschiedene leitende Angestellte der Firma recht gut kennengelernt, und George, Mimi und ich waren durch das Werk geführt worden. Das erste, was der junge Gareth Dunskirk in die Wege geleitet hatte, sobald er alt genug war, um ein Mitspracherecht bei Angelegenheiten der Firma zu haben, war offenbar gewesen, daß er auf dem Umzug der Firma von Lancashire nach London bestand – um fortzukommen aus der Atmosphäre von Holzschuhen, Schals und Kopfsteinpflaster. Damals hatte die Abwanderung der Industrie in den Südosten erst begonnen, und sie hatten das Glück, ein hervorragend geeignetes Trümmergrundstück in Süd-Wimbledon zu erwerben, neben der Eisenbahn und nicht weit entfernt vom Squash- und Badminton-Club von Wimbledon.

»Wir werden ein viel besseres Image haben«, erklärte Gareth seinem Vater immer wieder, der sich eigensinnig zurücksehnte nach den Fabriksirenen, der Blutwurst und den gutmütigen Fabrikarbeiterinnen von Bruddersford.

»Hier unten führen sie sich auf wie die Herzoginnen«, murrte er. »Gib ihnen 'ne Kaffeepause von zwei Stunden und jeder ihr eigenes Klo, und sie sind immer noch nicht zufrieden.«

Die Werkanlage war in der Tat durchaus ansehnlich und modern. Wider Erwarten waren wir beeindruckt, als wir durch die isolierenden Doppeltüren die Parfum-Abteilung betraten; sie war klein, doch offensichtlich gut ausgestattet. Die Arbeitstische hatten Glasplatten, und es gab sorgfältig abgeschirmte Geruchskabinen; Thermostaten kontrollierten die Temperatur im Labor, und in einer Parfum-»Klaviatur« stand auf flachen Regalen eine phantastische Anzahl aromatischer Substanzen und Essenzen. Ein Hauch von Veilchenduft hing in der Luft, aber er hielt sich in erträglichen Grenzen.

»Jedes einzelne Stück hier hat mein Sohn entworfen«, verkündete der alte Dunskirk stolz, offensichtlich entzückt über die Gelegenheit, mit Gareth zu prahlen, für den er eine rührende Bewunderung hegte. Ich persönlich hielt Gareth Dunskirk für ein ausgesprochenes Ekel und war froh, daß er uns auf der Führung durch den Betrieb nicht hatte begleiten können. Er schien sich auf einer Einkaufsreise in Italien zu befinden.

»Was kauft man denn in Italien?« fragte George in der interessierten, warmherzigen Art eines Menschen, der nicht ein einziges Wort der Antwort zur Kenntnis nehmen wird. Er schaute auf seine Uhr.

»Eh, nun, da ist erst mal Bergamottöl, das kommt aus der Nähe von Reggio«, entgegnete der alte Dunskirk in seiner langsamen, präzisen Art. Ich weiß nicht, ob er typisch war für jemanden aus Lancashire, aber er schien sehr nordenglisch zu sein: klein, rundlich, untersetzt und stämmig –, er hatte was von einem nicht ganz durchgebackenen Krapfen –, mit Sommersprossen und beginnender Glatze und einem Flaum sehr kurzer strohblonder Haare am Hinterkopf. Seine kleinen blaßblauen Augen glitzerten gescheit, und er lächelte fast immer, als sehe er das Leben als eine sehr angenehme, leichte, vernünftige Angelegenheit an. Er fuhr fort: »Und dann gibt es Veilchenwurzel, aus der Nähe von Florenz...«

»Klingt das nicht wie bei Shakespeare?« murmelte Mimi. Da sie genug hatte von den bedächtigen Erklärungen des alten Dunskirk und von Georges geheucheltem Interesse, verließ sie uns und betrachtete eine Reihe von Glasröhren, die wie Orgelpfeifen nach oben und durch die Decke führten und durch die Dickflüssiges langsam in Tropfen nach unten sickerte, nachdem man es, wie uns erklärt wurde, durch mehrere hundert Gramm Talkum gefiltert hatte.

Ich schaute in einen Schrank voller fest verschlossener brauner und grüner Glasgefäße und war entzückt von den Namen auf den Schildern: Koriander, Anis, Fenchel, Wacholder, Muskatnuß...

»Wußtest du, daß es Muskat-Süchtige gibt?« murmelte Mimi, die neben mich getreten war und an mir vorbei auch in den Schrank schaute. »Ich wette, Gareth Dunskirk gehört auch dazu.«

»Sei still!«

...Elemi, Galban, Myrrhe, Opopanax, Storax, Kamille, Dill, Estragon, Oregano, Poleiminze, Pfefferminze, Rosmarin, Raute, Rainfarn, Verbene, Wermut.

Neben den Flaschen gab es 25-Kilo-Steinguttöpfe, 250-Kilo-Behälter, große Korbflaschen und dicke Brocken eines geheimnisvollen kristallinischen Stoffes.

»Tatsächlich? Das ist bemerkenswert, außerordentlich bemerkenswert«, sagte George Salmon. »Und erklären Sie mir, aus was genau besteht nun Produkt x?«

Der alte Dunskirk unterbrach seine Sprüche über ihre

billigeren Parfums und ihre Probleme mit Äthylacetat mitten im Satz. Er sah etwas verlegen aus.

Wenn ich in seiner Nähe gewesen wäre, hätte ich George einen Tritt gegeben; offensichtlich war dies die einzige Frage, die nicht hätte gestellt werden dürfen.

»Eh, nun«, sagte der alte Dunskirk schließlich. »Wissen Sie, ein Parfum ist ein sehr komplexes Produkt – es ist eine Mischung aus Hunderten von verschiedenen Substanzen, einige natürlich, einige künstlich. In der guten alten Zeit zog man es vor, Stoffe mit ähnlichen Duftnoten miteinander zu mischen; heutzutage ist es mehr Mode, das, was man Dissonanzen nennen könnte, herzustellen. Es ist tatsächlich ein bißchen wie Musik; man baut es immer weiter aus, so ähnlich wie eine Symphonie. Manchmal braucht man Jahre dazu, die Substanzen so zu mischen, daß das Ergebnis der ursprünglichen Vorstellung des Erfinders entspricht – es muß Substanzen enthalten, die es tragen, wissen Sie, und andere, die ihm Fülle geben, dafür sorgen, daß es nicht zu schnell verfliegt; dafür benutzt man graue Ambra. Man macht ein Pulver daraus und fügt Alkohol hinzu – eine solche Lösung hält Monate, aber allein ist sie zu schwer. Es ist das Verhältnis der verschiedenen Substanzen zueinander, das wichtig ist.«

»Und in Produkt x?«

»Ich bitte wohl lieber meinen Sohn Gareth, Ihnen das zu erklären; dieses Parfum ist sein Geistesprodukt, wie Sie wissen. Ich werd' ihm sagen, er soll sich mit Ihnen unterhalten, wenn er aus Italien zurückkommt. Am Donnerstag wird er mit seiner neuen Frau wieder zu Hause sein.«

»Neue Frau? Hat er eine neue Frau?« fragte Mimi, indem sie der Taktik folgte, Interesse an den Angelegenheiten des Kunden zu zeigen.

»Ja, er hat gerade ein italienisches Mädchen geheiratet.«

»Wie interessant und romantisch«, warf ich ein, weil ich sah, daß George schon wieder auf die Uhr schaute (armer George: Eloise war im Begriff, ihn zu verlassen). »Kennen Sie sie schon?«

»Nee, noch nicht. Nach allem, was er sagt, ist sie so schön wie ein Engel. Ich hoffe nur«, fügte der alte Dunskirk pessimistisch hinzu, »daß sie solider ist als die letzte. Das war wirklich eine flatterhafte junge Madam, alles, was recht ist.«

Ich nickte verständnisvoll; mir fiel ein, daß Gareths erste Frau mit einem Bandleader aus Blackpool davongelaufen war. Es war eine Teenager-Ehe gewesen, hatte ich gehört, und beide hatten es sehr schnell bereut. Das einzige Produkt dieser Ehe, ein Kind im Vorschulalter, lebte bei seinem Großvater und wurde von einer Haushälterin versorgt. Zum Glück war die Ehe auseinandergegangen, bevor die Dunskirks unsere Kunden geworden waren, so daß wir nicht aufgerufen waren, zu kondolieren und Mitgefühl zu zeigen. Um seines Vaters willen hoffte ich auch, daß Gareth diesmal eine bessere Wahl getroffen hatte; der alte Dunskirk war ein netter alter Bursche und hätte einen besseren Sohn verdient. Aber die Aussichten dafür schienen nicht sehr gut – ich konnte mir vorstellen, daß Gareth auch in Fragen des Geschmacks seiner Natur treu blieb. Er war versessen darauf, teure Dinge zu erwerben – Hi-Fi, Kameras, Transistorradios, Autos, Projektoren, Fernsehgeräte –, die alles eines gemein hatten: Sie waren zum Angeben bestimmt, nicht zum Gebrauch und wurden nach kurzer Zeit links liegengelassen.

»Jedenfalls hat es ihn ganz schön gepackt mit dieser«, fuhr der alte Dunskirk fort. »Hat sie zum erstenmal gesehen, als er im letzten Sommer eine Kreuzfahrt auf Brad Maitlands Jacht mitmachte, fuhr im Oktober nochmal hin, um sie wiederzusehen – ich glaube, daß er ihr da schon einen Antrag gemacht hat, sie aber nicht dazu bringen konnte, ja oder nein zu sagen – und diesmal hat er es mit seiner Hartnäckigkeit wohl endlich geschafft. Liegt wohl an Miss Cara, daß Dunskirk junior so versessen drauf war, im letzten halben Jahr so viel Bergamott- und Zitrusöle zu kaufen.«

»Sie heißt Cara? Wie hübsch.«

»Cara Marcello. Inzwischen Cara Dunskirk«, sagte der Schwiegervater trocken. »Sie haben in Italien geheiratet, damit sie die Flitterwochen auf Brad Maitlands Jacht verbringen konnten.«

»Ich beneide sie«, sagte ich unaufrichtig. »Wir freuen uns jedenfalls darauf, sie kennenzulernen. Und jetzt glaube ich wirklich, Mr. Dunskirk, daß wir genug von Ihrer wertvollen Zeit verschwendet haben...«

»Eh, nun, aber bleiben Sie doch noch auf eine Tasse Tee, Miss Martha und Mr. Salmon und die andere junge Dame...« Mr. Dunskirk hatte einen gewissen Respekt vor Mimi und gab ihr nie einen Klaps auf den Po oder redete sie vertraulich mit ›Mädchen‹ an, wie er es mit mir tat.

»Oh, das ist sehr freundlich, Mr. Dunskirk...«

Offensichtlich wäre er tödlich beleidigt gewesen, wenn wir abgelehnt hätten – er war wirklich ein netter alter Bursche –, so nahmen wir also den Aufzug zu seiner Wohnung im obersten Geschoß, und seine Haushälterin bewirtete uns mit einem üppigen Tee nach Lancashire-Art, praktisch ein Vier-Gänge-Mahl, mit Schinken und Pfefferkuchen und Obstsalat. George schaffte es, sich zu drücken, indem er entschuldigend erklärte, seine Frau habe einen dringenden Termin bei einem Facharzt und habe ihn gebeten, sie zu begleiten. Mimi und ich bewunderten den Blick aus dem Fenster auf die Eisenbahn und aßen uns tapfer durch (wenigstens brauche ich heute abend *und* morgen nicht zu kochen, dachte ich), während unser Gastgeber uns – was uns eigentlich rührte – erzählte, daß er mit seinen kosmetischen Erzeugnissen immer Glück in das Leben von Frauen hatte bringen wollen, in Erinnerung an seine liebe Frau.

»Können Sie sich das vorstellen: als Mutter – Mrs. Dunskirk mein' ich –, als Mutter ein junges Mädchen war, waren ihre Leute so streng, daß sie nur 'n bißchen Reispuder auf die Nase legen brauchte, und schon schickte ihr Dad sie raus an die Pumpe, damit sie's wieder abwusch! Und keine bunten Kleider sonntags, nichts dergleichen. Oh, ich kann mich noch erinnern, als wir miteinander gingen, kam sie einmal in einem weißen Kleid runter, an einem Sonntagnachmittag, und ihr Dad schickte sie sofort wieder rauf, und sie mußte ihr schwarzes anziehen. Darum war sie mächtig froh, als ich mit meinem kleinen Geschäft anfing. ›Ich hab's gern, wenn ein Mädel ein bißchen Farbe im Gesicht hat‹, sagte sie immer. Sie wär' stolz, wenn sie wüßte, wie gut das Geschäft geht. Vielleicht weiß sie's.«

»Ist sie schon lange tot?« fragte ich mitfühlend, als Mr. Dunskirk sich seufzend in Träume verlor.

»Zwanzig Jahre, Mädchen. Eh, ich wollte, sie könnte Dunskirk junior jetzt sehen. Ich bin mächtig stolz auf dies Parfum, das er erfunden hat. Ich hab' schon immer gewußt, daß er eines Tages so was hinkriegen würde. Wissen Sie was? Morleys haben irgendwie Wind davon bekommen und uns ein ganz gutes Angebot gemacht. Aber wir verkaufen natürlich nicht – oder besser, Gareth verkauft nicht; ich überlasse Produkt x völlig ihm. Was aus Gareth zu machen, das war für mich immer das Wichtigste im Leben ... könnte man sagen, seit Mutter starb. Er war damals noch ein kleines Kind, aber ein hübsches Kerlchen.« Der alte Dunskirk zeigte uns Fotos von Gareth, dick und abstoßend in einem Kinderwagen, mit einem Samtkragen, in einer Boy-Scout-Uniform. Wenigstens dünner war er im Lauf der Jahre geworden.

»Ist es nicht etwas riskant, wenn man sein ganzes Leben auf einen einzigen anderen Menschen einstellt?« fragte ich ihn. »Kinder gehen aus dem Haus – ich weiß, das klingt abgedroschen, aber es stimmt.«

»Na, warten Sie nur, bis Sie eigene haben, Miss Martha«, sagte der alte Dunskirk in dem aufreizenden Ton, den Eltern an sich haben. »Gareth würde es nicht einfallen, mich zu verlassen. Er ist ein schlauer Bursche; er weiß ganz genau, daß er besser fährt als irgendwo sonst, wenn er bei der alten Firma bleibt.«

Da war etwas Wahres dran; Gareth hatte seines Vaters Geschäftstüchtigkeit geerbt, allerdings ohne dessen Großzügigkeit zu besitzen.

»Und wenn er sich umgesehen hat und weiß, wo er

hingehört, wird er bald zur Ruhe kommen«, fuhr der stolze Vater fort. »Der Bursche hat ein gutes Gespür, Miss Martha, das können Sie mir glauben. Wird das alte Geschäft regelrecht auf den Kopf stellen, wenn er erst mal anfängt. Sollte mich nicht wundern, wenn er der ganzen Kosmetikindustrie eine Spritze verpassen würde. Wird neue Ideen haben, wissen Sie, das bringt eine Ausbildung im College so mit sich. Das hab' ich nicht gehabt, darum war ich entschlossen, Gareth aufs College zu schicken, und als die neue Universität in Bruddersford entstand, war es, wie wenn's das Schicksal selber gewollt hätte!« Er strahlte uns ein wenig wehmütig an. »Gareth hat jetzt geistige Interessen und intellektuelle Freunde; nichts regt einen so an bei der Arbeit wie geistige Interessen.«

»Da haben Sie recht«, stimmte ich ihm ernsthaft zu und hoffte dabei, daß Tigger und Mait, die einzigen Freunde von Gareth, die ich kurz kennengelernt hatte, nicht typisch waren. Mait, der Brad Maitland, dem die Flitterwochen-Jacht gehörte, war älter als Gareth, vielleicht sechs- oder siebenundzwanzig, ein glatter, dunkler, feister Typ. Seine klangvoll-fruchtige Stimme erinnerte einen an Treibhaustomaten, die lecker aussehen, aber nach nichts schmecken. Ich mochte auch seinen Mund nicht; seine Lippen waren zu rot und zu voll. Er schien viel Geld zu haben, ohne daß ersichtlich war, aus welchen Quellen es stammte. Wie die Hummel den Gesetzen der Thermodynamik, so sprach er den Gesetzen des Erwerbslebens hohn. Theoretisch vertrat er Dunskirks und mehrere andere Firmen in Europa, was ihm einen bequemen Vorwand lieferte, häufig Spritztouren zum Kontinent zu unternehmen; in der Praxis, vermute ich, verdiente er sein Cash auf weniger legale Weise. Er redete viel und wie ein Fachmann vom Exportgeschäft, aber man hatte das Gefühl, daß das nur Fassade war; seine eigentliche Leidenschaft schienen schnelle Autos zu sein und ziemlich infantile Zoten, soweit ich das aus eigener Erfahrung beurteilen konnte.

Tigger Shand hatte mit Gareth das College besucht und ebenfalls Chemie studiert. Vielleicht war er ein hervorragender Chemiker; das kann ich nicht beurteilen. Aber in jeder anderen Hinsicht war er in seiner Entwicklung steckengeblieben. Er war mager und unscheinbar und hatte ein scharfgeschnittenes Gesicht mit lehmfarbenen Augen. Er sprach mit einem affektierten amerikanischen Pop-Akzent. Man konnte ihn sich gut in der Schule vorstellen, wie er Wasserbomben auf die Mädchen warf und im Chemiesaal Gestank und Explosionen produzierte. Gareths neue Frau tat mir leid bei dem Gedanken, daß sie mit diesem Bilderbuchpaar von alten Kumpeln ihres Ehemanns zurechtkommen mußte. Anführer der drei schien Mait zu sein, und ihm traute ich am wenigsten über den Weg; ich hatte ihn Witze reißen hören, winzige, bewußt bösartige Sticheleien gegen den alten Dunskirk, hinter dessen Rücken, und Gareth hatte kriecherisch darüber gelacht. Ich war überzeugt, es war Maits Einfluß gewesen, daß Gareth nun die solide, bescheidene kleine Firma verachtete, die für seinen Lebensunterhalt gesorgt hatte und so viele Jahre der Stolz des alten Dunskirk gewesen war.

Das alles ging mir durch den Kopf, als ich sagte: »Ehrlich, Mr. Dunskirk, der Besuch eines Colleges ist *nichts* im Vergleich zu der Erfahrung und dem Wissen, über das Sie verfügen. Und zu Ihrem Schwung!«

»Ja, aber hat Gareth denn keinen Schwung?« Er strahlte triumphierend. »Sehen Sie sich das große neue Labor an, das er gebaut hat, und jetzt ist Produkt x daraus hervorgegangen! Ich sage Ihnen, Miss Martha, dies ist bloß erst der Anfang von großen Taten!«

»Martha, wir müssen wirklich gehen«, warf Mimi hier ein. »Ich soll mir ein paar rush copies im Wandsworth Astoria ansehen – vorausgesetzt, ich schaffe es jemals, dahinzukommen, mit all dem Tee in mir. Auf Wiedersehen, Mr. Dunskirk, und danke für die reizende Bewirtung.«

Er öffnete eine Tür, die auf eine Feuerleiter führte, und zeigte uns, wie wir direkt nach unten kommen konnten, ohne noch einmal den ganzen Betrieb durchqueren zu müssen. Ich war erleichtert, denn ich fürchtete, daß ich nach einer so schweren Mahlzeit den Anblick großer Töpfe mit emulgierender Gesichtscreme nicht würde ertragen können.

»Ich rufe Sie in etwa einer Woche an, Mr. Dunskirk«, schlug ich vor, »dann machen wir einen Termin aus, wann Sie kommen und sich ansehen können, was wir bis dahin gemacht haben.«

»Darauf freu' ich mich schon, Mädchen«, sagte er ernsthaft. »Ich kann es gar nicht erwarten, Produkt x auf dem Markt zu sehen.«

2

Als Gareth Dunskirk aus den Flitterwochen zurückgekehrt war, rief ich ihn an und erhielt von ihm die zurückhaltende Auskunft, daß Produkt x zusammengesetzt sei aus Blattölen, Bergamott- und Zitrusölen, mit einem Hauch von Pfefferminze, etwas Bartgras, einigen Terpenestern und ein paar anderen Komponenten, die er lieber für sich behalten wolle.

»Wann, meinst du, können wir einen festen Termin bekommen, um mit den Aufnahmen anzufangen?« fragte ich George, der wieder bei Dunskirk im Labor gewesen war.

Wir hatten eine Werbekampagne geplant: Fernsehspots und Farbanzeigen in den Frauenzeitschriften; ungeduldig wartete ich auf das Okay des Kunden, damit ich an die Arbeit gehen konnte.

»Sie müssen noch eine Woche warten, bis die neue Probe sich geklärt hat und osmologisch eingestellt ist«, berichtete George mit Kennermiene und wirkte sehr zufrieden mit sich.

»Ach ja?« sagte ich skeptisch.

»Offenbar gibt es einige unerwünschte Obertöne.«

»Hört sich an wie eine Unterwanderung des Bach-Chors.« Ich war ziemlich sicher, daß George nicht mehr Ahnung von diesen technischen Ausdrücken hatte als ich.

»Setzen wir doch ein Kunden-Meeting für Freitag in einer Woche an«, schlug er vor.

Trotz der üblichen Verzögerungen und Schwierigkeiten – die osmologische Einstellung ließ auf sich warten, Jimmy bekam eine Gürtelrose, die Drucker streikten einen Tag, und meine Sekretärin hatte einen entzündeten Finger – fand unser Meeting tatsächlich am Freitag statt, und es wurde sogar mehr erreicht, als wir erwartet hatten.

Wir hatten uns endlich entschlossen, das Parfum *Avalon* zu nennen. Erstaunlicherweise gefiel der Name allen, sogar dem alten Dunskirk, der sagte, er wisse zwar nicht, was das heiße, aber es klinge nach Klasse. Wir schafften es auch, seine Zustimmung für Aufmachung und Werbung zu erlangen: Wir hatten eine schlichte schmale Flasche mit goldenem Stöpsel gewählt, die gleiche Form für alle Größen; und es war uns mit einiger Mühe gelungen, den alten Dunskirk von Behältnissen in Form von Chiantiflaschen aus rosa oder blauem Blasenglas abzubringen. Zur Eröffnung der Kampagne hielt ich eine kleine Ansprache, dann zeigte Jimmy eine Serie von storyboards, um eine Vorstellung von den Fernsehspots zu vermitteln, mit malerisch gekleideten Königinnen in flachen Booten und gotischen Burgen, die aus dem Nebel aufragten. Tom hatte einige wirklich hervorragende Entwürfe für die Farbanzeigen gemacht, und wenn man Jimmy murmeln hörte, das sei alles wie aus einem kitschigen Märchenbuch, so war es nur Neid und die Gürtelrose, die ihn plagte.

Gareth nahm an dem Meeting nicht teil. Es gäbe Schwierigkeiten im Labor, und er sei nicht abkömmlich, erklärte sein Vater. Zwischen den Zeilen meinte ich zu hören, daß Gareth mit der Duftnote nicht so zufrieden war wie sein Vater und im übrigen ohnehin der Ansicht, sein Vater treibe die Dinge zu schnell voran. Das war ziemlich überraschend; denn obwohl Gareth kaum ein Geheimnis aus seiner Verachtung für die Kosmetikindustrie machte, wenn sein Vater außer Hörweite war, verstand er doch eine ganze Menge von Parfums. Ich bin keine Expertin – ich kann allenfalls Blue Grass von Je Reviens unterscheiden und weiß, was mir gefällt –, aber Gareth hatte, was Parfums angeht, offenbar so etwas wie das absolute Gehör, und manchmal sagte sein Vater voller Hoffnung, wenn der Junge erst mal Schluß machte mit der Sauferei und den Glimmstengeln, würde er Weltklasseformat haben. Das war einer der vielen Punkte, die einen so störten an Gareth – er verachtete seine Begabung und bagatellisierte sie; viel lieber wäre er ein hervorragender Bridgespieler gewesen. Jedenfalls war ich froh, daß er an der Besprechung nicht teilnehmen konnte; ohne ihn war es viel gemütlicher.

Der alte Dunskirk war entzückt von allen Vorschlägen, gab seine Zustimmung, ohne zu zögern – wenn nur alle Kunden so wären! –, und fragte, wann wir mit den Aufnahmen für die Fernsehspots beginnen könnten.

»So bald wie möglich«, sagte Jimmy. »Es ist fast April; bis Juni müssen wir mit allem fertig sein. Wir sollten nächste Woche anfangen, spätestens die Woche danach. Es geht nur noch darum, eine geeignete Burg zu finden.«

Er malte Zinnen in die Luft, und der alte Dunskirk sah mich erwartungsvoll an, als würde ich nun nach einem Butler mit einem Tablett voller Burgfriede und Bollwerke läuten.

»Nun, davon gibt es genug«, sagte George gemütlich. »Hast du an eine bestimmte Burg gedacht, liebe Martha, als du die Texte gemacht hast?«

»N ... nein, eigentlich nicht.« Das stimmte natürlich nicht ganz, aber an diesem Punkt wich ich innerlich aus. »Sie müßte natürlich an der Küste liegen ...«

»Warkworth, Bamborough?« Mimi hatte ihren letzten Urlaub in Northumberland verbracht.

»Ziemlich weit weg, liebe Mimi.«

»Pevensey?« fragte Susan zweifelnd.

»Nicht gerade eine finstere Felsenküste, meine Liebe.«

»Tintagel?«

»Ein bißchen zu bekannt«, sagte George wählerisch. »Und ein so abstoßender Ort.«

»In Wales gibt es eine Menge Burgen«, schlug ich vor. »Cardiff, Caernarvon, Harlech?«

»Bei Wales mach' ich nicht mit«, verkündete Jimmy. »Es gibt einfach kein Licht da, und es regnet ununterbrochen. Das Kamerateam würde sich Tag für Tag die Beine in den Bauch stehen, zu ruinösen Kosten, wahrscheinlich würden sie sich alle betrinken und die Einheimischen auf völlig unvorhersehbare Weise beleidigen. Nein, Wales kommt nicht in Frage.« Er unterstrich seine Worte mit einer entschiedenen Bewegung des Kinns.

Wir saßen alle stumm da und zermarterten uns das Hirn. Für Ende März war es ungewöhnlich warm. Ich schaute aus dem Fenster und sah, daß es sich bedeckt hatte und nach Gewitter aussah; der Himmel war pechschwarz in der Mitte und etwas heller am Rand.

»Komm, liebe Martha, laß dir was einfallen«, sagte George schließlich. »Dies ist deine Werbekampagne, und es sieht dir gar nicht ähnlich, daß du nicht sofort einen Vorschlag parat hast. Du mußt doch an *irgendeine* Burg gedacht haben, wenn auch vielleicht nur vage, als du die Texte geschrieben hast?«

»Nun ... allerdings ...«

»Heraus damit, meine Liebe.«

»Es gibt da eine Burg, an der Küste von Cornwall, ein bißchen weiter als Tintagel«, sagte ich lahm. Sonderbar, wie ungern ich Trevann erwähnte oder auch nur daran dachte, sogar jetzt noch, nach fast acht Jahren. Ich frage mich, ob es allen mit dem Ort, wo sie ihre Flitterwochen verbracht haben, so geht – so als ob er in eine Schachtel gepackt und weggeschlossen werden müßte, als ob man ihn niemals mehr anschauen oder auch nur erwähnen dürfte. Vielleicht ist das der Grund, warum Leute ihre Flitterwochen auf einer Jacht verbringen; der Gedanke an Gareth Dunskirk schoß mir durch den Kopf und an die Kreuzfahrt durch das Mittelmeer mit seiner italienischen Schönheit (die kennenzulernen wir bis jetzt noch nicht aufgefordert worden waren).

»Du meinst nicht Boscastle?«

»Weiter rauf. Die Burg heißt Trevann.«

»Wem gehört sie? Dem National Trust? Dem Arbeitsministerium?«

»Nein, sie ist in Privatbesitz – oder war es vor acht Jahren. Sie liegt auf einer Insel, nur einen Katzensprung vom Festland entfernt. Besteht nur noch aus Ruinen, wird nicht bewohnt, aber sehr hübsch. Sehr reizvoll.«

»Glaubst du, daß wir dort Aufnahmen machen dürfen?« fragte George.

Das wußte ich nicht. »Hängt vom Besitzer ab.«

»Oh, meistens sind die Leute nur zu gern bereit. Und es ist alles viel leichter, wenn es Privatbesitz ist«, sagte Jimmy, der jetzt etwas fröhlicher aussah. »Dann laufen uns nicht haufenweise Verrückte über den Weg, während wir Aufnahmen machen, kommen ins Bild, stolpern über die Kabel und stellen dämliche Fragen.«

»Gut, das wäre also abgemacht.« George wurde plötzlich sehr schnell und geschäftsmäßig. »Susan, Liebes, du besorgst uns die Erlaubnis, die Burg für Aufnahmen zu benutzen. Jimmy, du hast das Kamerateam angeheuert – welches übrigens?«

»Mid-Century. Harry Kodor. Er ist sehr gut, du erinnerst dich an die Bergfilme für Faireweather, und er macht auch die Picknicksuppen für sie. Wenn wir Glück haben, können wir zwei Dinge miteinander verbinden.«

»Ja, ja. Ausgezeichnet. Jetzt die Besetzung.«

Jimmy machte ein störrisches Gesicht. Die Wahl der Besetzung betrachtete er als sein ureigenstes Gebiet; er konnte Georges Amateurstandpunkt, wie er es nannte, nicht ausstehen.

»Es ist schon ziemlich spät«, sagte ich hastig. (Allerdings *war* es ziemlich spät; und es war auch so dunkel, als fliege eine Riesenkrähe über uns.) »Vielleicht machen wir für heute besser Schluß.«

George öffnete den Mund, um etwas zu sagen, aber die Stimme des alten Dunskirk kam ihm zuvor.

»Eh, vielleicht sollte ich erwähnen, daß Mr. Salmon so freundlich war, meiner Schwiegertochter die Hauptrolle in den Werbefilmen zu geben.«

Jimmy riß den Mund auf. Ausnahmsweise einmal verschlug es ihm die Sprache – wie auch uns übrigen, die wir, in verschiedenen Abstufungen, wie vom Donner gerührt nur mühsam unser Entsetzen verbargen. Wie großartig die Landschaft auch sein mochte, wie romantisch und geschichtsträchtig der szenische Hintergrund, den wir uns für die Filme gedacht hatten – die ganze Wirkung wäre zum Teufel, wenn die Darstellerin ungeeignet wäre, und welche Chance gab es, *daß* Gareths Frau geeignet war?

Überhaupt keine.

George hatte uns die Tour vermasselt, und unsere wunderschöne Kampagne, die eigentlich in der Werbung Geschichte hatte machen sollen, war abgeschossen, bevor wir sie überhaupt gestartet hatten.

»Cara hat als Mannequin für Modehäuser in Savona gearbeitet, darum erwarte ich keine Schwierigkeiten«, fuhr der alte Dunskirk mit heiterer Gelassenheit fort.

»Hat wahrscheinlich einen Schönheitswettbewerb in Klein-Solferino am Po gewonnen«, hörte ich Jimmy vor sich hinmurmeln.

»Ich bin ganz sicher, daß Sie alle mehr als zufrieden mit ihr sein werden. Übrigens sitzt sie jetzt in der Empfangshalle, sie will nämlich nach dieser Besprechung eine Kleinigkeit mit Mr. Salmon und mir essen, darum bin ich so frei und rufe sie herein und stelle sie Ihnen allen vor.«

Die folgenden drei Minuten gehören zu den unangenehmsten, die ich jemals durchlebt habe. Niemand wagte ein Wort zu sagen. George blätterte geistesabwesend in Layouts, Jimmy pfiff durch die Zähne, Mimi wirkte amüsiert und Susan machte sich Notizen. Ich schaute mißmutig hinaus auf den Paris Garden (wo es gerade in dünnen Fäden auf die Platanen zu regnen begann) und wünschte, ich wäre jemand anders, woanders, weit weg.

Immer wenn ich mit der Planung einer Werbekampagne fertig bin, habe ich mich so hineingesteigert, daß es unerträglich für mich ist, wenn das Ergebnis sich auch nur im geringsten von meinem ursprünglichen Konzept entfernt. Und ich hätte tausend zu eins wetten können, daß Gareths Wahl nicht meinem Ideal einer würdigen Königin aus der Zeit König Artus' entsprechen würde.

Was vermutlich zeigt, was für ein Snob ich bin.

Tom warf mir einen Blick zu und lächelte mich brüderlich beruhigend an. Danach fühlte ich mich besser und konnte sein Lächeln erwidern.

In diesem Moment öffnete sich die Tür, und Cara Dunskirk betrat das Zimmer. Ich hörte, wie Jimmy mit einem leisen Zischen tief Luft holte, während der alte Dunskirk zufrieden in sich hineinkicherte.

»Meine Damen und Herren, dies ist meine Schwiegertochter«, sagte er, und dann führte er sie herum und stellte sie uns einem nach dem andern einzeln in aller Form vor.

Inzwischen war es ziemlich dunkel geworden, und Tom hatte sämtliche Lampen eingeschaltet. In dem staubigen, blaßrötlichen Neonlicht sah ihre weiße Haut wirklich wie Alabaster aus. Sie hatte einen langen, einen unwahrscheinlich langen Hals, eine Fülle feinen schwarzen Haars – tiefschwarz, nicht blauschwarz –, ein rundes Kinn, wie die Gestalten von Rossetti. Ihre Augen waren groß und dunkel mit einem traurig-flehenden Ausdruck. Sie sah aus wie Circe, während sie langsam die Runde machte. Als sie zu Tom kam, der neben mir stand, lächelte sie ihn wehmütig an.

»Gareth hat mir von Ihnen erzählt; ich freue mich so, Sie kennenzulernen«, sagte sie leise.

Tom antwortete mit einer konventionellen höflichen Bemerkung.

Ich fragte mich, wo Cara ihr Englisch gelernt hatte; sie sprach zögernd, mit einem leichten Akzent, aber was man am deutlichsten heraushörte und was etwas komisch klang, war eine Art Mayfair-Tonfall – gedehnt und ein wenig gelangweilt, wie es in den vornehmen Kreisen Mode war. Dann kamen sie zu mir, und der alte Dunskirk ergriff meine Hand.

»Dies ist Miss Gilroy«, sagte er herzlich. »Ich habe dir alles über sie erzählt, meine Liebe. Miss Martha ist die gescheite junge Dame, die die Werbetexte schreibt, und wenn du mich fragst: sie sind mindestens so gut wie alles, was Tennyson je geschrieben hat. Ich hoffe nur, daß ihr gute Freundinnen werdet.«

»Das werden wir sicher«, versprach ich und lächelte Cara an. Sie sah hoch, und ich war verblüfft über den offen feindseligen Blick, den sie mir zuwarf. Die Männer hatte sie angelächelt, während Mimi und Susan mit kühler Gleichgültigkeit begrüßt worden waren; warum diese Abneigung mir gegenüber? Sie ging gleich weiter, um sich mit George und Jimmy zu unterhalten; George sprach in einschmeichelndem Ton mit ihr und gab sich väterlich, worauf sie mit reizender Zurückhaltung reagierte.

Ich konnte die Blicke nicht von ihr wenden. Sie war atemberaubend schön, und nicht nur schön, sondern wie gemacht für die Rolle. Sie hatte nicht nur tiefliegende große Augen und einen langen Hals (hübsch unter einer Krone, dachte ich und nahm mir vor, eine zu besorgen), sie hatte auch lange, wohlgeformte Hände und anmutige Bewegungen. Es schien wirklich unglaublich, daß das Schicksal uns eine solche Karte zugespielt haben sollte.

Draußen donnerte es völlig unangebracht.

Der alte Dunskirk blieb stehen, um mir einen Rippenstoß zu versetzen und fragte vergnügt:

»Eh, nun, ich habe Ihnen doch nichts angedreht, oder, Miss Martha?«

»Mir fehlen die Worte«, entgegnete ich wahrheitsgemäß, und er strahlte vor Zufriedenheit, während er ihr und George zur Tür folgte. Ich hatte auch nicht geheuchelt; die Tatsache, daß Cara Dunskirk offenbar vom ersten Blick an eine Abneigung gegen mich hatte, störte mich nicht im geringsten. Sie kam mir damals kaum wie eine wirklich existierende Person vor; eher hatte ich das Gefühl, daß das Schicksal sie zuvorkommenderweise nach meinen Angaben geliefert hatte.

Nachdem George sie zu ihrem Geschäftsessen entführt hatte, versammelte der Rest von uns sich in den ›Feathers‹.

»Na, ist das eine Überraschung«, sagte Mimi. »Bist du froh über die Schwiegertochter, *chérie*?«

»Sie ist ein Geschenk der Götter«, sagte ich. »Wenn ich mir vorstelle, was ich erwartet habe – geschieht mir recht, weil ich so intolerant war. Wie um alles in der Welt ist Gareth dazu gekommen, sie zu heiraten?«

»Wie kam *sie* dazu, *ihn* zu heiraten, wäre wohl zutreffender...«

»Glücklicherweise muß sie nichts sagen«, sagte Tom.

»Warum?«

»Sie sieht ziemlich dumm aus. Vermutlich kann sie gar nicht spielen.«

»Das liegt wahrscheinlich nur daran, daß sie eine Ausländerin ist und wir sie nicht richtig verstehen.«

»Nein«, sagte Tom bestimmt. »Diese Sorte von gutaussehenden Präraffaeliten ist mir schon früher begegnet, und immer triffst du auf einen totalen Mangel an Hirn. Du siehst ein Gesicht, das dich verfolgt, verzaubert, voller geheimnisvoller Sehnsüchte nach dem, was geschehen könnte – und dann ist überhaupt nichts dahinter. Zu einem Schauspieler gehört mehr als das richtige Aussehen; es nützt nichts, wenn du aussiehst, als kämst du aus einem Zauberwald, wenn du deine fünf Sinne nicht beisammen hast. Und ich wette, Cara ist kaum in der Lage, zwei und zwei zusammenzuzählen.«

»Na ja, das ist vielleicht tröstlich für uns Mauerblümchen«, sagte Mimi und lächelte Tom an.

Auch ich empfand herzliche Gefühle für ihn.

»Trotzdem wette ich, *daß* sie zwei und zwei zusammenzählen kann«, sagte Jimmy.

Und das konnte sie wirklich, wie wir später herausfanden.

Während der nächsten zwei Wochen lernten wir sie besser

kennen. Sie kam einige Male zu Besprechungen ins Büro, und Mimi und ich gingen mit ihr zum Lunch. Waren keine Männer in der Nähe, erwies sie sich als völlig harmlos; sie hatte nicht viel zu sagen, aber was sie sagte, war durchaus freundlich. Es schien immer noch ziemlich offensichtlich, daß ich bei ihr nicht besonders beliebt war, aber sie war höflich. Der alte Dunskirk machte nicht einmal den Versuch, seinen Stolz und seine Befriedigung zu verbergen; es war rührend, wie er sich um sie kümmerte. »Wissen Sie«, sagte er, »da sie aus dem Ausland kommt, ist es ja ganz natürlich, daß sie sich in London ein bißchen fremd fühlt, wo sie doch keinen kennt. Wenn ein nettes Mädchen wie Sie, Miss Martha, die sich hier auskennt, Zeit hätte, sie ein bißchen herumzuführen – Sie wissen schon, ihr die Geschäfte zeigen und die Sehenswürdigkeiten – Sie sind genau die Art von Begleitung, die ich gern für sie hätte...«

Na ja, ich nahm an, Gareth war sehr beschäftigt mit seiner endgültigen Duftnote, obwohl man doch eigentlich hätte erwarten können, daß er sich ein wenig Zeit nähme, um seine junge Frau auszuführen. Aber ich tat Mr. Dunskirk sen. den Gefallen, und Cara war etwas überrascht, wenn sie auch mit Grazie einwilligte. Ich kam mir vor wie eine Giraffe mit einer Gazelle im Schlepptau, als sie sich mit mattem Interesse die Mall, Harrods und St. Paul's ansah. Ich fand bald heraus, daß Marks und Sparks und die Boutiquen ihr am besten gefielen; so konzentrierten wir uns darauf und verzichteten auf die Sehenswürdigkeiten. Im Lauf dieser Unternehmungen erfuhr ich einiges über sie: Ihre Eltern waren tot, bei einem Eisenbahnunglück ums Leben gekommen, sie hatte keine lebenden Verwandten außer einer Cousine in Bergamo, hatte als Sekretärin in einer Fabrik in Savona gearbeitet – sie sagte nicht genau, um was für eine Art von Fabrik es sich handelte, aber ich kam schließlich zu dem Schluß, daß es sich um einen Betrieb der Pharmaindustrie gehandelt haben mußte – und, wie von Jimmy vermutet, einen lokalen Schönheitswettbewerb gewonnen, worauf sie beschlossen hatte, Mannequin zu werden, und Abendkurse besucht hatte. Überraschenderweise hatte niemand sie ›entdeckt‹; sie war nicht einmal in Rom gewesen. Vielleicht lag es daran, daß es ihrem Gesicht an Lebhaftigkeit fehlte; es war fast völlig ausdruckslos. Wie auch ihre Gedanken aussehen mochten – wenn sie überhaupt dachte –, ihr Gesicht gab keinerlei Hinweis darauf. Als ich etwas tiefer bohrte, stellte ich fest, daß es offenbar immer ihr einziger Ehrgeiz gewesen war, nach England oder Amerika zu gelangen, worauf ich mich etwas lieblos fragte, ob die Heirat mit Gareth Dunskirk nicht lediglich ein zweckmäßiger Schritt zur Verwirklichung dieses Zieles gewesen war.

Jimmy erfuhr, daß das Mid-Century-Kamerateam erst in zwei oder drei Wochen fertig sein würde, weil bei einem anderen Auftrag das Wetter für Verzögerung gesorgt hatte. Inzwischen hatten wir beschlossen, zwei Fliegen mit einer Klappe zu schlagen und während unseres Aufenthaltes in Cornwall eine Serie von Spots für das Faireweather Pilotprojekt zu drehen. Mimi und ich waren eifrig dabei, unsere Texte unter Dach und Fach zu bringen.

Faireweather, ich sagte es wohl schon, war eine amerikanische Firma, die Nahrungsmittel herstellte, leicht zuzubereiten und gedacht für den Genuß im Freien, bei Grillfesten, sportlichen Anlässen und ähnlichem. Es gab verschiedene Grillgerichte, tiefgekühlte Salate, vorgebratene Kebabs, Ringe aus geräuchertem Fisch (»Essen, das Spaß macht; man kann Kopf-oder-Zahl damit spielen«) und jetzt, als neuestes, Picknicksuppen. Diese wurden nach dem Muster der Militärverpflegung hergestellt: Sie bestanden aus einer Dose mit Suppe, mit abreißbarem Deckel und einem kleinen Behälter für festen Brennstoff unter der Dose. Wenn man den Deckel abriß, wurde im Brennstoffbehälter automatisch eine chemische Reaktion ausgelöst, und in wenigen Minuten war die Suppe kochend heiß. Das Ganze hatte natürlich auch diverse Haken – so war es nicht ganz leicht, mit den Dingern zu hantieren, und sie waren recht teuer. Auch hatte ich gehört, daß Faireweather, wie die Hersteller von Produkt x, die

Kinderkrankheiten noch nicht ganz überwunden hatte; die Suppe zeigte Neigung, in den Brennstoffbehälter zu geraten oder etwas in der Richtung. Darum wollten sie das Zeug erst vorab in kleinen Mengen auf dem britischen Markt testen, bevor sie eine große Werbekampagne in ganz Amerika starteten. Aus diesem Grund hatten wir keine Bedenken, ziemlich unbeschwert an die Sache heranzugehen; Faireweather bevorzugte ohnehin eine heiter-unbeschwerte Werbung. Mimi, sehr einfallsreich besonders bei Texten für Nahrungsmittel, hatte in einer Reihe von Entwürfen verrückt-heikle Situationen mit appetitanregenden Beschreibungen verbunden: verwegene Abenteurer, die sich aus Hubschraubern stürzten, andere, die auf einem Achttausender Pause machten, oder von ihren sich aufbäumenden Mustangs durchgeschüttelte Rodeoreiter – sie alle machten im spannendsten Moment ihre Picknicksuppen heiß und schlürften sie – mit dem jeweils passenden Kommentar. Cornwall bietet die richtige, abwechslungsreiche Landschaft für derartige Späßchen, und glücklicherweise hatte das Kamerateam genügend Zeit, die beiden Aufträge nebeneinanderherlaufen zu lassen. Dieser Plan hatte etliche Vorteile: Wir konnten vieles aufeinander abstimmen, das Kamerateam wurde voll ausgenutzt, und da die halbe Belegschaft von Salmon und Bucknell zehn Tage lang nicht im Büro sein würde, war es rationell, soviel wie möglich in diese Tage hineinzupressen. Außerdem waren die beiden Werbespotserien so unterschiedlich in ihrer Art, daß man sie gewiß nicht miteinander in Verbindung bringen würde.

So steckten Mimi und ich bis über die Ohren in Arbeit, um vor der Abreise nach Cornwall alles fertig zu haben und um Susan genaue Anweisungen zu geben für den Fall, daß etwas Unvorhergesehenes eintreten sollte, während wir fort waren.

Vier Tage vor unserer Abfahrt gab George eine Party in den Büroräumen. In geradezu rührender Weise war er auf solche Vergnügungen versessen. Da er keine Kinder hatte, hegte er ausgeprägte väterliche Gefühle für die Belegschaft, wenn er nicht gerade durch die ununterbrochene Aufeinanderfolge von Ehefrauen abgelenkt wurde. (Inzwischen hatten wir übrigens erfahren, daß Eloise ins Ausland gegangen war, wahrscheinlich für immer. George war wegen dieser Geschichte einem Zusammenbruch nahe, und das Organisieren einer Party lenkte ihn ab.)

Wir waren alle da, und es herrschte jene etwas hektische Heiterkeit, die sich bei solchen Anlässen unter Leuten ausbreitet, die sich sowieso jeden Tag sehen. Eine geringe Menge von Produkt x – wir hatten uns noch nicht daran gewöhnt, es ›Avalon‹ zu nennen – war uns (nur widerwillig) überlassen worden, und Mimi und ich hatten uns verschwenderisch damit eingesprüht. Es war wirklich ein bemerkenswertes Parfum und machte (dachte ich) der schöpferischen Kraft, die wir darauf verwendet hatten, alle Ehre.

Zum Glück waren außer uns eine ganze Reihe von Kunden gekommen, die die Party etwas auflockerten. Der alte Dunskirk war da und Cara, und bedauerlicherweise auch Gareth (der zu meinem Verdruß seine beiden Freunde, Tigger Shand und Brad Maitland, mitbrachte. Überzählige Männer sind angeblich auf jeder Party willkommen, aber Freunden von Gareth traute ich von vornherein nicht über den Weg. Meine Vermutung bestätigte sich, als die beiden, denen das Ganze offensichtlich zu lahm war, sehr bald wieder gingen). Franz Oesmacher kam hereinspaziert, mit einer erstaunlichen Debütantin, die aussah wie aus Pergamentpapier ausgeschnitten, und der pfiffige kleine Harry Kodor kam, und mehrere Leute aus dem Faireweather Büro in London, darunter auch mein besonderer Liebling Barnstable Soglow, der vor allem mit der Herstellung der Picknicksuppen beschäftigt war. Er sah aus wie ein Storch, war immer in Eile, arbeitete für zehn und hätte es sich längst leisten können, in den Ruhestand zu gehen und zu leben, wo er wollte, nur würde er dann binnen einer Woche vor Langeweile sterben. Der Emir von Turkinistan tauchte auch auf, er war zu irgendeinem Debütantinnenball im Dorchester herübergeflogen und schaute für eine Stunde rein. Damit war der Abend natürlich gerettet; mit seinen wallenden Gewändern und dem Turban, seinem prächtigen Schnurr- und Spitzbart bildete er eine umwerfend malerische Bereicherung für S&B's nüchternes Sitzungszimmer. Er machte allen Damen blumenreiche Komplimente und bestand darauf, einen altmodischen Walzer mit Mimi zu tanzen, die wie ein elegantes Äffchen um ihn herumwirbelte und seine überschwenglichen Bemerkungen schlagfertig beantwortete, ohne zu erröten.

Ich war ziemlich nervös. Auch wenn ich es vor mir selbst nicht eingestehen wollte, deprimierte mich die Vorstellung, wieder nach Trevann zu kommen, außerordentlich. Immer wieder machte ich mir die schlimmsten Vorwürfe, daß ich den Ort überhaupt erwähnt hatte. Ich war dort einmal unglaublich glücklich gewesen, doch hatte sich dieses Glück als ein so großer Irrtum erwiesen, daß ich mich fühlte, als würde ich jemanden wiedersehen, der mir einen besonders grausamen Streich gespielt hatte. Aber offensichtlich beeinträchtigten diese Gefühle mein wenig bemerkenswertes blondes englisches Erscheinungsbild nicht.

»Aber wie schön sind Sie heute abend!« rief der Emir aus und bedachte mich mit einem strahlenden nahöstlichen Lächeln. »Dies ist die Nacht, in der Miss Gilroy endlich sich selbst gefunden hat. Sie ist wie eine halbgeöffnete Rose, voller Süße und Verheißung.«

»Wie türkischer Honig, meinen Sie?« Ich schaute hinunter auf seinen Turban (zwar war ich gut zehn Zentimeter größer als der Emir, doch machte er das durch Breite und Beweglichkeit wett) und fragte mich, ob der Rubin, der ihn zusammenhielt, tatsächlich echt sein konnte. Er war so groß wie das Ei einer Bantamhenne. Aber schließlich wurde behauptet, daß der Emir mit Öl ein Tageseinkommen von über 10 000 Pfund machte.

»Und das Parfum... ahhh!« Für einen Moment ließ er mitten im Tanz los, um die Hände entzückt dem Himmel entgegenzustrecken, packte mich dann aber um so fester.

»Ich muß erwähnen, daß ich bei den rundlicheren Schönheiten meines eigenen Landes ein Parfum mit etwas mehr Äthyl-Phenylacetat und bedeutend mehr Äthylzinnamat bevorzuge, aber an euch zerbrechlichen englischen Waldnymphen – hinreißend.«

»Oh, Exzellenz, Sie sagen aber wirklich hübsche Dinge«, strahlte ich angetan. »Bis jetzt hat mich noch keiner zerbrechlich genannt.«

Um die Wahrheit zu sagen, seit der Ankunft von Cara Dunskirk hatte ich meine Größe besonders gespürt; sie brachte es fertig, daß ich mir in ihrer Gegenwart wie ein großer blonder linker Läufer vorkam.

Jetzt trat Tom auf uns zu und sagte: »Du hast heute abend überhaupt noch nicht mit mir getanzt. Drück dich nicht.«

»Ich drücke mich ja gar nicht. Aber ich muß eine andere Partnerin für den Emir finden. Wen darf ich Ihnen vorstellen, Exzellenz?«

Seine Augen überflogen das Zimmer mit dem Kennerblick eines Haremsammlers.

»Wie wäre es mit Mrs. Dunskirk?« schlug ich vor. »Dort drüben, in Dunkelrot.«

Eine gewisse Höflichkeit war ich ihr ohnehin schuldig.

»Aha! Ja, gut«, stimmte der Emir herzlich zu.

Ich ging voran durch das Sitzungszimmer, Tom und der Emir dicht hinter mir.

»Ist das Produkt x, was du da trägst?« fragte Tom flüsternd. »Echt stark, oder? Ob es insektenvernichtende Eigenschaften hat?«

»Hallo, Miss Martha«, begrüßte der alte Dunskirk mich. »Die ganze Familie ist hier versammelt, wie Sie sehen. Es gefällt uns bei euch.«

»Das freut mich«, sagte ich und lächelte ihn an. »Cara, hier ist jemand, der Sie gern kennenlernen möchte. Darf ich Ihnen seine Exzellenz, den Emir von Turkinistan, vorstellen?«

Caras Augen weiteten sich, als sie den Titel hörte, sie öffnete den Mund, um zu antworten, aber es kam kein Ton heraus. Ihr Gesicht wurde völlig leer. Sie war immer ziemlich blaß, aber nun wurde sie langsam weißlich wie ein toter Fisch. Sie ließ ein leises würgendes Stöhnen hören und schwankte.

»He, fall nicht um, Mädchen!« rief der alte Dunskirk und packte ihren Arm. Ich ergriff den anderen, und so brachten wir sie, sie halb führend, halb schiebend, zu einem Stuhl.

»Ich hole ein stärkendes Getränk!« rief der Emir und hastete mit gewohnter Schnelligkeit davon. Tom, der alte Dunskirk und ich standen um Cara herum und gaben mitfühlende Äußerungen von uns. Aber beinahe sofort war der Emir wieder da mit einem Getränk, das eine so blitzschnelle stärkende Wirkung auf Cara ausübte, daß ich mich fragte, ob er ein orientalisches Wundermittel in das Rotweinglas geschüttet habe. Caras Unwohlsein, was auch die Ursache gewesen sein mochte, war bald verflogen. Einen Augenblick lang hatte ich mich unsinnigerweise gefragt, ob es das Parfum gewesen sein konnte, das sie nicht vertragen hatte; denn inzwischen wußte ich, daß Parfums eine starke psychische Wirkung haben können, daß einige Krankheiten mit Gerüchen behandelt und andere durch sie verursacht werden.

»Es tut mir so leid – ich bin jetzt wieder in Ordnung«, sagte Cara und lächelte den Emir mit riesengroßen Augen an, wobei sie es aber fertigbrachte, trotzdem rührend mitleiderregend auszusehen.

»Was war denn los, Liebes?« fragte der alte Dunskirk besorgt. »Eh, hättest doch nicht kommen brauchen, wenn dir nicht gut war.«

»Oh, es ist gar nichts – nur die Hitze«, sagte sie rasch. »Ich entschuldige mich vielmals – es war so albern von mir. Ich bleibe hier noch einen Augenblick ruhig sitzen, dann wird alles wieder in Ordnung sein.«

»Willst du nicht lieber nach Hause, Schätzchen?«

Es fiel mir auf, daß Caras Schwiegervater wesentlich mehr Besorgnis zeigte als ihr Ehemann; Gareth stand am anderen Ende des Zimmers und sprach mit der Faireweather-Clique. Als das Durcheinander begann, sah er sich kurz um, zuckte die Achseln und entschied offenbar, es sei nicht nötig, daß er nachschaute. Der Emir jedoch setzte sich voll Besorgtheit neben Cara.

»Mein Daimler steht draußen – sind Sie sicher, Mrs. Dunskirk? Es wäre mir eine Freude, Sie nach Hause zu fahren.«

»Aber ich möchte mir die Party nicht entgehen lassen!« sagte sie wie ein niedliches Kind.

»Sie ist jetzt okay«, flüsterte Tom mir trocken ins Ohr. »Laß uns tanzen.« Er zog mich fort. Ich ließ mich gern fortziehen.

Aber wir waren noch nicht weit gekommen, als Gareth sich mir zielbewußt näherte. Da unsere Maxime hieß: Höflich zu den Kunden sein, wartete ich widerstrebend auf ihn.

Im Abendanzug wirkte er besonders mies – wie aus einem schlechten Film, zuviel Glimmer, um echt zu sein. Eigentlich sah er ausgesprochen gut aus, etwa wie ein blonder nordischer Gott, ganz anders als sein Vater; in ihm setzten sich wohl irgendwelche Wikingervorfahren wieder durch, die bei Bruddersford gelandet waren. Er hatte dichtes helles Haar, sorgfältig gebürstet, und prächtige Zähne, die er häufig in einem breiten, falschen Lächeln zeigte. Seine glatte, wie aus Kunststoff wirkende Haut ließ einen, was die Farbe anging, an tiefgekühlten Blätterteig denken. Man sagte, er und Cara seien ein hübsches Paar. Allerdings war mir schon aufgefallen, daß der Reiz des Neuen an ihr für ihn noch schneller verblaßte, als wenn sie eine neue Hi-Fi-Anlage oder ein neues Auto gewesen wäre. Wenn Leute ihr Loblied sangen, sah er immer weniger selbstzufrieden aus. Zu meinem Verdruß hatte er sich angewöhnt, bewundernde Blicke in meine Richtung zu werfen, eine Huldigung, auf die ich gern verzichtet hätte.

»S-sagen Sie, Martha...« Er stotterte ein wenig, was zuerst den irreführenden Eindruck von Schüchternheit erweckte, »...ist etwas mit C-Cara?«

»Warum gehen Sie nicht zu ihr und fragen sie selbst?« fragte ich bissig.

»Ihr wurde schwindelig«, sagte Tom, nachsichtiger als ich. »Von der Hitze.«

»Sieht doch jetzt okay aus.« Gareths Tonfall klang hörbar verdrießlich; ich drehte mich um und sah, daß Cara und der Emir sich großartig miteinander amüsierten. Er strahlte und schwatzte das Blaue vom Himmel herunter, während sie traurig-flehende Scheinwerferblicke auf ihn warf.

»Als wir heute abend aufbrachen, hatte sie nichts«, sagte Gareth gereizt.

»Ist sie schwanger?« fragte ich. Tom runzelte mißbilligend die Stirn, aber ich bin nicht für große Umschweife. Gareths Augenlider zuckten, und er lächelte abweisend.

»N-nicht, daß ich wüßte«, antwortete er.

»Hoffentlich ist sie nächste Woche wieder in Ordnung«, sagte ich. Wir wollten am Montag nach Trevann fahren und am Dienstag mit den Aufnahmen beginnen, wenn das Wetter es zuließ. Jimmy war mit einem Teil des Kamerateams vorausgefahren, um die Unterbringung vorzubereiten – seine Gürtelrose machte ihn so reizbar, daß er kaum den Gedanken an eine Party im Büro ertragen konnte. Wenn Cara krank werden sollte, würde das unseren Zeitplan durcheinanderbringen.

»Darf ich um den nächsten Tanz bitten, Martha?« fragte Gareth.

Ich suchte noch nach einer Ausrede, als ich sah, daß der alte Dunskirk auf uns zusteuerte, und ich wandte mich erleichtert ihm zu.

»Cara hat beschlossen, doch das freundliche Angebot seiner Exzellenz anzunehmen, Miss Martha«, sagte er. »Ich möchte also bloß gute Nacht sagen und mich für uns beide für den wundervollen Abend bedanken. Ich denke, Gareth will noch ein bißchen bleiben, eh, Gareth?« Gareth nickte mürrisch. »... aber ich fahr mit ihnen. Alte Knochen ...«

»Das ist sehr vernünftig von Cara«, sagte ich. »Sie muß auf sich aufpassen ...«

»Eh, ja, das hab ich ihr auch gesagt, damit sie wieder gesund ist, bevor wir nach Cornwall fahren.«

»Kommen Sie auch mit, Mr. Dunskirk?« fragte ich überrascht.

»Ja, das tu ich«, sagte er gemütlich. »Ist schon lange her, daß ich dort unten war, aber Mutter und ich waren oft in Par Sands, als wir noch jung waren. Hab mir also gedacht, ich mach einfach zwei drei Wochen Urlaub und komm mit der Familie und seh mir den Spaß an. Ich hab ein Haus in Polneath gemietet, das ist nur zehn Meilen von Trevann aus.«

»Wie ... wie nett.« Ich riß mich zusammen und lächelte ihn an. Es war bei uns eine eherne Regel, von den Dreharbeiten für Fernsehspots auch unsere sympathischsten Kunden fernzuhalten, weil ihre Vorschläge bei solchen Gelegenheiten im allgemeinen außerordentlich störend und teuer sind. Aber mir war klar, daß wir in den Dunskirks unsere Meister gefunden hatten. Vielleicht wollte der alte Junge seine Schwiegertochter im Auge behalten. Und vielleicht war das gar keine so schlechte Idee, dachte ich, einen der schmachtenden Blicke erhaschend, die sie dem Emir zuwarf.

»Kommen Sie auch mit?« fragte ich Gareth. Zu meiner Erleichterung schüttelte er den Kopf.

»Jemand muß die Arbeit machen. Ich bleibe hier, um ein Auge auf die Dinge im Labor zu haben«, antwortete er mit Märtyrermiene, fügte dann aber hinzu, daß er am Wochenende vielleicht nach Plymouth hinunterfliegen und von dort aus herüberfahren würde.

»Die kleine Laureen kommt auch mit, sie kann ein bißchen Seeluft vertragen«, fuhr der alte Dunskirk fort. Wer zum Teufel ist die kleine Laureen? fragte ich mich. »Das ist Gareths kleine Tochter aus seiner ersten Ehe«, erklärte sein Vater auf meinen fragenden Blick hin. »Sie werden sie ins Herz schließen, Miss Martha, sie ist ein liebes kleines Ding.«

Eigentlich hätte sich bei diesen Worten der Himmel öffnen und Donner und Blitz herabschicken müssen, doch ich hatte nicht einmal eine Vorahnung; ich sagte nur, daß das alles sicher viel Spaß machen würde, und drängte Mr. Dunskirk, darauf zu achten, daß Cara früh zu Bett ging und sich erholte.

Dann begleitete ich sie bis zur Tür, ließ mich vom Emir zum Abschied umarmen und hoffte, daß ich Gareth nun losgeworden sei, aber kaum waren sie fort, da tauchte er neben mir auf. »Was ist mit unserem Tanz, M-Martha?«

Aus Höflichkeitsgründen konnte ich ihn nicht gut zurückweisen; so folgte ich ihm verdrossen.

»Das ist Produkt x, was Sie da tragen, nicht wahr?« sagte er. »Es paßt zu Ihnen. Sie sehen wirklich gut aus, wenn Sie sich hübsch anziehen, M-Martha, wissen Sie das?« Er musterte mich abschätzend. Er hatte graugelbe Augen, merkwürdig flach und glanzlos.

»Vielen Dank«, gab ich kalt zur Antwort.

»Und Produkt x ist ein verdammt gutes Parfum, nicht wahr? Wirklich Spitzenklasse. Auf mich können Sie sich verlassen, wenn es darum geht, einen Renner zu erfinden«, sagte er mit hassenswerter Selbstgefälligkeit. »Das wird D-Dunskirk und Sohn wirklich bekannt machen.«

»Und was haben Ihrer Ansicht nach die letzten zwanzig Jahre harter Arbeit Ihres Vaters getan?« fragte ich bissig.

»Oh, die meisten Produkte von Dad sind Schund, das weiß doch jeder. Keine Klasse. Ich habe ihn oft zu überreden versucht, den Laden zu verkaufen und etwas anderes aufzuziehen, aber ohne Erfolg. Dad hat keine Ahnung von Prestige oder Image. Ehrlich. Wohnt immer noch über dem Betrieb – das muß man sich mal vorstellen! Cara wollte gar nicht glauben, daß er das auch von uns erwartete. Nein, leider ist es wirklich ein jämmerlicher alter Laden.«

»Ich habe festgestellt, daß Sie das Geld, das er bringt, nicht verachten.«

»Sachte, D-Darling! Sie brauchen mir nicht jedesmal, wenn Sie etwas sagen, den Kopf abzureißen! Sie sind ja ein richtiger kleiner Drachen!« Er lächelte gönnerhaft auf mich herunter – er war ziemlich groß –, und ich hätte ihm eine knallen können. Ich beschränkte mich darauf zu sagen:

»Nennen Sie mich bitte nicht Darling. Ich bin nicht Ihre Frau.«

»Ich wollte, Sie wären es!« sagte er. »Cara hat sich leider als e-echter Reinfall erwiesen. Aber ich glaube, Sie und ich würden klasse miteinander auskommen. Ein Paar, das gut zusammenpassen würde.« Selbstgefällig musterte er sich in dem hohen Spiegel am Ende des Raums. Ich bewahrte ein frostiges Schweigen.

Zum Glück endete der Tanz bald darauf; zwar sah es immer so aus, als ob niemand und nichts Gareth den glücklichen Glauben an seine Unwiderstehlichkeit nehmen könnte, aber manchmal befürchetete ich, er könnte mich so reizen, daß ich zu weit gehen und etwas sagen würde, was geschäftsschädigend wäre.

»Kommen Sie, was ist mit dem nächsten Tanz?« fragte er, als die Musik verstummte.

»Tut mir leid, den habe ich Mr. Toole versprochen«, sagte ich. Tom, der Gute, stand direkt hinter uns und zog mich rasch mit sich.

»Und jetzt«, sagte er, »laß uns von hier verschwinden. Dies ist das erste Mal den ganzen Abend, daß ich dich für mich habe, und ich will keine weiteren Störungen.«

Ich sah mich um. Der Abgang des Emirs mit dem alten Dunskirk und Cara hatte zu einem allgemeinen Aufbruch geführt.

»Du hast wirklich deine Pflicht getan«, drängte Tom. »Komm mit, wir bestellen uns irgendwo einen Drink.«

Ich wußte, daß ich eigentlich nach Hause gehen und arbeiten sollte, aber der Gedanke an Trevann lastete auf mir wie ein Bleigewicht, und so stimmte ich zu.

»So ist's recht. Ich hol deinen Mantel.«

Es tat mir gut, daß Tom die Sache in die Hand nahm. Er war groß (als einziger bei S&B größer als ich) und ungezwungen in seinen Bewegungen, hatte dichtes, unordentliches braunes Haar und eine krumme Nase, die einem Boxkampf in der Schule ihre Form verdankte. Obwohl er nichts besonders ernst zu nehmen schien, war er, ohne sich groß anzustrengen, erfolgreich im Beruf. Ich wußte, daß er in seiner Freizeit leidenschaftlich gern fotografierte; er unternahm weite Reisen und gab sich unendliche Mühe mit seinen Aufnahmen und hatte auch mehrmals internationale Auszeichnungen gewonnen.

Nach einem schnellen Whisky zog er mich jetzt mit sich und bestand darauf, mir einen großartigen Anblick zu zeigen – wie sich herausstellte, war es ein Feigenbaum, der auf einem Trümmergrundstück wuchs –, und dann befanden wir uns plötzlich auf einem langen Spaziergang durch die im Mondschein liegende Stadt – anstatt vernünftig nach Hause zu gehen. Ich liebe es, bei Nacht durch London zu wandern; bei Dunkelheit ist es eine so schöne Stadt, auch die scheußlichen Gebäude werden erträglich, während die schönen umwerfend sind; die Straßen sind sauber und leer, sie sehen so aus, wie sie ursprünglich aussehen sollten. Man kann ein gutes Tempo vorlegen, was tagsüber selten möglich ist – dabei hasse ich es, zu trödeln. Das Ganze ist eine sehr befreiende Erfahrung.

»Was ist eigentlich mit dir los, Martha?« fragte Tom nach einer Weile.

Es hörte sich an, als nehme er wirklich Anteil, und das warf mich um.

»Ich habe scheußliche Vorahnungen wegen Trevann«, brach es aus mir heraus. »Ich weiß, es hört sich furchtbar albern an, wenn man es in Worte faßt; du wirst denken, der Mondschein sei mir aufs Hirn geschlagen ...«

»Es hat etwas mit deinem Mann zu tun, nicht wahr?« fragte Tom ruhig.

»Ja. Wie konntest du das ahnen?«

»Radar.«

Wir gingen schweigend einige Blocks weiter, in westlicher Richtung die Fleet Street hinunter; und als wir uns umwandten, bot sich unseren Augen eine der schönsten Ansichten Londons: die Ludgate Eisenbahnbrücke und das Gewirr von alten und neuen Gebäuden, die sich Ludgate Hill hinaufziehen bis zur alles überragenden St. Paul's Kathedrale.

Dann sagte Tom: »Findest du nicht, es wird Zeit, daß du mir davon erzählst? Schließlich kennen wir uns schon über ein Jahr.«

Ich zog meine ringlose linke Hand aus der Tasche, wo ich sie zur Faust geballt hatte.

»Eigentlich gibt es nicht viel zu erzählen. Es ist lange her. Es ist vorbei.«

»Dann erzähl und werd es los.«

»Zange, bitte!« Ich lachte etwas mühsam und holte tief Luft. »Also gut. Aber ich werde dich enttäuschen, das scheint meine Spezialität zu sein.«

Trotzdem war es schwer, einen Anfang zu finden. Tom fragte, um es mir leichter zu machen:

»Wie hieß er?«

»Lucian. Lucian Ferguson. Ich habe ihn geheiratet, als ich neunzehn war. Ehrlich«, sagte ich heftig, »es dürfte nicht *erlaubt* sein, daß man so jung heiratet. Wenn ich daran denke, was für ein grünes, unreifes Ding ich war ... Damals natürlich schien alles wunderbar.«

»Hattest du keine Familie, mit der du darüber sprechen konntest?«

»Nein, meine Eltern waren geschieden. Vater hatte wieder geheiratet und war ins Ausland gegangen, und Mutter starb im Jahr davor. Ich hatte eine gute Stellung in einem Verlag; Lucian war einer der Lektoren. Er schien eine große Karriere vor sich zu haben, er war hochintelligent und steckte voller ungewöhnlicher Ideen, sehr sensibel ... Wir verliebten uns ineinander. Er hatte auch keine Familie; seine Mutter war bei der Geburt eines toten Kindes gestorben, als er zehn war, und sein Vater starb an Lungenkrebs. Er wuchs bei einer Großmutter auf. Wir heirateten fast sofort. Wir dachten wohl, jeder von uns würde dem anderen all das geben, was er brauchte ...

Eine kurze Zeit lang war alles wunderbar und vollkommen. Vermutlich hätten Kleinigkeiten mich dennoch warnen sollen, aber ich war so ahnungslos. Wir verbrachten unsere Flitterwochen in Cornwall; Lucian liebte das Meer und war ein großartiger Schwimmer. Wir waren so glücklich, aber selbst damals schien er manchmal merkwürdig abwesend. Und dann – wir hatten eine Wohnung in St. John's Wood gefunden und wohnten seit etwa einem Monat dort – sagte er plötzlich eines Abends kalt: ›Ich wollte, du würdest keine Mitteilungen für mich herumliegen lassen, Martha. Wenn du mir etwas zu sagen hast, sage es mir direkt.‹ Ich sagte: ›Mitteilungen – was meinst du denn damit?‹ Er sagte: ›Das Buch, das du auf dem Fußboden liegengelassen hast.‹«

»Was für ein Buch war das?« fragte Tom.

»Es war *Ein idealer Gatte*. Lucian sagte: ›Vermutlich soll das eine Spitze gegen mich sein, oder?‹ Ich war völlig überrascht. Zuerst dachte ich, er mache Spaß und sagte: ›Sei nicht albern, ich habe es einfach dort vergessen.‹ Aber ich sah, daß er mir nicht glaubte. Er selbst war schrecklich ordentlich, es wäre ihm nie in den Sinn gekommen, etwas einfach herumliegen zu lassen. Die Geschichte erledigte sich irgendwie, aber es hatte mich furchtbar erschreckt, daß ich so völlig mißverstanden worden war! Und es gab weitere Vorfälle dieser Art. So sagte er immer wieder, daß ich irgendwie versuche, ihm eins auszuwischen.

Dann begann er, vieles, was er bisher getan hatte, aufzugeben.«

»Was zum Beispiel?«

»Oh – zuerst waren wir oft in Konzerte gegangen. Er hörte auf damit, er hörte sogar auf, Musik im Radio zu hören. Er sagte, es sei nicht nötig. Er trank keinen Alkohol mehr, rauchte nicht mehr, trank nicht einmal mehr Kaffee ... Sobald er merkte, daß etwas ihm Spaß machte, gab er es auf – es schien eine Art Test für Willenskraft zu sein. Und während dieser ganzen Zeit wandte er sich immer mehr von mir ab und zog sich in sich selbst zurück. Ein halbes Jahr später gingen wir nicht mehr miteinander ins Bett ...« Meine Stimme schwankte, als ich eine besonders schmerzliche Erinnerung für mich behielt; ich fuhr rasch fort: »Als wir ein Jahr verheiratet waren, sprach er kaum noch mit mir.«

»Wie sah es im Büro aus?«

»Seine Arbeit war in Ordnung. Aber er war dünn geworden und wirkte um Jahre gealtert. Heute weiß ich natürlich – was ich damals nicht erkannte, weil ich nicht genügend Erfahrung hatte –, daß er krank war, daß ich ihn dazu hätte bringen müssen, sich in psychiatrische Behandlung zu begeben. Aber ich war zu verletzt und schämte mich zu sehr, um Fremde um Hilfe zu bitten. Und als wir ein Jahr verheiratet waren, verschwand er einfach von der Bildfläche, ohne ein Wort zu sagen. Ich kam eines Tages nach Hause, und er war nicht da. Als ich ... als ich endlich meinen Stolz hinuntergeschluckt hatte und bei ihm im Büro anrief – ich arbeitete inzwischen woanders –, schienen sie überrascht zu sein; sie sagten mir, er habe gekündigt. Sie wußten nicht, wo er war. Seitdem habe ich ihn nicht mehr gesehen.«

»Du hast versucht, ihn zu finden?«

»Ja, als ich mich zu elend fühlte, um mich länger zu schämen, gab ich einem privaten Ermittlungsbüro den Auftrag, ihn zu suchen. Es war erbärmlich – soweit ich feststellen konnte, suchten sie lediglich in den zwielichtigen Hotels in den Badeorten nach ihm. Sie fanden ihn nicht. Ich fragte mich immer wieder, ob er ins Ausland gegangen sei, in den Fernen Osten. Wie hätte er sonst für so lange Zeit verschwinden können, ohne eine einzige Spur zu hinterlassen? Er hatte keine Verwandten, zu denen er hätte gehen können, und er schien keine nennenswerten Summen gespart oder ungewöhnlich viel von unserem gemeinsamen Konto abgehoben zu haben. Und er hatte sich schon immer für die Religionen des Fernen Ostens interessiert. Nach sieben Jahren wurde unsere Ehe geschieden – wegen böswilligen Verlassens –; das war im letzten Winter, kurz bevor ich bei Salmon und Bucknell anfing.«

»Glaubst du, daß er tot sein könnte?«

Toms Worte hörten sich so kalt und endgültig an. Die Frage hatte ich mir oft selbst gestellt, sie aber nie laut ausgesprochen. Ich erwiderte rasch:

»Nein. Nein, ich bin sicher, daß er nicht tot ist. Ich habe immer das Gefühl gehabt, daß er *irgendwo* ist...«

»Du liebst ihn immer noch, nicht wahr?« fragte Tom ruhig.

Eine Messerklinge drehte sich in meinem Herzen. Ich blieb stehen und verbarg mein Gesicht in den Händen, als ich mich an jene frühen Tage erinnerte, an den Sonnenschein und die Schlüsselblumen unserer Flitterwochen in Cornwall, an die albernen Späße der ersten Ehetage. Tränen rannen zwischen meinen Fingern hindurch.

Es war lange her, daß ich geweint hatte. Während der ersten Jahre nach diesen Ereignissen war es mir manchmal ziemlich schlecht gegangen. Natürlich hatte ich das Gefühl, ich sei mit einem schrecklichen Makel behaftet, den Lucian zu spät entdeckt hatte. So hatte ich mich also in die Arbeit gestürzt – Gott sei Dank ist immer die Arbeit da – und Abstand zum männlichen Geschlecht gehalten. Ich hatte nicht die Absicht, jemals eine zweite Enttäuschung zu riskieren. Und während der drei letzten Jahre ungefähr war ich ziemlich ausgeglichen gewesen.

»Taschentuch«, sagte Tom und schob mir eins in die Hand. Wir hatten uns nach links gewandt, zum Themse-Embankment; der Fluß strömte still und schwarz unter Lichtgirlanden am andern Ufer dahin. Tom legte einen Arm um mich und steuerte mich zu einer Bank, während er beruhigend auf mich einsprach: »Ist ja gut, ist ja gut«, und »jetzt fühlst du dich gleich besser«, bis meine Tränenflut versiegt war.

»Ich fühle mich *nicht* besser«, protestierte ich schwach. »Ich habe keine Ahnung, warum ich so albern heule, und es macht die Sache kein bißchen besser. Ich fühle mich miserabel! Dies mußte natürlich ausgerechnet kurz vor den Aufnahmen passieren.«

»Aufnahmen!« knurrte er. »Kannst du denn nur an Arbeit denken? Du verschanzt dich dahinter, als wäre sie eine Festung! Das Problem ist, du hast deine erste Liebe nie überwunden, und du klammerst dich an eine romantische Erinnerung.«

»Du hast überhaupt keine Ahnung! Du hast ihn nie kennengelernt.« Plötzlich war ich wütend. »Ich glaube... ich glaube, ich gehe lieber nach Hause, sonst fangen wir noch an, uns zu streiten.«

»Okay, meine Liebe«, sagte Tom gelassen. Er zog mich auf die Füße. »Wir gehen zur Charing Cross Station und suchen uns ein Taxi. Du denkst, ich hacke auf dir herum und bin unfair, oder? Und du weißt auch, warum, nicht wahr? Du weißt, daß ich dich liebe?«

Wir kamen an einem großen dunklen Schaufenster vorbei, das leer war bis auf ein paar aufgeschlagene Bücher, die man in Borde gestellt hatte. Unsere von den Straßenlaternen beleuchteten Spiegelbilder bewegten sich langsam über das Glas.

»Oh, Tom«, sagte ich jämmerlich.

»Es hat keinen Sinn, du mußt der Sache ins Auge sehen. Ich liebe dich, und ich möchte dich heiraten. Was hast du dazu zu sagen?«

»Ich kann mir nicht vorstellen, warum du den Wunsch haben solltest«, sagte ich ausweichend. »Ich... ich bin nicht gut geeignet zur Ehe.«

»Dummes Zeug. Nur weil du das erste Mal Pech hattest...«

»Aber vielleicht war es meine Schuld.« Dieser Gedanke hatte mich schlaflose Nächte und lange Tage voll stummer, verwirrter Qual hindurch verfolgt, als Lucian in der Wohnung umherging, ohne Notiz von mir zu nehmen. Was stimmte denn nicht mit mir, wovon ich nichts ahnte? Nachdem er gegangen war, erinnerte ich mich, hatte sogar eine gewisse Erleichterung in dieser neuen Art von Stille gelegen.

»Mein Liebling, es war nicht deine Schuld. Er war schizophren. Mit einer anderen Frau wäre es genauso gelaufen. Vielleicht hat die Ehe die Entwicklung etwas beschleunigt, das ist alles.«

»Ich möchte es nicht ein zweites Mal riskieren.«

»Du kannst dich nicht ewig von anderen Menschen abkapseln, das ist nichts anderes als Stolz und Trotz. In Wirklichkeit kannst du nicht ohne andere leben – du bist warmherzig, du bist kontaktfreudig. Es ist zu deinem Besten, wenn man dich aus deinem Schneckenhaus hinaustreibt – irgendwann kannst du dich nicht mehr ausschließen.«

»Können wir nicht einfach weitermachen wie bisher?« fragte ich matt.

»Nein, das können wir nicht«, sagte er. Ich hatte Tom noch nie so zornig gesehen. »Es tut mir leid, aber das ist unmöglich.«

»Und wenn ich nein sage?«

»Werde ich mir einen Job in München besorgen. Wenn du mich nicht willst – nun, dann ziehe ich es vor, woanders hinzugehen, wo ich nicht dauernd über dich stolpere.«

»Tom!« Ich war entsetzt. »Salmon und Bucknell verlassen? George verlassen? Wo wir gerade diesen neuen Kunden haben?«

»Zum Teufel mit George!«

Es gab mir einen Stich, als mir klar wurde, wie sehr ich die Wärme vermissen würde, die Tom ausstrahlte, seine Kameradschaft, seinen Sinn für Humor, seinen gesunden Menschenverstand, und ein kaltes Gefühl der Verlassenheit überkam mich.

»Mein Gott«, sagte ich unglücklich.

»Warte... da ist ein Taxi!« Tom schoß um die Ecke und pfiff wie ein Verrückter. Ich wartete auf dem Bürgersteig, zitternd und unsicher, was ich tun sollte. Kurz darauf tauchte das Taxi wieder auf; Tom sprang heraus und hielt mir die Tür auf.

Eine ganze Weile fuhren wir schweigend, jeder in seiner Ecke, weit voneinander entfernt. Dann sagte Tom unbarmherzig:

»Du glaubst, daß du Lucian in Cornwall finden wirst, nicht wahr? Findest du nicht, daß das eine ziemlich kindische romantische Vorstellung ist?«

»Oh, verdammt nochmal!« fauchte ich. »Nein, das finde

ich nicht. Es ist nur ... als ich mich an die Burg in Cornwall erinnerte, fiel mir auch etwas anderes ein, was ich völlig vergessen hatte ...«

»Ja?«

»Die Burg gehörte einer merkwürdigen Bruderschaft, irgendein sonderbarer Orden. Ich glaube nicht, daß es Christen waren. Mir fiel plötzlich wieder ein, wie Lucian eines Tages, als wir auf den Klippen wanderten, zum Kloster hinaufschaute. Die Mönche lebten nicht in der Burg; sie hatten ein großes Haus auf der Landspitze gegenüber. Lucian sagte nichts, er schaute nur – so als ob er einen fast unwiderstehlichen Drang verspürte, dort hinaufzusteigen.«

»Und all die Jahre hast du dich nicht daran erinnert?«

»Wahrscheinlich erschien es mir nie besonders wichtig.«

»Oder war es so, daß du dich nicht daran erinnern *wolltest*? In Wirklichkeit wolltest du ihn gar nicht finden?«

»Das ist nicht wahr!«

»Und jetzt«, fuhr Tom unerbittlich fort, »hast du dich endlich wieder daran erinnert, weil du dich zum erstenmal nicht mehr an ihn gebunden fühlst.«

Ich war wütend, wie man es immer ist, wenn andere unser Verhalten analysieren.

»So ist es überhaupt nicht! Es ist nur so, daß das genau der Ort ist, an dem er sich aufhalten könnte, wenn die Bruderschaft noch dort ist ...«

Das Taxi hielt vor meinem Block, und Tom zahlte.

»Ich bitte dich nicht rauf«, sagte ich unfreundlich.

»Ich würde auch nicht kommen.« Er legte den Arm um meine Schultern und drückte mich kurz an sich. »Entspann dich, Darling! Quäl dich nicht zu Tode, ich werd nicht mit der Axt auf dich losgehen. Wir werden warten, bis wir aus Cornwall zurück sind, okay? Wenn du deinen Ex-Ehemann findest, erweist es sich vielleicht als heilsamer Schock. Und wenn du ihn nicht findest – ich frage dich noch einmal, wenn wir wieder hier sind. Einverstanden? Trink jetzt was Heißes und geh schlafen. Bis morgen.«

Er lief mit seinen langen, lockeren Schritten die Stamford Street hinunter. Ich ging hinauf in meine Wohnung, machte mir etwas Heißes zu trinken und kroch ins Bett. In meinem Kopf jagten sich die Empfindungen, in erster Linie Empörung über Tom. Welches Recht hatte er, mich so zu quälen?

Kurz vor dem Einschlafen dachte ich an Cara Dunskirk und ihren merkwürdigen Schwindelanfall auf der Party. Was war mit ihr gewesen? Sicher nicht die Hitze, wie sie gesagt hatte; das Sitzungszimmer war keineswegs überheizt – um die Wahrheit zu sagen, es war ausgesprochen kühl. Sie schien völlig in Ordnung gewesen zu sein, bis ich den Emir zu ihr führte. Was hatte sie aus dem Gleichgewicht gebracht? Hatte sie ihn wiedererkannt? Während ich mir eine spannende Geschichte zusammendichtete, in der sich herausstellte, daß Cara eine geflüchtete Frau aus dem Harem des Emirs war, die Gareth überredet hatte, sie in Brads Jacht mit einer Ladung Heroin aus Turkinistan hinauszuschmuggeln, fiel ich schließlich in einen unruhigen Schlaf.

Am nächsten Tag fragte ich Susan, an wen sie sich wegen einer Erlaubnis zum Filmen auf Trevann gewandt habe.

»Oh«, antwortete sie, »die Burg gehört einem komischen Orden – zuerst verhielten sie sich ziemlich abweisend, aber als sie endlich merkten, daß Geld für sie herausspringen würde, stimmten sie widerwillig zu, vorausgesetzt, wir würden uns dem Kloster selbst auf keinen Fall nähern. Hier ist es, ich wußte doch, daß ich es irgendwo hatte: Die Bruderschaft des durchbohrten Steins.«

»Natürlich«, sagte ich. »Wie konnte ich das vergessen?«

3

Und dann saßen wir im Zug nach Cornwall: Mimi, Tom, Cara und ich. Susan hatte mir angeboten, mir ihr Auto zu leihen, aber ich fahre gern mit der Eisenbahn. Außerdem wollte ich während der Fahrt noch etwas arbeiten; es war gerade eine Anforderung mit dem Vermerk *Äußerst dringend* eingetroffen – Midinette wollte Texte für Werbespots im kanadischen Fernsehen –, und das mußte ich gleich erledigen. Mimi ging es ähnlich; sie saß über Texten für Picknicksuppen. Tom hatte sein Auto in Cornwall gelassen, als er das erste Mal mit Jimmy hinuntergefahren war, um sich einen vorläufigen Eindruck zu verschaffen; er sagte, es habe keinen Sinn, innerhalb so kurzer Zeit zweimal neun Stunden hinter dem Steuer zu sitzen.

Cara hatte in letzter Minute überraschend den Wunsch geäußert, sich uns anzuschließen, anstatt mit dem alten Dunskirk hinunterzufahren. Ich fragte mich vage, ob das in Zusammenhang stand mit dem sich offenbar rapid verschlechternden Verhältnis zwischen ihr und Gareth. Aber sie erklärte:

»Mir wird beim Autofahren so leicht schlecht. Es ist eine so lange Fahrt – und mein Schwiegervater fährt so langsam! Außerdem sind da noch die Haushälterin und Gareths kleine Tochter und so viel Gepäck... Ich reise nicht gern mit Kindern...«

Natürlich versicherten wir, wir würden uns freuen, wenn sie mit uns führe. Außerdem hatte Tom dann jemanden, mit dem er reden konnte, da Mimi und ich arbeiten mußten.

Die Begegnung zwischen Tom und mir am Tag nach der Party war ganz unbefangen gewesen. Einmal, weil man Tom gegenüber nur schwer befangen sein kann; er gehört nicht zu dieser Art von Leuten. Und außerdem steckten wir beide bis über die Ohren in Arbeit. Werbung ist wirklich ein hektischer Beruf. Gerade wenn man einen geistigen Tiefpunkt erreicht hat, kann man sicher sein, daß man auf einen absolut idiotischen, aber ungeheuer wichtigen Auftrag angesetzt wird, wie etwa: die Vorzüge von zwei verschiedenen Himbeereislutschern gegeneinander abzuwägen oder seine Freunde um schmutzige Socken zu bitten, um damit eine neue Waschmaschine auszuprobieren.

Das ist oft sehr anstrengend, hat aber auch sein Gutes.

Als wir London hinter uns gelassen hatten, zog ich eine Reihe von Fragebögen und Statistiken heraus, die nachwiesen, warum Midinette-Waschmaschinen besser an Akademiker und obere Einkommensgruppen verkauft wurden als an andere soziale Schichten. Der Grund hierfür hing in diesem Fall nicht mit dem Preis zusammen. Midinette war so groß wie eine Spielzeugwaschmaschine, verhältnismäßig billig und gedacht für die Wäsche von höchstens einem halben Dutzend Kleidungsstücken. Sie war versuchsweise auf den Markt gebracht worden, verkaufte sich aber recht gut, da sie sich als ein Segen erwies für Apartmentbewohner, die sich mit bügelfreier Kleidung begnügen mußten. Wir hatten sogar in Erwägung gezogen, den Slogan »Für die Hemden mit weißem Kragen« zu benutzen, aber George hatte Einspruch erhoben; er war allergisch gegen Texte, die auch nur einen Hauch von Snobismus zeigten.

»Midinette, die Rettung des Junggesellen«, schrieb ich und kaute an meinem Kugelschreiber, während ich aus dem Fenster auf die in den weißen Kalkboden der Hänge geritzten Regimentsmaskottchen schaute. Armee, Marine, Medizin und Justiz, dachte ich und notierte:

»Beim Anwalt, Pfarrer, Vikar, Kadett
kommt kleine Wäsche in Midinette.«

Welche Kleidung gehörte zu den vorwiegend männlichen Berufen? Perücken und Talare – aber die wurden vermutlich, wie Uniformen, in die Reinigung gebracht. Die weißen Kittel der Zahnärzte, die Halskrausen von Sängerknaben, die Kittel der Maler. Geistliche und Richter trugen Beffchen, was immer das sein mochte. Oberbürgermeister trugen Ketten. Mönche hatten Kutten, die sie jedoch nie wuschen, hatte ich gehört...

Mönche.

Ich warf einen Blick auf Tom neben mir. Er erzählte Cara von den prähistorischen Denkmälern in Cornwall, und sie lauschte mit großen Augen, den edlen Kopf auf dem langen Hals ihm zugewandt; lieblos fragte ich mich, ob sie auch nur ein Wort von dem hörte, was er sagte. Von dem Schwindelanfall auf der Party schien sie sich völlig erholt zu haben, sah, um die Wahrheit zu sagen, blendend aus in ihrer senffarbenen Cordjacke, die aus mir eine gekochte Runkelrübe gemacht hätte. Tom war außerordentlich nett zu ihr und sorgte dafür, daß sie sich unter uns nicht als Außenseiter fühlte oder sich langweilte während der Fahrt. Güte war ein integraler Bestandteil von Toms Wesen; mir kam plötzlich in den Sinn, wie nachsichtig er sich mir gegenüber verhalten hatte, als es um Lucian ging. Jeder andere hätte gesagt: »Wenn du ihn wirklich findest, was soll das schon nützen? Er wird dich gewiß nicht sehen wollen, sonst hätte er sich schon längst mit dir in Verbindung gesetzt. Und in jedem Fall muß er jetzt ein ganz anderer Mensch sein als der, den du geheiratet hast; was soll das Ganze also?«

Tom hatte nichts derartiges gesagt.

»Midinette – die spielzeuggroße Waschmaschine mit einem Programm für Könige«, schrieb ich. »Braucht nicht mehr Platz als eine Aktentasche.« Und dazu warf ich einen kleinen Mann mit Melone aufs Papier, der seine Waschmaschine mit einer Hand trug. Ich fand mich ungewöhnlich einfallslos, und nachdem ich ein halbes Dutzend Texte produziert hatte, die ich alle noch einmal würde schreiben müssen, wandte ich mich den Texten für Ladenwerbung, Schaufensterplakate und für die Verpackung von Bom, dem Fleisch & Milch-Getränk, zu. Bom war ein scheußliches Zeug, eine klebrig-braune Flüssigkeit, die es fertigbrachte, sowohl salzig als auch widerlich zu schmecken, enthielt aber, wenn man ihren Herstellern Glauben schenken durfte, mehr Kalzium als Milch, außerdem genügend andere Bestandteile, um einen Menschen beinahe unbegrenzt am Leben zu halten. Zum Glück bedurfte es hier keiner besonderen Inspiration für die Werbung; ich schrieb einfach: »Mit Bom fahren Sie doppelt so gut« und malte ein paar kleine Diagramme mit Größenangaben.

»Weißt du ein gutes Adjektiv für Erbsen?« fragte Mimi.
»Zart.«
»Das habe ich schon für Spargel benutzt.«
»Süß und saftig.«
»Hmm... Das wollte ich mir für Mais aufheben.«
Wir waren erst kurze Zeit gefahren, so kam es uns vor, als schon der Speisewagenkellner durch die Wagen lief, während er seine Aufforderung: »Erster Lunch! Bitte Plätze für den ersten Lunch einnehmen« unermüdlich wiederholte.

»Kommt, gehen wir essen«, sagte Tom. »Ich bin schon am Verhungern.« Er öffnete die Tür für Cara, die bereitwillig aufsprang.

»Ich muß nur noch diese Diagramme verstauen«, sagte Mimi. Ich wartete auf sie, während die beiden vorausgingen. Als wir in den Speisewagen kamen, saßen sie an dem einen der beiden letzten freien Tische. Mimi und ich setzten uns an den anderen und beschäftigten uns mit dem Kreuzworträtsel ihrer *Times*. Nach dem Lunch schliefen wir alle mehr oder weniger, bis wir mitten im trostlosen Nirgendwo auf einem gottverlassenen kleinen Bahnhof mit dem Namen Doynen Road ankamen, wo man aussteigen mußte, wenn man nach Trevann wollte. Glücklicherweise erwartete Jimmy uns in Toms Rover und fuhr uns durch eine zerfurchte hügelige Landschaft, die mit Wellblechschuppen, Schieferstapeln und ärmlichen Hütten aus Schlackenstein geschmückt war. Alle Bäume neigten sich in eine Richtung. Nichts sah so aus, wie ich es in Erinnerung hatte. Aber ich tröstete mich mit dem Gedanken, daß wir wahrscheinlich noch einen langen Weg vor uns hatten.

»Hier sieht's ja wie in der Einöde aus«, war Mimis mißbilligender Kommentar. »Da sollten Namen wie Giftgipfel und Schlucht der Toten und Alkali-Ebene auf den Wegweisern stehen... Was um alles in der Welt sind das für Dinger?«

»Porzellanerde-Halden«, sagte Tom.

»Es sieht alles so anders aus als damals, als ich das letzte Mal hier war«, murmelte ich nervös. »Ist die Burg in Ordnung, Jimmy?«

»Oh ja, die *Burg* ist schon in Ordnung«, erwiderte er düster. »Aber alles andere ist wie ein böser Tagtraum. Wartet nur, bis ihr das Hotel seht. Dort... Seht euch das an!« Er zerrte rachsüchtig an der Handbremse und brachte den Wagen ruckartig zum Stehen.

»Wir können doch noch nicht da sein? Ich habe Trevann als ziemlich groß in Erinnerung...?« Doch als ich aus dem Rover geklettert war und mich in der kühlen Dämmerung umschaute, sah ich, daß es tatsächlich derselbe Ort war; mein erster Besuch hatte ihn wohl in den rosigen Schimmer glücklicher Flitterwochen getaucht: Ein paar Cottages, ein paar viktorianische Villen, eine Gastwirtschaft und das Trelawny Hotel lagen um eine Haarnadelkurve in der Küstenstraße hoch oben über einer engen Schlucht, durch die ein in den Atlantik mündender Bach rann. Der Abendnebel hatte sich herabgesenkt, so daß das Meer nicht zu sehen war, aber man konnte es riechen, und ein paar Möwen schwebten mit klagenden Schreien vorüber. Das Hotel war ein Fachwerkgebäude mit lehmfarbenem Rauhputz. Zwischen Granitplatten im Hof wuchs neben einigen kleinen verrostenden Stühlen und Tischen eine verdorrte Palme hervor.

»Kein Alkoholausschank?« fragte ich mit einem entsetzten Blick auf das Schild. »Aber ich erinnere mich doch ganz genau... oh, nein, natürlich, wir haben nicht hier, sondern in der Gastwirtschaft gewohnt.«

»Aus der Gastwirtschaft ist ein Rasthaus geworden. Keine Übernachtungen«, sagte Jimmy mit grämlichem Triumph. »Aber wenigstens einen Drink kriegt man dort, und es ist nur um die Ecke. Sonst wären wir aufgeschmissen.«

»Versuchen wir doch, auf einem Bauernhof unterzukommen«, schlug ich vor, nachdem Mimi und ich eine Bestandsaufnahme der Unzulänglichkeiten des Zimmers gemacht hatten, das wir teilen sollten, weil das Kamerateam und die Schauspieler für die Picknicksuppenspots die Unterbringungsmöglichkeiten des Hotels schon bis an die Grenzen seiner Möglichkeiten strapaziert hatten. »Es muß hier in der Gegend mehrere Höfe geben, und die Fremdensaison hat noch kaum begonnen.«

»Spätestens morgen«, stimmte Mimi mir zu, nachdem sie sich die übrigen Stockwerke des Hotels angesehen hatte. »Kannst du dir vorstellen, daß es in diesem ganzen Unternehmen offenbar nur ein einziges Badezimmer gibt?«

»Auf einem Hof gibt es wahrscheinlich überhaupt keine Badezimmer, aber wir wären wenigstens für uns.«

»Unsinn, *chérie*, alle Bauern fahren jetzt einen Jaguar und haben Zentralheizung wegen der Subventionen. Wo ist Cara?«

»Ich habe ihr angeboten, in unser Zimmer zu kommen und sich frisch zu machen, aber sie hat es vorgezogen, in dieser scheußlichen Halle zu warten. Papa Dunskirk kommt rüber, um sie abzuholen.«

»Glaubst du, daß sie okay ist? Ich fand, sie sah ein bißchen abgespannt aus. Sie ist doch nicht schwanger?«

»Gareth sagte nein.«

»Er müßte es wissen.«

»Vielleicht ist sie nervös wegen ihrer Schauspielerei.«

»Nervös? Die? Unmöglich. Die ist eine richtige Bäuerin«, sagte Mimi, die gelegentlich hübsche Rückfälle in einen aristokratischen russischen Snobismus zeigt. »Außerdem braucht sie nicht zu spielen. Braucht nur dazusitzen und um sich zu äugen wie eine Giraffe.«

»Komm, Mimi...«

»Darüber hinaus verfügt sie über die ganze Schläue eines Bauern«, fügte Mimi gehässig hinzu. »Sie gehört zu denen, die man ständig im Auge behalten muß und nicht hochkommen lassen darf. Ich würde sie nicht einmal als Küchenmädchen einstellen; sie würde mit den Teelöffeln abhauen. Halt die Augen auf, mein Mädchen.«

In diesem Augenblick steckte eine alte Dame – vermutlich die Besitzerin, da es keine Zimmermädchen zu geben schien –

den Kopf durch die Tür und fragte, ob Mrs. Dunskirk bei uns sei; ihr Schwiegervater habe nach ihr gefragt.

»Sie war in der Halle.«

»Dort ist sie nicht mehr, Madam.«

Cara war offensichtlich aus dem Hotel verschwunden; schließlich stellte sich heraus, daß sie mit Tom in die Gastwirtschaft gegangen war, um etwas zu trinken.

»Oh, es tut mir so leid«, sagte sie, als wir sie endlich gefunden hatten. »Tom meinte, wir sollten Ihnen Bescheid sagen, wohin wir gehen, aber ich fand, Sie sahen so müde aus, daß ich Sie nicht stören wollte. Und Sie und Miss Dourakin scheinen immer so vom Geschäft in Anspruch genommen zu sein...«

Sie lächelte das traurige Lächeln der Ausgeschlossenen und wandte den Kopf, um uns nacheinander anzusehen.

»*Espèce de chameau*«, sagte Mimi kalt, nachdem wir uns für den nächsten Tag abgesprochen hatten und Cara mit dem alten Dunskirk abgefahren war.

Dann fuhren wir alle nach Camelot zum Essen, weil die Vorstellung der Küche des Trelawny Hotels noch deprimierender war als die Betten dort.

Wie durch ein Wunder war der nächste Tag atemberaubend schön. Wir kamen uns beinahe privilegiert vor, als wir schon um acht auf waren und den steilen felsigen Pfad zur Bucht hinunterkletterten. Strahlender Sonnenschein wärmte uns den Rücken. Vor uns schimmerte das Meer, durchsichtig grün, türkis und smaragdfarben. Schlüsselblumen überall, so üppig, wie man es sich in den Grafschaften um London nicht vorstellen konnte; Sternhyazinthen, kaum geöffnet, schimmerten eher grün als blau, Lerchen sangen – alles war, erstaunlicherweise, wieder wie damals.

Die Schlucht war ungewöhnlich tief und steil; wenn man Zeige- und Mittelfinger so weit wie möglich auseinanderspreizt, kann man sich eine Vorstellung von dem Winkel machen, in dem die beiden Seiten der Schlucht sich trafen.

Weiter oben waren die Hänge mit Gras bewachsen und über und über von Schafspuren durchzogen. Dann begann der Farn; die eingerollten diesjährigen jungen Triebe entrollten sich durch die feuchten braunen Überreste vom letzten Jahr. Noch weiter unten waren die Wände der Schlucht bedeckt mit vom Wind gepeitschten Bäumen, kräftigen kleinen Eichen, Weißdorn, Schlehen, Rhododendren und Fuchsien aus verwilderten Gartenanlagen des neunzehnten Jahrhunderts. Schwatzend lief ein Bach zwischen schrägen Felsplatten hinunter und zersprühte in einem silbernen Fächer über dem reingewaschenen Sand der Bucht, wo Jimmy schon für Boote, Ausrüstung und Arbeitskräfte gesorgt hatte.

Wenn man hinunterkletterte, sah man eine Viertelmeile vor der Küste, sauber umrahmt vom V der Schluchtwände, eine kleine Felseninsel, die aus dem Meer ragte wie die Oberseite eines mit Gras glacierten Tortenstücks. Auf dieser Insel standen die Überreste einer Burg – eine alte, aus kleinen Steinen errichtete Außenmauer, die stark geneigt war, und innerhalb dieser Mauer ein mit Türmchen versehenes viktorianisches Phantasiegebäude, ideal für unsere Zwecke geeignet.

Das Kloster lag über uns auf der Landzunge und war von der Bucht aus nicht zu sehen. Eine Art Landungssteg, der erstaunlicherweise aus etwas gemacht zu sein schien, was wie ein großes Boot aus Beton aussah, ragte nahe der Spitze der Landzunge hervor und bildete den Liegeplatz für ein paar Dingis, die vermutlich den Mönchen gehörten. Sonst hatte sich nichts verändert, abgesehen natürlich von dem Hubschrauber auf einem Feld (eines der Requisiten der Picknicksuppen) und dem Durcheinander von sonstigen Geräten, Kameras, Lampen auf Stativen, Mikrophongalgen, Handwagen und Kabeln, die überall herumlagen wie Boa constrictors, und einer schlammigen Spur, die von der Landzunge herunterführte und anzeigte, auf welchem Weg all diese Dinge von der Straße hierhergebracht worden waren.

Jimmy war unten am Wasser und stritt sich mit Harry

Kodor, einem kleinen blassen kahlen Mann mit stechendem Blick, der sehr verletzend sein konnte. Ich sah Tom am Ufer auf und ab gehen und mit seinem Belichtungsmesser hantieren; er wollte ein paar Aufnahmen für Zeitschriften machen. Bootsladungen voller Ausrüstungsgegenstände wurden zur Insel hinübergefahren, wo sich ein zweiter Landungssteg befand.

Ich schaute mich nach Cara um und entdeckte sie, mißvergnügt auf einem Klappstuhl sitzend, mit einem weißen Tuch um den Hals, während eine Maskenbildnerin sich mit ihrem Gesicht beschäftigte; sie trug schon ihr Kostüm und machte den Eindruck, als ob sie das Gefühl habe, weit weg vom Zentrum des Geschehens zu sein; deshalb ging ich hin, um ihr Gesellschaft zu leisten.

»Ist dieser ganze Betrieb hier unten nicht merkwürdig?« fragte ich. »Von der Straße aus würde niemand das vermuten.«

Sie sah mich etwas verständnislos an; small talk gehörte offenbar nicht zu ihrem Repertoire.

»Sagen Sie, wer ist der Mann dort, der kahlköpfige?«

»Der mit Jimmy spricht? Das ist Harry Kodor.«

»Oh; ist er verheiratet?«

»Ja, ist er«, erwiderte ich ziemlich kurz. »Und Jimmy ebenfalls.«

Sie nickte nachdenklich. »Und George Salmon ist auch verheiratet? In England heiraten die Männer sehr jung.«

»Das macht das feuchte Klima.«

»Wie bitte?«

»Oh, nichts. Nur ein Scherz.«

Sie verfolgte ihren Gedankengang weiter, wobei sie meine Bemerkung überhörte. »Und Tom Toole? Er ist noch nicht verheiratet?«

»Nein.« Ich fragte mich, was sie im Sinn hatte. War sie, enttäuscht von Gareth, schon auf der Suche nach seinem Nachfolger?

»Wieviel Geld bekommt er im Jahr?«

Das Gehalt eines jeden Mitarbeiters von S&B ist allgemein bekannt, so teilte ich es ihr mit, mit einer gewissen gequälten Belustigung, und tatsächlich machte die Zahl sie nachdenklich.

»Das ist nicht viel.«

»Nein, woanders könnte er viermal soviel bekommen«, sagte ich, der Wahrheit entsprechend. »Er arbeitet gern hier, weil er sein eigener Herr ist.«

»Sein eigener Herr?«

»Tom ist ein sehr kreativer Mensch; woanders hätte er vielleicht nicht so viel Freiheit. Das ist ihm wichtiger als Geld.«

»Ah, ein kreativer Mensch; ich verstehe.« Sie grübelte, das Kinn auf die Hand gestützt. »Sie glauben, er hat eine große Karriere vor sich, dieser Tom?«

»Das könnte gut sein.«

»Cara! Martha!« schrie Jimmy. »Kommt, wir fahren jetzt zur Insel rüber.«

Ich half Cara zum Boot hinunter. Sie trug ein weißes mittelalterliches Kleid mit einem viereckigen Ausschnitt und einem tiefsitzenden Gürtel, darüber einen schwarzen Umhang und eine dieser spitzen Kopfbedeckungen mit einem Schleier. Ich muß sagen, sie sah großartig aus. Wir hatten sechs verschiedene Kopfbedeckungen für die sechs Filme, die wir drehen wollten und die wir unter uns ›Fenster‹, ›Turm‹, ›Boot‹, ›Schwerter‹, ›Bogenschießen‹ und ›Treppenhaus‹ nannten, und diese gefiel mir am besten; sie war wie geschaffen für Cara als Belle-Dame-Sans-Merci.

Für den ersten Film (Treppenhaus) hatten sie einen Thron auf dem Felsen aufgebaut, unten, neben der Gezeitenmarke. Hinter dem Thron wanden sich die Felsstufen zur Burg hinauf. Auf der anderen Seite der Insel war eine Maschine auf einer Barkasse damit beschäftigt, Nebel zu produzieren, der dann in sanften Schwaden herabschwebte. Aus dem Nebel ragten die Ruinen der Burg auf der Felsenspitze empor.

Ich suchte mir einen Platz auf einem einigermaßen trockenen Felsen und beobachtete die Kameraleute bei ihren Bemühungen, vom Wasser aus Cara mit der Burg dahinter einzufangen. Sie wollten erst noch auf Ebbe warten, bis der Wasserspiegel etwas sank, schafften es aber schließlich mit Hilfe eines Stativs, das sie unter der Wasseroberfläche am Felsen befestigten.

Es war ein perfekter Tag für Außenaufnahmen; wolkenlos und kaum Wind – die Art von Tag, die man nur selten erlebt. Nach dem Gesetz der Wahrscheinlichkeit war es fast sicher, daß es morgen anfangen würde zu regnen und dann eine Woche lang weiterregnen... Ich richtete mich auf meinem Felsen bequem ein und schaute zum Kloster hinüber. Nur das Dach war von hier aus zu sehen, oberhalb der Landzunge. Ein großer, von einer Mauer umgebener Gemüsegarten neigte sich herunter bis zum Rand der Klippe. Eine winzige schwarze Gestalt war sichtbar, zwischen den ordentlichen Beeten beschäftigt. Ich fragte mich, wie man mit einem Kloster Verbindung aufnahm. Ob sie Telefon hatten? Konnte man anrufen und fragen, ist mein Mann bei Ihnen? Jetzt, wo ich so nahe dran war, erschien die bloße Vorstellung unmöglich, undenkbar. Ich überlegte weiter.

Meine Anwesenheit war nur für den Fall erforderlich, daß irgendein unvorhergesehenes Ereignis Änderungen am Text nötig machte. Das passierte nicht. Die Aufnahmen liefen drei Stunden lang reibungslos, und so ließ ich mich zufrieden von der Sonne braten, dachte nach und schrieb sogar eine ganze Menge Texte für Midinette.

Kurz vor Mittag jedoch kam ein frischer Wind auf, der den künstlichen Nebel immer wieder auseinanderblies. Außerdem stürzte sich ein großer Schwarm Möwen auf der Suche nach Nahrung herab; immer wieder schossen sie flügelschlagend und kreischend genau im entscheidenden Moment an der Kamera vorbei.

»Verdammte Viecher!« schimpfte Jimmy. »Warum hab ich nicht daran gedacht, eine Schrotflinte mitzubringen?«

»Ich glaube nicht, daß den Mönchen das gefallen würde.«

»Gott sei Dank brauchen wir uns wenigstens wegen des Tons keine Gedanken zu machen.«

»Sie hätten die Möwen nicht gern dabei, Miss Gilroy?« schlug Harry vor.

»Nein. Das verschiebt den Akzent«, sagte ich bestimmt.

Ein dünner, reiner Glockenton wurde vom Kloster her über das Wasser getragen. Wir beschlossen, Mittagspause zu machen, fuhren zum Festland zurück und marschierten alle hinauf zur Gastwirtschaft.

Nach unserem Lunch wehte der Wind noch heftiger und ließ Caras Gewänder auf sehr unpassende Weise flattern; es hatte keinen Sinn, weiterzumachen.

Aber inzwischen hatte Tom den Schauplatz für den ersten der Picknicksuppenfilme vorbereitet; hier störte ein bißchen Wind nicht im geringsten; im Gegenteil – es machte die Sache lebendiger.

Jimmy sagte zu Cara, sie könne nach Hause gehen, wenn sie wolle; es sehe nicht so aus, als könnten wir heute mit Avalon-Filmen weitermachen, und wenn doch, könnten wir sie jederzeit telefonisch zurückrufen. Aber sie beschloß zu bleiben: sie verzog den Mund wie ein Kind, das weggeschickt wird, und klagte vorwurfsvoll, ihr Schwiegervater habe sie eigentlich abholen wollen, sei aber noch nicht gekommen. Wenn sie hoffte, daraufhin würde jemand ihr anbieten, sie nach Hause zu fahren, sah sie sich enttäuscht; alle waren zu beschäftigt. Sie verschwand im kleinen Zelt der Maskenbildnerin und tauchte in hautengen karierten Hosen und einem grobgestrickten Pullover wieder auf. Nachdem sie den Drehort sorgfältig begutachtet hatte, schlenderte sie herüber und setzte sich zu mir.

Da für Picknicksuppen Mimi verantwortlich war, arbeitete ich derweil also eine Gebrauchsanweisung für Midinette aus und genoß entspannt das Durcheinander vor mir. Harry versuchte, eine Familiengruppe am Strand zu arrangieren, bestehend aus Mutter, Vater, Hund und Baby – Hunde und Babys kommen in Werbespots immer gut an, man kann gar nicht genug davon haben, aber sie machen es einem verteufelt schwer, sie so aufzunehmen, wie man sie haben will. Tom rannte umher und markierte Stellen im Sand, die in der nächsten Minute wieder verwischt wurden, wenn die Kameramänner mit ihren Wagen auf der Suche nach dem günstigsten Punkt für ihre Aufnahmen durch die Gegend zogen. Inzwischen schwebte der Hubschrauber zwischen Insel und Ufer hin und her und übertönte mit seinem Tok-tok-tok-Stakkato sogar die Schreie der Möwen. Ich fragte mich, ob die Mönche nicht protestieren würden, weil es sie vom Meditieren ablenkte.

»Was muß das kosten, einen solchen Film zu machen«, sagte Cara, die sich offenbar gedanklich sehr viel mit Geldfragen beschäftigte.

»Tausende. Aber den Herstellern von Picknicksuppen macht das nichts aus. Es ist ein riesiger Betrieb.«

»Größer als der meines Schwiegervaters?«

»Du lieber Himmel, ja. Aber«, fügte ich hastig hinzu, »Gay Gal ist eine aufstrebende Firma, die gute Umsätze macht.«

Sie nahm keine Notiz von meiner letzten Bemerkung.

»Ich habe den Eindruck, Sie finden dies Trelawny Hotel nicht gemütlich?«

»Nein, es ist schrecklich«, sagte ich. »Mimi und ich haben einen Bauernhof ausfindig gemacht, oben auf dem Hügel hinter dem Dorf, wo wir ab morgen wohnen können.«

»Wie heißt der Hof?«

»Trewithian Farm.«

»Meinen Sie, daß es dort besser ist?«

»Schlimmer kann es gar nicht sein«, sagte ich, etwas überrascht über ihr Interesse.

»Sie waren dort?«

»Nein, aber die Frau in der Post sagt, es sei dort sehr nett.«

Mimi kam auf uns zu, raufte sich die Haare, schüttelte die Fäuste in Richtung Himmel und ließ sich auf einem Felsen neben uns nieder.

»Was gibt's diesmal?« fragte ich.

»Das Baby hat Sand in den Mund bekommen und angefangen zu brüllen. Jetzt hat der Vater seine Pfeife verloren. Was für eine Sippschaft! Der Hund ist der einzige ausgebildete Schauspieler unter ihnen.«

»Babys sind ein Risikofaktor«, sagte ich. »Ich weiß, sie kommen immer gut an, aber das ist der Grund, warum ich ihnen lieber aus dem Weg gehe.«

Wie bald sollte ich mich an diese unbesonnenen Worte erinnern! Einige Zeit später war der Sand entfernt, das Baby beruhigt, die Pfeife wiedergefunden, und der Hubschrauber schwebte über der Gruppe. Ein Stuntman ließ sich an einem Seil herunter zu ihnen; er hielt etwas in der Hand.

»Wie heißt der Text, Mimi?«

»Es ist immer der gleiche. Stimme des Off-Sprechers: ›Heiße Picknicksuppe macht den Ausflug erst zum Vergnügen! Bei Sonne, Wind und Ferien-Appetit – heiße Picknicksuppe‹ ... zum Teufel, was ist da los?«

Der Mann am Seil hatte plötzlich aufgeschrien und seine Dose Picknicksuppe von sich geschleudert; im nächsten Augenblick explodierte sie mitten in der Luft wie ein Feuerwerkskörper und versprühte kochende Hummersuppe in einem Radius von zwölf Metern. Zum Glück fiel das meiste davon ins Wasser und nicht auf die erwartungsvolle Familiengruppe, aber es spritzte noch genügend in ihre Richtung, um sie – schreiend und fluchend – aus ihren sorgfältig vorbereiteten Stellungen hochzujagen.

»Kinderkrankheiten«, konstatierte Mimi. »Weißt du, ich hatte mich schon gefragt, ob Barney Soglow das Verfahren wirklich im Griff hat.«

Sie lief zur Gruppe zurück.

»Das war keine Absicht?« fragte Cara und richtete ihre großen erstaunten Augen auf mich. Ich schüttelte den Kopf.

Jimmy und Michael, der Stuntman, beschuldigten sich gegenseitig lauthals, aber glücklicherweise konnte man nur wenig davon verstehen, weil der Hubschrauber oben solchen Lärm machte. Schließlich winkte Jimmy ihn zornig weg, und er flog zurück zu seinem Landeplatz, nachdem er Michael am Strand abgesetzt hatte.

»Verdammt noch mal, Michael, was hast du mit der Dose *gemacht*?« fragte Jimmy.

»Gar nichts, zum Teufel... ich habe mich an die Gebrauchsanweisung gehalten«, sagte Michael wütend.

»Also los, versuchen wir's mit einer anderen... Sam!« rief Jimmy. »Bring doch den Kasten mit den Suppen mal her, ja?«

Während Michael ging, um sich seine Brandwunden verbinden zu lassen, probierte Jimmy ein halbes Dutzend weitere Dosen aus, von jeder Suppensorte eine. Alle explodierten.

»Dann müssen wir eben Attrappen benutzen«, entschied Jimmy. »Mike, du wirst eine Zigarette hinter die Dose klemmen müssen, damit es wie Dampf aussieht.«

»Ach ja?« knurrte Michael, der gerade zurückgekommen war. »Schon mal versucht, dich mit einer Hand an einem hängenden Seil zu halten, während du in der anderen eine Suppendose und eine angesteckte Lulle hältst?«

»Oh, ich bin sicher, du wirst es schaffen, Michael«, besänftigte Mimi ihn. »Du bist doch so geschickt.«

Während sie weiter beschwichtigend auf ihn einredete, sagte Jimmy zu mir: »Martha, sei ein Schatz und lauf hinauf zur Gastwirtschaft. Ruf Barney an und sag ihm, er soll einen zweiten Kasten Dosen hier runterschicken, so schnell er kann. Und wenn du schon oben bist, besorge doch ein paar Dosen, die etwa die gleiche Größe haben – kleine Dosen weiße Bohnen würden genügen.«

Selbstverständlich war Barney entsetzt, als er von unserem kleinen Mißgeschick hörte. »Wie um alles in der Welt haben sie es bloß fertiggebracht, euch ausgerechnet *die* Serie zu schicken?« fragte er immer wieder.

»Vergiß es, Barney. Niemand ist verletzt. Nur könntest du

uns welche schicken, die nicht explodieren, so schnell es geht?«

»Ja, ja, ich bringe sie zur nächsten Maschine nach Plymouth. Ich komme selbst mit. Dafür werden Köpfe rollen«, sagte er düster.

»Laß nur die Köpfe, Barney Darling, wenn wir nur die Suppe kriegen. Wir haben herrliches Wetter zum Filmen hier unten; das müssen wir ausnützen, und es wird nicht ewig halten – das läßt das Schicksal nicht zu.«

»Ich werde kommen. Bis dann, Martha.«

»Bis dann.«

Ich kaufte zwei Dosen weiße Bohnen im Gemischtwarenladen, der auch die Post war – sie waren rostig, stammten vermutlich aus der Zeit vor dem Ersten Weltkrieg –, und nahm sie mit zum Strand, wo alles sich beruhigt zu haben schien.

Der erste, dem ich begegnete, war der alte Mr. Dunskirk.

»Eh, es tut mir wirklich leid, daß heute keine Aufnahmen für Avalon mehr gemacht werden«, sagte er zu mir. »Ich habe die kleine Laureen mitgebracht, ich war überzeugt, daß es ihr Spaß machen würde.«

»Machen Sie sich keine Gedanken, es gibt immer noch viel zu sehen«, tröstete ich ihn und übergab die Dosen Jimmy, der sie mit Picknicksuppen-Aufklebern umwickelte. »Hier ist ein Stuhl für Sie«, lud ich Mr. Dunskirk ein. »Sie wollen diese Szene noch einmal versuchen.«

Mimis Schmeicheleien und Jimmys Grobheiten hatten Michael überredet, sich noch einmal in die Luft zu begeben. Der Hubschrauber zog einen gemächlichen Bogen um die Insel und kehrte mit dem Wind zurück. Aber diesmal, bevor Michael überhaupt mit seiner Seilnummer angefangen hatte, entstand in der Familiengruppe ein wütender Aufruhr.

»Schnitt!« brüllte Harry Kodor über einen Lautsprecher. »Was für ein Problem gibt es denn jetzt wieder?«

Die Schauspielerin, die die Mutter spielte, marschierte wutentbrannt über den Strand.

»Wer beaufsichtigt dieses Kind?« fragte sie empört. Sie zerrte an der Hand ein kleines Mädchen von etwa fünf Jahren hinter sich her, das eine gekünstelte Gleichgültigkeit an den Tag legte.

»Keine Ahnung«, sagte Jimmy verblüfft. »Gehört sie nicht zu Ihnen? Wo kommt sie her?«

»Sie gehört ganz gewiß nicht zu mir! Jetzt hat sie sich schon zum drittenmal herangeschlichen und dem Baby Sand in den Mund geschüttet. Sie braucht eine Tracht Prügel!«

»Eh, mein Gott, das ist die kleine Laureen!« rief der alte Dunskirk aufgeregt aus und brach eine Unterhaltung mit einem der Kameramänner ab. »Laureen, Laureen, komm her, Liebes. Du darfst nicht stören, wenn sie einen Film machen. Komm jetzt.«

»Es ist nicht einmal mein eigenes Baby«, sagte die Schauspielerin entrüstet zu Jimmy. »Ich hab es von meiner Schwester geliehen ... ich weiß nicht, was sie dazu sagen wird ...«

Mimi besänftigte sie, und der alte Dunskirk kehrte, die kleine Laureen fest an der Hand, zu mir zurück. Sie hatte auch jetzt einen verschlossenen, geringschätzigen Gesichtsausdruck, während er ihr eine Strafpredigt hielt. Tatsächlich schien sie gar nicht zuzuhören.

Sie hatte über schulterlanges, farbloses helles Haar. Ihre großen blaßblauen Augen blickten verächtlich, und ihre teigig aussehende Haut war so mit Sommersprossen übersät, daß nicht einmal ein Streichholzkopf dazwischen Platz gefunden hätte. Obwohl sie keine erkennbare Ähnlichkeit mit Gareth hatte, hätte ich seine Vaterschaft wohl doch erraten. Sie war ein äußerst unattraktives Kind.

Nachdem die Schauspielerin und das Baby sich beruhigt hatten und die Ausgangspositionen wieder eingenommen worden waren, gingen die Aufnahmen weiter. Der alte Dunskirk fand es außerordentlich interessant, und nach und nach lockerte sich der Griff, mit der er Laureens Hand hielt. Sie entschlüpfte ihm und bewegte sich langsam wieder in Richtung auf die Picknicksuppen-Gruppe.

»Das würde ich nicht tun«, sagte ich.

Sie drehte sich abrupt um, starrte mich an, warf ihr Haar mit einer betont sorglosen, unbekümmerten Bewegung in den Nacken, als sei das alles, was sie beabsichtigt hatte, kam zurück und begann, mit Kieselsteinen zu werfen, die wie zufällig in nächster Nähe eines großen, kunstvoll gearbeiteten Make-up-Koffers landeten.

Ich fragte mich, ob Cara wußte, daß ihre Stieftochter gekommen war. Als ich nach ihr Ausschau hielt, sah ich, daß sie und Tom zum anderen Ende der Bucht gelaufen waren. Sie saß auf einem Felsen und ließ sich von ihm fotografieren, vermutlich zum Vergnügen, da sie ihr Produkt-x-Kostüm nicht mehr trug.

»Das ist die neue Frau von meinem Dad. Ich will, daß mein Dad herkommt«, krächzte eine Stimme neben mir. Erschrokken fuhr ich herum. Ich konnte kaum glauben, daß ein so mißtönender näselnder Laut aus dem Mund eines Kindes kommen sollte. Aber es war niemand in der Nähe außer der kleinen Laureen, die ihr Steinewerfen aufgegeben hatte, da niemand Einwände machte, und die jetzt, die blassen Augen auf mich gerichtet, neben mir kauerte wie ein Wasserspeier. »Wer ist das da bei ihr?« fuhr sie fort.

»Ein Mann aus unserem Büro. Er heißt Tom Toole.«

»Was macht er da?«

»Fotografiert sie.«

»Warum?« fragte sie mit ihrer Krächzstimme.

»Vielleicht, weil es ihm Spaß macht. Warum hast du dem Baby Sand in den Mund geschüttet?«

»Ich hasse Babys. Sie sind dumm.«

»Du warst auch mal eins.«

Sie überhörte diese Binsenwahrheit hochmütig und musterte mich von oben bis unten. Dann fragte sie: »Wie heißt du?«

»Martha Gilroy.«

»Ist dein Haar echt?«

»Natürlich. Und deins?«

Sie überhörte auch diese Frage.

»Ich mag dunkles Haar nicht. Wenn ich eine Dame bin, will ich eine Frisur wie du haben. Was sind das für Perlen, die du umhast?«

»Jade.«

»Kann ich sie mir angucken?«

»Nein. Du kannst ein Stück Schokolade haben, wenn du willst.«

Sie nahm die Schokolade, ohne sich zu bedanken, und sie aß sie ohne erkennbares Vergnügen. Warum versuchen wir eigentlich, Kinder abzulenken? Sie war wirklich ein schreckliches Exemplar. Wie sie und Cara wohl miteinander auskamen? Die ganze Dunskirk-Menage schien bemerkenswert schlecht zusammenzupassen.

Jimmy wollte mich wegen der Avalon-Aufnahmen am nächsten Tag sprechen; da der Wind noch stärker werden sollte, überlegte er, ob wir nicht die Reihenfolge auf den Kopf stellen und die Aufnahmen in der Burg (Fenster und Turm) vorziehen sollten, da es dort verhältnismäßig geschützt sein würde. Ich stimmte ihm zu und wollte gerade darangehen, mich um die erforderlichen Kostüme und Requisiten zu kümmern, als ich sah, daß die kleine Laureen sich von neuem mit offensichtlich böser Absicht dem Baby näherte; einen Augenblick später gab es wieder Geschrei und Drohungen von der Tante des Babys. Mit rotem Gesicht kam der alte Dunskirk angehastet und zerrte Laureen mit sich, wobei er mir zumurmelte: »Solche Dinge bringen sie aus der Schule mit, wissen Sie...«

Wie zuvor blieb Laureen ungerührt und nahm keine Notiz von den Folgen ihrer Tat. Daraufhin verkündete der alte Dunskirk, er werde sie nach Hause bringen, was für alle eine Erleichterung bedeutete. Ich nahm an, daß Cara sich ihnen anschließen würde, aber als er sie rief – sie war jetzt auf halber Höhe der Klippe und ließ sich neben einem kleinen Wasserfall fotografieren –, rief sie zurück, Mr. Toole würde mit ihr zu einem berühmten Aussichtspunkt fahren.

Ich sah dem alten Dunskirk an, daß er nicht entzückt war. Aber er sagte: »Eh, ja, man kann nicht bestreiten, daß es alles 'n bißchen einfacher ist, wenn Mrs. Oldcastle die kleine Laureen ins Bett bringt, bevor Cara nach Hause kommt. Um Ihnen die Wahrheit zu sagen, sie kommen nicht besonders gut miteinander aus, die beiden.«

Das leuchtete mir durchaus ein.

Laureen begann zu jammern, zu quengeln und sich ziehen zu lassen, als sie fortgeführt wurde, und fragte, warum *sie* nicht bei einem Film mitmachen könne.

»Vielleicht kannst du das, eines Tages«, sagte ihr Großvater.

Die Wahrscheinlichkeit schien außerordentlich groß.

Nachdem die Aufnahmen für den Tag beendet waren, fragte Tom mich, ob ich Lust hätte, mit ihm und Cara nach Land's End zu fahren.

»Aber es wird dunkel sein, bis du hinkommst.«

»Noch nicht ganz. Cara hat es noch nie gesehen.«

»Ich glaube, ich komme nicht mit, vielen Dank, Tom. Ich kenne es schon.«

Ich hatte an einen ruhigen Abend in einem kleinen Pub in einem Dorf irgendwo gedacht, vielleicht nur Tom und ich, und dann früh zu Bett. Im Augenblick spielte ich nicht mehr mit dem Gedanken, das Kloster anzurufen, schon weil es nicht im Telefonbuch stand.

Schließlich gingen Mimi, Michael, Sam, Harry, Jimmy und ich mit den anderen in einen sehr alten, sehr schlechten Film im ›Odeon‹ in Camelot und danach in ein chinesisches Restaurant. Daher kamen wir erst spät ins Trelawny Hotel zurück und gingen hundemüde zu Bett. Tom und Cara waren noch nicht zurück.

4

Am nächsten Morgen um acht, kurz vor dem Aufbruch, rief Susan mich völlig verzweifelt an. Bei Faireweathers Kopf-oder-Zahl-Ringen hatte es Ärger gegeben; sie hatten eine Zutat auswechseln müssen, und nun mußten in letzter Minute sämtliche Texte für drei Beiträge in Fachzeitschriften der Nahrungsmittelindustrie neu geschrieben werden.

»Lieber Gott, Susan, ich kann die Artikel nicht übers Telefon durchgeben, das würde den ganzen Tag in Anspruch nehmen. Außerdem habe ich die Originalartikel nicht hier.«

»Nein, George hält es für besser, wenn du für einen Tag zurückkommst. Mimi kommt doch allein zurecht, oder?«

»Ja, natürlich. Aber würde George es nicht lieber haben, wenn *sie* zurückkäme?«

»Nein, er sagt, du kannst dann auch gleich deine Monaco-Auszeichnung entgegennehmen. Die Feier ist heute abend, hattest du das vergessen?«

»Oh, verdammt noch mal«, sagte ich, mit Gefühl. »Will er dafür nicht besser Jimmy nehmen?«

Aber ich wußte, daß Jimmy bei den Aufnahmen nicht zu entbehren war; es war wieder ein schöner Tag, sonnig und nicht zu windig.

»George sagt, du sollst kommen und deinen Beitrag zum Wohle der Firma leisten.«

Ich berichtete es also Mimi, die mitfühlend stöhnte und versprach, Avalon für mich im Auge zu behalten, und ich sollte bitte ihre andere Sonnenbrille mitbringen.

»Und laß dich von George zu einem anständigen Dinner einladen, bevor die Feier beginnt.«

Jimmy kicherte vor Vergnügen, als er hörte, was man mir eingebrockt hatte, und gab mir den Auftrag, sein Fernglas mitzubringen, weil er meinte, das Nest eines Bussards auf den Klippen entdeckt zu haben. Tom war nirgends zu finden; er war früh zur Bucht hinuntergegangen, vermutlich, um Einzelaufnahmen von Cara im Kostüm zu machen.

Äußerst mißvergnügt ließ ich mich vom Dorftaxi nach Plymouth bringen, erwischte eine Maschine und war vor dem Lunch im Büro. Ich brauchte fast den ganzen Nachmittag, um zwei Artikel neu zu schreiben; die Art, wie ich vorher an die Sache herangegangen war, traf den Kern nicht mehr. Außerdem schweiften meine Gedanken ständig ab; ich fragte mich, was in Trevann vorgehen mochte.

Nachdem ich mich in meiner Wohnung umgezogen hatte – ich wohnte nur einen Katzensprung entfernt vom Büro –, führte George mich zum Dinner aus. Er war sehr nett wegen der Auszeichnung, die eigentlich Jimmy mehr zustand als mir – es ging um einen Midinette-Film, den wir im letzten Winter gedreht hatten. Die Feier fand im ›Arundel‹ statt und dauerte stundenlang, weil es im ganzen etwa hundert Auszeichnungen gab, und Reden, und Filme, und Drinks, und Gespräche, und weitere Drinks. George hätte die Firma eigentlich wirklich allein vertreten können, aber ich sah ihm an, daß er sich dem nicht gewachsen fühlte und Unterstützung brauchte.

Als der Abend vorgerückt war, verdrückte ich mich, um von einer Telefonzelle in der Vorhalle aus Mimi auf dem Trewithian-Hof anzurufen.

»Hallo, Schätzchen, wie läuft es?«

»Großer Gott, heute war was los«, sagte sie. »Du hast nichts verpaßt, überhaupt nichts.«

»Keine Explosionen von Suppendosen?«

»Nein, die waren erstaunlicherweise okay. Barney kam kurz nach deiner Abfahrt, und er bleibt ein paar Tage, um sicherzugehen, daß es da keinen Ärger mehr gibt. Nein, es passierte, als wir die Wasserski-Folge für Picknick drehten; alles war wunderbar vorbereitet, und dann kam einer von diesen alten Brüdern angeschlichen und fragte, ob wir nicht woanders drehen könnten, weil das Mädchen auf den Wasserskiern in ihrem Bikini vom Haus der Bruderschaft aus zu sehen sei und die Meditationen der Brüder durch Kurzschluß der Wellenlänge durcheinanderbringe – oder so ähnlich.«

»O je.«

»Das kannst du wohl sagen! Er spuckte Gift und Galle. Ich hatte ganz vergessen, daß es solche Typen noch gibt.«

»W-wie sah er aus?« frage ich und versuchte, ein albernes inneres Zittern zu unterdrücken.

»Oh, etwa neunzig, mit einem langen schmutzigen Bart, der sich ständig in den Riemen seiner Sandalen verhedderte. Und dann erschreckte der Anblick von ihm in seinen langen schwarzen Gewändern die kleine Laureen, und sie begann, hysterisch zu werden.«

»Du lieber Gott, war sie wieder da?«

»War sie wieder da?« Ich wunderte mich, daß Mimis Stimme das Telefon nicht zum Explodieren brachte. »Zweimal hat sie um ein Haar das Baby umgebracht, einmal die Kamera umgeschmissen, fünfmal lief sie bei Aufnahmen dazwischen, zufällig-absichtlich – das Kind hätte bei Geburt ertränkt werden müssen. Sie ist noch schlimmer als die kleine Landplage, die wir bei den Aufnahmen für Chocka-Blocs dabeihatten, weißt du noch, die die ganzen Mustertafeln aufaß, bevor wir mit dem Filmen anfingen, so daß wir dann Attrappen aus Holz nehmen mußten. Jimmy sagt übrigens dasselbe über das kleine Ekel.«

»Kannst du dem alten Dunskirk nicht einen taktvollen Wink geben?«

»Wäre ein bißchen schwierig, Schätzchen. Er liebt sie offensichtlich abgöttisch. Und er hat schon genug Sorgen; anscheinend haben sie im Labor Schwierigkeiten mit Produkt x. Gareth rief ihn heute an, völlig aus dem Häuschen, um ihm zu sagen, daß sie im Rückstand seien. Außerdem macht er sich große Sorgen wegen Cara. Sie hat sich heute nachmittag mit Tom abgesetzt; sie wollten eine Höhle erforschen. Sie waren Stunden fort, und das gefiel dem alten Jungen ganz und gar nicht.«

»Oh.«

»Darum kommst du wohl lieber schnell zurück, um Gareths Interessen wahrzunehmen«, sagte Mimi taktvoll. »Wie lange wirst du brauchen? Wie war die Preisverteilung?«

»Schrecklich. Ich denke, daß ich bis morgen mittag fertig bin; dann nehme ich die Nachmittagsmaschine.«

»Liebling, glaubst du, du könntest ein Auto auftreiben? Es wäre sehr praktisch für die Wege von und zu unserem Quartier.«

»Okay. Ich leih mir Susans und komm mit dem Auto zurück. Wie sieht es denn aus in unserem Quartier?«

»Sehr nett. Hinreißendes Essen – ich habe in vierundzwanzig Stunden Pfunde zugenommen«, sagte Mimi, die jeden Tag Plumpudding zum Frühstück essen konnte, ohne daß ihre 58-Zentimeter-Taille auch nur um einen Millimeter zunahm. »Es gibt einen Weg hinten über das Heidemoor, der dir den Umweg über Trevann erspart. Hinter Launceston biegst du von der Straße nach Camelot in Richtung Brameloe Downs ab.«

»Warte einen Moment; ich schreib es mir auf.«

Ich notierte mir ihre klaren und ausführlichen Anweisungen sorgfältig, aber trotzdem hatte ich gewisse Bedenken.

»Meinst du nicht, ich fahre besser nach Trevann und komme von der anderen Seite?«

»Oh, nein, *chérie*, dieser Weg ist Meilen kürzer.«

»Brauchst du sonst noch was?«

»Eine Wärmflasche – die Nächte sind kühl auf dem Hof. Fast hätte ich den mürrischen alten Bruder gefragt, ob ich eines ihrer hübschen schwarzen Gewänder ausleihen könnte«, kicherte Mimi. »Ich würde darin viel besser aussehen als er.«

»Wie viele Brüder es wohl gibt in dem Orden?«

»Zwölf, sagt Mrs. Tregagle vom Hof.«

»Von den übrigen hast du noch keinen gesehen?«

»Nur Brummgesicht, der was gegen den Bikini hatte. Ich frage mich, was sie die ganze Zeit machen.«

»Lesen, arbeiten, meditieren, denke ich.«

Plötzlich, als sei es gestern gewesen, sah ich Lucian wieder vor mir stehen, auf dem Klippenpfad; wie wenn sich ein Kameraverschluß geöffnet hätte, sah ich vor meinem inneren

Auge die Heidekrautbüschel, die hochschlagenden, türkisfarbenen Wellen und Lucian, der den Kopf wandte, zum Kloster schaute und sagte: »Was sie dort wohl tun, worüber sie wohl nachdenken?« Sogar an den Tonfall – halb neidisch, halb feindselig – konnte ich mich erinnern. Wie blind, wie blind war ich in diesen Flitterwochen gewesen.

»Sonst alle okay?« fragte ich.

»Bestens. Der arme Jimmy kriegt alle halbe Stunde einen neuen Koller. Das Wetter hält sich. Harry Kodor ist ein Schatz, muß ich sagen. Oh, was glaubst du, wer angerufen hat? Der alte Ibn Abdullah al-Fuad!«

»Der Emir?«

»In Person. Er kommt herunter, um seine Tante in Torquay zu besuchen, und will sich das Vergnügen gönnen, uns einen kleinen Besuch abzustatten.«

»Tante in Torquay?«

»Jeder hat eine Tante in Torquay, das weißt du doch, *chérie*.«

»Nun, vermutlich wird er zur allgemeinen Heiterkeit beitragen ... Wie geht's Tom?« fragte ich und wünschte, sie hätte es gesagt, ohne daß ich erst fragen mußte.

»Wunderbar. Er hat genug Fotos von der kornischen Landschaft gemacht, um St. Paul's damit zu tapezieren. Meistens mit Cara drauf. Oh, da fällt mir ein, da ist noch ein kleiner Skandal, von dem du nichts gehört haben wirst ...«

In diesem Augenblick ertönte der Piepston, und eine Stimme sagte: »Dr-rei Minuten sind um. Werfen Sie zweieinhalb Schilling ein.«

»Kein Kleingeld mehr«, sagte ich. »Erzähl es mir morgen abend.«

»Okay, *chérie*. Fahr vorsichtig.«

Danach hatte ich irgendwie keine Lust mehr zum Feiern. Es war ohnehin schon ziemlich spät. Ich suchte George, führte die lange Fahrt in einem geliehenen Auto am nächsten Tag als Entschuldigung für mein Gehen an, lehnte sein Angebot, mich nach Hause zu bringen, dankend ab und fuhr mit einem Taxi zu meiner Wohnung. Ich war sehr aufgewühlt und froh, daß keiner da war, der mich nach dem Grund fragte.

Am nächsten Tag arbeitete ich wie ein Pferd an dem letzten Artikel, brachte ein paar andere Kleinigkeiten, die sich ergeben hatten, in Ordnung, aß rasch ein Sandwich und machte mich wie der Teufel auf den Weg die M 4 hinunter, im Admiral, Susans betagtem kleinem Hillman. Es war, alles in allem, ein wohlerzogenes Auto, wenn auch etwas schwerfällig. Susan hatte mich gewarnt, daß die Batterie es manchmal nicht mehr recht tue, und mir geraten, wenn ich aus irgendeinem Grund anhalten wollte, sollte ich mir einen Ort aussuchen, wo Männer in der Nähe waren, falls der Motor angekurbelt werden müßte.

Aber da ich erst gegen drei Uhr nachmittags abfuhr, machte ich überhaupt keine Pause. Wenn ich allein unterwegs bin, fahre ich gern, ohne anzuhalten, indem ich meinen Gedanken nachhänge und Hunger, Schlaf- und andere menschliche Bedürfnisse ignoriere; ich habe es immer sehr eilig anzukommen.

Diesmal hatte ich es noch eiliger als sonst. Ich fuhr sehr schnell, Stunde um Stunde, durch Berkshire, Wiltshire und Somerset. Doch dann, in Devon, kam der Nebel.

Ich drosselte die Geschwindigkeit; Nebel nehme ich ernst, besonders wenn ich ein geliehenes Auto fahre. Ich fuhr langsam durch Devon und kam viel später als vorgesehen nach Launceston. Deshalb fing ich an, Ausschau nach Mimis Abkürzung über Brameloe Downs zu halten, weil ich jetzt so müde war, daß ich froh gewesen wäre über eine Verkürzung meiner Fahrt um sieben oder acht Meilen.

Ich hatte insofern Glück, als ich die Abbiegung nach Brameloe fand, weil sich der Nebel an dieser Stelle aufgehellt hatte – obwohl: wenn ich die Abbiegung übersehen hätte, würde diese Geschichte ein einfacheres Ende nehmen. Nun ja, ich fand die Abbiegung und lenkte den Wagen in einen engen Feldweg hinein, dessen hohe Böschungen so nahe beieinander standen, daß ein Pferd mit Reiter mühelos über den alten Admiral hinweg von einer Seite zur anderen hätte springen können.

Inzwischen war es völlig dunkel. Ich hatte gehofft, daß eine Dreihundert-Meilen-Fahrt einen günstigen Einfluß auf die Batterie ausüben würde, aber das Licht der Scheinwerfer glich Kerzenschimmer; sie beleuchteten nur ein V in einer wogenden, wirbelnden, rauchigen Masse, die hin und her zu schweben schien, sich zurückzog, dann wieder sich näherte, während ich Zentimeter für Zentimeter weiterfuhr.

Zu diesem Zeitpunkt spielte ich mit dem Gedanken, zu wenden und auf die Hauptstraße zurückzukehren, um die längere, aber einfachere Strecke zu fahren – der schmale Feldweg verursachte allmählich Platzangst bei mir –, aber es gab keine Möglichkeit zum Wenden. Der schreckliche kleine Weg wand sich weiter und weiter und machte so viele Bögen, daß mein Richtungssinn völlig aussetzte. Ich hoffte nur, daß nicht irgendein fröhlicher Traktorfahrer, der haargenau wußte, wo er war, auf seinem Weg zum Abendessen hier heruntergedonnert käme, weil ich wußte, wer bei der Begegnung den kürzeren ziehen würde. Es war nicht ein Millimeter Platz zum Ausweichen da. Hinzu kam, daß der Nebel jedes Geräusch verschluckte; die erste Ankündigung der Tatsache, daß mir jemand entgegenkam, würde seine Kühlerhaube in meiner Windschutzscheibe sein.

Das Auto hatte keine Nebelscheinwerfer, aber ich war so umsichtig gewesen, eine große Taschenlampe mitzubringen (da ich vergessen hatte, Mimi zu fragen, ob unser Quartier ein Außenklo hatte, hielt ich es für besser, auf das Schlimmste vorbereitet zu sein); die knipste ich also an und klemmte sie mit meinem rechten Ellbogen so ein, daß sie durch das Fenster schien. Sie beleuchtete eine Weile lang Büschel von nebelfeuchtem Gras auf der Böschung, dann war nicht einmal mehr das zu sehen, außer ich öffnete die Tür und steckte meinen Kopf hinaus. Der Grund dafür war ein tiefer Graben neben der Straße, der nicht dazu beitrug, daß ich mich wohler gefühlt hätte. Wohin ich auch schaute, ich war von Nebel umhüllt. Ich hätte genausogut auf dem Mond sein können – wenn es dort oben Nebel gibt.

Allmählich wurde mir klar, wie müde ich war. Wurde mir klar, ist untertrieben; jede einzelne der letzten sechsunddreißig Stunden kehrte zurück und donnerte auf mich nieder wie ein Sandsack. Ich fragte mich ernsthaft, ob ich das dickköpfige alte Auto durch diese gruselige Sackgasse auch nur eine Meile weiterfahren könnte, ohne vorher eine Ruhepause einzulegen.

Eingedenk Susans warnender Worte wegen der Batterie hielt ich den Wagen an, ließ den Motor laufen, wickelte mir einen blauen Schal um das Haar und stieg aus, um mit der Taschenlampe den Weg vor mir zu untersuchen. Ich war kaum zehn Schritte gegangen, als ich glücklicherweise auf eine befahrbare Zufahrt zu einem Feld auf der linken Seite stieß. Ich konnte das Auto dort hinstellen und mich zehn Minuten ausruhen; wenn der Motor danach nicht mehr ansprang, nun, Mimi hatte gesagt, der Trewithian-Hof liege nur drei Meilen den Feldweg hinauf, und selbst bei meinem Schneckentempo mußte ich gut zweieinhalb schon hinter mir haben. Es konnte nicht mehr weit sein. Das Auto würde über Nacht niemanden stören; zweifellos würde am nächsten Morgen irgendein Einheimischer mich beschimpfen, aber es war immerhin besser, als es mitten auf einem sieben Fuß breiten Weg stehenzulassen.

Ich ging zum Auto zurück, fuhr es auf das Feld, stellte den Motor und die Scheinwerfer ab und ließ mich in den gemütlichen kleinen Schalensitz zurückfallen, der mich zu umschließen schien wie eine Muschel, wie eine Wolke, wie ein Schleier, wie weiche Seide... ich schlief ein.

Wie lange ich geschlafen hatte, weiß ich nicht; vielleicht nur kurz. Ich wachte auf, weil ich mich unbehaglich fühlte; meine Füße waren eiskalt, ich fühlte mich völlig ausgehungert, und Nebeltröpfchen liefen mir über den Schal den Nacken hinunter. Draußen umhüllten Dunkelheit und Stille das Auto wie dicker schwarzer Filz.

Ich beschimpfte mich selbst wegen meiner Dummheit und betätigte den Anlasser. Nichts tat sich; nicht einmal ein Räuspern war zu hören. Weder die Scheinwerfer noch die Scheibenwischer noch die Hupe funktionierten. Das arme Auto war mausetot, so tot wie Queen Anne.

Jedenfalls wird niemand es klauen, dachte ich. Und dann raffte ich mich auf, knöpfte meine Wildlederjacke zu, hängte mir, zitternd in den feuchtkalten, erstickenden Nebelschwaden, meine Schultertasche als Seitentasche um, damit ich meine Hände frei hatte, schloß das Tor zum Feld und machte mich auf den Weg. Ich hielt mich an der linken Böschung und suchte jeden Zoll Boden vor mir mit der Taschenlampe ab. Der Graben zu meiner Rechten war zwar schmal, schien aber die Tiefe einer kleinen Gletscherspalte angenommen zu haben.

Ich hoffte inbrünstig, daß es mir gelingen würde, jemanden zu wecken, wenn ich auf dem Hof ankam. Auf dem Land, das wußte ich, ging man früh schlafen, aber vielleicht würde Mimi auf mich warten oder wenigstens dafür sorgen, daß eine Tür unverschlossen blieb. Wenn sie nicht wieder eine ihrer glänzenden Ideen gehabt hätte, dachte ich böse, hätte ich schon lange da sein können, zusammengekuschelt in einem bequemen warmen Bett, anstatt mir im Nebel mühsam einen Weg durch das Heidemoor zu suchen ... Vielleicht würde sie mich mit einer Schüssel Suppe erwarten. Das Brot mit dem hartgekochten Ei, das ich vor etwa neun Stunden gegessen hatte, schien sehr weit zurückzuliegen. Und ich hätte schwören können, daß ich schon mehr als eine halbe Meile gegangen war, seit ich das Auto verlassen hatte.

In diesem Augenblick kam ich um eine scharfe Kurve und sah einen umgekippten Kinderwagen mitten auf dem Weg liegen. Wenn ich noch hinter dem Lenkrad gesessen hätte, wäre ich sehr wahrscheinlich hineingefahren.

Konnte es sein, daß jemand genau das beabsichtigt hatte?

Der Kinderwagen war nach vorn gekippt und wurde vom Griff abgestützt. Mir war etwas weich in den Knien, als ich hineinschaute. Schließlich findet man nicht oft mitten in einer kalten Aprilnacht einen umgekippten Kinderwagen mit heraushängenden weichen blauen Decken auf der Straße. Es war ein hübscher glänzender Wagen ohne einen Kratzer auf seiner lackierten Oberfläche; Tautropfen bildeten kleine Bäche auf seinem wasserdichten Verdeck. Er hatte hohe Räder mit spinnennetzartigen Speichen und eine aufwendige Federung – die Art von Kinderwagen, die stolze junge Mütter in Sozialwohnsiedlungen vor sich herschieben und noch abbezahlen, wenn der Insasse bereits zu Fußballschuhen und Knallpistolen aufgestiegen ist. Während ich ihn betrachtete, ging mir die Frage durch den Kopf, warum wir uns verpflichtet fühlen, so viel für Behälter für Babys und Leichen auszugeben – die beiden Gruppen von Familienmitgliedern, denen es schnurzegal ist, in was für einem Kasten sie liegen.

Ich kniete nieder und tastete mit – ich leugne es nicht – zitternden Händen zwischen den Decken, um festzustellen, ob es noch einen Insassen in dem warmen Nest gab. Es gab keinen. Aber nach der Wärme zu urteilen, hatte es bis vor kurzem einen gegeben. In dem kokonartigen Loch, das zurückgeblieben war, fand ich einen Bogen festes Schreibpapier bester Qualität. Ich leuchtete ihn mit der Taschenlampe an und sah Wörter in Druckbuchstaben:

WIR TUN DEM BABY NICHTS
WENN SIE VERNÜNFTIG SIND

In diesem Augenblick gewann meine immer größer werdende Erschöpfung die Oberhand. Nebel, Hunger, Müdigkeit, und jetzt diese unerklärliche, furchterregende Mitteilung – an wen gerichtet? Von wem? – das alles war plötzlich zuviel für mich. Meine Knie gaben nach, der Nebel schlug über mir zusammen wie ein einstürzendes Zelt, und ich rollte zur Seite in eine tiefe Grube, tief wie der Krater vom Popocatepetl. Die Zeit wurde langsamer und blieb stehen.

Sie blieb nicht lange stehen. Als ich zu mir kam, lag ich

immer noch im Graben, zwischen feuchten Büscheln, die sich wie Heidekraut anfühlten, und es war immer noch stockdunkel.

Eine kurze Zeit verbrachte ich damit, darüber nachzugrübeln, wo zum Teufel ich eigentlich war und wer zum Teufel ich war, aber all das ziemlich schlapp und gleichgültig. Es schien auch nicht besonders wichtig zu sein. Ich kam mir vor wie im Traum und ein bißchen wirr im Kopf, war fast geneigt, einfach dort liegenzubleiben. Einzelne Gedanken schwankten bruchstückhaft ohne Beziehung zueinander wie in einem Nebel hin und her: die Anschrift eines Mannes, dem ich wegen einer Seife hatte schreiben wollen, bevor wir nach Cornwall fuhren, Bruchstücke aus *Was ihr wollt*, die Tatsache, daß ich meinen Bibliotheksausweis erneuern lassen mußte, eine Reihe von Slogans für Bom, die ich mir auf dem Weg nach Cornwall auszudenken versucht hatte ... Ob du kommst oder gehst, schneidest oder mähst, häkelst oder nähst, läufst oder stehst ... du brauchst Bom, das Fleisch & Milch-Getränk, hergestellt aus reiner frischer Milch und magerem saftigem Rindfleisch. Bom, tideldom, BOM! Ich kann mir, aus dem Stegreif, kein scheußlicheres Getränk als Bom vorstellen, aber in diesem Augenblick hatte ich verschwommen das Gefühl, daß ich selbst von dem Zeug eine Tasse akzeptiert hätte, wenn jemand mir eine angeboten hätte, allerdings heiß.

Es schien viel einfacher, im Graben liegenzubleiben, als meinen müden Körper vor die Aufgabe zu stellen, herauszuklettern und sich über einen unbekannten Weg zu einem fragwürdigen Bauernhof durchzutasten. Ich fragte mich, ob ich an Unterkühlung sterben würde, wenn ich die Nacht im Graben verbrächte. Irgendwie hatte ich die Vorstellung, daß andere Leute sich bei solchen Erlebnissen eine Lungenentzündung holen, und beschloß widerwillig, mich lieber in Bewegung zu setzen. In einer romantischen Geschichte wäre ein junger Held zur Hand, um mich zu retten, doch wie die Dinge lagen, wurde ich wohl besser selbst tätig, auch wenn die Alternative lediglich Rheumatismus für den Rest meines Lebens bedeutete. Produkt x braucht mich, dachte ich. Aber ich beschloß, mir noch einen kurzen Moment Zeit zu lassen, bis ich bis fünfzig oder vielleicht bis sechzig gezählt hatte. Außerdem mußte ich die Taschenlampe suchen, die ich bei meinem Umkippen hatte fallen lassen.

Ich war bei siebenunddreißig angekommen, als ich die beiden flüsternden Stimmen hörte. Sie schienen von direkt über mir zu kommen

»Komisch. Ich hätte schwören können, daß ich Schritte gehört habe.«

»Mußt dich geirrt haben. Sie würde sowieso im Auto kommen.«

»Sie ist spät dran. Wenn sie nun beschließt, über Nacht im Hotel zu bleiben?«

»So spät ist sie schon öfter gekommen. Sie wird bald da sein.«

»Glaubst du, dies wird sie so erschrecken, daß sie endlich auspackt?«

»Lieber Gott, ja. Jede Frau ist ein Feigling, wenn es um ein verschwundenes Kind geht.«

Diese Bemerkung brachte mich wieder in die Wirklichkeit zurück. Ich hatte mich verschwommen gefragt, ob sie von mir sprachen. Jetzt fielen mir plötzlich wieder der leere Kinderwagen und die häßliche kleine Mitteilung zwischen den warmen Decken ein.

»Und wenn sie nun beschließt, sich abzusetzen? Wir sähen wie zwei mit einem Baby sitzengelassene Trottel aus.«

»Und was würdest du vorschlagen? Daumenschrauben?«

»Ich schätze, etwas in der Art würde besser wirken.«

»Sei still – hör mal! Ist das ein Auto? Gehen wir lieber außer Sichtweite.«

Jemand machte mit dem Schuh ein kratzendes Geräusch an einem Stein – direkt neben meinem Ohr, so kam es mir vor. Ich hörte, wie ein Streichholz angerissen wurde, und roch Zigarettenrauch. Der scharfe Geruch von Schwefel und

Tabak brachten mich wieder völlig zu mir, gerade noch rechtzeitig, um mich davon abzuhalten zu rufen: »Werfen Sie mir doch bitte auch eine her!« Statt dessen begann ich, mich auf allen vieren vorsichtig auf dem Boden des Grabens entlangzuschieben. Der Himmel mochte wissen, wer diese Männer waren, aber sie waren es eindeutig, die den Kinderwagen umgeworfen und das Baby entführt hatten, und ich betrachtete sie als Feinde. Einmal, weil sie daran schuld waren, daß ich in Ohnmacht gefallen war, schon beschämend genug, zweitens, weil Kinder nachts im Bett liegen und nicht im Nebel hin- und hergezerrt werden sollten. Und drittens, weil irgendeiner bedauernswerten Frau ein furchtbarer Schock bevorstand. Ich fragte mich, ob ich sie abfangen und irgendwie warnen konnte, wenn ich durch den Graben zurückkroch und dann auf die Straße kletterte. Wie meine Warnung allerdings aussehen sollte, konnte ich mir nicht vorstellen. »Entschuldigen Sie, Madam, aber hundert Meter weiter stehen zwei Männer, die offenbar Ihr Baby entführt haben. Nein, ihre Namen kenne ich leider nicht...«

Ich hatte etwa drei Meter geschafft, als ich mit der linken Hand auf die Taschenlampe stieß. Ich umklammerte sie voller Dankbarkeit und schickte ein Dankgebet zum Himmel, daß sie bei meinem Sturz nicht kaputtgegangen war. Außerdem stärkte das Gefühl ihres wohlausgewogenen Gewichts in meiner Hand mein Selbstvertrauen ein wenig; zur Not könnte sie als Waffe dienen. Die flüsternden Stimmen auf der Straße gefielen mir nicht.

Es erschien mir unvorsichtig, die Taschenlampe sofort auszuprobieren; der Nebel war immer noch dicht und schützte mich hier unten im Graben, aber der Strahl einer Taschenlampe würde sicher auffallen. Ich kroch weiter.

An der Stelle, wo ich hineingefallen war, war der Graben trocken gewesen – ich meine, trocken für einen Graben –, aber nach etwa zwanzig Metern änderte er seinen Charakter, und meine Handgelenke und Knöchel versanken in kaltem, klebrigem, schleimigem Schlamm.

Nun ist Schlamm noch nie mein Lieblingselement für Kriechübungen gewesen. Ich entschied also, daß der Graben seine Dienste getan hatte, und tastete mich an der der Straße abgewandten Seite der Böschung vorsichtig hinauf. Die Böschung war voller Stümpfe und leicht zu erklimmen; ich arbeitete mich immer weiter hinauf und stieß endlich auf etwas, das sich anfühlte wie eine dieser struppigen halbhohen Hecken, die die Bauern in Cornwall auf die Böschungen um ihre Felder pflanzen, in der Hoffnung, dadurch ihre gemsenähnlichen Rinder von einer Flucht abzuhalten. Die Hecken sind meistens nicht sehr dicht; ich schaffte es ohne große Mühe, durch diese hindurchzukrabbeln, ohne allzuviel Lärm zu machen, und kroch auf der anderen Seite einen ziemlich steilen Abhang hinunter.

Jetzt hatte ich drei Möglichkeiten. Ich konnte an der Hecke entlang hügelabwärts gehen, indem ich dem Weg folgte, den ich gekommen war, weit mehr als zwei Meilen. Oder ich konnte an den beiden Männern vorbei an der Hecke entlang hügelaufwärts gehen in Richtung Bauernhof. Oder ich konnte mich von der Straße fort auf den Weg ins stockdunkle Unbekannte begeben.

Ich entschied mich für die dritte Möglichkeit. Soweit ich mich an die Landkarte erinnerte, führte die Straße schließlich an der linken Begrenzung der Trewithian-Ländereien vorbei, nachdem sie einen Kamm überquert und einen Bogen nach rechts gemacht hatte. Wenn ich also, überlegte ich, quer über das Feld nach rechts ging und dann einen Bogen nach links schlug, müßte ich am Ende wieder auf die Straße stoßen, oberhalb der Stelle, wo die beiden Männer im Hinterhalt lagen. Vielleicht würde ich auch direkt auf den Hof stoßen. Die Hauptsache war, immer hügelaufwärts zu gehen. Auf dem Hof war ein Telefon, und sicher gab es dort irgendeinen robusten, zuverlässigen Mann, der mir erklären würde, daß die ganze Geschichte mit den Männern und dem Kinderwagen nur ein harmloser Schabernack von ein paar jungen Männern aus dem Dorf sei, einer jener komischen, ausgelassenen alten Bräuche, die ›Fangt den Dieb‹ heißen und am Barnabastag stattfinden.

Ich hockte mich nieder, richtete die Taschenlampe vorsichtig in ein Grasbüschel und knipste sie an. Gott sei Dank funktionierte sie noch und beleuchtete einen kleinen Kreis schmutzigen Grüns. Sehr ermutigt deckte ich alles bis auf einen schmalen Lichtspalt mit der Hand ab und machte mich leise auf den Weg querfeldein, die Taschenlampe hielt ich dabei tief nach unten und setzte ihren Lichtstrahl so sparsam wie möglich ein. Ich hoffte, daß auf meinem Weg kein Vieh weidete; eine geräuschvolle Begegnung mit einer aufgeschreckten Kuh zu diesem Zeitpunkt wäre fatal.

Zum erstenmal kam es mir in den Sinn, mich zu fragen, ob mir selbst Gefahr von den beiden Männern drohte. Es hatte nichts mit Logik zu tun, was mich bis hierhin angetrieben hatte, sondern eine Art weiblich-blinder Instinkt, der mir befahl: laß sie nicht wissen, daß du da bist. Verschwinde und hole Hilfe, klär diese unglückselige Geschichte auf, bevor es zu spät ist. Jetzt begann ich darüber nachzugrübeln, was die Männer getan hätten, wenn sie auf mich gestoßen wären: einen Mithörer, wenn auch keinen Zeugen, einer ziemlich faulen, ziemlich scheußlichen, wahrscheinlich gesetzwidrigen Angelegenheit. Und ich fragte mich, wer die *sie* sein mochte, die sie erwähnt hatten. Wer war *sie*? Die Frau des Bauern? Jemand, der auf dem Hof wohnte? Jemand mit einem Kind? Offensichtlich nicht Mimi. Mimi, die geborene Junggesellin, verabscheut Kinder. Vielleicht Jean, die Schauspielerin der Picknicksuppen, mit dem Baby ihrer Schwester? Sie war von Exeter herübergekommen, aber vielleicht war sie wegen des Nebels über Nacht geblieben.

Während ich mich mit diesen Fragen beschäftigte, war ich ganz gut vorangekommen, aber jetzt sank mein einer Fuß mit einem beunruhigend lauten Platschen knöcheltief ein. Ich trat hastig zurück, in der Annahme, daß ein unterirdischer Wasserlauf mitten im Feld einen Morast erzeugt hatte, und hielt mich mehr nach rechts. Kurz darauf stieß ich auf eine dichte

Brombeerhecke und mußte wieder nach rechts ausweichen. Ich tastete mich voran, bis ich auf ein Tor stieß.

Wieder ein Feld, und auf diesem befanden sich zu meinem Entsetzen große, atmende, unsichtbare, wiederkäuende Lebewesen. Ich stieß gegen eines und schrie vor Schreck beinah auf. Zum Glück war die Kuh, der Ochse oder was es auch sein mochte von phlegmatischer Gemütsart; sie – oder er – zog sich hastig zurück und trat dabei auf meinen Fuß und bespritzte mich mit Schlamm, brüllte aber nicht laut auf vor Empörung, so unerwartet in nebliger Finsternis angerempelt zu werden. Schließlich mußte ich fast lachen; ich dachte an Mimi und an ihr Entsetzen, wenn sie von meinen Abenteuern hören würde. Mimi verabscheut Kühe.

Als nächstes stieß ich gegen ein hartes Hindernis, das sich nach vorsichtiger Inspektion mit der Taschenlampe als eine verfallene Mauer aus Feldsteinen erwies. Beim Versuch, darüber hinwegzuklettern, begannen die Steine auf beunruhigende Weise zu rutschen und zu wackeln, darum gab ich es auf und hielt mich wieder nach rechts. Die Mauer führte weiter und weiter. Schließlich beschrieb sie einen scharfen Bogen zurück. Noch immer keine Pforte. Seit ich die Straße verlassen hatte, war viel Zeit vergangen; eigentlich mußte ich inzwischen ganz in der Nähe des Hofs sein, aber ich befürchtete, daß ich mich verrechnet und eine völlig falsche Richtung eingeschlagen hatte.

Schließlich fand ich eine Pforte und kletterte erleichtert hinüber. Auf der anderen Seite befand sich zu meiner Freude ein gepflasterter Weg, die Verlängerung, so hoffte ich aus tiefster Seele, des Weges, den ich verlassen hatte. Ich mußte mich nur in die eine oder die andere Richtung wenden, um zur Zivilisation zurückzukehren. Aber war es derselbe Weg? Und in welche Richtung sollte ich gehen?

Das letzte, was ich anstrebte, war eine weitere Begegnung mit den Baby-Entführern.

Ich erinnerte mich an die Landkarte und beschloß, es hügelaufwärts zu versuchen. Inzwischen war der Himmel etwas heller geworden, wenn auch der Nebel sich nicht gelichtet hatte. Ich warf im Schein der Taschenlampe einen Blick auf meine Uhr: 4.30. Vermutlich noch eine Dreiviertelstunde bis zum Tagesanbruch. Eine Menge Arbeit werde ich morgen erledigen können, dachte ich, nach dieser Nacht voller Späße. Aber dann tröstete ich mich mit dem Gedanken, daß niemand würde filmen können, wenn der Nebel sich nicht hob.

Während ich hügelauf marschierte, lichtete der Nebel sich etwas. Behindert von meinem Rock, der mir naß gegen die Knie schlug, und Strümpfen, die so schlammverkrustet waren, daß sie sich wie Knieschützer beim Hockey anfühlten, ging ich weiter, so schnell ich konnte. Vor meinem inneren Auge stand eine himmlische Vision: ein heißes Bad, ein heißes Getränk, eine Wärmflasche, ein weiches, nachgebendes, gemütliches Bauernbett ... Sicher hatten diese beiden Männer doch nur einer widerspenstigen Freundin oder Ehefrau einen lustigen Streich gespielt, oder nicht? Oder doch nicht? Ich wünschte, ich hätte das wirklich glauben können. Aber es waren nicht die Stimmen von Einheimischen gewesen.

Die Vögel begannen sich zu regen. Ich hörte einen langgezogenen Ruf, – Brachvogel, Schnepfe? Meine ornithologischen Kenntnisse sind äußerst spärlich –, und dann einen dünnen, klagenden Schrei, mit dem ich überhaupt nichts anfangen konnte. Er wiederholte sich, jammervoll, und klang halb wie der Schrei einer Möwe, halb wie das Blöken eines Lamms.

Plötzlich kam ich an eine Stelle, die frei von Nebel war, und sah links über mir einen mit Heidekraut bewachsenen Hügelrücken. Ich folgte dem Weg, der in scharfem Bogen um den Hügel führte, und stieß auf einen kleinen, stillgelegten Steinbruch mit steil abfallenden Seiten und einem mit samtgrünem Moos bedeckten Boden. Meine erste Empfindung war zornige Enttäuschung, weil ich eine halbe Meile in die falsche Richtung gelaufen war; dann sah ich das Auto im Steinbruch stehen, und mein Herz schlug mir bis zum Hals. Es war ein

Crespina Cabriolet, nicht die Art von Wagen, die man um halb fünf Uhr morgens mitten im Heidemoor zu sehen erwartet, außer vielleicht in einer Rallye-Gegend. Es schien sich niemand in dem Wagen zu befinden, aber als ich zögernd am Eingang zum Steinbruch stand, hörte ich, offenbar vom Rücksitz, wieder den verlorenen, jammervollen Schrei.

Ich verabscheue das Geschrei von Babys. Es berührt irgendeinen empfindlichen Nerv in mir, und ich rege mich in ohnmächtigem Zorn schrecklich auf und habe das Bedürfnis, jemanden zu verprügeln – vermutlich, weil ich das Gefühl habe, man müßte etwas gegen das Schreien unternehmen, obwohl, wie ich gehört habe, Dr. Spock jetzt sagt, das sei nicht unbedingt erforderlich und Babys würden prächtig gedeihen, wenn sie sich laut und kräftig ausschreien. Babys gehören, zusammen mit Vögeln und ein paar Millionen anderen Dingen des täglichen Lebens, zu den blinden Flecken in meinem Repertoire; ich versuche, einen großen Bogen um sie herum zu machen.

Es sagt also einiges über das Außergewöhnliche der ganzen Situation aus, daß ich sofort zu dem Auto ging und die Tür öffnete.

Das Baby lag auf dem staubigen Boden im hinteren Teil des Crespina und schlug vor Empörung und Verzweiflung mit Armen und Beinen um sich. Ich hob es auf, in der leisen Hoffnung, daß menschliche Berührung es aufmuntern würde, aber das Glück war mir nicht beschieden. Es brüllte lauter als zuvor. Sein Gesicht war rot wie eine Dahlie und glänzte wie Polyäthylen, Tränen strömten aus seinen festgeschlossenen Augen, und eine winzige Faust versetzte mir einen Kinnhaken. Es war außer sich. Ich sah, daß es noch sehr jung sein mußte, weil es so klein war, obwohl es einen dichten schwarzen Haarschopf hatte.

Fast ohne bewußt einen Entschluß zu fassen, fand ich mich auf dem Weg aus dem Steinbruch. Der Weg führte weiter, wie ich jetzt sah, und ich folgte ihm, das brüllende und strampelnde Baby in den Armen. Rational betrachtet war mein

Verhalten äußerst merkwürdig und verantwortungslos, wenn nicht gar unzurechnungsfähig, aber schließlich, sagte ich mir, um die schwachen Proteste meines Über-Ichs zu zerstreuen, mußte etwas ganz und gar nicht stimmen mit Leuten, die ein Baby in den frühen Morgenstunden unbedeckt auf dem Boden eines Autos liegenlassen, während sie fragwürdige Streiche mit dem Wagen des Kindes spielen. Daß dieses Baby der rechtmäßige Insasse des Wagens war, bezweifelte ich keine Sekunde. Ich hielt es einfach für meine Pflicht, die ganze Angelegenheit an geeigneter Stelle zu melden, etwa bei der N.S.P.C.C., dem Kinderschutzbund, und das Baby so schnell wie möglich an einen Ort zu schaffen, wo es gefüttert und versorgt werden konnte, und so legte ich ein gutes Tempo vor. Der Nebel hing hier in Schwaden – dicht, wo die Straße bergab führte, dünner, wo sie anstieg –, und die Straße selbst schlängelte sich auf verwirrende Weise durch die Gegend; nach zehn Minuten war ich nicht mehr sicher, in welcher Richtung hinter mir der Steinbruch lag.

Aber nach kurzer Zeit erhielt ich einen Hinweis: Ich hörte einen Motor aufheulen und dann das rasche zornige Surren, als der dritte Gang eingelegt wurde und der Wagen in meine Richtung kam.

Ich sah mich hastig um. Gerade in diesem Augenblick befand ich mich an einer freien Stelle, wo der Weg über offenes Heideland führte, ohne Hecken. An meiner linken Seite hob das Land sich scharf zu einem felsigen kleinen Hügel, hinter dem ich eine dichte Nebelbank sah. Ich lief wie ein Kaninchen den unebenen Hang hinauf und an der anderen Seite wieder hinunter, in den Nebel hinein. Keinen Moment zu früh; während ich mich hinter einen gezackten Felsvorsprung fallen ließ, tauchte der Crespina zwischen den beiden Nebelbänken auf, donnerte vorbei, dem Geräusch nach erschreckend nahe, und war verschwunden.

Ich setzte mich auf, ein hohles Gefühl im Magen. Ganz gleich, ob ich richtig oder falsch gehandelt hatte – jetzt hatte ich mich festgelegt, hockte, nur auf mich selbst angewiesen, mitten in einem Heidemoor, mit einem fremden Baby, dessen Kraftreserven unberechenbar waren und das immer noch aus vollem Hals brüllte. Es schien wie eine Fügung des Himmels, dachte ich, daß der Crespina so laut war, denn sonst hätte der Fahrer – vermutlich einer der beiden Flüsterer – das Brüllen seiner entwendeten Beute gehört. Das Brüllen beunruhigte mich allmählich, und ich beschloß, nachzusehen, was ich tun konnte, um das Baby heiterer zu stimmen, bevor ich weiterging. Ich zog meine Wildlederjacke aus und legte sie auf den Boden.

»Komm, Buschbaby«, sagte ich und versuchte, sachlich und zuversichtlich zu klingen. »Machen wir eine kleine Bestandsaufnahme.« Ich legte das Baby auf die Jacke. Unvermutet hörte es auf zu brüllen und öffnete zwei rauchdunkle Augen, um mich zu betrachten. Für ein Baby war es ein recht nett aussehendes Exemplar: klein, doch mit einer wohlgeformten, nachdenklichen Stirn, zarten Gesichtszügen und wunderschönen kleinen Händchen. Es trug ein blauweißes gestricktes Jäckchen über einer Art Nachthemd, wasserdichte Höschen und Windeln. An den Füßen hatte es blauweiß gestreifte Fußballersocken. Selbst ich, ahnungslos wie ich war, sah, daß die Windeln klitschnaß waren und in dieser kühlen Luft eine Qual für das arme kleine Wesen bedeuten mußten. Mit großen Bedenken öffnete ich ein paar Sicherheitsnadeln, entfernte alle Unterbekleidung und stellte fest, erstens, daß das Baby weiblichen Geschlechts war, und zweitens, daß die Feuchtigkeit die Hauptursache seiner Schwierigkeiten war, glücklicherweise. Es schien erleichtert, daß es die quatschnassen Sachen los war und winkte mir freundlich mit einem Bein zu, aber ich fand, es müßte gegen Kälte und Nebel geschützt werden. Ich zog meinen Halbunterrock aus aufgerauhtem Nylon aus, faltete ihn zu einer Art Dreieck und steckte es zusammen, so gut ich es schaffte.

Dann fiel mir zum erstenmal die Thermosflasche in meiner Handtasche ein: heiße Milch mit einem Schuß Kaffee und einem Schuß Brandy. Susan, die Gute, hatte sie mir in die

Hand gedrückt, als ich abfuhr. Wahrscheinlich war die Milch jetzt nicht mehr sehr heiß, da sie seit mindestens zwölf Stunden in meiner Tasche gelegen hatte. Wohl auch nicht gerade das am besten geeignete Getränk für ein Baby, aber in einem Notfall vielleicht besser als gar nichts. Ich war ziemlich sicher, daß das Baby hungrig sein mußte, weil es, zwischen Schreien, verzweifelt an seinen Fäustchen saugte und mummelte.

Ich öffnete die Flasche und goß ein wenig von dem lauwarmen Gebräu in den Plastikbecher. Jetzt kam natürlich die Frage: Konnte das Baby aus einem Becher trinken, oder war es noch im Saugstadium? In diesem Fall wäre guter Rat teuer, denn ich hatte nichts bei mir, was als Schnuller hätte verwendet werden können.

Das Baby löste das Problem. Ich fand, wenn es noch nie vorher aus einem Becher getrunken hatte, lernte es bemerkenswert schnell. Nach einigen Spritzern und Fehlzündungen zu Beginn floß die Milch stetig hinunter, und nach etwa fünf Minuten war der ganze Becher bewältigt. Das Baby fing sofort wieder an zu schreien, ich goß also auch den Rest noch ein, mit vor Eile zitternden Händen, und verfütterte ihn.

Mit vagen Erinnerungen an Rosemary, Toms verheiratete Schwester, und ihre Methoden im Umgang mit den jüngeren Mitgliedern ihrer großen Familie, hielt ich das Baby über meine Schulter und klopfte ihm in, so hoffte ich, beruhigender Weise den Rücken. Diese Behandlung schien auf Billigung zu stoßen; außer ein oder zwei verschlafenen Schluckssern gab es keine weiteren Geräusche von sich; sein Köpfchen wackelte gefährlich hin und her, und als ich den Kopf drehte, um ihm ins Gesicht zu schauen, sah ich, daß es tief und fest schlief. Eigentlich kein Wunder; es mußte mindestens ein Teelöffel Brandy in der Flasche gewesen sein. In der inbrünstigen Hoffnung, daß die negative Wirkung des Brandy, wenn es eine geben sollte, nicht die positive der Milch beeinträchtigte, brachte ich uns beide in eine bequemere Trage-Lage und machte mich auf den Weg zurück zum

Steinbruch, in der Annahme, jetzt, da die Männer nicht mehr dort waren, wäre es am vernünftigsten, die Landstraße hinunter zurückzulaufen und den Kinderwagen zu holen. Vielleicht gab es in ihm einen Hinweis auf Namen und Anschrift, außerdem waren da die schönen warmen Decken. Hinzu kam, daß das Baby überraschend schwer war für ein so kleines Mitglied der menschlichen Art.

Jetzt merkte ich wieder, wie schwach und müde meine Beine waren, wie ausgehöhlt und wackelig ich mich fühlte; wie gut, daß ich zu sehr damit beschäftigt gewesen war, das Baby zu füttern, um Neidgefühle zu entwickeln; ich hätte selbst einen kräftigen Schluck gebrauchen können.

An den Seiten des Weges wuchs Gras, und ich hielt mich an die Seiten, weil es sich dort besser ging und weil meine Schuhe, ohnehin durch und durch naß, eigentlich nicht für lange Märsche über steinige Wege bestimmt waren. Darum war es reiner Zufall, daß ich mich ziemlich leise voranbewegte, als ich den Rand des Steinbruchs erreichte, und das war auch gut, denn als ich hinunterschaute, sah ich einen Mann, der auf einem kleinen Hügel stand und sich umsah. Er hatte mir den Rücken zugewandt, und seine Kleidung war nicht die eines Bauern.

Ich begann, mich vorsichtig nach hinten zurückzuziehen, kam etwa sechs Meter weit, stolperte in einen Entwässerungsgraben und fiel hin. Das Baby wachte auf und gab ein leises Wimmern von sich. Zum Glück waren wir jetzt außer Sicht. Ich fing an zu laufen und stürzte mich vom Weg weg in den Nebel, lief, ohne etwas zu sehen. Ich hörte einen Ruf aus dem Steinbruch, wagte aber nicht, den Kopf zu wenden, um zu sehen, ob wir verfolgt wurden. Durch den Nebel zu laufen, ohne zu wissen, wohin die Füße einen tragen würden, war eine unheimliche Angelegenheit. Ein paarmal stolperte ich, kam aber schnell wieder auf die Beine und tappte weiter. Ich fragte mich, ob das gleichmäßige Klopfen, das ich zu hören glaubte, die Schritte von Verfolgern seien, bis mir nach einer Weile klar wurde, daß es mein eigenes Herz war.

Eine grasbewachsene kleine Mulde, kaum mehr als ein Loch im Boden, öffnete sich vor mir; ich taumelte hinein, fast kopfüber. Hohes buschiges Heidekraut, das bis an den Rand hinaufwuchs, schien einen dürftigen Schutz zu bieten, und ich kauerte mich nieder, gezwungen, eine Pause einzulegen, weil meine Beine mich nicht mehr tragen wollten. Mein Mund war trocken, und mein Atem schien nicht mehr richtig zu funktionieren; ich bekam offenbar nicht genug Luft, um den Vorgang der Mühe wert zu machen. An die niedrige Böschung geschmiegt fragte ich mich, was ich machen sollte, wenn das Baby wieder zu weinen begann. Sein Gesicht war unheilverkündend verzogen, und es schaute sich mißbilligend um.

»Oh, Buschbaby«, murmelte ich, »wie haben wir es nur angestellt, uns in eine so verrückte Lage hineinzumanövrieren?«

Ich wühlte in meiner Handtasche herum und brachte zwei zerdrückte Stücke Schokolade zum Vorschein. Ich brach eine winzige Ecke ab und schob sie dem Baby in den Mund; wahrscheinlich ist Schokolade völlig ungeeignet für Babys, aber es nahm sie liebenswürdigerweise an. Dann aß auch ich ein Stück; mein erschöpfter Stoffwechsel gierte nach Zucker. Während der ganzen Zeit spitzte ich die Ohren, konnte jedoch keine Verfolgergeräusche hören. Aber selbst wenn der Hund von Baskerville hinter mir her gewesen wäre – ich hätte nichts tun können; ich hatte mein Pulver verschossen.

Ich weiß nicht, wie lange ich mich in der kleinen Senke aufhielt; es muß etwa eine Stunde gewesen sein. Ich schlief eine Weile, und Buschbaby ebenfalls, unter meiner Jacke an mich gedrückt. Es war wirklich ein liebes Baby. Als ich mich endlich, starr vor Kälte, bewegte und aufstand, blinzelte eine blaßsilbrige Sonne wie eine Zitronenscheibe durch den Nebel. Das kam mir sehr gelegen; wenn ich geradeaus ging und dafür sorgte, daß die Sonne rechts von mir stand, wenn ich also mehr oder weniger nach Norden marschierte, müßte ich irgendwann auf die Straße von Launceston nach Camelot stoßen. Ich beschloß, den Weg nicht mehr zu betreten, und das war auch gut so, denn nach einer Weile hörte ich den Crespina wieder. Diesmal fuhr er langsam, zweifellos, um seinen zweiten Fahrgast zu suchen, der nach mir hatte fahnden sollen. Ich ging stetig und stumm weiter, darauf vertrauend, daß der Nebel mich schützen würde. Schließlich konnten zwei Männer nicht jeden Zoll des Heidemoors durchkämmen.

Allmählich verlor sich das Motorengeräusch in der Ferne.

Nachdem ich etwa eine Stunde bergab gegangen war, stieß ich auf die Hauptstraße und wandte mich nach Westen, in Richtung Trevann, fest entschlossen, das erste Auto, das vorbeikam, anzuhalten. Es war erst halb sieben. Als erstes kam ein dicht mit Arbeitern besetzter Lieferwagen vorbei. Sie winkten mir spöttisch zu, als sie vorbeisausten, aber es war offensichtlich, daß sie nicht einmal Platz für eine Bratwurst gehabt hätten. Ein triefäugiger Jaguar schoß vorbei, Richtung Launceston und ins Bett. Schließlich hielt ein alter Ford mit einem strohbeladenen Anhänger ratternd neben mir an.

Der Fahrer, der aussah wie Rip van Winkle, steckte den Kopf aus dem Fenster.

»Ich fahr nur ne halbe Meile weit, mei' Liebe«, sagte er. »Hilft Ihn'n das weiter? Dann könn' Sie gern einsteig'n.«

»Besser als gar nichts«, sagte ich fröhlich.

»Eh?«

»Besser als gar nichts.«

Er schüttelte den Kopf. »Ich bin mordsmäßig schwerhörig«, entschuldigte er sich und zeigte auf seine Ohren, für den Fall, daß ich auch schwerhörig sei. Ich verwarf den Gedanken, ihm meine Geschichte zu erzählen, kletterte hinein und setzte mich zu einer der holperigsten Autofahrten meines Lebens. Buschbaby wachte auf und begann wieder zu weinen. Ich hatte das unsichere Gefühl, daß ihre Windel wieder gewechselt werden mußte.

Der alte Junge hielt an. »Hier wärn wir, mei' Liebe«, erklärte er. Er öffnete ein Tor und fuhr den Ford auf eine Weide, wo ein paar Ochsen zielstrebig auf ihn zukamen.

»Gibt es Häuser hier in der Nähe?« fragte ich. Mein Sinnen

und Trachten galt jetzt in erster Linie heißem Wasser, Seife, trockenen Handtüchern und einem Telefon.

»Eh?«

»*Häuser*? Wo ich das Baby waschen könnte.«

Ich machte die entsprechenden Handbewegungen.

Ich war nicht ganz sicher, ob er mich verstanden hatte, aber er fing an zu kichern und sagte: »Immer weiter den Weg entlang, mei' Liebe, und dann den schmalen Weg da hinten rauf. Die Freunde werd'n Ihn'n sicher helfen.«

Das hörte sich überzeugend an, ich bedankte mich also bei ihm und ging weiter die Straße entlang auf die schmale Einfahrt zu.

Hinter mir hörte ich ein anderes Auto kommen. Sollte ich versuchen, nach Trevann mitgenommen zu werden? Oder war es besser, die Freunde des alten Jungen sofort um Hilfe zu bitten? Noch unentschlossen drehte ich mich um, wobei ich Buschbaby mühsam zu meiner Schulter hochhievte, um einen Blick auf das näherkommende Auto zu werfen. Es war der Crespina.

Ich war gerade noch schlau genug, einen Satz in die schmale Einfahrt zu machen. Hatte man mich erkannt? Oder das Baby? Ich lief keuchend hügelaufwärts und fragte mich, wie lange ich es noch schaffen würde, dieses Versteckspiel mitzumachen. Der Weg bog scharf nach rechts ab. Dahinter führte ein Gatter auf ein Feld. Ich stolperte hindurch, blieb stehen, lauschte – das schien jetzt schon zur trübselig vertrauten Gewohnheit geworden zu sein. Buschbaby begann zu wimmern, und ich, ziemlich am Ende meines Lateins, gab ihr wieder einen Krümel Schokolade.

Mit dröhnendem Motor und kreischenden Bremsen schoß der Crespina um die Kurve, am Gatter vorbei den Weg hinauf, wobei er eine dicke Wolke von Auspuffgasen zurückließ. Ich war froh, daß ich mich versteckt hatte; es lag etwas Brutales, eine unkontrollierte Zerstörungswut in der Art, wie das Auto gehandhabt wurde. Es gefiel mir nicht. So eindeutig wie der Geruch von Blut vermittelte es eines: Gewalttätigkeit.

Ich begann, mich in diagonaler Richtung über das Feld zu schleppen, und biß die Zähne zusammen, um nicht in Tränen auszubrechen. Die Hilfe war schon so nahe gewesen. Und daß ich jetzt wieder auf der Flucht war, auch noch am hellichten Tag, entzog meinem Gefühl für Gerechtigkeit und Vertrauen den Boden. Was machte ich da eigentlich, mit einem gestohlenen Baby wie eine Verrückte durch die Gegend zu laufen? Wenn die Eltern des Kindes mich schnappten, würde ich wahrscheinlich im Gefängnis landen, und es geschähe mir recht nach diesem hirnverbrannten Verhalten.

Einen Augenblick lang zögerte ich, so sehr hatte ich den Mut verloren. Sollte ich zurück auf den Weg gehen, auf den Crespina warten, der zurückkommen mußte – auf dem Schild hatte SACKGASSE gestanden – und aufgeben?

Ich war nahe daran, umzukehren. Aber dann schaute ich auf das Baby, das mit seinen intelligenten dunklen Augen trübselig um sich blickte, und ich dachte daran, wie es in dem Schmutz und Staub auf dem Boden des Autos gelegen hatte, nicht einmal zugedeckt. Ich dachte an den Kinderwagen und den Briefbogen und an die beiden Männer. So behandelt niemand sein eigenes Kind.

Außerdem war es einfacher, dem Weg zu folgen, den ich eingeschlagen hatte, als umzukehren und wieder bergauf zu laufen. Ich kam wieder an ein Tor, schleppte mich über ein zweites Feld, diesmal sattelförmig, mit einer Vertiefung in der Mitte, und dann wurde mir klar, daß das Geräusch, das ich jetzt hörte, das Rauschen des Meeres war, irgendwo unter mir und in dem Nebel nicht zu sehen.

Im nächsten Augenblick schrak ich zusammen beim Anblick eines Gebäudes, das direkt vor mir aus dem Nebel emporragte. Es war groß und kam mir irgendwie bekannt vor – spätes neunzehntes Jahrhundert, mit einer Menge überflüssiger Zinnen und Türmchen. Das Trelawny Hotel? Soviel Glück war mir nicht vergönnt. Aber es stammte aus der gleichen Zeit – und Gott sei Dank sah es nach Wohlstand und bewohnt aus, die Art von Haus, in dem es fließendes heißes und kaltes Wasser geben würde. Aus einem Schornstein kam Rauch. Ein Esel graste friedlich auf der Weide. Ein Schwarm Pfauentauben flog vom Dach herunter.

Mit Bewegungen wie eine Marionette bewegte ich mich steif über den Rasen, öffnete ein Pförtchen in einer hohen Ziegelmauer und fand mich in einem sauber gehaltenen Gemüsegarten. Und dann sah ich, was der alte Bursche in dem Ford mit »Freunden« gemeint hatte.

Ein hochgewachsener Mann, der Kartoffeln gesetzt hatte, richtete sich auf und kam mit raschen Schritten auf mich zu. Er trug eine schwarze Kapuze und eine lange schwarze Kutte.

5

Der Mann in der schwarzen Kutte kam mir mit langen Schritten entgegen und machte wegscheuchende Bewegungen, als habe er ein zudringliches Kind oder Tier vor sich.

»Gehen Sie! Verschwinden Sie!« zischte er, als er in Hörweite war. »Dies ist Privatbesitz, was tun Sie hier – können Sie nicht lesen? Fort mit Ihnen!« Und er zeigte auf ein Schild, auf dem stand PRIVATBESITZ – BRUDERSCHAFT DES DURCHBOHRTEN STEINS – ZUTRITT NUR FÜR MITGLIEDER DER GEMEINSCHAFT. Ich war so verblüfft, daß ich ihn einen Moment lang nur anstarren konnte. Aus der Nähe betrachtet, erwies er sich als merkwürdige, zerlumpte Gestalt. Seine dicken schwarzen Gewänder waren abgetragen und ausgefranst, seine Sandalen mit Bindfaden zusammengeschnürt. Sein langer gelbgrauer Bart, der aus der Kapuze hervorquoll, sah eindeutig schmutzig aus, und die Haut von Gesicht, Händen und bloßen Füßen war von Wind und Wetter wie auch von Schmutz dunkel gefärbt. Aber was mich echt umwarf, war der arrogante High-Society-Tonfall, den diese feindselige alte Vogelscheuche am Leibe hatte. »Fort!« zischte er und musterte mich aus kalten blauen Augen, so daß ich mir vorkam wie ein Eindringling in irgendeinen geheiligten Club in St. James, oder als sei ich beim verbotenen Fischen in seinen Hundert-Pfund-pro-Meter-Lachsgewässern erwischt worden. Der Tonfall verfehlte jedenfalls seine Wirkung nicht; ich hatte schon automatisch begonnen, mich zurückzuziehen, als das Baby wieder zu weinen begann und mir unsere Notlage in Erinnerung brachte.

»Bitte! Ich brauche Hilfe! Es tut mir leid, wenn ich... wenn ich Ihnen Ungelegenheiten bereite, aber das Baby ...«

»Ja, ja, ich sehe das Baby, ich bin nicht blind«, sagte er gereizt. »Das macht keinen Unterschied. Sie wissen sehr gut, daß Frauen hier keinen Zutritt haben. Bringen Sie es hinüber zum Osteingang, das ist die Stelle, wo man Babys abgibt – wenn es sein muß. Warum haben Sie nicht vor neun Monaten an all das gedacht? Sie sollten es selbst aufziehen. Sollten sich schämen. Sind Sie nicht verheiratet?«

»Nein, das bin ich nicht«, sagte ich verlegen, während er mit feindseligen Blicken meine ringlose Hand musterte. »Wenn ich auch nicht einsehe, was Sie das ...«

»Nun, meine gute Frau, stehen Sie nicht hier herum und widersprechen mir. Ich habe an wichtigere Dinge als Sie und Ihr Kind zu denken, kann ich Ihnen versichern.«

Er wandte sich mit Entschiedenheit von mir ab und nahm seinen Spaten wieder in die Hand, aber in diesem Augenblick setzte irgendwo über uns im Nebel eine Glocke mit ihrem dünnen, mahnenden Geläut ein; ich erkannte sie sofort wieder. Der alte Mönch stieß einen ungeduldigen Laut aus, unterdrückte ganz offensichtlich den Impuls, seinen Spaten von sich zu schleudern, und stieß ihn statt dessen sorgfältig in die Erde. Ohne weiter Notiz von mir zu nehmen, lief er über einen Schlackenweg davon und verschwand hinter Büschen, in Richtung auf das Haus.

Buschbaby schrie jetzt so verzweifelt, daß es wie ein Echo meiner eigenen Gefühle klang. Waren sie alle gleich in diesem unfreundlichen Ort? Wollte mir denn niemand helfen?

Zum erstenmal wurde ich nicht als Persönlichkeit behandelt, sondern lediglich als Teil einer völlig unerwünschten

Sorte von Gegenständen, eine Erfahrung, die ich merkwürdig demoralisierend fand. Rückzug schien der einzig würdevolle Abgang, und so ging ich erschöpft auf das Pförtchen zu, als ich überraschend ein Flüstern aus den Büschen hörte.

»He! Psst! Psst! Hierher!«

Ich sah, wie die Äste sich heftig bewegten; ein in Schwarz gehüllter Arm winkte mir zu.

»Hier entlang! Hier entlang! Kommen Sie! Aber seien Sie leise!«

Es war kaum möglich, dem zweiten Teil der Anweisungen zu folgen, da Buschbaby immer noch brüllte wie am Spieß, aber ich zeigte meinen guten Willen, indem ich auf Zehenspitzen schlich; ich wäre auch auf allen vieren gekrochen für jemanden, der Hilfe zu versprechen schien. Nachdem ich einen Bogen um die Büsche geschlagen hatte, kam ich auf einen Pfad, auf dem die Gestalt stand, die mich zu sich gewinkt hatte – noch ein Mönch, klein und rundlich, mit einem fröhlichen runzligen Gesicht, der mir lebhaft zunickte, einen Finger auf die Lippen legte und mit raschen Schritten um die Ecke des Gebäudes herum eilte, wobei er ständig Zeichen einer übertriebenen Vorsicht machte. Ich hastete hinter ihm her und hoffte, daß das unablässige Läuten der Glocke über uns Buschbabys Brüllen übertönen würde; zum Glück schien niemand in der Nähe zu sein. Von einem höher gelegenen Fenster hörte ich Stimmen, die sangen.

»Sei still, Buschbaby!« flüsterte ich. Aber die Kleine war nicht mehr zu beruhigen.

Mein Führer lief mir voran an einigen Nebengebäuden vorbei, über einen gepflasterten Hof mit einer Regentonne, einen betonierten Durchgang entlang, der zur Hofseite hin verglast war, und schließlich in eine Art Mehrzweckraum, der einmal die Molkerei gewesen sein mochte; an drei Wänden entlang zog sich ein breites Ablagebord aus Schiefer.

Als erstes kam mir die Hitze zu Bewußtsein, die von einem großen alten runden gußeisernen Ofen ausströmte;

hungrig, durchfroren und erschöpft, wie ich war, traf mich sein Anblick wie ein wundervoll-angenehmer Schock, der all meine Poren sich gleichzeitig selig öffnen ließ.

»Nun, nun! Sie haben Probleme, das sehe ich, aber darüber wollen wir noch nicht sprechen, was? Zuerst sehen wir uns das Kleine an, oder?«

Mit erstaunlicher Schnelle und Geschicklichkeit nahm er ein Bündel Zeitungen vom Boden auf, breitete sie auf dem großen altmodischen Küchentisch in der Mitte des Raums aus, warf ein großes, altes, aber sauberes Handtuch über die Zeitungen und forderte mich auf, Buschbaby dort hinzulegen, was ich dankbar tat.

»Ttt-tt-tt! Armes Baby, es ist in einem schönen Zustand, aber egal, wir werden es bald wieder in Ordnung bringen, oder? Aber setzen *Sie* sich mal, ich sehe, daß Sie kaum noch stehen können...« – dabei zog er einen kaputten alten Korbstuhl für mich heran... –, »während ich es diesem Würmchen wieder bequem mache. Ein *liebes* kleines Ding, so geduldig und artig!«

Bei diesem völlig unverdienten Lob öffnete Buschbaby ihre rauchdunklen Augen weit und sah ihn lange voll Verwunderung an. Seine sicheren Handgriffe hatten sie verstummen lassen oder beruhigt, und sie ließ seine wundervoll raschen Entkleidungsmaßnahmen ohne Widerspruch zu. Wie durch Zauberei schaffte er warmes Wasser, Seife, Watte, Vaseline und weitere Handtücher herbei und hatte sie bald mit der Geschicklichkeit langer Erfahrung in frische Windeln gehüllt.

»Jetzt wird sie sich wohler fühlen, eh? Nehmen Sie sie, so, während ich Milch hole...«

Er huschte davon und kam fast unmittelbar darauf mit einer Flasche warmer Milch zurück, auf der ein Gummisauger saß. Inzwischen überraschte mich nichts mehr; ich war im Gegenteil überzeugt, daß dieser ungewöhnliche Mönch alles herbeischaffen könnte, was gebraucht wurde. Buschbaby packte die Flasche voller Begeisterung und saugte wie besessen, während sie uns über den Schnuller hinweg mit einem Ausdruck äußerster Konzentration ansah.

»Ah, das gefällt ihr, der Kleinen! Jetzt legen wir sie hier hinein...«

Er hatte eine weitere seiner behelfsmäßigen, aber zweckdienlichen Einrichtungen herbeigeschafft: eine Orangenkiste, die ebenfalls mit Zeitungen und alten Laken ausgepolstert war; Buschbaby wurde hineingelegt und schluckte friedlich vor sich hin, während der Mönch sich mir zuwandte.

»Ich denke, Sie würden sich gerne waschen, mein Kind?«

Ohne irgendwo insbesondere haften zu bleiben, nahmen seine braunen Augen meinen verschmutzten Rock zur Kenntnis, meine quatschnassen Schuhe, schlammverkrusteten Strümpfe und Jacke, meinen zerrissenen Schal, meine im ganzen völlig aufgelöste Erscheinung.

»Oh, wie gerne!« rief ich dankbar. »Das wäre zu schön!«

»Also dort hinein mit Ihnen.« Er öffnete eine Tür neben dem Heißwasserspeicher und zeigte mir einen Waschraum mit betoniertem Boden, wo es Haken an den Wänden gab, einen ebenerdigen Spülstein – offensichtlich zum Abwaschen von Gummistiefeln – einen Wasserhahn, eine Zinkwanne und ein WC.

»So; hier ist Seife und hier ein Handtuch. Sie haben auch Hunger? Während Sie sich waschen, besorge ich etwas zu essen.«

Das Wasser war kochendheiß, ein herrliches Gefühl! Ich hätte mich stundenlang dort aufhalten können, wenn nicht das verlockende Bild einer Mahlzeit mir vor Augen geschwebt hätte.

Als ich den Waschraum verließ, sah ich, daß die Spuren von Buschbabys Toilette weggeräumt worden waren. Trotzdem herrschte in dem Raum ein ziemliches Chaos; Kästen mit Sämereien standen herum, Säcke mit Tierfutter, an Schnüren aufgereihte Zwiebeln baumelten hin und her, es gab eine alte Wringmaschine, mehrere mitgenommene Betschemel, ein

Vogelbad oder Taufstein, einen Handrasenmäher und eine kleine Orgel. An der weißgetünchten Wand hingen Bilder von Christus und Buddha einträchtig nebeneinander.

Mein Gastgeber hatte eine zweite Orangenkiste neben den Korbstuhl geschleift und darauf einen Teller, ein Messer, Butter und Honig, einen runden braunen Brotlaib und einen Becher heiße Milch verteilt.

Noch nie hatte ich etwas Besseres gegessen. Das Brot war noch heiß, direkt aus dem Ofen, und Butter und Honig waren hausgemacht.

»Schmeckt's Ihnen?« strahlte er, als ich bei meiner dritten Schnitte war. »Unsere eigenen Bienen, unsere eigenen Kühe. Das einzige, was wir nicht in genügender Menge anbauen können, ist Getreide für Mehl. So, und jetzt denke ich, Sie erzählen mir von dem Baby? Es ist wohl nicht Ihr Baby?«

»Nein, das ist es nicht. Der andere Mönch ...«

»Ah ja, Bruder Lawrence. Ein Jammer, daß Sie zuerst auf ihn gestoßen sind. Er kommt mit Fremden nicht gut zurecht. Er ist ein Heiliger, müssen Sie wissen. Heilige beschäftigen sich mit heiligen Dingen; sie sind manchmal schwierig. Aber jetzt ist alles in Ordnung, und Sie sagen mir, was für Schwierigkeiten Sie haben.«

Ich nahm Buschbaby, die gerade mit ihrer Milch fertig war, hoch und klopfte ihr auf den Rücken. Sie gab zwei herrliche Rülpser von sich, würdig des Emirs von Turkinistan, seufzte gesättigt auf und bedachte mich mit einem langen, strahlenden, verschwörerischen Lächeln. Es war das erste Mal, daß sie mich angelächelt hatte, und es war wie ein Ritterschlag.

»Gut«, sagte ich. Aber wo sollte ich anfangen. »Es war so, Vater ...?«

»Bruder Stanislas, mein Kind.«

»Bruder Stanislas. Ich fand das Baby letzte Nacht oben im Heidemoor – zwei Männer hatten es aus seinem Kinderwagen geholt und den leeren Wagen auf der Straße stehen lassen, um jemanden zu erschrecken – vermutlich die Mutter – und dazu zu bringen, irgend etwas Bestimmtes zu tun; vielleicht wollten sie Geld. Als ich das Baby fand, bin ich einfach mit ihm davongelaufen. Dann verfolgten sie mich...«

»Aha!« sagte er. »Zwei Männer in einem italienischen Sportwagen, sehr wütend?«

»Ja, Sie haben recht! Sind sie hierhergekommen?«

»Vor weniger als zwanzig Minuten. Sie fragten, ob jemand ein Baby hier abgegeben hätte. Ich konnte nein sagen. Wenn das nicht göttliche Vorsehung war!« Er strahlte befriedigt, wie ein gütiger, runzliger Affe.

»Oh, was für ein Glück«, sagte ich aufatmend. »Und man kann wohl annehmen, daß sie Ihnen glauben; dann sind sie also wohl in der Überzeugung fortgefahren, daß das Baby nicht hier ist.«

»Was werden Sie jetzt tun, mein Kind?«

»Die Polizei anrufen – wenn ich Ihr Telefon benutzen darf? Feststellen, ob dort schon das Verschwinden eines Babys gemeldet worden ist.«

Ich sah Zweifel und Bedenken in seinem Gesicht.

»Was spricht dagegen?« fragte ich.

»Als erstes, mein Kind, wir haben kein Telefon. Bruder Lawrence hält nichts von technischen Geräten. Das ist der eine Einwand. Und der zweite – sind Sie so sicher, daß das Verschwinden der kleinen... wie nennen Sie sie?«

»*Ich* nenne sie Buschbaby.«

»Daß das Verschwinden des kleinen Buschbabys gemeldet worden ist? Bedenken Sie: die Mutter wird zweifellos annehmen, daß die Entführer ihr Kind haben. Vielleicht sagt sie gar nichts, in Todesangst, daß sie ihr etwas antun könnten.«

»Ja, das leuchtet mir ein, aber da sie das Kind nicht haben, könnte es doch nicht schaden, die Polizei zu informieren? Sie wird die Mutter viel schneller als ich ausfindig machen können. Und diese Männer sollten bestraft werden, oder?«

Bruder Stanislas machte ein noch bedenklicheres Gesicht. »Die Polizei ist ein plumpes Hilfsmittel, mein Kind. Sie treibt den Missetäter oft noch tiefer in seine bösen Taten und führt eben jene Gewalttätigkeiten herbei, die verhindert werden sollten. Mit der Polizei kommt oft das Böse. Hier in dieser Gemeinschaft schätzen wir die Polizei nicht so sehr.«

Unwillkürlich kam mir die Frage in den Sinn, ob nicht vielleicht einige der Brüder einen besonderen Grund hatten, dem Gesetz aus dem Weg zu gehen. Schließlich schien niemand in der Umgebung viel über die Gemeinschaft zu wissen, und sie wäre das ideale Versteck für einen Verbrecher.

»Nein, wir haben keine Verbrechen zu verbergen.« Der Mönch lächelte freundlich, wie wenn er meine Gedanken mit peinlicher Leichtigkeit erraten hätte. »Aber einige unserer Mitglieder haben Ihr Land auf etwas ungewöhnliche Weise betreten und würden es nicht begrüßen, wenn das an die Öffentlichkeit käme. Ihre Einwanderungsgesetze sind so streng! Da, woher ich komme, in Osteuropa – kann die bloße Erwähnung der Polizei Schrecken auslösen. Aber das gehört nicht zur Sache. Glauben Sie mir, wir sind alle Männer des Friedens in diesem stillen Haus, aber wir sind der Meinung, daß das Gesetz die Sache Gottes ist, nicht die der Menschen; physische Gewalt wird mehr schaden als nützen. Verstehen Sie? Und wenn die Angelegenheit erst bekannt, der Öffentlichkeit zugänglich geworden ist, werden die Kidnapper wissen, wo sie das nächste Mal zuschlagen, nicht wahr? Nein, ich halte es für besser, sich zuerst vorsichtig umzuhören, ein bißchen mehr über die Sache herauszufinden, bevor wir die Polizei einschalten.«

Es wäre nicht mehr als recht und billig, seinen Rat anzunehmen, überlegte ich. Schließlich war er außerordentlich gütig gewesen, hatte geholfen, ohne Fragen zu stellen, und uns gastfreundlich aufgenommen.

»Wenn ich nicht zur Polizei gehe, was würden Sie sonst vorschlagen?«

Er beantwortete meine Frage mit einer Gegenfrage.

»Was wollen Sie mit diesem kleinen Wesen tun?«

Buschbaby hatte eine Weile mit weit aufgerissenen, hellwachen Augen an meiner Schulter gelehnt und sich in dem Mehrzweckraum der Mönche umgesehen, als wollte sie sich die verschiedenartigen Gegenstände einprägen. Jetzt wurde sie allmählich schläfrig; ihr flaumbedecktes Köpfchen wakkelte immer mehr, bis es unter meinem Kinn zur Ruhe kam.

»Nun... ich weiß nicht genau. Es ist offensichtlich zu riskant, sie durch die Gegend zu tragen. Und mein Auto steht Meilen entfernt von hier. Ich weiß nicht, ob man sie auf dem Hof, wo ich wohne, aufnehmen würde...«

»Warum lassen Sie sie nicht hier?« fragte er gelassen.

»Hier? Im Kloster?«

»Warum nicht?« Er lächelte wohlwollend über mein Erstaunen. »Sie denken, wir können kleine Kinder nicht versorgen? Sie würden überrascht sein, wie viele Kinder vor unserer Tür abgelegt werden – sogar in dieser abgelegenen Gegend!«

Dann fiel mir wieder ein, was Bruder Lawrence gesagt hatte: Bringen Sie es hinüber zum Osteingang, das ist die Stelle, wo man Babys abgibt. Das erklärte vieles, unter anderem Bruder Stanislas' erstaunliche Geschicklichkeit im Umgang mit Fläschchen und Windeln.

»Ha... haben Sie im Augenblick welche?«

»Zwei; Sie sehen also, Ihr kleines Buschbaby wird nicht allein sein.«

Einen Finger an die Lippen gelegt, führte er mich einen Gang hinunter und gestattete mir einen Blick durch eine Tür. Es gab mir einen seltsamen Stich durchs Herz, als ich ein Zimmer sah, das ebenso kahl, zweckmäßig, weißgetüncht und mit Steinboden versehen war wie das, das wir verlassen hatten; aber hier hatte eine liebevolle Hand bunte Bilder aus Lebensmittelhändler-Kalendern und Pflanzenkatalogen an den Wänden rundherum angebracht, und zwei weitere Orangenkisten enthielten je einen kleinen, schlafenden Insassen.

»Wie lange werden Sie sie behalten?« flüsterte ich, als wir die Tür geschlossen hatten.

»Oh, das County Council von Cornwall wird einen Platz für sie finden, in Pflegestellen oder Waisenhäusern, so bald wie möglich. Aber für die Zwischenzeit sind sie, inoffiziell, sehr froh, wenn wir die Kinder für eine Weile aufnehmen, bis diese Dinge geregelt sind. Und so versorge ich sie. Um die Wahrheit zu sagen...«, sein Lächeln strahlte wieder auf, »es tut mir immer leid, wenn sie gehen. Es ist der Teil meiner Arbeit, der mir am meisten Freude macht.«

Behutsam, um sie nicht zu wecken, nahm er mir Buschbaby ab und legte sie zurück in die Kiste, wo sie in noch tieferen Schlaf sank.

»Nun... in diesem Fall... wenn Sie sicher sind, daß es in Ordnung ist...«

»Wir helfen Ihnen gern, mein Kind. Und Sie hören sich inzwischen nach der armen Mutter um – diskret – und lassen sie wissen, daß das Baby in Sicherheit ist. Sagen Sie ihr, sie soll herkommen, an den Osteingang, die kleine Glocke läuten und nach Bruder Stanislas fragen. Vielleicht kommt sie sogar von sich aus her; das tun die Leute oft und kommen mit ihren Sorgen.«

»Können Sie mich wissen lassen, wenn sie wirklich herkommt?«

Er dachte nach. »Es läßt sich einrichten. Wir gehen abwechselnd ins Dorf hinunter, um Paraffin und andere Bedarfsartikel zu besorgen – ich kann Ihnen eine Nachricht schicken. Wo wohnen Sie, mein Kind?«

Ich schrieb ihm meinen Namen und die Anschrift auf die Rückseite eines Briefumschlags und erklärte ihm, was ich mit dem Kamerateam zu tun hatte.

»Aha!« Er kicherte. »Diese schreckliche Filmerei. Einige der Brüder haben etwas dagegen – sie sagen, es störe die Vibrationen dieses friedlichen Orts. Ich selbst habe keine Einwände. Außerdem können wir von dem Geld zwei Kühe und einen gebrauchten Kultivator kaufen.«

»Bruder Stanislas... bitte halten Sie mich nicht für unverschämt neugierig – aber was ist Ihre Religion hier? Niemand in der Gegend weiß das offenbar.«

»Mein Kind, das ist kompliziert. Ein ganzes Leben würde kaum reichen, es zu erklären.«

»Aber...?«

»Unsere Lehre vereint alle Religionen, nimmt aus jeder das Wesentliche und weist einen Weg durch Verwirrung hindurch zu Erleuchtung. Das ist die Symbolik des durchbohrten Steins. Sie verstehen?« Ich nickte zweifelnd.

Ein gellender Schrei ertönte aus dem Kinderzimmer.

»Entschuldigen Sie mich«, sagte er, »aber ich muß wieder an meine Arbeit.«

Er führte mich eilig durch den Gang zu einer hohen gewölbten Türöffnung, offensichtlich der Osteingang, wo man Findelkinder hinbrachte. Ich hätte ihn gern gefragt, ob Lucian zur Gemeinschaft gehöre, aber während ich versuchte, meine Frage zu formulieren, begann eine andere Glocke zu läuten, und zwei sehr alte und tatterige Brüder kamen aus einer Tür geschlurft.

»Bruder Lawrence hat schon nach Ihnen gefragt«, sagte einer von ihnen zu Bruder Stanislas. »Er wollte wissen, warum Sie nicht bei der Andacht waren.«

Keiner von ihnen nahm die geringste Notiz von mir.

Ich hatte nicht die Charakterstärke, meine Frage vor diesem zusätzlichen Publikum zu stellen, und so bedankte ich mich nur noch einmal bei Bruder Stanislas. Er murmelte einen Segen – ich nehme jedenfalls an, daß es einer war – in einer Sprache, die sich wie Griechisch anhörte, machte ein kreisförmiges Zeichen über meinem Kopf und schloß sanft, aber bestimmt die Tür hinter mir.

Ich befand mich wieder auf dem schmalen Weg, außerhalb der hohen Mauer, und lief zur Hauptstraße hinunter; es kam mir merkwürdig vor, daß ich nicht mehr das Baby trug, ich fühlte mich wie beraubt ohne ihr warmes Gewicht auf meinem Arm, und es versetzte mir einen Stich, als ich an die anderen Mädchen dachte, die mit leeren Händen und voller Seelenqualen aus dieser Tür gekommen waren. Aber daß ich einen sicheren Zufluchtsort für Buschbaby gefunden hatte, machte die Situation natürlich einfacher. Ich hielt es für unwahrscheinlich, daß die Entführer bei einer unserer beiden kurzen Begegnungen mein Gesicht deutlich genug gesehen hatten, um es wiedererkennen zu können – ich jedenfalls hatte ihre Gesichter nicht gesehen. Ich konnte mich nur nach dem Auto richten. Natürlich mußten sie mein blaues Kopftuch und meine Wildlederjacke gesehen haben; ich stopfte das Kopftuch in meine Handtasche, zog die Jacke aus, rollte sie mit dem Futter nach außen zusammen und trug sie über dem Arm. So, und ohne das Baby, war ich nur irgendein Mädchen. Das hoffte ich jedenfalls.

Als ich an die Hauptstraße kam, schaute ich müde in beide Richtungen; es war niemand in der Nähe. Der Nebel war immer noch ziemlich dicht; keine Aufnahmen, bevor er sich hebt, dachte ich.

Ich sah kein Fahrzeug, während ich die Straße von der Abzweigung zum Kloster bis zur Abbiegung nach Trewithian entlangging. Es war keine nennenswerte Entfernung, nicht viel mehr als eine Viertelmeile. Ich erkannte die Abzweigung an dem verkratzten scharlachroten Briefkasten, der in einen Granitpfeiler eingelassen war und auf dem stand: »Trewithian. Nächste Leerung 14.30. Sa., So., Weihnachten und an Bankfeiertagen keine Leerg.«

Der Weg zum Hof, der direkt auf der dem Meer zugewandten Seite der Hügelkette hinaufführte, war ziemlich steil, und ich mußte langsamer gehen. Bruder Stanislas' Frühstück und seine Gesellschaft hatten mir neuen Mut gegeben, aber mir fehlte immer noch der Schlaf einer ganzen Nacht, und meine Knochen waren steif von all den ungewohnten Anstrengungen. Außerdem brauchte ich Zeit zum Nachdenken. Welches war die beste Methode, diskret herauszufinden, wer die Mutter des Babys war? Eine GEFUNDEN-Notiz ans schwarze Brett im Postamt zu hängen war es eindeutig nicht, aber was ich auch unternahm, es mußte schnell passieren; die arme Frau war wahrscheinlich fast verrückt vor Angst und Kummer. Außerdem mußte ich eine Begründung für meine späte Ankunft finden; die Wahrheit zu sagen erschien mir nicht ratsam.

Dieses Problem jedoch löste sich ohne Schwierigkeiten.

Als ich zu dem Hof kam – mehrere weißgetünchte, schiefergedeckte Gebäude und ein großes, hübsch anzusehendes Queen-Anne-Haus zwischen windzerzausten Bäumen auf der Spitze des Hügels –, wurde ich von einem ruhigen älteren Ehepaar empfangen, den Tregagles. Mrs. Tregagle sagte:

»Ah, Sie werden die andere Dame sein, die Miss Soundso erwartete. Sie dachte, wahrscheinlich seien Sie irgendwo in den Nebel geraten und hätten beschlossen, unterwegs zu übernachten. Haben Sie das getan? Sehr vernünftig. Jetzt soll ich Ihnen sagen, Sie brauchen sich nicht zu beeilen, zum Strand hinunterzulaufen, weil sie vor dem Mittagessen nicht arbeiten, wenn überhaupt, sagt sie, wegen dem Nebel. Ihr Zimmer ist gerichtet, und im Wohnzimmer brennt ein Feuer im Kamin. Hätten Sie gern ein bißchen Frühstück? Sie brauchen es nur zu sagen, und ich setze sofort den Kessel auf.«

Ich lehnte das Frühstück dankend ab, sagte aber, daß ich mich gern waschen und umziehen würde, und sie führte mich eine halsbrecherische Treppe mit Drucken von Jagdszenen an den Wänden hinauf in ein geräumiges gemütliches Bauernschlafzimmer. Es lag auf der Rückseite des Hauses, mit Blick auf einen Obstgarten, der übersät war mit Narzissen. Jenseits des Gartens sah ich durch den dünner werdenden Nebel undeutlich eine weite Fläche Heidemoorland. Irgendwo da draußen mußte der schmale Weg sein, den ich letzte Nacht entlanggefahren war, und mein verlassenes Auto.

Nachdem ich mich gewaschen und Pullover und Jeans angezogen hatte, stopfte ich meine verschmutzten Sachen in meinen Koffer, den Mimi vom Hotel mitgebracht hatte, und machte mich auf eine Erkundungstour. Ein Feldweg führte vom Hof zum Heidemoor, und nach einer Viertelstunde stieß ich auf die Stelle, wo ich das Auto abgestellt hatte; es konnte einen schon erbittern, wenn man sich vorstellte, um wie wenig ich den Hof in der nebligen Finsternis verfehlt hatte.

Auf dem Weg nach unten kam ich an der Abzweigung nach links vorbei, ein weiterer Feldweg führte über das freie

Moorland, vermutlich der, auf dem ich zum Steinbruch gekommen war.

Der Kinderwagen war verschwunden, weit und breit keine Spur, aber das Auto stand dort, wo ich es verlassen hatte, mit Spinnweben behängt. Düster versuchte ich mein Glück mit dem Anlasser. Ich hatte mich jedoch nicht lange dieser hassenswerten Beschäftigung gewidmet, als Mr. Tregagle mit einem Traktor und einer Ladung streng riechenden Strohs den Feldweg heruntergetuckert kam. Als er mich mit dem Anlasser kämpfen sah, kletterte er von seinem Sitz herab, ließ den Traktor weiter dröhnen und hatte mit zwei Wendungen seines kräftigen Arms den Hillman in Gang gebracht.

»Batterie ist wohl 'n bißchen schwach?« übertönte er fröhlich das Dröhnen des Traktors.

»Sie hat ihren Geist aufgegeben, nachdem ich eine kurze Pause gemacht hatte«, erklärte ich, ohne zu sagen, wann das gewesen war.

»Ich lasse meine Ersatzbatterie im Schuppen gerade aufladen, die können Sie erstmal haben, und mein Sohn Ken wird Ihre zum Aufladen bringen, wenn Sie wollen: Er muß sowieso zur Reparaturwerkstatt in Trevann.«

Das war also geregelt, aber ich bat Ken, einen schweigsamen, freundlichen Riesen mit rotem Gesicht, mir lieber eine neue Batterie zu besorgen; es erschien mir sinnlos, die alte wiederbeleben zu wollen.

Während ich mit Ken sprach, steckte Mrs. Tregagle den Kopf aus der Hintertür und rief: »Ken! Der Kaffee ist fertig! Trinken Sie auch eine Tasse, Miss Wie-war-doch-der-Name?«

Die Vorstellung von Kaffee war unwiderstehlich, und ich beschloß, gleichzeitig ein paar vorsichtige Erkundigungen einzuziehen. In der großen, unordentlichen Küche des Hofs mit dem Boden aus Steinfliesen und den Flickenteppichen hielt sich außer Mrs. Tregagle ein dunkelhaariges hübsches Mädchen auf, das mir als Lily, Kens Frau, vorgestellt wurde. Lily und Ken, so erfuhr ich, wohnten in dem zum Hof gehörenden Häuschen an der anderen Seite des Obstgartens. Ich fragte, ob sie Kinder hätten. Ja, drei, sagte Lily seufzend, und das Haus wäre ganz verändert, nachdem jetzt auch das Jüngste jeden Tag zur Schule gehe.

Ich versicherte ihr, sie sehe, ehrlich, nicht so aus wie eine Mutter von drei Kindern im Schulalter, und strich sie von meiner Liste. Niemand, der ein Baby verloren hatte, könnte so gut schauspielern. Dann fuhr ein Lieferwagen von Co-op vor, und Lily wie auch Mrs. Tregagle liefen hinaus, wegen des neusten Klatsches, der noch wichtiger war als die Lebensmittel. Ich folgte ihnen, und während ich so tat, als überprüfte ich den alten kleinen Motor des Hillmans, lauschte ich auf irgendwelche Hinweise auf ein Kind, das vermißt wurde, hörte aber keine. Es erschien ganz ungewöhnlich, daß ein offensichtlich so wohlbehütetes Kind wie das kleine Buschbaby ohne jedes Aufsehen einfach verschwunden sein sollte.

Schließlich, nachdem ich die Windschutzscheibe gesäubert und Öl und Wasser überprüft hatte, blieb mir kein Vorwand, noch länger herumzuhängen; ohnehin sagte mein Gewissen mir, daß ich mich darum kümmern müßte, wie meine Kollegen zurechtkamen. Ich fuhr also hinunter zur Bucht von Trevann, indem ich von der Hauptstraße aus den gut markierten Spuren zur Landzunge folgte, die die Kameraleute hinterlassen hatten.

Es lag immer noch ein dünner Nebelschleier über dem Strand, aber die Sonne ließ ihn jetzt rasch dahinschwinden; Kameras wurden aufgestellt, Leute liefen geschäftig hin und her. Jemand ritt auf einem Pferd über den Strand, vermutlich das Pferd, auf dessen Rücken die Dose Picknicksuppe erhitzt werden sollte. Ich hoffte nur, daß die neue Lieferung Dosen sich als zufriedenstellend erwiesen hatte.

»Oh, hallo!« begrüßte Jimmy mich. »Hast du an mein Fernglas gedacht? Der Nebel hebt sich, aber wir machen heute keine Aufnahmen für Avalon.«

»Warum nicht?«

»Cara hat Migräne«, sagte er mißmutig. »Oder behauptet es jedenfalls. Wahrscheinlich einen Kater, nach all den Kneipenbesuchen mit Tom. Wie war die Monaco-Show, schrecklich?«

»Schrecklich.«

Alles schien sehr normal und beruhigend, wie die Rückkehr in ein anderes Leben. Ich hielt Ausschau nach Mimi und sah sie auf dem großen Betonboot sitzen (wir hatten erfahren, daß es ein Landungsboot war, übriggeblieben vom Krieg), das den Mönchen als Anlegebrücke diente. Sie unterhielt sich gerade mit Barney Soglow, brach aber das Gespräch ab und winkte mir lebhaft zu.

»*Chérie! Endlich!* Warst du so vernünftig, in Exeter oder woanders zu übernachten?«

»Woanders«, sagte ich. »Wie läuft es denn?«

»Wir haben gestern alle Burgaufnahmen für Avalon gedreht, und ein paar wunderschöne Kletterfolgen für Picknicksuppen, nicht wahr, Barney?«

»Sie waren super«, stimmte Barney zu. »Oh, entschuldigt mich, wenn der Typ seine Sattelgurte nicht anzieht, wird er gleich abgeworfen werden.«

»Es trifft sich wirklich gut, daß Barney mit Pferden Bescheid weiß, der Schauspieler hat offensichtlich nie eine Reitschule von innen gesehen«, sagte Mimi, während Barney davoneilte, und fügte dann ohne Pause hinzu: »Hast du die Sache mit dieser elenden Cara gehört?«

»Sie hat Migräne, sagte Jimmy?«

»Migräne, Schmigräne!«

»Wie würdest du es nennen?«

»Ärger mit der Familie.«

»Wie meinst du das?«

»Na ja, du weißt doch, wie sie die letzten vier Tage, seit wir hier unten sind, Tom nicht mehr aus den Klauen gelassen hat. Mit einem gelegentlichen Blick in Barney Soglows Richtung, wenn Tom zufällig beschäftigt war. Lieber Himmel, man hätte meinen können, sie sei die Garbo, so hat sie die Lady gespielt. Total übertrieben – Schmachtblicke, vertrauliche, streng vertrauliche Mitteilungen, volle Breitseite.«

Ich sah mich verlegen nach Tom um, aber er war nirgends zu sehen.

»So war es also nicht verwunderlich«, fuhr Mimi fort, »daß dies dem alten Dunskirk nicht besonders gut gefiel. Er konnte es nicht übersehen, und sein aufrechtes nordenglisches Gemüt war beunruhigt. Er hat genug Sorgen, auch ohne daß seine Schwiegertochter seinen kostbaren Sohn hinters Licht führt und vor dem gesamten Kamera-Team Anlaß zu Skandalgeschichten gibt. Vorgestern abend hatte er offensichtlich das Gefühl, es sei an der Zeit, seine Pflicht zu tun und ihr gehörig die Meinung zu geigen – sie hatte vor, mit Tom loszuziehen und sich auf dem Gipfel des Brown Willy fotografieren zu lassen. Dunskirk hielt ihr eine Gardinenpredigt – so sah es jedenfalls vom anderen Ende des Strands her aus –, und machte natürlich mehr kaputt als heil. Sie ging trotzdem und war offenbar so wütend über diese Überwachung, daß sie die Zelte abbrach, sein gemietetes Haus verließ und auf den Hof übersiedelte.«

»Sie ist bei uns? In Trewithian?«

»Ja, sie wohnt in dem Haus, wo der Sohn und die Schwiegertochter leben. Sie tat es unter dem Vorwand, es sei praktischer für das Filmen, aber es war sonnenklar, daß das nicht der wahre Grund war.«

»In dem Häuschen bei dem Hof«, wiederholte ich langsam. »Ist sie jetzt da?«

»Nicht zu übersehen«, sagte Mimi trocken. »*Plus* einige Koffer voller Kleider, *plus* ihre Cousine aus Italien, *plus* das Baby.«

»Baby? Oh, du meinst die kleine Laureen.« An den schrecklichen Balg erinnert, sah ich mich nach ihr um und entdeckte ihren Großvater, der trübsinnig mit ihr am Ufer hin und her ging. Er schien ganz und gar nicht so heiter wie sonst.

»Nein, nicht Laureen ... oh, ich vergaß, das hast du ja auch noch nicht gehört. Also, kurz bevor sie alle nach Cornwall kamen, traf Caras Cousine aus Italien ein, mit einem Baby, das zu erwähnen sie vorher wohl nicht für nötig gehalten hatte.«

»Wessen Baby? Wer hatte es nicht für nötig gehalten, es zu erwähnen?«

»Cara, du Schäfchen«, sagte Mimi ungeduldig. »Sie hat dieses Baby in Italien bekommen...«

»Von Gareth?« Ich war immer noch durcheinander, hinkte eine halbe Runde hinterher; der Mangel an Schlaf machte mich begriffsstutzig.

»Nein, nein, von einem anderen Mann.«

»Sie war schon einmal verheiratet?«

Mimi schüttelte den Kopf. »Nein, nur ein kleines Malheur, vermute ich. Und dann hatte entweder die Cousine keine Lust mehr, Pflegemutter zu spielen – ich wette, Cara hat ihr nichts gezahlt –, oder Cara verspürte plötzlich mütterliche Sehnsucht – das war *ihre* Version –, oder sie wollte Gareth ärgern... plötzlich, presto! Cousine mit Baby angekommen. Der alte Dunskirk hat sich gestern bei mir alles von der Seele geredet, da du nicht da warst, seine Hand zu halten. Ich vermute, Cara hielt ihre Stellung jetzt für sicher genug, um das Baby aus der Kiste ziehen zu können, aber das war wohl eine Fehlkalkulation; die Dunskirks, *père et fils*, waren nicht sehr entzückt.«

»Großer Gott«, sagte ich matt.

»Ja, und dann ist gestern Gareth plötzlich aufgetaucht.«

»Ich dachte, er sei in sicherer Entfernung in London.«

»Das war er auch, aber er kam heruntergeflogen und pfiff Cara an. Das heißt, eigentlich war es eher eine Schlägerei. Sie waren im Obstgarten. Ich hörte eine Menge von meinem Schlafzimmerfenster aus – sie haben sich richtig angeschrien. Soweit ich es mitbekommen habe, hat der alte Dunskirk Gareth angerufen und ihm mitgeteilt, daß Cara überhaupt zu entgegenkommend und zu wahllos dem anderen Geschlecht gegenüber sei, und Gareth drohte Cara, wenn sie sich nicht anständig aufführe, könnte sie ihren unerwünschten Balg zurück nach Savona schicken. Und sie konterte sofort mit der Feststellung, daß er selbst auch keineswegs vollkommen sei – ›Angenommen, ich erzähl deinem Vater, was du in Savona getan hast?‹ hörte ich sie sagen.«

»Was hat sie wohl gemeint?«

»Oh, wahrscheinlich nur, daß er mit ihr geschlafen hat, bevor sie verheiratet waren«, sagte Mimi unbekümmert. »Der alte Junge ist derart verrannt in seine Vorstellungen von Gareths Tugendhaftigkeit, daß der Gedanke, sein Liebling sei eines solchen Verhaltens fähig, ihn wahrscheinlich zu Boden schmettern würde.«

»Muß etwas Schlimmeres sein als das«, sagte ich grübelnd. »Ich hatte zum Beispiel immer den Verdacht, daß Gareth von diesen unschuldigen Einkaufsreisen ein bißchen Schmuggelware mitgebracht hat. Drogen vielleicht. Ist das alles nicht faszinierend? Was für ein Drama!«

»Als Antwort darauf…«

»Du scheinst wirklich eine ganze Menge mitbekommen zu haben. Hast du dein Hörrohr benutzt?«

»Nein, aber ich habe ein sehr gutes Gehör«, sagte Mimi ungerührt. »Gareth drohte, sie auch nach Italien abzuschieben, mit Kind und Kegel, und sie lachte ihn einfach aus und sagte: ›Vergiß nicht, daß ich das Reklamemodell für dein kostbares Parfum bin, das du nicht mal *herstellen* kannst‹, und daraufhin wurde Gareth dann richtig wütend. Es ging noch Ewigkeiten so weiter, aber es wurde mir zu langweilig«, beendete Mimi tugendhaft ihren Bericht.

»Wahrscheinlich gingen sie ans andere Ende des Obstgartens, wo du sie nicht mehr hören konntest.«

»Und dann kam Tom…«

»Tom?«

»Er wollte offensichtlich mit Cara ins Kino nach Camelot. Ob du es glaubst oder nicht, sie flatterte davon, quietschvergnügt, hüpfte in seinen Wagen, und weg war sie und überließ Gareth seiner Wut.«

»War das nicht ziemlich dumm, wenn Gareth sich derart wütend aufführte?«

»Sie *ist* dumm – dumm wie Bohnenstroh.«

»Ist Gareth noch hier?« fragte ich, Schlimmes befürchtend, und schaute mich um.

»Nein, Gott sei Dank. Sie haben immer noch Ärger mit Produkt x – irgendwas geliert nicht –, das war es, was Cara meinte. Selbst jetzt schaffen sie es nicht, es so hinzukriegen wie die erste Probe. Kommt mir seltsam vor – sie müssen doch eine Formel haben. Aber vermutlich geht es um Erwärmung oder Abkühlung oder irgendein Stückchen Knowhow. Das ist auch etwas, was dem alten Dunskirk Sorgen bereitet und ihn reizbar macht. Darum mußte Gareth mit der letzten Maschine wieder zurück nach London.«

»Aber was wird dann aus unserer ganzen Werbekampagne?« fragte ich bestürzt.

»Wenn du mich fragst, *mon amie*, die steht in den Sternen«, sagte Mimi gelassen. »Aber nachdem wir schon so weit gekommen sind, können wir die Sache ebensogut fertigmachen. Vorausgesetzt, Cara bricht uns nicht zusammen unter diesem ganzen häuslichen Wirbel. Ich habe gehört, wie Jimmy den alten Dunskirk zartfühlend fragte, ob sie häufig diese Migränen habe und ob es angebracht sei, ein Double zu beschaffen. Ich glaube, in Wirklichkeit wollte er auf den Busch klopfen, ob der alte Junge nach dieser Entwicklung das ganze Programm absagen wollte.«

»Und wollte er?«

»Keine Spur. War fast beleidigt und drohte beinah, den Auftrag woandershin zu vergeben. Wir mußten ihn besänftigen. Nein, was immer auch ihre Mängel als Ehefrau und Schwiegertochter sein mögen, er ist immer noch ganz versessen auf Cara als Mannequin. Wir haben sie also am Hals, ob mit oder ohne Migräne.«

»Migräne«, sagte ich langsam. »Ich frage mich ... hast du ihr Baby übrigens schon *gesehen*?«

Mimi schüttelte den Kopf. »Ich mache einen Bogen um

Kleinkinder, wie du weißt. Außerdem habe ich gehört, daß es erkältet und heute von der Außenwelt isoliert ist. Oder meinst du, daß es Beulenpest oder Pocken hat und sie es verheimlicht?«

»Nein, nur eine Vermutung. Ich erzähl's dir später. Wenn heute nicht für Avalon gedreht wird, denke ich, ich gehe zum Hof zurück. Ich bin noch etwas mitgenommen von der Fahrt.«

»Ja, tu das nur. Du siehst wirklich müde aus. Wie war die Fahrt überhaupt?«

»Gemischt. Erzähl ich dir später.«

»Bist du mit dem Auto gekommen?«

»Ja.«

»Gott sei Dank«, sagte Mimi mit Gefühl. »Das war die vernünftigste Tat, die du je vollbracht hast. Und dir selbst hast du auch einen Gefallen getan; stell dir nur vor, du wärest geflogen und hättest den Platz neben Gareth gehabt. Es hat sich also gelohnt.«

»Meinst du?« Ich gähnte.

»Leg dich ein Weilchen hin!« rief Mimi mir nach. »Du wirst deine ganze Kraft brauchen. Der alte Ibn Abdullah al-Fuad hat angerufen; er will uns heute abend ausführen.«

»O je«, sagte ich und blieb am Fuß des Felspfads stehen. »Ich weiß nicht, ob ich einem Abend mit seiner Exzellenz gewachsen bin.«

»Unsinn. Nun, warte erstmal, wie du dich nach einem Schläfchen fühlst.«

Während ich zum Hof zurückfuhr, kam mir in den Sinn, daß sich unsere Kunden offenbar wie üblich an unsere Fersen hefteten. Barney, der alte Dunskirk und jetzt der Emir – welche anderen alten Bekannten mochten noch auftauchen, um uns von der Arbeit abzuhalten? Aber mein Hauptinteresse galt einem Neuankömmling – ich war ehrlich neugierig auf Caras Baby.

Als ich an die Tür des Häuschens klopfte, tat sich zuerst lange gar nichts; schließlich wurde die Tür von einem schwarzhaarigen mürrischen Mädchen geöffnet. Es trug die unwahrscheinlichsten Kleider, die ich je im kühlen Cornwaller Frühling auf einem Bauernhof gesehen hatte.

»Miess Tregagle nicht hier. Drüben im andern Haus«, sagte sie mißmutig.

»Ich will nicht zu Mrs. Tregagle. Ich würde gern mit Mrs. Dunskirk sprechen.«

»Miess Dunskirk, sie niemand will sehen.«

»Mich wird sie bestimmt sehen wollen. Es ist sehr wichtig. Wo ist sie?«

Sie schüttelte den Kopf, aber ich ging an ihr vorbei. Aus einer offenen Tür an der anderen Seite der kleinen Diele ertönte Caras fragende Stimme auf italienisch. Ich ging hinüber und kam in ein Schlafzimmer, das einfach, aber freundlich eingerichtet war mit modernen Kaufhausmöbeln, kleinen Teppichen und indischen gesteppten Baumwolldecken. Alles, was Oberfläche besaß, war von Caras Kleidern bedeckt; sie selbst lag – nach Art von Madame Recamier – gegen einen Kissenberg gelehnt auf einem der beiden Betten. Weißer Samt umhüllte sie in klassisch-strengen Falten, und sie sah blaß und leidend aus. Tom saß am Bett. Ich konnte nicht sehen, ob er ihre Hand hielt.

Als ich ins Zimmer trat, sprang er mit einem unterdrückten Ausruf auf und ging zum Fenster hinüber, wo er mit dem Rücken zum Zimmer stehenblieb.

»Oh, Martha«, murmelte Cara matt. »Es ist nett, daß Sie gekommen sind, aber eigentlich kann ich Besucher gar nicht verkraften. Vielen Dank für Ihre Anhänglichkeit, aber ich glaube, Sie sollten nicht länger bleiben – ich brauche völlige Ruhe.« Tom drehte sich um, als wollte er etwas sagen; sie wandte ihm in stummer, trauervoller Frage das Gesicht zu und hob die Brauen, Tom schüttelte den Kopf.

»Ich wollte Sie schnell etwas fragen; ich bleibe nur einen Augenblick.« Wie üblich brachte sie es fertig, daß ich mir linkisch und aufdringlich vorkam. »Es tut mir leid, daß es Ihnen nicht so gut geht.«

»Es ist nicht der Rede wert; es wird vorübergehen«, sagte sie mit einem matten, leidenden Lächeln.

»Wie geht es dem Baby?«

»Aber, es schläft doch?« Wieder hob Cara die Brauen. »Im Nebenzimmer.« Die Geste, mit der sie auf eine geschlossene Tür zeigte, erregte meine Aufmerksamkeit; warum hielt sie es für nötig, mitzuteilen, wo das Baby schlief?

»Ich würde es schrecklich gern einmal sehen«, sagte ich und ging langsam auf die Tür zu.

»Nein! Auf keinen Fall! Nein, Sie könnten die Kleine wecken, sie ist erkältet, sie muß schlafen!«

»Ich denke wirklich, Cara...« fing Tom an.

»Nein!« fuhr sie ihn an. Aber trotz ihres Protestes hatte ich die Tür bereits geöffnet.

Als erstes sah ich den Kinderwagen, die blauen Decken in einem Durcheinander auf dem Fußboden ausgebreitet. Daneben: eine leere Tragetasche, ein ungemachtes Bett und ein Haufen Babysachen. Das Mädchen, Caras Cousine, schoß ärgerlich an mir vorbei und fing an, das Bett zu machen. Ich verließ das Zimmer und schloß die Tür hinter mir.

»Wie konnten Sie es wagen, hineinzugehen!« tobte Cara. »Wie *konnten* Sie es wagen?«

»Ich wußte, daß sie nicht dort sein konnte«, sagte ich gelassen. »Weil ich weiß, wo sie ist.«

»*Sie*? Sie wissen, wo sie ist?« Cara sprang vom Bett hoch und starrte mich an; sie war so überrascht, daß sie eher wütend als erleichtert klang; ihre Fragen überschlugen sich. »Wie können Sie etwas darüber wissen, *Sie*? Wo ist sie? Haben Sie sie entführt? Wo ist sie?«

»Sie ist im Kloster. Die Mönche kümmern sich um sie.«

»Im Kloster? Woher wollen Sie das wissen? Sie müssen verrückt sein!«

Hinter mir hörte ich eine leichte Bewegung von Tom.

»Setzen Sie sich hin«, sagte ich. »Ich werde es erklären.«

»Dann tun Sie es bitte! Sehen Sie nicht, daß ich Qualen leide? Oh, mein Kopf!«

Sie ließ sich auf das Bett zurückfallen, eine Hand theatralisch gegen die Stirn gepreßt. Tom trat vor mit einem Glas, aber sie winkte ab.

»Ich habe sie oben im Moor gefunden. In einem Steinbruch«, sagte ich, mich auf das Wesentliche beschränkend. »Ich habe sie in das Kloster gebracht, da ich nicht wußte, wem sie gehörte. Die Mönche dort kümmern sich um Findelkinder; sie sagten, sie würden sie behalten, bis man ihre Eltern gefunden hätte. Ich werde sie natürlich sofort holen.«

Als ich an Cara vorbei einen Blick auf Tom warf, sah ich in seinem Gesicht einen Ausdruck grenzenloser Erleichterung, der ihn zehn Jahre jünger aussehen ließ.

»Hast du die Polizei informiert?« fragte er rasch.

»Noch nicht, ich...«

»Ach, das spielt doch keine Rolle, wenn sie wieder da ist«, unterbrach Cara mich.

Tom zuckte die Achseln, warf mir einen merkwürdigen Blick zu – gequält, entschuldigend, nicht zu deuten – und verließ das Zimmer.

»Tom!« Cara streckte einen Arm in anmutiger Geste aus, um ihn zurückzuhalten, aber es war zu spät. Sie wandte sich also mir zu.

»Oh, Sie können sich nicht vorstellen, was ich seit gestern abend durchgemacht habe«, sagte sie mit ersterbender Stimme.

»Warum sind Sie nicht zur Polizei gegangen?« fragte ich grob.

»Woher wollen Sie wissen, daß ich nicht dort war?«

»Das ist doch eindeutig. Wenn Sie bei der Polizei gewesen wären, hätte sie überall Fragen gestellt. Aber Sie haben das Ganze verheimlicht. Niemand wußte, daß das Baby nicht hier ist.«

»Aber verstehen Sie das nicht? Ich hatte Angst – Angst vor dem, was Gareth ihr antun würde!«

»Wer?«

»Gareth natürlich!« Sie öffnete die Augen sehr weit.

»Verstehen Sie nicht – er ist verrückt vor Eifersucht auf das Baby, weil sie nicht sein Kind ist. Alle, alle hassen sie meine arme kleine Giovanetta – Gareth, sein Vater, sogar diese schreckliche Laureen, die keine Gelegenheit ausläßt, sie zu quälen.«

Da ist etwas dran, dachte ich und begann, Laureens Einstellung zu Babys zu verstehen.

»Wann haben Sie gemerkt, daß sie nicht mehr da war?«

»Als ich letzte Nacht mit Tom zurückkam. Wir waren im Kino und haben uns danach ein paar Monolithe angesehen – sehr langweilig. Agnese war zum Abendbrot in das Hauptgebäude gegangen und hatte das Baby schlafend hier zurückgelassen – dumme Gans –, und als sie zurückkam, merkte sie überhaupt nicht, daß das Bett leer war. Tom und ich haben den Kinderwagen gefunden, – oh, Gareth ist ein Monster. Manchmal denke ich, er muß wahnsinnig sein.«

»Aber war es nicht etwas taktlos, Giovanetta so bald nach England zu bringen?« fragte ich.

»Denken Sie denn, ich bin aus Stein?« Sie breitete die Arme aus. »Es brach mir das Herz – ich mußte sie sehen! Sie ist erst vier Monate alt! Außerdem«, fügte sie etwas nüchterner hinzu, »war meine Cousine nicht länger bereit, sie zu versorgen, und sonst ist niemand da.«

Im Januar geboren, dachte ich. Gareth war im Oktober in Italien...

»Wußte Gareth wirklich nichts von ihrer Existenz?«

»Gareth achtet nicht so genau auf so etwas«, gestand Cara freimütig. »Außerdem bin ich so schlank, daß man es kaum sah, bis zur Geburt.«

Da ich mitten in die Geschichte hineingeraten war, meinte ich einen Anspruch darauf zu haben, etwas mehr zu erfahren, und fragte:

»Was ist mit dem richtigen Vater des Babys? Wer ist er? Würde er sie nicht gern zu sich nehmen?«

Ein sonderbarer, wachsamer Ausdruck trat in Caras Gesicht.

»Er ist tot. Er kam im Herbst ums Leben, bei einem Brand.«

»Oh, das tut mir leid. Ich verstehe.« Arme Cara, dachte ich und hatte plötzlich mehr Verständnis; zweifellos war ihr die Ehe mit Gareth als eine vernünftige Lösung erschienen, für ihr vaterloses Kind zu sorgen. Und wenn es auch recht hinterhältig gewesen war, das Baby nicht vorher zu erwähnen – nun, die Ereignisse hatten wohl bewiesen, daß er nicht sehr positiv reagiert hätte.

»Ich gehe gleich hin und hole sie, soll ich?«

»Oh, warten Sie«, sagte sie rasch. »Ich glaube, vorläufig lieber nicht. Sie sagen, die Mönche seien gute, freundliche Menschen? Ich glaube, es ist besser, wenn sie noch dort bleibt, nur eine Zeitlang. Meine Cousine fährt morgen nach Italien zurück, wissen Sie, und Gareth ist so schrecklich eifersüchtig. Wenn er nicht weiß, wo sie ist...«

»Sie wollen sie einfach dort lassen?« Ich war wie vom Donner gerührt. »Ihr eigenes Baby?«

»Oh, natürlich nicht für immer«, sagte Cara schnell. »Aber sehen Sie, Gareth...«

»Cara, da ist etwas, was mich vor ein Rätsel stellt. Wer waren die beiden Männer in dem Crespina?«

Sie riß den Mund auf. Einen Moment lang starrte sie mich wortlos an. Dann fragte sie:

»Zwei Männer? Wo haben Sie sie gesehen?«

»Oben auf dem Heidemoor. Ich trug das Baby. Sie haben mich verfolgt, aber ich konnte ihnen entkommen.«

Sie musterte mich aus zusammengekniffenen Augen. »Was veranlaßte Sie zu der Vermutung, daß das Baby nicht zu ihnen gehörte?«

»Oh, das war ganz eindeutig. Wer sind sie?«

»Es müssen Gareths Freunde Tigger und Mait gewesen sein.«

Ich dachte zurück und kam zu der Vermutung, daß das stimmen konnte. Ich hatte ihre Stimmen nicht gehört, weil sie sich flüsternd unterhalten hatten, und natürlich hatte ich nicht erwartet, Tigger und Mait mitten in einem Heidemoorstück in Cornwall zu sehen, darum waren sie mir gar nicht in den Sinn gekommen. Der Mann, den ich im Steinbruch gesehen hatte, hätte allerdings gut Mait sein können.

»Was um alles in der Welt haben *die* mit der ganzen Sache zu tun? Selbst Gareth würde doch nicht so weit gehen, das Baby von seinen Freunden entführen zu lassen? Nur weil er eifersüchtig ist?«

»Oh, das könnte er ohne weiteres«, sagte Cara verächtlich. »Er betet die beiden förmlich an! Alles was sie tun, ahmt er nach, und die drei helfen sich gegenseitig; es ist wie in einem Kleine-Jungens-Club. Mal leiht Mait Gareth seine Jacht, mal seinen Wagen, und Gareth hört auf alles, was sie sagen. Ich bin überzeugt, sie halten es für einen unheimlich guten Witz, das Kind seiner Frau zu stehlen!«

»Aber was werden Sie jetzt tun, Cara? Sie können das Baby nicht für unbegrenzte Zeit im Kloster unterbringen.«

Wieder trat der Ausdruck von Wachsamkeit in ihr Gesicht. »Ich werde sehen, ich werde sehen. Vielleicht laß ich mich von Gareth scheiden – wir passen nicht zueinander. Er ist zu rücksichtslos. Aber Sie möchten wohl, daß ich damit warte, bis wir mit dem Filmen fertig sind? Ich würde Ihnen nicht gern Unannehmlichkeiten machen. Und eine Ehescheidung kann zu Peinlichkeiten mit Mr. Dunskirk führen – *er* will ja so gern, daß ich in diesen Filmen auftrete. Vielleicht möchte er nicht mehr, daß ich die Rolle behalte, wenn er weiß, daß ich mich von Gareth scheiden lassen will«, sagte sie schlicht.

»Oh, ich glaube nicht, daß er Ihnen die Rolle wegnehmen würde.«

Aber ich verstand, was sie meinte. Zweifellos würde sie die Gage brauchen, wenn sie die Absicht hatte, Gareth zu verlassen – der sich wahrscheinlich sträuben würde, über ihre Versorgung mit sich reden zu lassen.

»Wahrscheinlich haben die Mönche nichts dagegen, das Baby eine kurze Weile bei sich zu behalten. Was wollen Sie dann tun?«

Sie zuckte mit den Schultern und sagte unaufrichtig: »Wer weiß? Vielleicht bietet jemand mir einen anderen Job an?«

Oder vielleicht bietet dir jemand an, dich zu heiraten, dachte ich. Was auch geschehen mochte, es schien so auszusehen, als ob Cara immer auf die Füße fallen würde.

»Gut, in Ordnung – ich vermute, Sie möchten, daß ich das den Mönchen sage? Wollen Sie nicht mitkommen und sich selbst umsehen? Es ist ein bißchen einfach und behelfsmäßig, aber sie scheinen gute Menschen zu sein.«

Cara sah entsetzt aus.

»Aber *ich* kann doch nicht zum Kloster gehen! Gareth oder die beiden anderen könnten mich sehen und auf die Idee kommen, daß das Baby dort ist! Könnten Sie nicht gehen? Nur um nachzusehen, ob sie okay ist, und um zu bitten, daß sie sie noch etwas länger behalten? Sie könnten ihnen ein paar Sachen von ihr mitbringen.«

»Also gut. Und ich glaube, man würde dort ganz froh über etwas Geld für ihren Unterhalt sein.«

»Aber ich habe kaum etwas! Gareth ist so geizig! Könnten Sie mir nicht etwas leihen, Martha? Schließlich sind Sie nur eine Junggesellin und haben wenig Ausgaben, und Sie müssen ein gutes Gehalt haben.«

Es war köstlich, wie sie es sogar mitten in ihrer ärgsten Bedrängnis fertigbrachte, solch goldene Worte zu finden.

»Also gut.«

»Und Sie werden öfter nach ihr sehen? Häufig? Jeden Tag? Es wird mir das Herz brechen, wenn ich darüber nachdenke, wie es ihr geht unter all diesen wunderlichen alten Mönchen«, sagte Cara, die von Sekunde zu Sekunde heiterer aussah, als sie merkte, wie all ihre Probleme sich lösten. »Sie sind so zuverlässig, Martha, wie eine Krankenschwester oder eine Lehrerin. Sie werden sie regelmäßig besuchen?«

Ich war im Begriff zu sagen, daß ich nicht so viel Zeit hätte, aber ich dachte an das Buschbaby, und ich schmolz dahin.

»Na ja, gut – solange die Mönche nichts dagegen haben. Und solange sie nicht denken, ich sei die Mutter...«

Sie legte eine Hand auf meinen Arm und sagte ernsthaft: »Bitte! Könnten Sie die Mönche nicht in ihrem Glauben lassen?«

»Nein, das könnte ich *nicht*, Cara! Das Kamerateam würde es wahrscheinlich erfahren.«

»Aber das wäre doch nicht so schlimm – wenn sie denken, Sie hätten etwas über die Stränge geschlagen. Schließlich haben Sie keinen festen Freund, auf den Sie Rücksicht nehmen müßten.«

»Trotzdem – nein.«

Sie sah nicht sehr überzeugt aus, sagte aber: »Aber meinen Namen werden Sie nicht erwähnen? Versprechen Sie es.«

Ich konnte nicht anders, ich lachte hell auf; Cara sah mich an, etwas verwirrt.

»Was habe ich denn so Komisches gesagt?«

»Nichts, eigentlich.« Ich konnte ihr nicht erklären, daß es mich amüsierte, wie gelassen sie jeden, der zufällig in der Nähe war, für ihre Zwecke ausnutzte. Sie war so zielstrebig, daß es fast rührend wirkte.

»Ich gehe wohl besser sofort zum Kloster zurück«, sagte ich, »bevor man dort anfängt, Erkundigungen einzuziehen. Außerdem ...«, ich mußte wenigstens einen Trumpf ausspielen ..., »außerdem gehen Mimi und ich nachher mit dem Emir aus.«

»Dem Emir von Turkinistan? Der, den ich auf eurer Party kennengelernt habe?« Cara zeigte sich schwach interessiert.

»Oh, natürlich, er hat Sie ja nach Hause gefahren, nicht wahr? Nun, ich mache mich auf den Weg. Bis später. Ich werde Ihnen mitteilen, was die Mönche zu sagen haben.«

»Ich glaube, ich stehe jetzt auf«, sagte Cara und schlüpfte vom Bett herunter. »Agnese!« rief sie. »Wo hast du meine Sandalen gelassen?«

Als ich das Häuschen verließ, schaute ich mich um, für den Fall, daß Tom noch in der Nähe sein sollte. Aber er war fort; wahrscheinlich hatte er ein schlechtes Gewissen wegen all der Arbeitszeit, die er Cara gewidmet hatte.

Ich ging zu Fuß, weil ich dachte, es würde weniger Aufsehen erregen, als wenn ich mit einem Auto am Kloster vorführe. Ich würde für Hin- und Rückweg nicht lange brauchen, und dann, nahm ich mir vor, würde ich ein langes Schläfchen halten. Allmählich bekam ich dieses schwebende Gefühl des Entrücktseins, das sich einstellt, wenn man eine ganze Nacht nicht geschlafen hat.

Auf halber Strecke traf ich Barney Soglow.

»Der Nebel wird wieder dichter, mußte mit dem Filmen Schluß machen«, erklärte er. »Dachte, ich würde mal vorbeischauen und mich erkundigen, wie's Cara geht.«

»Ihr geht's jetzt wieder gut«, sagte ich.

»Oh, wunderbar! Glauben Sie, ich könnte sie dazu überreden, mit mir ins Pub zu kommen und eine Kleinigkeit zu essen?«

»Das würde mich kein bißchen überraschen«, sagte ich zu ihm und trottete weiter, wobei ich mir wie eine Märtyrerin vorkam.

Aber im Inneren wußte ich, daß ich froh war, eine Entschuldigung zu haben für einen zweiten Besuch im Kloster.

6

Bruder Stanislas schien meine schnelle Rückkehr – mit einem Bündel vornehmer Babybekleidung – nicht im geringsten zu überraschen, ebensowenig wie die Tatsache, daß die anonyme Mutter des Babys fragen ließ, ob Buschbaby noch etwas länger in der Obhut des Klosters bleiben dürfe. Er lächelte sein unergründliches Lächeln und seufzte nur: »Armer alter Bruder Stanislas! Ziegen, Kühe, Hühner, ein Esel und jetzt drei Babys, um die er sich kümmern muß! Ich werde bald wünschen, daß der Tag achtundvierzig Stunden hätte!«

»Wenn sie wollen, helfe ich ein bißchen bei den Babys«, bot ich spontan an und vergaß meine Absicht, ein Schläfchen zu halten. »Sie müssen mir nur sagen, was ich tun soll.«

Sein Lächeln vertiefte sich. »Ich freue mich! Manchmal hilft die Fürsorgerin mir, die Babys zu baden, aber im Augenblick hat sie Urlaub. So; kommen Sie herein; ich will sie gerade baden. Das können Sie tun, während ich die Milch fertigmache.«

Ein schönes Gefühl, gebraucht zu werden, dachte ich bitter, als er mich in das Kinderzimmer führte und eine Kanne heißes Wasser holte sowie eine große Schüssel, die offensichtlich zum Baden der Babys benutzt wurde.

»Das kleine Buschbaby, es schläft noch, es ist müde, baden Sie die Kleine als letzte.«

»Ich werde sie wahrscheinlich fallenlassen oder sonst etwas Schreckliches tun«, sagte ich. »Ich kenne mich in diesen Dingen nicht aus.«

»So? Dann ist es Zeit, daß Sie es lernen«, sagte er ungerührt und begann, mir Anweisungen zu erteilen.

Als Buschbaby an die Reihe kam, zögerte ich, sie zu wecken; sie schlief so tief und friedlich, eine winzige Faust in die Wange gedrückt. Bruder Stanislas hatte auf der Suche nach Ziegenmilch den Raum verlassen, sonst hätte ich ihn gefragt, ob wir sie nicht weiterschlafen lassen sollten. Aber den anderen schien ihr Bad gefallen zu haben, und eine gewisse Regelmäßigkeit mußte wohl sein. Ich hob sie behutsam aus der Orangenkiste auf meinen Schoß. Sie gähnte, streckte sich – in ihrem schläfrigen Widerstreben einem Erwachsenen absurd ähnlich –, schlug die Augen auf, sah mich und bedachte mich, wie schon einmal, mit dem geheimnisvoll strahlenden, erkennenden Lächeln, als teilten sie und ich ein Geheimnis, von dem die übrige Welt nichts ahnte. Sie gab ein leises Murmeln von sich, wie das Zwitschern eines schläfrigen Kanarienvogels.

»Du komisches kleines Wesen!« flüsterte ich – bezaubert, als ob ein Zaunkönig sich auf meinem Finger niedergelassen hätte.

Wir waren immer noch dabei, einander zu betrachten, als ich Schritte hörte.

»Du lieber Himmel, da kommt Bruder Stanislas mit der Milch, und ich habe dich noch nicht einmal ausgezogen!«

Ich setzte sie hoch und fing an, die Bändchen ihres Nachthemdes zu lösen. »Wissen Sie was«, sagte ich, ohne mich umzudrehen, »ich glaube, Buschbaby hat mich erkannt.«

Bruder Stanislas rührte sich nicht, noch sagte er etwas. Verwirrt durch sein Schweigen schaute ich auf.

»Mache ich es nicht richtig...?«

Meine Stimme erstarb. Denn die schwarzgekleidete Gestalt in der Türöffnung war gar nicht Bruder Stanislas, sondern mein ehemaliger Ehemann Lucian.

»Du warst also doch hier«, sagte ich langsam, nach einer Pause, die sieben Jahre zu dauern schien.

Lucian gab keine Antwort auf diese geistlose Bemerkung, sondern sah mich weiter an; wie gut erinnerte ich mich an diesen verschlossenen, feindseligen Blick, an die sich leicht bewegenden und zusammengepreßten Lippen, als versuche er, etwas Bitteres hinunterzuschlucken. Großer Gott, dachte ich, was ist nur in mich gefahren, daß ich hierhergekommen und dieses Risiko eingegangen bin? Warum hab ich nicht erstmal nachgedacht? Warum tu ich das nie?

In diesem Moment machte er auf dem Absatz kehrt, mit einer solchen Heftigkeit, daß der schwarze Wollstoff seines Gewandes gegen die Tür schlug, und marschierte davon; ich hörte, wie seine Schritte den Flur hinunter leiser wurden.

Eines der Babys begann, hungrig vor sich hin zu wimmern; Buschbaby stieß mit ihrem warmen, mit einem Wollsöckchen bekleideten Fuß gegen meine zitternde Hand; ich zog sie irgendwie zu Ende aus und war bei den letzten Handgriffen des Baden-Abtrocknen-Pudern-Ablaufs angekommen, als Bruder Stanislas mit drei Fläschchen Milch wieder auftauchte.

»Hier ist Nahrung für drei arme hungrige Kinder«, sagte er strahlend und verteilte die Flaschen. »Sie wollen vielleicht das kleine Buschbaby halten, während es trinkt... Was ist mit Ihnen, mein Kind?«

»Es ist nur, daß ... Bruder Stanislas, ich werde nicht mehr herkommen können.«

»Nicht? Wie schade, ich hatte gehofft, Sie besuchen uns vielleicht jeden Tag um diese Zeit, um mir zu helfen«, sagte er milde. »Sie haben Ihren Ehemann getroffen, und es hat Sie durcheinandergebracht, ist es das?«

»Meinen Ehemann ... woher wußten Sie ...?«

»Nun, weil Bruder Lucian, der der jüngste unter den Brüdern ist, mir bei den Tieren hilft; er sah den Briefumschlag mit Ihrem Namen, den Sie mir gegeben hatten, und fragte mich, woher der stammte. Ich wußte natürlich, daß er eine Frau hatte und daß er sie verlassen hat.«

»Bruder Stanislas, können Sie ihm bitte sagen, daß ich nicht hier bin, weil ich versuchen will, ihn dazu zu veranlassen, zu mir zurückzukommen.«

»Warum, mein Kind, sind Sie dann hergekommen?«

»Ich bin hergekommen, weil ich ... oh, was wollte ich eigentlich? Mich vergewissern, daß es ihm gut geht, nehme ich an.«

»Natürlich werde ich ihm das sagen, mein Kind«, versprach er freundlich.

»Ich habe mich von ihm scheiden lassen«, fuhr ich fort, um klarzustellen, daß ich nicht hier war, um auf eheliche Rechte zu pochen.

»Dann gibt's doch keinen Grund zur Sorge? Ich werde Bruder Lucian das sagen; er wird einsehen, daß Sie ihn nicht verfolgen. Also wird alles gut sein, oder nicht? Und Sie können weiter in Ihrer Mittagspause kommen und das kleine Buschbaby baden, und dem armen Bruder Stanislas wird etwas von seiner Arbeit abgenommen.«

»Aber Lucian würde es *hassen*, wenn ich weiter herkäme.«

»Meiner Meinung nach«, sagte Bruder Stanislas gelassen und nahm einem Baby, das einen Schluckauf hatte, das Fläschchen weg, »ist etwas zu hassen vielleicht gerade das, was Bruder Lucian braucht. Sie sehen also«, er nickte mir ermutigend zu, »Sie könnten ihm sogar nützlich sein.«

»Bruder Stan ...«

»Ja, mein Kind?«

»Kennen Sie Lucian schon lange?«

»Seit er hierherkam – was jetzt über sieben Jahre zurückliegt.«

»Sie müssen ihn besser kennen, als ich es jemals getan habe – wie seltsam einem das vorkommt.«

Er wartete und sah mich freundlich an. Ich hielt Buschbaby über meine Schulter und klopfte ihr auf den Rücken. Endlich fragte ich:

»Sein Geisteszustand – würden Sie ihn als normal bezeichnen?«

»Er hatte eine Krankheit während einer Reihe von Jahren, zweifellos. Aber er hat begonnen, sie zu überwinden. Jetzt, glaube ich ...«, Bruder Stanislas rieb sich das Kinn, legte geistesabwesend das eine Baby in seine Orangenkiste zurück und nahm das andere hoch, »... jetzt glaube ich, daß er, vielleicht, sehr bald wiederhergestellt sein wird.«

Als ich zum Hof zurückkam, stand dort unpassenderweise der Wolseley des alten Dunskirk, und die kleine Laureen war gerade dabei, eine ängstliche Katze, die sie am Kuhstall in die Enge getrieben hatte, zu erdrosseln.

»Tu das nicht«, sagte ich. Es schien die automatische Reaktion auf Laureens Aktivitäten zu sein.

»Warum nicht?« fragte sie mit ihrer krächzenden Stimme.

»Einmal, weil sie dich kratzen wird. Und außerdem sollte man Katzen freundlich behandeln.«

Sie schob die Unterlippe vor und fragte dann:

»Wohnst du hier?«

»Ja, im Augenblick.«

»Kann ich zum Tee zu dir kommen?«

»Nein.«

»Warum nicht?«

»Weil ich schlafen will.«

»*Schlafen*? Nach dem Mittagessen? Das tun Babys«, sagte sie verächtlich.

Der alte Dunskirk kam aus dem Cottage. Er sah abgespannt und beunruhigt aus, schien sich aber zu freuen, mich zu sehen.

»Wie schön, daß Sie wieder da sind, Miss Martha! Sie haben uns gefehlt, stimmt's, Laureen? Unsere kleine Laureen hat Sie sehr ins Herz geschlossen, müssen Sie wissen.«

Ich verriet ihm nicht, daß das nicht auf Gegenseitigkeit beruhte.

»Ich suche meine Schwiegertochter«, erklärte er. »Sie wissen nicht zufällig, wo sie ist?«

»Ich glaube, sie ist mit Mr. Soglow zum Lunch gegangen.«

»O je.« Er seufzte bekümmert. »Wenn sie nicht mit dem einen jungen Mann unterwegs ist, dann mit einem andern. Der arme Gareth ist außer sich vor Kummer, aber er kann nicht andauernd seine Arbeit liegenlassen, um hinter ihr herzulaufen. Was würden Sie an meiner Stelle tun, Miss Martha?«

»Lieber Himmel, Mr. Dunskirk, ich glaube, in Wirklichkeit ist das alles ganz harmlos. Sie ist jung und lebenslustig – mehr ist es nicht. Ich glaube, ich würde die beiden das selbst ausfechten lassen. Als Dritter kann man meistens ohnehin nicht viel tun.«

Laureen stieß ein Wehgeschrei aus. Die Katze hatte sie gekratzt.

»Nun siehst du, was du angerichtet hast«, tadelte er sie. »Komm jetzt, wir verschwenden Miss Marthas Zeit, sie ist eine sehr beschäftigte Dame.«

»Warum können wir nicht zum Tee hierbleiben?« quengelte Laureen.

»Wir machen unterwegs eine Teepause.«

»Kann ich Sahnekuchen haben?«

»Wenn du ein braves Mädchen bist.«

Ihre Stimmen wurden leiser. Blind vor Erschöpfung stieg ich hinauf in mein Zimmer, zog die Vorhänge zu, schlug die weiße Tagesdecke mit Wabenmuster zurück und ließ mich auf das Bett fallen. Ich schlief schon fast, noch bevor mein Kopf das Kissen berührte.

Es muß wohl etwa halb drei gewesen sein, als ich einschlief; als ich erwachte, lag ich im Dunkeln und fragte mich einen Augenblick lang verwirrt, wohin ich geraten sei. Irgend jemand hatte mich mit einer Daunendecke zugedeckt, während ich schlief, und ich fühlte mich entspannt und warm und wie in einem Kokon. Langsam kamen mir alle Ereignisse der letzten vierundzwanzig Stunden wieder: das Baby, Bruder Stanislas, Cara und Lucian. Ich fragte mich, was Lucian jetzt empfinden mochte, und hatte irgendwie Mitleid mit ihm; ich hoffte, Bruder Stanislas hatte Zeit gefunden, ihn davon zu überzeugen, daß ihn jetzt nicht eine Serie von melodramatischen Komm-zurück-Szenen erwartete. Merkwürdig – jetzt, da ich ausgeruht war, stand ich dem Thema Lucian ganz gelassen gegenüber; mir wurde plötzlich mit einem leichten Schock der Erleichterung klar, daß es für mich keine Rolle spielte, wie er sich fühlte; von mir aus konnte er mich den ganzen Tag mit Blicken durchbohren, wenn er das Bedürfnis hatte. Das verkrampfte, gequälte Mädchen, das sieben Jahre unter seiner Ächtung gelitten hatte, existierte nicht mehr; ich war ein anderer Mensch und frei. Vermutlich war ich erwachsen geworden.

Mit durchaus wohlwollenden Gefühlen gegenüber Lucian, weil er mir diese Tatsache zum Bewußtsein gebracht hatte, begann ich mir Gedanken über Cara zu machen. War es möglich, daß Gareth sie derart in die Enge getrieben hatte so wie seinerzeit Lucian mich? Das bezweifelte ich. Cara war, wie Jimmy gesagt hatte, kein Grünschnabel mehr; sie konnte zwei und zwei zusammenzählen. Als ich jetzt in aller Ruhe über die Geschichte, die sie mir erzählt hatte, nachdachte, war ich sogar ziemlich sicher, daß eine Menge mehr dahintersteckte; die Version, die sie mir gegeben hatte, war löcherig wie ein altes Sieb. Zuerst einmal Gareth: Cara hatte ihn als einen Menschen voller Leidenschaft und Eifersucht geschildert, der seine Freunde anstiftete, Buschbaby zu entführen, weil Caras Untreue ihn so in Zorn versetzt hatte. Das paßte nicht zu meiner Vorstellung von Gareth; ich hielt ihn für kalt, argwöhnisch, berechnend und durch und durch egoistisch. Ich hielt es nicht für möglich, daß seine Liebe zu Cara ihn jemals auf solche Höhen der Eifersucht geführt haben sollte, und ganz gewiß nicht zum jetzigen Zeitpunkt. Allenfalls hätte die Schande, vor anderen lächerlich gemacht zu werden, ihn motivieren können, aber dann hätte er doch sicher versucht, Cara auf dem schnellsten Weg loszuwerden. Nein, es mußte einen anderen Grund für die Entführung geben, der über reine Gehässigkeit hinausging; und jeder andere Grund wäre glaubwürdiger. Vielleicht wußte Cara etwas über Gareths Aktivitäten in Italien, das ein schlechtes Licht auf ihn warf, überlegte ich und erinnerte mich an das, was Mimi aufgeschnappt hatte, und an die Mitteilung *Wir tun dem Baby nichts wenn Sie vernünftig sind.* Das hörte sich nicht nach empörter Eifersucht an, keineswegs.

Also: nicht Eifersucht, sondern Druck.

Und Tom – welche Rolle spielte er dabei? Wie eng waren seine Beziehungen zu Cara? Ich hatte ihn seit unserer Ankunft in Cornwall kaum gesehen; zu einem persönlichen Gespräch mit ihm hatte es nicht eine einzige Gelegenheit gegeben. Er schien mir aus dem Weg zu gehen. »Wir werden warten, bis wir aus Cornwall zurück sind«, hatte er in London gesagt – vielleicht nahm er es ja nur sehr genau mit dem Versuch, mich nicht zu beeinflussen. *Zu* genau, fand ich allerdings. Es gab mir einen Stich, als ich mich fragte, ob Cara Tom als zweites Eisen im Feuer vorgesehen hatte für die Zeit nach dem Filmen und wenn sie Gareth verlassen hatte. Das lag erschreckend nahe. Die Vorstellung, daß Tom mit Cara verheiratet wäre, verursachte mir ein hohles Gefühl im Magen. Dann aber kam mir in den Sinn, daß ein Teil dieser Niedergeschlagenheit wahrscheinlich physische Ursachen hatte; seit Bruder Stanislas' herrlichem Frühstück um acht Uhr heute morgen hatte ich nichts gegessen.

Nachdem ich vergeblich nach einer Nachttischlampe gesucht hatte, stand ich auf und stolperte herum, bis ich den Lichtschalter neben der Tür gefunden hatte. Ich warf einen Blick auf meine Uhr und stellte entsetzt fest, daß es halb neun war; ich hatte sechs Stunden geschlafen. O je! Sollten wir nicht mit dem Emir ausgehen? Ich lief in Mimis Zimmer nebenan, aber sie war nicht da. Als ich in mein eigenes Zimmer zurückkehrte, fand ich einen Zettel auf der Frisierkommode:

Du sahst so müde aus, daß ich Dich nicht wecken mochte, Chérie, darum haben Abdullah und ich statt dessen Cara mitgenommen, da sie nicht so recht zu wissen schien, was sie mit sich anfangen sollte. Seine Exzellenz läßt Dich grüßen und sagt, er sehe Dich morgen. Essen für Dich um 9.00 Uhr im Pub bestellt. Nicht vergessen! Mimi

Meine Erleichterung – ich war eigentlich immer noch zu müde, um mich des Emirs anstrengender Vorstellung von einem lustigen Abend zu stellen, der mit Sicherheit bis in die frühen Morgenstunden gehen würde – ging einher mit einer leichten Verstimmung. Mußte Cara sich all unsere Begleiter unter den Nagel reißen? Andererseits war der Emir eher Mimis Eroberung als meine, und Mimi war Cara mehr als gewachsen. Der Emir, nebenbei bemerkt, ebenfalls.

Ich machte mich rasch fertig, zog eine Jacke an, lief nach unten, vorbei am Wohnzimmer, wo die ganze Familie vor dem Fernsehapparat saß, und fuhr hinunter zum Pub. Sehr zu meiner Überraschung traf ich Tom dort. Er war allein und schien mich zu erwarten.

»Fühlst du dich jetzt besser?« begrüßte er mich.

»Oh, prächtig; ich brauchte nur Schlaf.«

Ich brachte kaum einen Ton heraus, da ich mich in Toms Gesellschaft merkwürdig befangen fühlte; es lag zuviel zwischen uns. Zum Glück wurde mir fast sofort ein riesiges Steak serviert, und ich konzentrierte mich aufs Essen. Auch Tom war ziemlich schweigsam. Schließlich sagte er im Schutz der Unterhaltung einer ausgelassenen Gesellschaft auf der anderen Seite des Raums leise:

»Habt ihr Caras Angelegenheit geregelt?«

Ich sah mich um. Es war niemand, den wir kannten, anwesend.

»Ja«, sagte ich. »Das Kind bleibt im Kloster, bis... bis Caras häusliche Affären geregelt sind. Sie schien das für das klügste zu halten. Und die Mönche sind einverstanden.«

»Ist es ein nettes Baby?« fragte Tom unerwartet.

»Ja, sehr nett.«

»Nicht wie die kleine Laureen?«

»Oh, nein, nicht ein bißchen.«

Ich musterte ihn vorsichtig. Betrachtete er das Baby als mögliches Stiefkind? Aber er fuhr fort: »Weißt du, was das schreckliche Kind heute angestellt hat? Sie hat diese explosiven Dosen Picknicksuppe gefunden und eine davon mit der für die Mustang-Szene vorgesehenen vertauscht; wir sind gerade noch einer Katastrophe entgangen. Das Pferd ging natürlich durch, als die Dose explodierte; glücklicherweise schaute der Darsteller aufs Meer, anstatt in die Kamera. Ich mußte die Dosen in meinem Wagen einschließen; wer weiß, wo sie die nächste eingeschmuggelt hätte. Sie erweckt wirklich Mordgelüste, und ich bin froh, wenn wir die Aufnahmen für Avalon hinter uns haben.«

»Wie viele Tage wird es noch dauern?«

»Ungefähr noch drei, wenn Cara okay ist und das Wetter gut bleibt. Morgen ist Sonnabend – wir werden vormittags arbeiten; wenn alles nach Plan läuft, müßten wir es bis Mittwoch geschafft haben.«

»Wenn wir Glück haben.«

»Glaubst du, daß Cara morgen weitermachen kann?«

»O ja, ich bin überzeugt davon. Ihr liegt genausoviel wie uns daran, möglichst schnell fertigzuwerden mit den Aufnahmen.«

»Sie hat wirklich Schneid«, sagte Tom.

»Ja.«

Ich hielt es für besser, das Thema Cara abzuschließen; ich wollte keine vertraulichen Mitteilungen herausfordern und auch niemanden hintergehen. Darum fragte ich Tom nach seinen Aufnahmen, und unsere Unterhaltung wandte sich der Arbeit zu. Aber zwischen uns herrschte immer noch Befangenheit; wir waren unnatürlich förmlich und höflich zueinander.

Als ich mein Steak gegessen hatte, gingen wir in die Bar, um noch einen Schlummertrunk zu uns zu nehmen. Es war ein großer, schwach erleuchteter Raum, in dem viele unechte Fischernetze und Glaskugeln herumhingen und der so aussah, als warte er auf irgendeinen festlichen Anlaß, der aber nie eintrat. Mit Ausnahme von ein paar Männern in einer anderen Ecke, die uns den Rücken zugewandt hatten, waren wir allein in der Bar. Wir saßen an einem scheußlichen kleinen modernen Tisch am Kamin, und Tom bestellte Whisky für uns. Als das Barmädchen den Whisky gebracht hatte und wieder gegangen war, sagte er:

»Du hast es also geschafft, in das Kloster hineinzukommen.«

»Ja«, antwortete ich. »Ja, das habe ich.«

»Und hast du deinen... hast du gefunden, was du erhofft hast?«

Ich schaute auf und sah, daß er mich ernst ansah. Plötzlich konnte ich nicht sprechen. Meine Kehle war wie zugeschnürt. Mit Mühe brachte ich ein Nicken zustande und nahm, wütend über mich selbst, einen Schluck Whisky. Wo war die reife, selbständige Martha Gilroy, zu der ich mir vor noch nicht einmal einer Stunde gratuliert hatte?

»Ja. Lucian war dort«, sagte ich, als der Whisky seine Wirkung getan hatte.

»Du mußt froh sein, daß du deiner Eingebung gefolgt bist.«

»Ja, das bin ich, natürlich.«

»Wie geht es jetzt also weiter? Wirst du ihn wiedersehen?«

»Das kann schon sein. Cara hat mich gebeten, jeden Tag dorthin zu gehen und Busch... und die Dinge im Auge zu behalten, weil sie selbst sich nicht traut zu gehen. Darum besteht zumindest die Möglichkeit, daß ich Lucian noch öfter begegne, nehme ich an.«

Mein Stolz verbot mir zu verraten, wie wenig begeistert Lucian reagiert hatte.

»Wie praktisch.« Der trockene Ton, in dem Tom das sagte, machte mich ganz nervös; er paßte so gar nicht zu ihm.

»Wenn du mich entschuldigst«, sagte ich, »glaube ich, ich geh lieber zurück zum Hof und sehe zu, daß ich noch etwas Schlaf kriege; die Anstrengungen der letzten vierundzwanzig Stunden stecken mir immer noch in den Knochen.«

»Das wundert mich nicht«, sagte er. »Wo du doch Caras Baby *und* deinen Ex-Ehemann gefunden hast.« Er redete noch immer in diesem ausdruckslosen, frostigen Ton.

Ich ging zur Damentoilette und holte ein paarmal tief und zitternd Luft, während ich eine Menge Puder auflegte und meine Lidschatten erneuerte. Ich hatte gerade fast genug Mut gefaßt, um zu Tom zurückzukehren, als ich eine Männerstimme durch die Wand hörte, die offenbar lediglich aus einer Holzfaserplatte bestand.

»Nun, es war eine Möglichkeit, oder etwa nicht? Es war es wert, riskiert zu werden. Es hat nicht funktioniert, das ist alles, war nicht unsere Schuld. Himmel nochmal, Gareth, du klingst nicht besonders dankbar. Wie zum Teufel sollten wir wissen, daß mitten im Nirgendwo irgend so ein verdammtes Mädchen auftauchen und die Sache vermasseln würde?«

Ich erstarrte, meine Hand verharrte auf halbem Weg zur Türklinke.

»Kein einziger Hinweis«, sagte die Stimme mürrisch. »Cornwall ist voll von Mädchen. Ach, hör auf damit, wir versuchen ja, dir zu helfen, oder? Nein, wir wissen *nicht*, wo sie im Augenblick ist. Das verflixte Mädchen ist zum Strand runtergegangen – wir konnten ihr mit dem Auto nicht folgen. Aber Mait hat einen Verdacht. Jaa, okay, aber wir müssen

Cara irgendwie dazu bringen, den Mund aufzumachen, oder etwa nicht? Und *du* warst auch nicht gerade so großartig in dieser Sache, oder? Wenn du mich fragst, sie lacht nur über dich, sie amüsiert sich köstlich hier unten. Braucht mal einen Denkzettel. Jaa, gut, okay. Bis morgen. Ja, wir holen dich mit dem alten Leichenwagen.«

Ein leises Klingeln zeigte an, daß der unsichtbare Sprecher aufgelegt hatte, und dann erklangen Schritte auf dem Steinboden. Ich wartete noch fünf Minuten in dem trübe beleuchteten Waschraum, um ihm reichlich Zeit zu geben, sich zu entfernen, dann ging ich selbst hinaus und warf dabei einen Blick auf den Münzfernsprecher gerade um die Ecke. Gott sei Dank hatte der Mann nicht dort gestanden, als ich zum erstenmal vorbeikam.

Ich drückte mich durch einen Seitenausgang, ging auf den kleinen Parkplatz des Pubs und legte meine Wildlederjacke in den Hillman, bevor ich mich wieder zu Tom gesellte, und das war auch gut, denn als ich in die Bar zurückkam, sprach er mit Tigger und Mait, die an unserem Tisch stehengeblieben waren.

Sie sahen aus wie üblich: Tigger etwa so vertrauenerweckend wie ein Fuchs und Mait wie ein Buchmacher, der beschlossen hat, für die Parlamentswahlen zu kandidieren: ›Wählt Big Brad Maitland, den Freund aller Spekulanten‹.

Ich nickte ihnen zu und sagte: »Auf Urlaub?«

»Jaa«, sagte Tigger. »Für'n paar Nächte. Wir haben Gareth versprochen, ein Auge auf seine Alte zu haben, während er arbeitet; mit ihr ausgehen und aufpassen, daß sie sich nicht einsam fühlt. Aber sieht ganz so aus, als ob wir 'n bißchen spät kommen.«

»Ich geh nach Hause und leg mich ins Bett«, sagte ich zu Tom.

»Ich begleite dich«, sagte er.

»Nein, ehrlich, danke, mach dir keine Umstände. Ich hab das Auto da. Es dauert doch nur fünf Minuten über den Feldweg.«

»Bist du sicher? Gut, bis morgen also. Hattest du nicht eine Jacke an?«

»Sie liegt im Auto«, sagte ich und ging rasch davon. Aber mir war nicht wohl bei der Sache. Ich hatte gesehen, wie Mait mich lange und merkwürdig nachdenklich gemustert hatte, wobei er seine Aufmerksamkeit offenbar auf meine linke Schulter richtete. Als ich im Auto war, warf ich einen Blick in den Rückspiegel und stieß einen leisen Fluch aus; auf meinem Pullover befand sich ein kleiner, aber – für jeden, der sich auskannte – unverkennbarer Milchfleck von einem von Buschbabys Rülpsern.

Ich sah den Crespina auf dem Parkplatz, in der Nähe der Ausfahrt; ich ließ also den Motor an und fuhr die kurze Strecke nach Trewithian, als säße mir der Teufel im Nacken.

Der nächste Tag war wolkenlos schön, nachdem ein früher Morgennebel sich gehoben hatte; wir hatten wirklich Glück mit dem Wetter.

Es gelang mir, Cara in einer abgelegenen Ecke der Insel allein zu erwischen, bevor die Aufnahmen anfingen, und ihr zu sagen, daß ich befürchtete, Mait könnte mich erkannt haben oder vermuten, ich sei das Mädchen, das mit dem Baby abgehauen war.

»Ich glaube, ich sollte nicht mehr zum Kloster gehen, Cara; wenn einer von den beiden mich dort hingehen sieht, werden sie mit Sicherheit Verdacht schöpfen.«

Cara sah mich mit einem ihrer tragischen Blicke an.

»Aber Sie haben mir versprochen, daß Sie meine arme kleine Giovanetta besuchen würden! Wenn sie jetzt krank werden würde! Ganz allein in dem sonderbaren Gebäude, oh, ich kann es kaum ertragen, an sie zu denken. Tom findet es nicht gut, daß ich sie dort lasse, und was soll er denken, wenn Sie nicht nach ihr sehen?«

»Was zum Teufel spielt es für eine Rolle, was Tom denkt?« fragte ich gereizt.

Sie öffnete die Augen sehr weit.

»Es ist Ihnen doch sicher nicht gleichgültig, was Tom denkt? Können Sie nicht besonders vorsichtig sein, mir zuliebe? Bitte! Sonst wird Tom sagen, ich sollte sie von dort wegbringen. Und Agnese ist heute morgen nach Italien zurückgefahren – ich weiß nicht, was ich mit dem Baby tun sollte!«

»Na ja, gut.«

»Ich danke Ihnen, meine liebe Martha!«

Cara schenkte mir ein engelhaftes Lächeln und setzte sich anmutig zwischen den Zinnen zurecht. Ein Mann im Kostüm eines Bogenschützen kniete in heroischer Haltung vor ihr und zielte mit gespanntem Bogen ungefähr in Richtung Irland. Ich unterdrückte den Wunsch, jemand könnte seinem Ellbogen einen Stoß versetzen und den Pfeil auf Caras Unterleib ablenken.

Ungeduldig marschierte ich davon, um Mimi zu suchen, und stellte auf meinem Weg fest, daß der alte Dunskirk und seine Enkelin eingetroffen waren.

»Hallo, was ist mit dir, *mon choux*? Du siehst so streitbar aus wie Brunhilde – bist du sauer, weil ich dich nicht rechtzeitig für unsern Ausgang mit Abdullah geweckt habe?«

»Nein, kein bißchen, ich hätte das nie durchgestanden. Wann bist du nach Hause gekommen?«

»Gegen vier – darum war ich auch nicht beim Frühstück.«

Mimi kicherte. »Es war ein Gaudi, es tut mir wirklich leid, daß du nicht dabei warst. Unsere Cara setzte sich nach allen Regeln der Kunst in Szene, und seine Exzellenz amüsierte sich köstlich. Sie hat nicht eine Sekunde gemerkt, daß er sie von Anfang an durchschaute – er weiß sie wirklich zu schätzen.«

»Davon bin ich überzeugt.«

»Er kommt zum Lunch und will dich zu einem Drink einladen.«

»Oh, verdammt, das schaffe ich nicht. Ich muß etwas erledigen.«

»Hat das nicht Zeit?«

Ich dachte an das kleine Buschbaby und an Bruder Stan, der mich erwartete.

»Nein, wirklich nicht, Mimi; sage seiner Exzellenz, wie leid es mir tut. Grüß ihn von mir. Ich werde es später erklären.«

Im Lauf des Vormittags entwickelte die kleine Laureen unglücklicherweise einen Hang, sich an meine Fersen zu heften, Fragen zu stellen und Beachtung zu fordern.

»Wofür ist das Buch da?« fragte sie mit ihrer durchdringenden quengeligen Stimme.

»Ich mache mir Notizen darin.«

»Kann ich es haben und drin malen?«

»Nein, das kannst du nicht, aber du kannst eine Seite haben, wenn du willst.«

Sie nahm die Seite an, sagte dann aber: »Mal *du* was.«

»Oh, lieber Himmel, ich kann nicht malen. Du solltest deinen Großpapa fragen, oder Tom«, sagte ich boshaft.

»Großpapa sagt andauernd, ich soll zum Wasser gehen und planschen. Und Tom ist immer brummig. Mal du was.«

Ich malte also ein Bett, und sie malte ein Baby hinein, und dann bombardierte sie ihre Zeichnung mit Sand und Steinen. Zumindest gab es bei der kleinen Laureen keine gefährlich unterdrückten Gefühle, konstatierte ich; all ihre Gefühle lagen offen zutage.

Um halb eins ging ich über den Strand zur Anlegestelle. Von dort führte ein Fußweg durch das Gewirr von Schlehen, Fuchsien und Rhododendren direkt zum Kloster. Auf diesem Weg ging es viel schneller, zudem war es weniger auffällig, als wenn ich über die Straße gegangen wäre. Aber die Sache hatte einen Haken: Ich hatte nicht damit gerechnet, daß die kleine Laureen mir quengelnd folgen würde.

»Wohin gehst du?«

»Heiliger Strohsack«, sagte ich. »Hör mal, ich muß etwas erledigen, und diesmal kannst du nicht mitkommen, lauf also zurück zu deinem Großvater.«

»Er spricht mit dem Mann mit der Brille und sagt, ich soll ihn nicht plagen. *Warum* kann ich nicht mit dir kommen?«

»Weil ich sehr schnell gehen werde, viel zu schnell für dich.«

Sie schob die Unterlippe vor und fing an zu weinen, unnatürlich und wenig überzeugend zuerst, aber als sie in Fahrt kam, kullerten echte Tränen hervor.

»Bau eine schöne große Burg auf dem Strand, und wenn ich zurückkomm, schau ich mir sie an«, schlug ich vor.

»Großpapa hat meine Schaufel und den Eimer im Haus vergessen, oh, hu-hu-hu-hu!«

»Dann nimmst du eben eine Picknicksuppendose, es liegen genug leere herum, und Plastiklöffel ebenfalls.«

Das Neuartige dieser Beschäftigung reizte sie gerade soweit, daß sie mich nicht mehr so genau beobachtete. Ich ergriff die Gelegenheit und lief davon, so schnell ich konnte. Dabei ging mir durch den Kopf, wenn Gareths Erziehung, wie bei Laureen, abwechselnd aus Verwöhnung und Zurückweisung bestanden hatte, war es nicht überraschend, daß so wenig dabei herausgekommen war.

Ich kam erhitzt und außer Atem bei Bruder Stan an.

»Gut, daß Sie gekommen sind«, begrüßte er mich gemütlich. »Heute haben wir sogar noch ein Baby mehr, das macht vier.« Er blickte voller Stolz auf die Reihe von Orangenkisten, fügte dann aber hinzu: »Arme kleine abgeschobene Würmer«, wobei er über die Torheit und Verantwortungslosigkeit von Eltern seufzte, die einen solchen Schritt taten.

»Nehmen Sie es sich nicht zu Herzen, Bruder Stan, bei Ihnen sind sie wahrscheinlich viel besser aufgehoben als zu Hause«, sagte ich und fischte mir eines der Babys aus seiner Kiste, um es auszuziehen.

»Ah, ich sehe, Sie werden schon sicherer mit den Kleinen. Dann gehe ich mal und mache die Milch fertig.«

Ich hatte eigentlich nicht erwartet, Lucian noch einmal zu sehen, daher war ich fast genauso erschrocken wie am Tag vorher, als er langsam in das Zimmer kam. Er sah an mir vorbei, ohne mir in die Augen zu schauen – wie gut erinnerte ich mich an diese Angewohnheit –, warf einen Blick voller Abneigung auf die Babys und ging dann zum Fenster, wo er mit hochgezogenen Schultern halb abgewandt stehenblieb.

»Hallo, Lucian«, sagte ich ruhig, als mein Herz nicht mehr so klopfte. Ich machte weiter mit den Babys und versuchte, dabei so gelassen und nüchtern wie möglich zu sein. Als Buschbaby an die Reihe kam, krähte sie laut und strahlte mich an; offensichtlich erkannte sie mich wieder. Ich konnte nicht anders – ich drückte sie an mich.

»Das ist das Baby, das *du* hergebracht hast, nicht wahr?« fragte Lucian plötzlich. Ich erschrak so, daß Buschbaby mir fast aus den Händen gerutscht wäre. »Ist es dein Baby?« Er sah Buschbaby finster an, die versunken das Spiel ihrer eigenen Zehen betrachtete.

»Nein, sie ist nicht mein Baby«, sagte ich kurz. »Ich würde sie nicht hierlassen, wenn sie es wäre.«

Er musterte mich weiter; ich spürte an seinem Schweigen, daß er nicht wußte, ob er mir glauben sollte oder nicht. So war es häufig gewesen: Er machte mir unbegründete Vorwürfe, oft sehr heftig, und wartete dann darauf, daß ich mich verteidigte. Vielleicht hoffte er, daß ich ihn von meiner Unschuld überzeugen würde, aber das schien mir nur selten zu gelingen.

»Wessen Kind ist sie dann?«

»Sie gehört zu einer jungen Italienerin, einem Mannequin, das in unseren Filmen mitwirkt. Darum hat das Baby so dunkle Haare. Der Stiefvater ist ... ist dem Baby nicht wohlgesinnt, und die Mutter fürchtet sich vor ihm, darum hat sie das Baby hier untergebracht.«

Er äußerte sich nicht dazu. Doch als ich mit Buschbaby fertig war und mir ein anderes Baby vornahm, schien er sich plötzlich etwas zu entspannen. Er fragte: »Wie geht's dem alten Balfour?«

Ich war überrascht; der alte Balfour war der Leiter von Lucians Verlag gewesen. Es schien irgendwie erstaunlich, daß

Lucian sich nach sieben Jahren überhaupt noch an seine Existenz erinnerte.

»Er ist vor ein paar Jahren gestorben, armer alter Junge; er wurde krank und mußte vorzeitig aus dem Verlag ausscheiden. Er schrieb mir einen sehr netten Brief, als er in den Ruhestand ging, und sagte, er habe immer gehofft, daß du zurückkommen und die Firma übernehmen würdest.«

Lucian nahm meine Worte schweigend zur Kenntnis. Ich befürchtete, er könnte denken, sie seien als Versuchsballon gedacht, um seine Gemütsverfassung oder seine Pläne zu erforschen, und beschäftigte mich eifrig mit dem Einseifen eines Babyrückens.

Aber nach einer Weile fragte er, durchaus freundlich und vernünftig: »Arbeitest du gern in der Werbung, Martha?«

»Ja, es macht Spaß. Ich lerne viele Leute kennen, und das gefällt mir.«

»Du hast nicht wieder geheiratet?«

»Noch nicht.« Ich gab mir Mühe, meine Worte unbefangen und sorglos klingen zu lassen.

Er blickte auf seine Hände hin, musterte sie lange und gründlich, als habe er sie noch nie gesehen. Lucian hatte früher schöne Hände gehabt, mit langen, wohlgeformten Fingern. Zwar waren sie immer noch schön, hatten aber Schwielen und sahen nach Erdarbeiten aus; die durchfurchten und abgebrochenen Nägel deuteten auf karge Ernährung.

Um die Stille zu füllen, begann ich ihm von der Arbeit in der Werbeagentur zu erzählen, und versuchte einen möglichst amüsanten Bericht zu liefern. Er hörte aufmerksam zu und stellte gelegentlich sogar eine Frage.

»Es ist eine Gruppe von ungewöhnlich netten Leuten«, schloß ich meinen Bericht. »Ich wollte, du könntest sie kennenlernen.« Und dann ärgerte ich mich über mich selbst, weil ich das Gefühl hatte, meine Stimme hätte sehnsüchtig geklungen.

Lucian sah rasch auf und schien im Begriff, etwas zu sagen, überlegte es sich aber anders. Ich hörte Bruder Stan den Flur entlangkommen, er sang, wie er es häufig tat, ein Liedchen. Ohne ein weiteres Wort, ohne mich noch einmal anzusehen, zog Lucian die Schultern hoch und verließ das Zimmer.

»So!« sagte Bruder Stan und kam mit den Fläschchen herein. »Sie haben einen netten Schwatz gehalten, ja?«

Er warf mir einen sanften, unergründlichen Blick zu und streckte Buschbaby einen Finger hin, den sie mit einem Ausdruck entzückter wissenschaftlicher Neugier packte.

»Ah, sie mag den alten Bruder Stan, unsere Kleine! Sie ist wirklich intelligent!«

»Dann ist sie ihrer Mutter nicht ähnlich«, sagte ich. »Vielleicht hatte ihr Vater einen hohen IQ.«

Ich fragte mich, wer ihr Vater gewesen sein mochte.

»Ja, ja, jedenfalls ist es nützlich, intelligent zu sein«, sagte Bruder Stan mild.

Das Geräusch zufriedenen Nuckelns erfüllte das Zimmer.

Bruder Stan fügte hinzu: »Übrigens ist Ihr Ehemann intelligent. Und ich glaube, nach sieben Jahren hat er den Wunsch, seine Intelligenz wieder zu nutzen.«

Auf dem Weg zurück zum Strand kam mir plötzlich ein großartiger Einfall zu Bom. Bom hatte sich nie gut verkauft, selbst 1889 zur Zeit seiner Erfindung nicht, hatte es aber trotzdem geschafft, sich über all die Jahre zu halten; und wenn es auch gegenüber schmackhafteren Getränken an Boden verlor, so hatte es doch nie Bankrott gemacht. Sein größter Minuspunkt war nicht so sehr der Geschmack als vielmehr die abstoßende klebrige Konsistenz.

Es war schwierig, dies den Herstellern klarzumachen, da die Verbraucher sich schwer taten, sich deutlich zur Frage der Konsistenz zu äußern, wenn sie die Marktforschungsfragebogen ausfüllten. Aber bei einer Befragung in den Midlands hatten jetzt 64 Prozent der Befragten angegeben, daß ihnen Bom zu dickflüssig sei, während 34 Prozent es zu dünn fanden; die restlichen zwei Prozent hielten es für eine Art braune Bratensoße oder Schuhcreme und wurden nicht berücksichtigt. Diese Ergebnisse – ganz abgesehen von dem, was über den Geschmack gesagt wurde – legten selbst Cole und Smiley, den konservativ eingestellten Herstellern von Bom, den Gedanken nahe, daß der Flüssigkeitsgrad ihres Produkts, die Gleitfähigkeit, Eindickung oder was auch immer, zu wünschen übrigließ.

Jetzt fragte ich mich plötzlich – wäre es möglich, Bom *schaumig* zu machen? Könnte man durch den Zusatz von Hefe oder Eiweiß oder CO_2 bei nicht zu exzessiven Kosten erreichen, daß Bom zischend aus der Flasche spritzte?

Slogans kamen mir in den Sinn: »Es ist der dicke, aktive Schaum in Bom, der Ihnen guttut – ein frischer lebendiger Sprudel – so leicht zu verdauen – jedes Bläschen voll von heilsamem Calcium und Vitamin B_2 – Bom – das einzige schäumende Fleisch & Milch-Getränk!« Als Verkaufsargument wäre das nicht nur einzigartig, sondern wahrscheinlich auch von niemandem sonst angestrebt. Es hatte natürlich keinen Sinn vorzupreschen, ohne die Möglichkeiten zu überprüfen, aber ich beschloß, Cole und Smiley umgehend einen Aktenvermerk zu schicken.

Diese Überlegungen nahmen mich so in Anspruch – ab und zu muß man schließlich an die Arbeit denken –, daß ich fast über Cara gestolpert wäre, die, in Begleitung von Barney Soglow, in großer Eile den Strand verließ. Sie lächelte mich freundlich und traurig an.

»Alles in Ordnung?« fragte sie bedeutungsvoll.

»Ja, alles okay. Was haben Sie vor?«

»Die Kamerateams lehnen es ab, am Samstagnachmittag zu arbeiten, darum gehen Barney und ich zu einer Pferdeschau. Wir müssen uns beeilen – bis später«, rief sie über die Schulter zurück, während sie den Weg über die Klippe hinaufliefen, zum Feld, wo die Autos abgestellt waren.

Als ich auf den Strand kam, sah ich einen anderen Grund für Caras hastigen Abgang: Gareth lief zwischen den abgebauten Ausstattungsstücken umher, offenbar auf der Suche nach ihr. Er sah zornig aus, aber gleichzeitig so widerlich attraktiv, daß es niemanden gewundert hätte, wenn er plötzlich – im Scheinwerferlicht – auf einen Kamerawagen gesprungen und in einen Popsong ausgebrochen wäre. Ich sah mit Erstaunen, daß er in der kurzen Zeit, seit ich ihn zum letztenmal gesehen hatte – doch sicher weniger als zwei Wochen –, offensichtlich mindestens sechs Kilo abgenommen hatte. Streß und Anspannung wegen Produkt x? Wegen Cara? Die kleine Laureen folgte ihm auf Schritt und Tritt, keuchend, rutschend und stolpernd in ihren Bemühungen, ihm nicht von der Seite zu weichen. »Warte auf mich, Dad! Dad, warte auf mich!« jammerte sie immer wieder; zum erstenmal tat sie mir leid, besonders weil die einzige Antwort, die sie gelegentlich von Gareth erhielt, ein »Halt die Klappe!« war.

Ich war gerade dabei, mich vorsichtig zurückzuziehen, als Laureen mich dummerweise erblickte, mich am Knöchel packte und krächzte: »Kommit und sieh dir meine Burg an. Du hast es versprochen.«

»Sie ist wunderschön.«

»Du hast sie gar nicht *angeschaut*!«

Während ich hastig die Burg bewunderte, entdeckte Gareth mich und kam auf mich zugestürzt.

»Martha! Haben Sie C... Cara irgendwo gesehen?«

»Sie ist mit Mr. Soglow weggegangen«, verkündete Laureen. »Hätte ich dir sagen können... ich hab's andauernd gesagt... aber du hörst nie zu.«

»Wohin ist sie gegangen?«

»Zur Pferdeschau in Camelot.«

Gareths Gesicht wurde noch finsterer. »Zum T...Teufel mit ihr! Sie wußte verdammt gut, daß ich mit ihr sprechen wollte. Ich muß heute abend wieder in London sein, zu allem Überfluß. *Sie* werden an meiner Stelle mit ihr sprechen müssen, M... Martha.«

»Lieber Himmel, Gareth, ich kann mich nicht in Ihre ehelichen Streitereien einmischen.«

»Oh, vergessen Sie das! Sie werden es verdammt noch mal

tun müssen, wenn Sie diesen Job zu Ende bringen wollen – und Produkt x auf den Markt.«

»Cara macht ihre Sache in den Werbespots sehr gut«, sagte ich. »Außerordentlich gut sogar – wenn *Sie* sie nicht durcheinanderbringen.« Er warf mir aus seinen blassen Augen einen scharfen Blick zu, dem ich auswich, indem ich drei Muscheln auf Laureens Burg arrangierte.

»*Sie durcheinanderbringen*? M... Mann«, in gekränktem Ton, »was t... t... tut sie *mir* denn an? Jetzt h... h... hören Sie mir zu, Martha, und ich meine es ernst: entweder b... b... bringen Sie Cara zur Vernunft, oder das ganze Unternehmen Produkt x geht k... k... kaputt, ist erledigt, im Eimer. Ich warne Sie!«

»Sie meinen, Sie werden Ihren Vater dazu überreden, den Auftrag einer anderen Firma zu geben?« fragte ich empört. »Wirklich reizend – das nenne ich konstruktive Zusammenarbeit!«

»Diese Werbekampagne b... b... bedeutet Ihnen viel, nicht wahr, Martha?«

»Nicht mehr als irgendeine andere«, fuhr ich ihn an. »Natürlich möchte ich sie zu Ende bringen.«

»Warum zum Teufel können S... Sie dann nicht etwas hilfsbereiter sein? S... s... sehen Sie, Darling, Sie haben mehr Verstand in Ihrem kleinen Finger als d... d... diese dumme stupide Cara in ihrer ganzen verdammten Anatomie – lassen S... S... Sie uns mal die Dinge besprechen und sehen, ob uns nicht etwas einfällt.«

Er zitterte tatsächlich vor Anspannung, und seine Stirn war feucht von Schweiß.

»Ich sehe wirklich nicht ein...«, begann ich, aber dann kam mir der gute alte George Salmon in den Sinn mit seinem freundlichen, müden Gesicht und seinen verworrenen familiären Angelegenheiten; er war so stolz und entzückt gewesen, als er den Auftrag von Gay Gal bekam. Es würde ihn niederschmettern, wenn wir ihn wieder verlören. Und wenn es nötig war, Gareth zu besänftigen, damit wir den Auftrag behielten, so mußte ich es sicher versuchen, George zuliebe, der immer so nett zu mir gewesen war. Ich konnte seine Stimme hören: »Großer Gott, Martha, ein bißchen Höflichkeit wird dich nicht umbringen. Komm runter von deinem hohen Roß.«

So sagte ich, argwöhnisch und widerwillig: »Na ja, also gut.«

»So ist's recht! Fahren wir ein Stück mit dem Auto.«

»Können wir uns nicht hier unterhalten?«

»Wo halb C... Cornwall zuhört? Kommt nicht in Frage! Kommen Sie, mein Auto steht oben.«

Ich zögerte und sah mich nach Beistand in Gestalt von Tom oder Mimi um. Aber sie schienen, wie fast das ganze Filmteam, schon gegangen zu sein.

»Oh, k... kommen Sie schon, Martha«, sagte Gareth mißgelaunt. »Ich weiß, daß S... Sie mich noch nie leiden konnten, aber es besteht keine Veranlassung, es so verd... dammt deutlich zu zeigen. Ich werde Sie nicht vergewaltigen.«

Dies ließ meine vagen Gedanken an Gewalt und Entführung etwas lächerlich erscheinen, darum folgte ich ihm, nahm mir jedoch vor, wenn seine Freunde Tigger und Mait irgendwo auftauchen oder sich gar uns anschließen sollten, würde nichts mich dazu bringen, mitzugehen, selbst wenn ich schreiend und Aufsehen erregend den ganzen Weg zum Trelawny Hotel laufen müßte.

»Ich will auch mit Auto fahren«, quengelte Laureen.

»Nun, das kannst du verdammt noch mal eben nicht«, sagte ihr liebevoller Vater. »Wer will *dich* schon? Geh rüber zu Großvater – er steht dort und winkt dir zu.«

Sie begann zu heulen.

»Oh, lassen Sie sie doch mitkommen«, sagte ich hastig, mit dem Gefühl, sie könnte das nützliche dritte Rad am Wagen sein. Gareth runzelte seine hübsche Stirn; in zornigem Schweigen ging er vor uns her, den Weg zum Parkplatz hinauf.

Ich war beunruhigt, als ich den Crespina sah.

»Ich dachte, Sie hätten einen Typ E, Gareth?«

»Habe ich auch«, sagte Gareth. »Er steht in London. Das hier ist Maits alte Mühle. Er hat mir seinen Wagen geliehen, solange ich hier bin, weil ich runtergeflogen bin. Außerdem hat er fünf Jahre Fahrverbot, weil er auf der Hammersmith-Überführung ein altes Weib überfahren hat.« Er sprach voller Achtung, als sei das etwas, auf das man stolz sein könne.

»Wie kommt er denn von der Stelle?«

»Oh, Tigger fährt ihn«, sagte Gareth hastig. Ich glaubte ihm nicht.

»Will vorne sitzen«, quäkte Laureen.

»Oh, halt die Klappe, du.« Gareth schob sie auf die Hintersitze. »Jetzt b... bleib da und sei still!«

Er jagte den Motor hoch und schoß, über die matschigen Stellen schleudernd, mit rücksichtsloser Geschwindigkeit davon.

»Will ne Tafel Schokolade!« forderte Laureen, als wir durch das Dorf rasten.

»Halt die Luft an!«

»Lassen Sie mich eine für sie holen.«

»Schön, holen Sie eine Tafel; holen Sie zwei, wenn sie dann den Mund hält.«

Ich kaufte zwei Tafeln Schokolade und eine Tüte Chips, und Laureen vertiefte sich in ihre klebrige, raschelnde Beschäftigung. Es war schrecklich, sich vorzustellen, wie die Rückbank von Maits schönem Wagen aussehen würde, aber ich hatte kein Mitleid mit ihm.

Gareth war ein miserabler Fahrer – angeberisch, übellaunig, rücksichtslos. Während ich die Zähne zusammenbiß und mich am Handschuhfach festhielt, jagte er uns mit halsbrecherischer Geschwindigkeit durch ein Netzwerk von schmalen Feldwegen, die nur für Ackerfahrzeuge bestimmt waren, mißachtete Geschwindigkeitsbeschränkungen und Vorfahrtsschilder und kam schließlich an einen Streifen offenen Heidemoors.

Hier hielt er an und saß eine Weile schweigend da; offensichtlich dachte er scharf nach – eine Beschäftigung, der er sich nur widerwillig hinzugeben schien. Ich beobachtete ihn mit stummer Feindseligkeit und stellte fest, daß er mit seinem dichten blonden Haar und der wuchtigen Kinnlade brutal wirkte und so aussah, als sei er jederzeit bereit, ein krummes Ding zu drehen.

Ich hatte ebenfalls nachgedacht und mich gefragt, ob es sinnvoll sei, Gareth mitzuteilen, daß ich von dem skrupellosen Versuch, Buschbaby zu entführen, wußte. Alles in allem kam ich zu dem Schluß, daß ich mich in einer stärkeren Position befinden würde, wenn ich mein Wissen für mich behielt, weil sonst die Gefahr bestünde, daß ich den Aufenthaltsort des Babys verriet.

»Also«, sagte Gareth endlich und wandte sich mir zu, wobei er seinen Blick lange und plump-vertraulich auf mir ruhen ließ – offensichtlich hatte er sich seine Geschichte zurechtgelegt –, »die Sache ist die: Cara hat genug von mir, aus v... verschiedenen Gründen – sie sagt, ich hätte sie über den Umfang von D... Dads Unternehmen und den Lebensstil, den sie in England haben würde, in die Irre geführt. Die Wohnung über dem Betrieb paßt ihr nicht – hat wohl etwas wie ein Penthouse in der Park Lane erwartet. Wenn Sie mich fragen – sie hat mich nur geh... heiratet, um nach England zu kommen. Aus all diesen Gründen spielt sie sich großartig auf, holt das K... Kind aus Italien her, ohne mich zu fragen, verabredet sich mit allen und jedem und führt sich auf, als existiere ich nicht.«

»Wenn Ihre Ehe eine Enttäuschung für Sie beide ist, warum trennen Sie sich nicht? Vielleicht war es ein Fehler zu heiraten.«

»Oh, das möchte ich nicht so gern«, sagte er; es klang bestürzt. »Nein, C... Cara ist in Wirklichkeit ganz okay. Sie hat nur gerade Rosinen im Kopf. Wenn Sie sie irgendwie ü... überreden könnten, sich mal in meine Lage zu versetzen... Also... es ist nämlich so. Sie müssen wissen...« Er hielt einen Moment inne, sah mich von der Seite an und sagte schließlich: »Sie müssen wissen, da ist etwas passiert in Italien...«

Jetzt kommt der springende Punkt, dachte ich.

»Na ja, es ist nichts *Unrechtes*, aber es könnte meinem Vater mißfallen, bei seinen etwas altmodischen Ansichten, und Cara weiß davon und hat gedroht, es ihm zu sagen.«

»Schmuggel?«

»Eh? Nun, nein, eigentlich nicht. Es geht um P... Produkt x. Da war dieser junge Kerl in Savona, sehen Sie, hieß Dino Soldati, ein Chemiker, tatsächlich habe ich durch ihn Cara kennengelernt. Er war ihr Freund, aber sie hatte Schluß mit ihm gemacht. Er arbeitete in der gleichen Firma wie sie, und er machte auch Experimente auf eigene Faust. Na ja, irgendwann haben wir uns mal unterhalten, und er erz... zählte mir von diesem Parfum, an dem er arbeitete...«

»Oh, Mann«, sagte ich mit einer schrecklichen Vorahnung. »Doch nicht Produkt x?«

»N... n... nein, n... nicht *ganz*«, sagte Gareth nervös. Er schwitzte wieder. »Aber ein b... bißchen ähnlich wie Produkt x. Er hat mir eine Probe gegeben. Ja, und dann, sehen Sie, ist er letzten Herbst gestorben...«

»Hatte er es zum Patent angemeldet? War es wirklich seine Idee, oder gehörte sie seiner Firma?« In Gedanken ging ich rasch die verschiedenen unerfreulichen Möglichkeiten durch, die sich einem nach Gareths bruchstückhafter Geschichte aufdrängten.

»Oh, es war S... Soldatis eigene Idee. Er arbeitete in seiner Freizeit daran. Aber da er starb, ohne sie patentieren zu lassen, gehörte sie eigentlich niemandem, verstehen Sie? Seine Firma wußte nichts davon. Und da er mir eine Probe gegeben hatte, sch... schien es keinen Grund zu g... geben, warum wir es nicht analysieren lassen und selbst herstellen sollten.«

»Hm«, sagte ich. »Ein bißchen dubios, aber vielleicht nicht direkt illegal.«

Trotzdem gefiel es mir nicht, und ich war sicher, daß es

George noch weniger gefallen würde. Im Gegenteil, er wäre entsetzt über die Möglichkeit, daß die Rechte an Produkt x vielleicht gar nicht Gay Gal gehörten, sondern diesem verstorbenen Soldati oder sogar, durchaus denkbar, der Firma, für die er gearbeitet hatte. Einige Firmen besitzen ein vertraglich festgelegtes Optionsrecht an allem, was ihre Mitarbeiter erfinden. Ich hatte kaum Zweifel, daß Soldatis Parfum Produkt x war; das paßte zu meiner Einschätzung von Gareths Charakter. Er war wohl in der Lage, etwas Gutes, wenn er darauf stieß, zu erkennen, hatte aber nicht die kreativen Fähigkeiten, selbst etwas Neues zu erfinden. Das erklärte auch Dunskirks außerordentliche Schwierigkeiten, die erste Probe nachzuvollziehen.

»Existiert keine Formel?« sagte ich, laut denkend.

»Keine vollständige. Und s... sehen Sie, Dad weiß von all dem n... nichts...«

»Aber Cara weiß Bescheid.« Das beantwortete eine Menge weitere Fragen.

»Nun, ja. Wenn Sie C... Cara sagen könnten, daß ich bereit bin, ihren Monatszuschuß zu verdoppeln und ihr zu h... helfen, eine gute Stelle als Mannequin zu finden, was sie gern möchte...«

»Alles, um sie davon abzuhalten, es Ihrem Vater zu erzählen? Wird es nicht ohnehin früher oder später rauskommen?«

Im stillen beschloß ich, dafür zu sorgen, daß es sofort rauskam. Je eher George Salmon von dieser windigen Sache hörte und die zuständige Abteilung unserer Firma die Rechtslage überprüfen konnte, um so wohler würde mir sein. Ich nahm mir vor, George noch am gleichen Abend anzurufen.

Gareth wandte sich mir zu und bedachte mich mit einem seiner durchbohrenden Blicke. Er war ungewöhnlich blaß geworden.

»Hören Sie, M... Martha! P... Produkt x bedeutet mir verdammt viel. Einmal weil es Dads schäbige kleine Firma mit einem Schlag bekannt machen wird...«

»Ich weiß, das sagten Sie bereits«, unterbrach ich ihn gereizt. »Lohnt es sich, dafür so zweifelhafte Geschäfte zu machen? Wenn Sie die Firma Ihres Vaters so verachten, warum arbeiten Sie dann dort?«

»Weil w... wenn ich das nicht tue, Dad die Firma jemand anders vererben wird, wenn er stirbt, meinem Vetter G... Gavin, der unheimlich scharf darauf ist, das Geschäft zu übernehmen.«

Das paßte zusammen. Da ich Gareth kannte, leuchtete mir ein, daß er nicht versessen darauf war, sich einen bequemen Lebensunterhalt entgehen zu lassen.

»Darum versuchen Sie also in der Zwischenzeit, das Image von Gay Gal aufzupolieren und etwas daraus zu machen, dessen Sie sich nicht vor Ihren Freunden schämen müssen?«

»Oh, seien Sie doch nicht so sarkastisch, Martha! Sie sagen alles so geschickt durch die Blume! Wenn Sie es genau wissen wollen, Dad fing an, sich zu beklagen, daß ich nicht genug Interesse an der Firma zeigte, die Situation wurde allmählich heikel – so war es ein Glücksfall in letzter Minute, als ich Produkt x in die Finger bekam...«

»Und Ihr Vater hat nie vermutet, daß es nicht Ihr eigenes Werk war?«

»Sie haben es doch auch nicht vermutet, oder? Warum also er?«

Warum in der Tat? Vernarrt in Gareth, wie er war, glaubte der alte Dunskirk offenkundig, daß der Junge alles erreichen könnte, wenn er es nur versuchte. So pfiffig er in allen anderen Dingen war – hier hatte er seine schwache Stelle. Vermutlich geht es allen Eltern so.

»Daddy«, sagte Laureen.

»O sei still, du! Iß deine verdammten Chips und halt die Klappe, oder ich nehm dich nie wieder im Auto mit!«

Sie gehorchte schmollend.

»Hatte der Chemiker – wie hieß er, Soldati – eine Familie?« fragte ich plötzlich.

Gareth zuckte mit den Schultern. »Das mag der liebe Herrgott wissen – mir gegenüber hat er nie eine erwähnt.«

»Ich habe mich nur gefragt, wer seinen Besitz erben würde.«

Ein sehr merkwürdiger Ausdruck trat in sein Gesicht – erschrocken, feindselig, wachsam.

»Nun hören Sie mal, M... Martha, ich habe Sie um *Hilfe* gebeten, nicht darum, einem Haufen verdammter falscher Spuren nachzulaufen. Kümmern Sie sich nur um Cara, einverstanden, Darling? Es w... würde Ihrer Firma genauso schaden wie uns, wenn jetzt etwas schief liefe...«

In diesem Augenblick verkündete die kleine Laureen, die während der letzten fünf Minuten im hinteren Teil des Wagens immer unruhiger herumgezappelt hatte, mit ihrer durchdringenden krächzenden Stimme, daß sie sich übergeben müsse.

»Dann komm«, sagte ich, »raus aus dem Auto, schnell!«

»Jetzt sehen Sie, was Sie uns eingebrockt haben«, knurrte Gareth.

Aber ich war froh, daß ich flüchten konnte, um Laureen während ihres Übelseins und ihrer Heulerei beizustehen – irgend etwas in Gareths kaltem, mißtrauischem Blick hatte mich ganz schön beunruhigt.

»Also gut, Gareth«, sagte ich schließlich, als Laureen, blaß und kleinlaut, wieder im Auto saß und wir zurück nach Trevann fuhren, »ich werde sehen, was ich ausrichten kann bei Cara, ich werde ihr von Ihrem Angebot berichten, aber ich kann natürlich nicht für den Erfolg garantieren.«

»Ja, tun Sie das«, sagte er. »Ich wünsche bei Gott, D... Dad wäre nicht so auf sie abgefahren und hätte sie nicht für diese Werbespots an Land gezogen. Wenn er das nicht getan hätte, wäre sie nie...« Er hielt inne und sagte dann: »M... machen Sie ihr klar, daß sie viel besser fährt, wenn sie sich mit mir einigt. Wenn sie das aber nicht tut...«

»Ich werde keine Drohungen weiterreichen«, fuhr ich ihn an.

Er drehte sich plötzlich zu mir, packte meine Hand und sah mir eindringlich in die Augen. Er war immer noch leichenblaß, und sein Haar war dunkel vor Schweiß.

»Sie sind ein g... großartiges Mädchen, Martha, wissen Sie das? Ich war schon immer verrückt nach Blondinen«, fügte er naiv hinzu. »Darum kann C... Cara Sie auch nicht leiden. Sie und ich, wir könnten zusammen etwas erreichen...«

»Um Gottes willen, Gareth, schauen Sie doch auf die Straße!« rief ich in echter Angst, als er eine Kurve schnitt.

Er brachte mich zurück auf das Feld, wo ich den Admiral hatte stehenlassen; anschließend wollte er zum Trelawny Hotel, um Tigger und Mait abzuholen. Als ich hörte, daß sie dort Zimmer hatten, war ich noch froher als vorher, daß ich auf den Bauernhof umgezogen war.

»Ich nehme an, die beiden haben ein Auge auf Cara, in Ihrem Auftrag?«

Gareth zuckte unsicher mit den Schultern. »Und? Ich tue ihnen gelegentlich einen Gefallen. Wenn sie dann mal gern etwas für mich tun...«

Aber es wollte mir scheinen, als ob Gareth nicht aus dem Holz geschnitzt war, aus dem Führernaturen gemacht sind, und ich fragte mich, ob seine Schüler nicht, wie der Zauberlehrling, außer Kontrolle geraten waren.

Jedenfalls war ich erleichtert, als die Fahrt beendet war.

7

Als ich an diesem Abend und am Sonntag versuchte, George in seiner Wohnung anzurufen, meldete sich natürlich niemand; wahrscheinlich war er in seinem Wochenendhaus in Maidenhead, das kein Telefon hatte. Also mußte ich warten und ihn am Montag im Büro erwischen. Ich zog in Erwägung, in der Zwischenzeit einen der Kollegen um Rat zu fragen, aber Mimi war weggefahren, um den Samstagabend und den Sonntag bei Freunden in St. Ives zu verbringen,

Jimmy war zu seiner liebenden Ehefrau nach South Kensington zurückgeflogen, und Tom war nirgends zu finden; wahrscheinlich begleitete er Cara irgendwohin.

Ich verbrachte einen einsamen Sonntag; der beste Teil war der Besuch im Kloster, wo Buschbaby mich mit Entzücken begrüßte und Bruder Stanislas wie ein alter Freund. Allerdings tauchte der grimmige Bruder Lawrence plötzlich im Kinderzimmer auf, als ich gerade versuchte, die Babys auf einer Getreidewaage zu wiegen, und knurrte so furchterregend, daß ich fast ein Baby fallengelassen hätte.

»Zu viele Kinder, Bruder Stanislas! Viel zu viele! Und was tut *sie* hier?«

Glücklicherweise schien er mich nicht als das gefallene Mädchen wiederzuerkennen, das er aus seinem Gemüsegarten hinausgeworfen hatte.

»Sie arbeitet freiwillig hier«, erklärte Bruder Stanislas gelassen. »Eine große Hilfe, wo wir doch so großen Zustrom haben.«

»Sie verbringen zuviel Zeit mit den Babys. Man wird eine andere Regelung finden müssen.«

»Das County Council hat Heime für zwei von ihnen ab nächstem Sonnabend gefunden.«

»Das Council besteht aus ineffizienten, langsamen Stümpern!« knurrte Bruder Lawrence. »Sorgen Sie dafür, daß sie alle nehmen!«

»Oh, nicht Buschbaby!« rief ich entsetzt, als er aus dem Zimmer gerauscht war.

»Keine Angst, mein Kind. Bruder Lawrence spürt seine Gicht, das ist alles. Außerdem ist Bruder Thomas heute morgen während seiner Predigt unglücklicherweise eingeschlafen, was ihn verstimmt hat. Machen sie sich keine Gedanken, ich würde mein kleines Buschbaby nicht hergeben, nein, nein.« Bruder Stan piekte sie liebevoll in den Bauch.

Nach einiger Zeit kam Lucian in das Kinderzimmer, sah mich von der Seite an und begann, wie das letzte Mal, eine zögernde Unterhaltung, fragte nach Leuten, die wir gemeinsam gekannt hatten, nach meinem jetzigen Leben, wo ich jetzt wohne, ob ich mir die Miete leisten könne, erkundigte sich nach Ereignissen des Tages, nach Büchern, Filmen, Musik. Es war seltsam schmerzlich und rührend zu sehen, wie er sich für die kleinsten Einzelheiten interessierte; er war wie ein Genesender, der die einfachen Freuden wie Essen, frische Luft und Sonnenschein neu erlebt.

Mein Gefühl der Anspannung ließ nach, und nach einiger Zeit stellte ich sogar fest, daß unser Gespräch mir Spaß machte – ich hatte seine rasche Intelligenz fast vergessen, die Schlagfertigkeit, mit der er die Bälle zurückwarf; jedes Gespräch mit ihm, auch wenn es um Alltäglichkeiten ging, forderte einen voll und ganz und machte einen munter wie ein schnelles Tennisspiel.

Bruder Stan kam und ging taktvoll zurückhaltend. Er stellte mir eine große Wanne mit schmutziger Wäsche hin, dazu ein Stück gelbe Seife, und ich schrubbte, während ich redete, und überlegte mir dabei, daß das Kloster eine Waschmaschine gebrauchen könnte – nicht etwa eine Midinette, sondern etwas Robustes und Geräumiges. Ich beschloß, ihnen eine zu schicken, doch dann fiel mir Bruder Lawrences Abneigung gegen elektrische Geräte ein, so entschied ich mich für eine Lieferwagenladung Seifenpulver. Es war etwas Angenehmes und gab einem ein Gefühl der Rechtschaffenheit, die abgetragenen Babyhemdchen und Höschen und kleinen Röckchen zu rubbeln, während ich Lucians zögernde Fragen nach der Welt draußen beantwortete. Nach einer Weile brachte Bruder Stan seine Schützlinge hinaus an die frische Luft, und Lucian war merklich erleichtert. Mir war aufgefallen, daß er eine nervöse Abneigung gegen die Babys zu haben schien, besonders gegen Buschbaby; er konnte sich nicht einmal dazu überwinden, sie anzuschauen, und hielt angewidert den Atem an, als sie an ihm vorbeigetragen wurde.

Es war ein merkwürdiger, stiller Tag, eigentlich ein glücklicher Tag; wenn ich zurückschaue, glaube ich, daß es einer der glücklichsten Tage in meinem Leben war.

Am Nachmittag ging ich nochmal hinüber und besserte einen riesigen Stapel Flickwäsche für Bruder Stan aus. Wieder tauchte Lucian auf, und wir unterhielten uns; diesmal stellte ich ihm Fragen über das Kloster. Er erklärte mir, daß es eigentlich eine Gemeinschaft mit Selbstverwaltung sei und daß jedes Mitglied seinen eigenen Glauben habe.

»Wer trifft die administrativen Entscheidungen?«

»Wir stimmen ab.«

»Und Fälle von Disziplinarmaßnahmen?«

»Nun – die sind natürlich sehr selten. Ich nehme an, Bruder Lawrence würde Disziplin erzwingen, wenn es notwendig wäre; er ist der Älteste.«

»Ältester Bruder is watching you«, murmelte ich. Lucian lächelte ein widerstrebendes, eingerostetes Lächeln und erklärte, die übliche Strafe für ein Verhalten im Widerspruch zum Geist der Gemeinschaft sei »Selbstpreisgabe«, was bedeutete, daß man für eine oder zwei Stunden alle Gedanken laut äußern mußte. Ich konnte mir gut vorstellen, daß für diese zurückgezogen lebenden Menschen eine solche Buße qualvoll sein mußte.

»Muß für alle anderen auch unangenehm sein«, sagte ich. »Kommt es oft vor?«

»Oh, so gut wie nie. Wir sind alle hier, weil uns dieses Leben zusagt, darum haben wir den Wunsch, uns in die Gemeinschaft einzufügen. Wenn ein Mitglied sich nicht mehr einfügen wollte, würde es uns verlassen.«

Darauf entstand eine Art zögerndes Schweigen, nur unterbrochen vom Glucksen der Babys, die auf einer Decke auf dem Fußboden herumkugelten, während ich ihre Betten in Ordnung brachte. Eines von ihnen, ein dicklicher, wenig anziehender kleiner Junge – von Bruder Stan Noah getauft – sah mit großen Augen Lucian an, der hastig wegschaute. Ich konnte es ihm nicht übelnehmen; Noah war wirklich ein abstoßendes Baby, viel zu dick, mit Fettröllchen wie das

Michelin-Männchen, großen ausdruckslosen, verwaschenen Augen und einem glänzend-kahlen Schädel, der aussah, als bestehe er aus Seife – völlig anders als mein liebes kleines Buschbaby mit seinen dunklen, glänzenden Augen und seinem feingeschnittenen intelligenten Gesicht.

»Lucian«, sagte ich endlich leise: »Warum bist du auf diese Weise in den Orden eingetreten – so plötzlich –, ohne mir je etwas zu sagen oder Verbindung mit mir aufzunehmen?«

Sofort trat der abweisend-verschlossene Ausdruck in sein Gesicht, den ich so gut kennen und fürchten gelernt hatte. Seine Lippen preßten sich zu einem Strich zusammen; die Mundwinkel verschwanden in den Wangen. Er schaute auf den Fußboden, fort von mir.

»Bitte, Lucian!«

Endlich sah er mich langsam an. Seine Augen waren blutunterlaufen, ihr Ausdruck zeugte von großer Qual.

»Nein, nein, vergiß es!« Ich war entsetzt über das, was ich angerichtet hatte. »Es tut mir leid – ich hätte nicht fragen sollen. Es ist nur – ich war deinetwegen so lange unglücklich, ich wußte ja nicht...«

»Ich mußte es tun«, murmelte er. »Ich mußte einfach raus.«

»Okay, mein Lieber. Denk nicht mehr darüber nach. Vergiß es.«

In diesem Augenblick rollte Noah, der die meiste Zeit in tiefem Schlaf verbrachte und sich nur schwer wecken ließ und infolgedessen seinen Körper kaum beherrschte, über Buschbaby und traf sie mit dem Ellbogen ins Auge. Sie begann zu schreien.

»Hier«, bat ich hastig, »halt sie nur für einen Moment, während ich ihr Bett fertigmache.« Als ich jedoch den Ausdruck des Abscheus in seinem Gesicht sah und merkte, wie er sich instinktiv zurückzog, sagte ich: »Nein, schon gut, steck du die Laken fest; ich nehme sie solange.«

Er tat es rasch und mit abgewandtem Gesicht und verließ

dann eilig das Zimmer. Armer Teufel, dachte ich reumütig, er ist weggelaufen, weil er sich übergeben muß.

An diesem Tag sah ich Lucian nicht mehr.

Am Montag war zunächst alles in Ordnung.

Um neun rief ich im Büro an und fragte nach George, erfuhr aber von Susan, daß er Eloise nach Paris gefolgt sei und zwei Tage dort bleiben würde. Armer alter George. Es hatte nicht viel Sinn, ihn per Telefon durch Paris zu verfolgen, wenn er gerade in einer Gefühlskrise steckte, daher kam ich zu dem Entschluß, daß meine Sorge um Produkt x bis Mittwoch warten müsse, wo wir mit etwas Glück ohnehin alle wieder in London wären. Inzwischen konnten wir die Aufnahmen auch zum Abschluß bringen, nachdem wir schon so weit gekommen waren.

Das Wetter war immer noch schön, aber Mr. Tregagle schüttelte beim Frühstück nach einem Blick auf das Barometer den Kopf und murmelte etwas von drei Tagen Sturm.

Als ich zum Strand hinunterkam, sah ich zum erstenmal seit Sonnabend Cara wieder. Sie sah ausgesprochen strahlend aus; ihr trauervolles Rossetti-Madonna-Gehabe war im Augenblick vergessen. Sie scherzte ausgelassen mit Jimmy und den Kameraleuten. Tom, fand ich, sah angespannt aus; als ich versuchte, ihn beiseite zu ziehen, um ihm von Gareth zu erzählen, fand er eine fadenscheinige Ausrede und verließ mich beinah im Laufschritt. Ich schaute ihm nach, verletzt und verwirrt, aber es wäre lächerlich gewesen, ihm über den ganzen Strand zu folgen, wenn er es darauf anlegte, mir aus dem Weg zu gehen. Außerdem war längst eine kleine Unterhaltung mit Cara fällig.

Es dauerte Ewigkeiten, bis ich sie aus ihrer Gruppe herausgelockt hatte, um ihr von meinem Gespräch mit Gareth zu erzählen; sowie ich seinen Namen erwähnte, senkten sich Ungeduld und Überdruß über sie wie ein undurchdringlicher Nebel.

»Gareth?« fragte sie, so als könnte sie sich kaum entsinnen, wer das war. »Oh, du lieber Himmel, was hat er denn jetzt schon wieder zu meckern?«

»Neulich schienen Sie sich sehr wohl Sorgen seinetwegen zu machen«, fuhr ich sie an, erbittert über ihre Gleichgültigkeit. »Er meckert nicht, er bietet an, Ihren Monatszuschuß zu verdoppeln und Ihnen eine Stelle als Mannequin zu besorgen.«

Ein argwöhnischer Blick trat in ihre Augen; sie lachte schrill auf.

»Meinen Monatszuschuß verdoppeln? Selbst dann könnte ich mehr Geld mit Fußbodenscheuern verdienen. Und was eine Stelle betrifft – sagen Sie ihm, ich kann mir selbst eine besorgen. Er muß sich schon was Besseres einfallen lassen, wenn er mich kaufen will.«

»Cara, worum zum Teufel geht es überhaupt?« sagte ich, zutiefst verärgert über meine undankbare Rolle als Vermittlerin. »Dieser Dino Soldati – Gareth sagt, Sie haben ihn gekannt –, war er der eigentliche Erfinder von Produkt x?«

Einen Moment lang war sie völlig verblüfft. »Gareth hat Ihnen von *Dino* erzählt? Wie um alles in der Welt haben Sie das aus ihm herausgekriegt? Oh, natürlich«, fügte sie gehässig hinzu, »ich hatte vergessen, daß er sich Ihnen gern anvertraut. Sie entsprechen seiner Idealvorstellung von englischer Schönheit.«

»Aber, Cara, ist es wahr? Hat Dino das Parfum erfunden? Denn wenn das so ist...«

»Oh, wie soll ich das wissen«, sagte sie ausweichend. »Was weiß ich schon von diesen chemischen Dingen? *Ich* war bei ihren Gesprächen nicht dabei.«

»Aber Sie kannten Dino.« Plötzlich schoß mir etwas durch den Kopf – Gareth hatte gesagt, er sei letzten Herbst gestorben. Was hatte Cara über Buschbabys Vater gesagt? Irgend etwas von einem Feuer.

»Wie ist Soldati gestorben, Cara?«

Ein Ausdruck echten Entsetzens trat in ihr Gesicht. »Ach, lassen Sie mich doch in Ruhe!« fauchte sie. »Ich sage Ihnen, ich weiß nichts darüber! Ich war zu der Zeit fort, auf Besuch bei meiner Cousine in Bergamo. Als ich zurückkam, war alles vorbei – ich weiß nichts, gar nichts!«

»Um Gottes willen, Cara...« Ihr Entsetzen übertrug sich auf mich. »Sie meinen, daß der Vater des Kindes...«

»Pst! Da, Jimmy ruft mich, und Sie haben mich völlig durcheinandergebracht«, flüsterte sie giftig und lief auf die Kameras zu. Ich sah ihr verblüfft nach, mit einem Gefühl, als hätte ich eine Gasflamme anzünden wollen und statt dessen eine Tretmine in die Luft gejagt.

Meine Vermutung, daß Soldati Buschbabys Vater sei, schien, nach Caras Reaktion, mitten ins Schwarze getroffen zu haben. Wenn Soldati also der wahre Erfinder von Produkt x war – wer würde sein Erbe sein? Mir war so, als hätte ich in irgendeinem Bericht über eine Gerichtsverhandlung gelesen, daß nach italienischem Recht die leiblichen Nachkommen begünstigt werden, auch wenn sie unehelich sind. War Gareth aus diesem Grund plötzlich so feindselig geworden, als ich nach Soldatis Erben gefragt hatte? Konnte es ein, daß das Parfum in Wirklichkeit Buschbaby gehörte?

Zweifellos war die Rechtslage sehr kompliziert, aber es sah ganz so aus, als fürchte Gareth diese Möglichkeit – war das der wahre Grund für die versuchte Entführung? Und was hätte er anschließend getan? Hatte er, wie Richard III., das Gefühl, es sei besser, alle möglichen Konkurrenten rechtzeitig aus dem Weg zu räumen?

Mich fröstelte; plötzlich merkte ich, daß die Sonne hinter einer Wolke verschwunden war und der Wind dem grauen Meer weiße Schaumkronen aufsetzte. Am anderen Ende des Strandes berieten Tom und Harry Kodor sich besorgt miteinander, wobei sie auf eine große purpurfarbene Wolkenbank zeigten. Mr. Tregagles Wettervorhersage schien sich zu erfüllen. Aber die Möglichkeit eines Sturms beschäftigte mich jetzt weniger als die beharrlich wiederkehrende, beängstigende Frage, wie sehr ich auch versuchte, sie von mir zu schieben: Wie war Soldati gestorben?

»Wir müssen aufhören, Martha!« schrie Jimmy. »Das Licht wird schlechter – sollte mich nicht wundern, wenn es gleich einen Wolkenbruch gibt. Wir fahren nach Camelot und sehen uns im Odeon die rush copies an. Kommst du mit?«

»Okay, ich komm im Admiral nach.«

Ich sah, daß sie frühestens in zwanzig Minuten würden losfahren können; man war noch damit beschäftigt, die Ausrüstung in aller Eile in den Wagen zu verstauen. Ich würde Zeit haben, rasch zum Kloster hinaufzulaufen und Bruder Stan zu sagen, daß ich anstatt über Mittag am Abend kommen würde. Und dann, entschied ich, mußte ich ein paar Worte unter vier Augen mit Tom sprechen, ob es ihm gefiel oder nicht. Er war der dienstälteste Vertreter der Firma am Ort, und die Dinge wuchsen mir einfach über den Kopf.

Ich lief in Richtung Anlegestelle und Küstenpfad, so schnell ich konnte und sah gerade noch aus den Augenwinkeln, daß der alte Dunskirk auf den Strand heruntergestapft war und trübsinnig zuschaute, wie Stative und Segeltuchstühle zusammengeklappt und Kameras unter wasserdichte Hüllen geschoben wurden. Ich konnte in diesem Moment die Vorstellung, mit Gareths Vater zu sprechen, nicht ertragen; wenn sich der schreckliche Verdacht, den ich gegen seinen Sohn hatte, nicht zerstreute, wußte ich überhaupt nicht, wie ich ihm jemals wieder gegenübertreten sollte.

Bruder Stan war im Gemüsegarten damit beschäftigt, hastig die Babys einzusammeln, die in ihren Orangenkisten zwischen Bruder Lawrences sauberen Lauchreihen an die frische Luft gestellt worden waren. In halbkronenstückgroßen Tropfen begann der Regen niederzuprasseln.

»Sie kommen im richtigen Augenblick, um mir zu helfen, mein Kind!« begrüßte er mich.

Ich nahm Buschbaby hoch, preßte sie gegen meine eine Hüfte, ihre Kiste gegen die andere, drehte mich um – und stand direkt vor der kleinen Laureen, deren Sommersprossen unter der Kapuze ihres orangefarbenen Regencapes wie

Tätowierungen ins Auge sprangen. Sie mußte mir den Pfad hinauf gefolgt sein.

»Was machstu da?« fing sie an, dann fiel der Blick ihrer blaßblauen Augen auf Buschbaby, und sie krächzte: »Oh! Das ist Caras Baby, oder etwa nich? Was macht *das* denn hier?«

»O großer Gott«, sagte ich. »Lauf schnell zurück zum Strand, hörst du, sei ein braves Mädchen. Und beeil dich – gleich wird es in Strömen gießen!«

Ich hätte wissen sollen, daß es keinen Sinn hatte; wie üblich nahm sie keine Notiz von meinen Worten, sondern folgte mir zielstrebig in Bruder Stans Kinderzimmer. Physische Gewalt war das einzige, was bei diesem Kind wirkte. Sie sah mit finsterer Miene zu, wie Buschbaby wieder in ihr Bettchen zurückgelegt wurde.

»Was macht Caras Baby hier?« fragte sie zum zweitenmal.

»Cara möchte gern, daß sie eine Weile hier bleibt, wo es ruhig ist. Hat es wohl satt, daß du sie schlägst.«

»Ich wette, mein Dad wüßte gern, daß sie hier ist! Er hat mich am Sonnabend gefragt, ob ich wüßte, wo sie ist, und Tigger und Mait hat er auch gefragt, und er war schön wütend, daß sie's nich wußten. ›Es war deine verflixte Idee, sie zu klaun‹, hat er zu Tigger gesagt, ›und du wirst sie verflixt noch mal suchen.‹ Aber Tigger hat sie gar nich geklaut, oder? Was meinte Dad denn?«

»Nun hör mir mal zu, Laureen«, sagte ich. »Wo Cara ihr Baby unterbringt, geht dich überhaupt nichts an. Du willst sie ja sowieso nicht wieder zu Hause haben, du magst sie doch nicht, oder?«

»Nein«, stimmte sie mir rachsüchtig zu. »Ich kann das kleine Biest nich ausstehen.«

»Dann halt also den Mund und erzähl nichts von ihr – o Himmel, eins von den Babys ist ja noch draußen im Regen.« Ich rannte hinaus, um es zu holen, und stieß in der Türöffnung auf Lucian; als ich zurückkam, musterten er und Laureen einander ohne Sympathie, wie Duellanten.

»Warum trägst du so'n komisches schwarzes Dings?« sagte sie. »Mein Dad hat ein Auto. Mein Großvater hat auch eins, und ein Haus in Polneath. Warum hast du deine Schuhe mit alten Bindfadenstücken zugebunden?«

»Komm, Laureen«, sagte ich, legte das letzte Baby in seine Kiste und ergriff ihre Hand. »Hier kannst du nicht bleiben, dein Großvater wird einen Anfall bekommen, weil er nicht weiß, wo du bist. Auf Wiedersehen, Lucian, sag Bruder Stan, daß ich heute abend wiederkomme, um ihm zur Hand zu gehen.«

»Will hierbleiben«, quengelte Laureen »Will nich raus in den Regen, will hier bei Caras Baby bleiben.«

Ich unterließ es, nach ihren Gründen zu fragen, und sagte nur: »Das geht nicht, also komm«, und drängte sie den Pfad hinunter. Sie protestierte und beschwerte sich den ganzen Weg über und drohte, sie werde ihrem Dad erzählen, wo das Baby sei. Gott sei Dank, daß Gareth wieder in London ist, dachte ich, aber es war wohl besser, Cara über diese Entwicklung sofort zu informieren und Buschbaby woanders hinzubringen.

Cara war natürlich weit und breit nicht zu sehen, als wir an den Strand kamen; ich schickte Laureen in Richtung auf ihren Großvater und begab mich dann feige auf die Flucht zum Admiral, trotz ihres Gebrülls »Wo gehst du hin? Ich will mit!«

Ich hoffte, Cara im ›Odeon‹ in Camelot beim Ansehen der rush copies zu finden. Aber sie war nicht dort, und Tom auch nicht.

»Tom sagte, er würde zum Penrose Head fahren«, teilte Mimi mir mit. »Er wollte Aufnahmen von Sturmwolken für die Funshine-Catering-Trades-Serie machen. Er fährt heute abend nach London zurück; es ist also seine letzte Chance.«

»Er fährt zurück? Das wußte ich nicht. Was ist mit Cara?«

»Mitgefahren, nehm ich an.« Mimi sah mich grollend an und überflog die leeren Reihen roter Plüschsitze. »Hier scheint sie jedenfalls nicht zu sein, oder?«

Die rush copies waren gut, unheilverkündend gut; ich sah sie mir mit einem elenden, hohlen Gefühl im Magen an, einem Gefühl, als grinse die Vorsehung uns höhnisch an. Als wir alle copies angesehen hatten, gingen wir in Camelot zum Lunch, anschließend fuhren Mimi und ich zurück nach Trewithian. Wir brauchten eine Stunde; der Regen strömte immer noch herab, überspülte die Straßen und die Windschutzscheibe in sandigen Sturzbächen. Die Landschaft der Täler und windumwehten Hügelketten Cornwalls waberte durch die dahinjagenden Wolken wie ein japanischer Druck.

»Pech für die Moriskentänzer, wenn es so weitergeht« rief Mimi vergnügt.

»Moriskentänzer?«

»Machen heute abend in Trevann ihre Rum-ti-tum-Kapriolen. Tom will Aufnahmen von ihnen machen; frag mich nicht, warum. Vielleicht hat er die Absicht, sie als turkinistanische Bauern bei ihrem Nationaltanz-Hokuspokus zu verkaufen. Ehrlich, *ma chère,* du scheinst in der letzten Zeit nur mit halbem Herzen bei uns zu sein. All diese Besuche im Kloster, nehme ich an. Aber ich wollte, du würdest etwas besser auf Tom achten.«

Ich hatte Mimi von Lucian erzählt. Mimi kritisiert ihre Freunde nie, aber ich merkte, daß sie diesen Versuch, in die Vergangenheit zurückzukehren, zutiefst mißbilligte.

»Wie sieht es denn aus bei denen vom geistlichen Stande?« fragte sie zurückhaltend.

»Oh, Mimi, ich habe keine Ahnung. Manchmal könnte ich mich hinsetzen und heulen.«

»Also, wenn du mich fragst... nein, ich warte, bis wir wieder in der Stadt sind. Es ist wohl diese ganze abscheuliche ländliche Umgebung, die dir auf den Geist geht.« Sie musterte die vorübergleitenden tropfnassen farnbewachsenen Böschungen mit Widerwillen. »Gott sei Dank nur noch zwei Tage, und wir werden wieder in der zivilisierten Welt sein. Leute vom Land verhalten sich immer wie Personen bei

Čechov, und das wirkt ansteckend. Wenn du wieder zu Hause bist, siehst du alles in einem ganz anderen Licht.«

»Hoffentlich«, sagte ich bedrückt. Ich war nicht besonders optimistisch. Die Rückkehr nach London schien mehr Probleme als Lösungen mit sich zu bringen. Ich hätte Mimi gern von Buschbaby erzählt, aber es war nicht mein Geheimnis.

»Laß uns einfach den ganzen Nachmittag schlafen«, sagte Mimi, »und dann zurück nach Camelot fahren und das allerteuerste Dinner bestellen.«

»Ich müßte arbeiten. Die Sache für Faireweather über tiefgekühltes Rührei. ›Ein Ei von Ihnen, von uns drei, und fertig ist Ihr Frisch-Rührei‹.«

»Quatsch!«

»Und was ist mit den Moriskentänzern?«

»Sollen sich doch die Einheimischen an ihren Mätzchen ergötzen.«

Ich parkte so nahe wie möglich an der Tür des Bauernhauses, und wir flitzten durch den Wolkenbruch. Mrs. Tregagle empfing uns teilnahmsvoll und sagte, im Wohnzimmer sei der Kamin an; wieder einmal dachte ich dankbar, wieviel Glück wir mit dieser angenehmen Unterkunft gehabt hatten; das Management vom Trelawny Hotel hätte sich lieber selbst auf den Scheiterhaufen begeben, als im April ein Feuer anzuzünden.

»Es ist ein Päckchen für Sie gekommen, Miss Wie-war-doch-Ihr-Name«, sagte Mrs. Tregagle, die sich an die sonderbaren ausländischen Silben des Namens Dourakin nicht gewöhnen konnte. »Dem Postboten war es richtig unangenehm, daß es so naß geworden ist, aber der Weg vom Dorf hierauf ist lang, und so stürmisches Wetter. Kein Postauto auf dieser Strecke, müssen Sie wissen, ist doch ne Schande. Und wenn Sie die Briefe in den Kasten unten am Hügel stecken, fressen die Schnecken sie. Ist vielleicht besser, wenn Sie einen Brief wegschicken wollen, Sie geben ihn gleich dem Postboten ...«

»Nicht so schlimm«, sagte Mimi und betrachtete ihr

durchnäßtes Päckchen fröhlich. »Es ist nur Schmuck drin, ein bißchen Feuchtigkeit wird ihm nicht schaden. – Abdullah sagte, er würde mir eine Brosche schicken, als Erinnerung an unsern lustigen Abend am Freitag«, erklärte sie mir und schaute auf den Poststempel. »Hm – Camelot. Ich habe das ungute Gefühl, daß es ein Cornwaller Gartenzwerg sein wird, ich traue dem Geschmack seiner Exzellenz keinen Fingerbreit, wenn er seine orientalische Umgebung verläßt. Es wäre mir wirklich lieber gewesen, wenn er gewartet und mir eine Kleinigkeit aus der Schatzkammer des Palasts geschickt hätte. Aber fangen wir mal an.« Sie durchschnitt die Schnur und fing an, Schichten von durchnäßtem Packpapier zu entfernen, während Mrs. Tregagle davoneilte, etwas von Kesseln und Tee murmelnd.

»Das ist keine Schachtel von einem Juwelier«, sagte ich, »sieht so aus, als sei Würfelzucker drin gewesen. Vielleicht hat er seinen Sekretär veranlaßt, irgend etwas von den Juwelen, die er mit sich rumschleppt, einzupacken, zum Beispiel den Rubin, mit dem er seinen Turban zusammenhält.«

Mimi öffnete die Schachtel und legte ein Nest aus Hobelspänen frei.

»Nicht sehr vielversprechend«, bemerkte sie und stocherte herum. »Es scheint überhaupt nichts drin zu sein. Ich hatte schon das Gefühl, daß es ungewöhnlich leicht war. Meinst du, der Diener könnte vergessen... *verdammt,* was war das?«

Etwas Kleines und Schwarzes war aus den Spänen hervorgeschossen und lief die Innenseite ihres weiten Seidenärmels hinauf. Mit einem Ausruf des Abscheus schüttelte sie den Arm heftig. »Igitt! Nimm es weg! Was war das, Martha? Hast du es gesehen?«

»Sah wie eine Spinne aus«, sagte ich. »Halt still, ich seh nach. Halt still!«

Aber sie hatte laut aufschreiend mit der anderen Hand auf ihren Ellbogen geschlagen.

»Verdammt noch mal, es hat mich gebissen, Martha! Was ist es?« Sie schüttelte den Arm wieder, und diesmal fiel das Tier aus ihrem Ärmel, und ich erschlug es mit einer Zeitung. Es war eine schwarze Spinne, etwa erbsengroß, rund und glänzend.

»Wie ekelhaft!« rief Mimi, ziemlich blaß im Gesicht, und rieb sich den Arm, während die Spinne in den letzten Zuckungen lag. »Glaubst du, daß das Ibn Abdullahs Vorstellung von einem Scherz ist? Meine ist es jedenfalls nicht.«

Ich untersuchte die Späne mit Hilfe einer Stricknadel gründlich, aber es war nichts anderes in der Schachtel. Keine Karte, kein Brief.

»Das wird seine Exzellenz doch nicht geschickt haben«, sagte ich. »Vielleicht handelt es sich um einen idiotischen Irrtum?«

»Ich bin sicher, daß es keine englische Spinnenart ist.« Mimi versuchte, zwei kleine rote Punkte an ihrem Unterarm auszusaugen.

»Ich habe jedenfalls so eine noch nie gesehen. Sie hat vorn einen roten Fleck, der wie die Zahl Acht aussieht.«

»Kümmer dich nicht um ihren verdammten Bauch.« Mimi rieb sich den Arm wie wild. »Was meinst du, woher die Spinne kommt? Sie hat höllisch zugebissen – fühlt sich an, als hätte jemand eine rotglühende Nadel reingestochen. Wessen Schrift ist das auf dem Packpapier?«

»Schwer zu sagen. Es sind Druckbuchstaben, und die Tinte ist vom Regen ohnehin verwischt. Aber, he, ach du meine Güte, Mimi, ich glaube, es war gar nicht für dich bestimmt! Nein, wenn du genau hinschaust, es ist an Mrs. Dunskirk adressiert, nicht Miss Dourakin. Es war für Cara bestimmt!«

»Bist du sicher?«

Mimi riß mir das braune Papier aus der Hand und musterte es eingehend. Dann sagte sie bitter:

»Oh, wirklich reizend! Entzückend! Einer von Caras abgeschobenen Liebhabern, nehme ich an, hat es zur Erinnerung geschickt, und ausgerechnet *ich* muß es auspacken. Ist das nicht typisch? Mann, Cara wird was von mir zu hören bekommen, wenn ich sie sehe. Muß wirklich nette Freunde haben! Oder glaubst du, daß es sich um eine kleine Aufmerksamkeit von Ehemann Gareth handelt?«

»Mimi, das gefällt mir ganz und gar nicht«, sagte ich mit einem Blick auf die Bißstellen an ihrem Arm. Sie wurden von Minute zu Minute dicker und roter. »Ich glaube, wir bringen dich lieber in ein Krankenhaus und lassen dich mit Antispinnenserum vollpumpen.«

»Wenn sie so etwas in dieser Einöde überhaupt haben«, sagte Mimi düster. »Okay, fahren wir los.«

In diesem Augenblick jedoch kam Mrs. Tregagle mit dem Teetablett ins Zimmer. Sie war entsetzt, als sie von Mimis Mißgeschick hörte; ich versuchte, sie zu beruhigen und gab der Vermutung Ausdruck, daß es sich wohl nur um einen leichtsinnigen Streich von irgend jemand handele; ich würde Mimi nur für den Fall ins Krankenhaus fahren, daß sie zufällig eine Allergie habe.

»Sowas aber auch! Seltsame Dinge, die da passieren!«

Wir tranken noch eine Tasse Tee; ich hatte die vage Vorstellung, das könnte gut sein bei Schock. Die Verzögerung erwies sich als Fehler; auf dem halben Weg zurück nach Camelot klappte Mimi fast zusammen. Schreckliche Schmerzen liefen in Wellen über ihren Rücken und ihre Beine, ihre Kiefer preßten sich aufeinander, sie brach in kalten Schweiß aus, ihre Muskeln verkrampften sich und zuckten, als erhalte sie Elektroschocks. Die meiste Zeit konnte sie vor Schmerzen nicht sprechen, aber sie kämpfte erbittert, und zwischen Krämpfen beschimpfte sie Cara in einer Mischung aus Englisch, Französisch und Russisch, die mich mit Bewunderung erfüllte; ich hatte nie gewußt, wie gut Mimi die Sprache der Gosse beherrschte. Glücklicherweise fand ich ein paar Aspirin in meiner Handtasche, und Mimi zerkaute sie knirschend, während ich Höchstgeschwindigkeit fuhr. Um sie abzulenken und weil ich das Gefühl hatte, ich sei ihr eine Erklärung schuldig, berichtete ich ihr kurz von Caras Beziehungen zu Gareth und von dem, was sich in den letzten Tagen abgespielt hatte. Ihre Augen funkelten unheilvoll, aber gegen Ende unserer Fahrt hatte sie zu große Schmerzen, um etwas dazu sagen zu können.

Das Krankenhaus von Camelot lag hoch über der Stadt, zwischen dem Gefängnis und der Irrenanstalt, und man erreichte es über eine Haarnadelkurve mit einer Steigung von dreißig Prozent. Wir schossen hinauf, als gehe es um den Grand Prix. Oben hielt ich den alten Admiral an und schleppte Mimi, indem ich sie fast trug, durch die erste Tür, an die wir kamen, in einen auf Hochglanz gebohnerten, nach Desinfektionsmitteln riechenden Flur.

Ein grimmiges altes Mädchen in Dunkelblau mit einer Bonbonschale aus gestärktem Musselin auf dem Kopf schoß aus einer Tür, an der OBERIN stand und fauchte:

»Keine Besucher vor halb acht!«

»Wir suchen die Unfallstation«, sagte ich.

»Wird erst um sechs geöffnet.« Das alte Mädchen trug eine Spange, auf der auch OBERIN stand.

»Aber es ist dringend. Meine Freundin ist von einer Spinne gebissen worden.«

»Ich muß mich übergeben«, sagte Mimi und tat es auf den gebohnerten Steinboden. Sie sah schrecklich aus, kalkweiß und um Atem ringend.

»Von einer *Spinne*? Solchen Unsinn habe ich noch nie gehört. Wahrscheinlich betrunken.«

Empört über unser Benehmen zeigte die Oberin auf ein kleines Wartezimmer der Unfallstation und zog sich zurück. Mimi brach auf einer mit Segeltuch bezogenen Bahre zusammen.

Ich sah mich verzweifelt um, entdeckte ein paar rote Decken, mit denen ich sie zudeckte, und einen Klingelknopf, auf den ich meinen Daumen preßte. Das Geräusch zerriß die Nachmittagsstille des Krankenhauses mit schrillem Ton, und nach längerer Zeit tauchte ein ältlicher Arzt auf.

»Je, nuun, was soll derr ganze Krrach?« fragte er mit ausgeprägtem schottischem Akzent. »Sie holen mich aus der Sprrechstunde für Schwangere herraus, ist Ihnen das klarr?«

Als ich mit Erklärungen anfangen wollte, unterbrach er mich mit erhobener Hand und sagte: »Warrten Sie, ich seh sie mir errstmal an«, und begann, Mimi zu untersuchen, die gerade einen ihrer Anfälle von Sprachlosigkeit hatte, mit verkrampftem Kiefer und fast aus dem Kopf quellenden Augen.

»Ohne den gerringsten Zweifel ein durchbrochenes Geschwür«, sagte er schließlich und piekte Mimi vergnügt in den Unterleib, der hart wie ein Brett war.

»Es ist nichts dergleichen!« fuhr ich ihn an. »Sie ist von einer Spinne gebissen worden. Haben Sie Spinnenserum hier?«

»Deern, haben Sie den Verstand verlorren? Sie hat alle Symptome eines durchbrochenen Geschwürs.«

»Mit Ausnahme des Geschwürs!«

»Nehmen Sie bitte zurr Kenntnis, daß ich seit vierrzig Jahrren als Mediziner arrbeite«, fing er an, aber ich unterbrach ihn: »Sehen Sie, hier an ihrem Arm ist die Bißwunde, und hier ist die Spinne.«

Gott sei Dank hatte ich die Spinne in ihrer Schachtel mitgebracht; ich sah den alten Mackintosh schon nach seinem Breitschwert greifen, um Mimi aufzusäbeln. Aber beim Anblick der Spinne leuchteten seine Augen auf.

»Deern, Sie haben rrecht! Ich sage Ihnen, das ist eine niedliche Schwarze Witwe! Nuun, ist es nicht merrkwürdig, so was in Cornwall zu finden? In all den Jahrren, seit ich nicht mehrr fürr die Caledonia Star Linie arrbeite, bin ich noch nie auf so was gestoßen in dieser Gegend!«

Er drehte die Spinne liebevoll um.

»Haben Sie ein Serum?« brachte Mimi zwischen zusammengepreßten Zähnen heraus.

»Och, regen Sie sich nicht auf, Deern, es gibt nurr sehrr sehrr wenig Todesfälle vom Biß einerr Schwarzen Witwe...«

Er schien das zu bedauern. »Außerr natürrlich, Sie haben zufällig ein schwaches Herrz.«

Als er feststellte, daß diese Auskunft seine Patientin nur wenig beruhigte, ließ er sich erweichen und gab zu, daß zwar kein Spinnenserum im Haus sei, er es aber ziemlich schnell einfliegen lassen könne, von Plymouth oder von Bristol, wo vogelfressende Spinnen zum täglichen Risiko bei der Entladung von Obstfrachten gehörten. Er gab Mimi eine Beruhigungsspritze und ging, um zu telefonieren.

»He, Martha«, murmelte Mimi, bevor die Spritze zu wirken begann.

»Ja?«

»Vielleicht solltest du zurückfahren und diese kleine Panne mit Cara besprechen? Sie warnen oder so was?«

»Das sollte ich vielleicht«, sagte ich unschlüssig. »Ich habe auch schon daran gedacht. Aber was ist mit dir?«

»Ich schaff das schon.« Sie machte ein gleichmütiges Gesicht, dann wurden ihr die Lider schwer.

»Gut, zur Besuchszeit bin ich wieder hier.«

Ihre Muskeln verkrampften sich unter einer neuen Schmerzattacke, und sie murmelte: »B-b-bring B-B-Brandy mit und mein b-b-bestes Nachthemd...«

Auf der langen Fahrt zurück nach Trewithian überdachte ich die Lage.

Entweder war Gareth zu dem Schluß gekommen, daß rein finanzielle Beweggründe Cara nicht davon abhalten würden, den alten Dunskirk von der fragwürdigen Herkunft von Produkt x zu unterrichten, oder – und das schien wahrscheinlicher – Tigger und Mait, die sich ihres ersten Mißerfolges schämten und genug hatten von dem, was sie als Gareths Unentschiedenheit ansahen, hatten beschlossen, wieder auf eigene Faust zu handeln. Die Druckbuchstaben auf der Umhüllung des Päckchens, so verwischt und unleserlich sie auch waren, hatten eine gewisse Ähnlichkeit mit der Mitteilung im Kinderwagen. Und die Angelegenheit zeigte alle Merkmale von Tiggers unterentwickeltem Sinn für Humor.

Aber wie, fragte ich mich, sollten Tigger oder Mait an eine Schwarze Witwe kommen? Dann allerdings erinnerte ich mich an Maits zahlreiche Geschäftsverbindungen nach Übersee – durchaus möglich, daß er ein blühendes Geschäft mit dem Import von Taranteln, Klapperschlangen und Kettenvipern betrieb; eine solche Beschäftigung würde zu ihm passen wie das Tüpfelchen aufs i.

Als ich zu den Tregagles zurückkam, hatte der Regen nachgelassen; ein wildromantischer Sonnenuntergang mit Wolkenfetzen färbte das Heidemoor rot. Die Äste der vom Wind zerzausten Bäume glitzerten und tropften.

Mrs. Tregagle fragte besorgt, wie es Mimi gehe. Ich sagte ihr, daß sie zur Beobachtung im Krankenhaus liege, und ihr sprangen fast die Augen aus dem Kopf.

»Das stell sich einer mal vor, alles wegen einem kleinen Biß! Da kann man nur staunen! Oh, Miss, da fällt mir grad ein, ein Herr wollte Sie am Telefon sprechen, als Sie weg waren, da hab ich ihm gesagt, daß Sie Miss Sowieso rauf ins Krankenhaus bringen.«

»Hat er seinen Namen genannt?« fragte ich. «Oder eine Mitteilung hinterlassen?« Ich hoffte, daß es Tom war. Aber Mrs. Tregagle schüttelte den Kopf.

»Nee, das hat er nicht.«

Enttäuscht packte ich einen Koffer mit dem Nötigsten für Mimi zusammen und ging dann hinüber zu Caras Zimmer im Cottage und klopfte an.

Erstaunlicherweise war sie da. Sie öffnete die Tür und begrüßte mich ohne große Begeisterung: »Oh, Sie sind es«, so als habe sie jemand anderen erwartet.

»Cara, kennen Sie diese Schrift?« Ich hatte das Packpapier des Päckchens mitgebracht und zeigte es ihr.

»N... nein«, sagte sie langsam. »Warum?«

»Dieses Päckchen war an Sie adressiert. Mimi hat es versehentlich geöffnet – die Schrift war naß und verwischt; es sah wie ihr Name aus. Es war eine giftige Spinne in dem Päckchen, und sie hat Mimi gebissen.«

Cara wurde gelblich-weiß, und ihre Augenlider flatterten. »Gareth«, flüsterte sie.

»Tigger oder Mait, glaube ich eher. Gareth ist wieder in London, nicht wahr? Dies hier hatte den Poststempel von Camelot.«

»Oh, natürlich hat Gareth ihnen den Auftrag erteilt.«

»Cara, es wird Zeit, daß Sie mit der ganzen Geschichte zur Polizei gehen.«

»Ja... später... vielleicht. Ich muß nachdenken!« Sie wich aus, immer noch geschockt, aber allmählich erholte sie sich, fing an, nachzudenken, wütend zu werden.

»Kommen Sie, Cara, so können Sie sich von Gareth nicht behandeln lassen, Kindesentführung, Drohungen, Ihnen Giftspinnen schicken – das ist kriminell. Er darf nicht ungestraft davonkommen.«

»Das darf er wirklich nicht!« stimmte sie mir erbittert zu. »Und ich werde ihm die Formel nicht geben, egal, was er tut.«

In diesem Moment schlug sie sich mit der Hand auf den Mund und starrte mich entsetzt an.

»Formel?« Ich traute meinen Ohren nicht. »Cara, wollen Sie damit sagen, daß *Sie die Formel für Produkt x haben?*«

Wütend über sich selbst, versuchte sie ihre Worte zurückzunehmen, schließlich brachte ich sie dazu, es zuzugeben.

»Ja, natürlich war Dino mein Geliebter! Er hat sie mir gegeben – also gut, wenn Sie so wollen, als ich erfuhr, daß er tot sei, ging ich hin und holte sie mir. Ich wußte, wo er sie aufbewahrte, in der Bibel, und ich hatte natürlich einen Schlüssel zu seinem Zimmer. Hat sein Kind nicht einen Anspruch darauf?«

»Sie haben die Formel die ganze Zeit gehabt? Hat Gareth sie überhaupt schon einmal gesehen?«

»Nein, Dino wollte sie ihm nie zeigen. Dino war so stolz auf das Parfum. Er ließ es Gareth einmal riechen, und dann wollte Gareth natürlich die Formel kaufen. Aber Dino wollte sie behalten; er gab Gareth nur eine Probe.«

»Cara, wie ist Dino gestorben?« Sie sah mich angstvoll an.

»In seinem Labor brach Feuer aus, und er kam in den Flammen ums Leben. Ich war nicht da, ich war in Bergamo. Niemand kann behaupten, daß ich etwas damit zu tun hatte. Aber der Carabiniere sagte, es sei ein Unfall gewesen; das Labor war eigentlich nur ein alter Schuppen.«

»War Gareth zu der Zeit dort?«

»Oh, wie soll ich das wissen? Er sagt, er sei damals nicht einmal in Italien gewesen, sondern mit Mait mit der Jacht unterwegs. Und dann, viel später, kommt er wieder nach Savona und bittet mich, seine Frau zu werden. Ich bin unglücklich über Dinos Tod, ich bin froh, Gareth zu heiraten und nach England zu kommen, besonders als er mir erzählt, wie reich sein Vater ist, was für eine große Firma Gay Gal – *eccolo,* ich glaube ihm!« Sie packte mich am Arm, um mich zu überzeugen.

»Sie wußten damals noch nicht, daß Gareth versuchte, Produkt x selbst herzustellen?«

»Natürlich nicht! Niemals! Wie sollte ich, ich geh nie in die Fabrik! Erst auf dieser Party in Ihrem Büro hab ich es erfahren – Sie trugen das Parfum, wissen Sie noch? Und ich roch es, und dann wußte ich Bescheid!«

Ich erinnerte mich daran, wie Cara auf der Party beinahe in Ohnmacht gefallen war; hatte sie da zum erstenmal Verdacht geschöpft, daß Gareth etwas mit Dino Soldatis Tod zu tun haben könnte?

»Sie glauben also, daß die Formel in Wirklichkeit Busch ... Ihrem Baby gehört?«

»Aber natürlich!« Sie öffnete die Augen weit. »Es ist Dinos Kind! Es gibt ein Gesetz, das *paterna podestà* heißt und besagt, daß ein uneheliches Kind zu seinem Vater gehört. Außerdem – wir wollten heiraten.«

Gareth hatte eine andere Geschichte erzählt, fiel mir ein; er hatte gesagt, daß Cara Soldati schon verlassen hatte – weil sie Gareth für eine bessere Partie hielt? –, aber das würde die Rechtslage wahrscheinlich nicht berühren.

»Dann gehen Sie um Himmels willen zur Polizei, und besorgen Sie sich einen Anwalt. Tom wird sicher einen für Sie ausfindig machen. Wenn der Fall so klar ist, haben Sie nichts zu verlieren.«

»Ja«, sagte sie, es klang aber nicht sehr überzeugt.

»Wo befindet die Formel sich jetzt?«

»Oh, nicht hier«, sagte sie rasch.

»Ist sie an einem sicheren Ort untergebracht?«

»Wie soll ich wissen, ob Sie es nicht Gareth sagen? Es ist noch etwas anderes dabei, das er sehr gern in die Finger bekommen würde...« Sie biß sich plötzlich auf die Lippen und wiederholte: »Wie soll ich wissen, ob Sie es ihm nicht sagen?«

»Aber hören Sie mal, Cara, ist das wahrscheinlich? Hab ich nicht gearbeitet wie ein Pferd, um den Aufenthaltsort des Babys vor ihm geheimzuhalten?«

Das erinnerte mich an mein zweites Anliegen. »Cara, Laureen ist mir heute morgen zum Kloster gefolgt, und ich fürchte, sie weiß, daß das Baby dort ist.«

»*Dio mio,* dann muß sie woandershin gebracht werden, sofort. Warum haben Sie mir das nicht gesagt? Wir dürfen keinen Augenblick verlieren, die kleine *diavolessa* erzählt Gareth alles, um sich bei ihm lieb Kind zu machen.«

»Wenn Tom heute abend nach London zurückfährt«, sagte ich, »könnten Sie mitfahren und das Baby auch mitnehmen. Mr. Tregagle sagt, wir haben drei Tage Sturm zu erwarten, es werden also vermutlich keine Aufnahmen gemacht werden.«

Cara dachte offensichtlich angestrengt nach.

»Wo könnte ich sie denn in London unterbringen? Ich kenne niemanden, ich habe keine Freunde...«

»Tom«, sagte ich. »Toms Schwester Rosemary hat einen ganzen Stall voll Kinder, ich könnte mir denken, daß sie bereit wäre...«

»Martha, Sie sind ein Genie!« Zum erstenmal klang Cara wirklich freundlich. »Sie wird nichts dagegen haben, diese

Rosemary? Nein, Tom wird sie überreden, er würde alles für mich tun, das weiß ich. Und Sie fahren mit ihm, Martha, und nehmen das Baby?«

»*Ich?* Aber wollen Sie denn nicht selbst mitkommen?« Es verschlug mir die Stimme.

Schon war ihre ganze lässige Falschheit wieder da; sie sah mich mit einem unschuldigen Blick an und sagte:

»Aber die Aufnahmen? Wenn es nun aufklart? Und morgen ist der letzte Tag, ich muß wohl dableiben für den Fall, oder? Ich glaube, es wäre viel besser, wenn Sie das Baby begleiten, Martha. Und Sie haben es doch so gern, daß Sie das für mich tun werden? Bitte! Ich flehe sie an!«

Es war etwas an dem Vorschlag dran, gewiß. Ich wußte, wenn das Wetter doch besser werden sollte, konnten sie am letzten Filmtag durchaus ohne mich auskommen; es würden nur noch Kleinigkeiten zu erledigen sein, ausschließlich für ›Avalon‹; Picknicksuppen waren abgeschlossen – Jimmy würde zurechtkommen. Aber ich verstand absolut nicht, warum Cara in Cornwall bleiben wollte, wenn Tom zurück nach London fuhr.

»Beeilen Sie sich!« drängte sie. »Tom hat vor, sofort nach diesen Moriskentänzern abzufahren – Sie haben nicht mehr viel Zeit. Liebe Martha, Sie sind ja so lieb, daß Sie das für mich tun wollen. Und hören Sie – ich sage Ihnen etwas! Ich sage Ihnen, wo die Formel ist. Es ist am besten, wenn Sie sie an sich nehmen, wegen des Babys! Sie sind so gescheit, Sie kennen sich mit den Gesetzen aus und wissen, was unternommen werden sollte.«

»Und wo ist sie?« fragte ich unschlüssig, nicht besonders versessen darauf, es zu erfahren. Sobald ich es wußte, hatte ich eine riskante Verantwortung übernommen.

»In dem Babybuch von Dottore Spock in unserer Wohnung über der Fabrik. Hier, ich gebe Ihnen die Schlüssel – einen für draußen, einen für die Wohnungstür, sehen Sie?«

»Also gut«, sagte ich. »Aber wenn ich das Baby nach London bringe, werden Sie Mimis Sachen ins Krankenhaus von Camelot schaffen müssen. Man sagte dort, sie müsse mindestens zwei Nächte bleiben. Sie können den Hillman nehmen und auch gleich zur Polizei in Camelot gehen.«

»Ja, ja, das mach ich – nur beeilen Sie sich!«

Sie schob mich fast aus der Tür. Ich sah, daß sie an mir vorbeischaute, als erwarte sie jemanden. Ob sie wirklich zur Polizei gehen würde? Es sah kaum danach aus. Aber ich konnte nur das Beste hoffen.

Bis ich Mrs. Tregagle meine Pläne erklärt hatte und zum Kloster kam, war es draußen dämmrig und drinnen dunkel. Bruder Stan begrüßte mich freundlich wie immer, schien aber sehr beunruhigt, als ich ihm sagte, daß ich Buschbaby sofort mitnehmen müsse.

»Was hat das zu bedeuten, mein Kind?«

Ich wies auf die mögliche Gefahr hin, falls ihr Stiefvater Buschbaby finden sollte, und sein gütiges altes Gesicht legte sich in kummervolle Falten.

»Aber das wäre sehr unbesonnen! Es darf nicht sein! Das kleine Buschbaby, es hat seit heute abend eine Grippe – eine Erkältung – es hat zweimal geniest – es wäre eine Dummheit, verheerend, sie in die kalte Nachtluft zu bringen! Dies kann ich mit gutem Gewissen einfach nicht erlauben. Es muß doch sicher nicht unbedingt sein? Das Kloster ist groß, wir können sie hier verstecken. Sie wäre in Sicherheit – bestimmt viel sicherer, als wenn sie holterpolter durch die Gegend geschleppt würde?«

»Nein, Bruder Stan, wirklich, ich muß sie mitnehmen. Ihre Mutter hat ernsthaft Angst, sie hat mich darum gebeten. Sie können sie ganz warm einwickeln, wie in einem Kokon – und das Auto von Mr. Toole hat Heizung. Es wird alles gutgehen mit ihr, ich versprech es Ihnen.«

Ich konnte nicht ganz glauben, daß ihr Zustand so ernst war, wie er behauptete – heute morgen hatte sie noch putzmunter und völlig gesund ausgesehen. Wahrscheinlich, überlegte ich mir, war Bruder Stans besondere Schwäche für Buschbaby der Grund, und er wollte sich nicht von ihr trennen. Ich hatte Verständnis dafür, weil ich das gleiche empfinden würde.

»Ich werde wirklich gut für sie sorgen«, sagte ich, als er zögerte. »Und morgen oder übermorgen komme ich zurück; dann kann ich Ihnen berichten, wie sie die Reise überstanden hat. Bitte, Bruder Stan!«

Er schien immer noch nicht überzeugt, sagte aber seufzend:

»Warten Sie hier, ich hole sie. Sie schlafen alle.« Er legte den Zeigefinger auf die Lippen und ging auf Zehenspitzen den dunklen Flur hinunter. Erst nach ziemlich langer Zeit – ich war schon besorgt und ungeduldig geworden – kehrte er mit einem kokonartigen Bündel zurück.

»Schläft ganz fest!« flüsterte er. »Geben Sie acht, daß Sie sie nicht wecken! Und was Sie auch tun, achten Sie darauf, daß der Kopf zugedeckt bleibt. Nachtluft kann sehr schädlich sein. Und hier ist noch ein Korb mit Babysachen und einer Flasche Milch.«

»Ich werde auf sie achtgeben. Leben Sie wohl, Bruder Stan – ich weiß nicht, wie ich Ihnen für all Ihre Güte danken soll. Aber ich werde mich sehr bald melden.« Ich zögerte einen Moment und fragte dann einer plötzlichen Eingebung folgend: »Ist Bruder Lucian in der Nähe?«

»Es tut mir leid, er ist fortgegangen, mein Kind. Er hat den Esel mitgenommen, um Paraffin aus dem Dorf zu holen.«

»Würden Sie ihm bitte für mich auf Wiedersehen sagen?«

»Natürlich, mein Kind.« Bruder Stan schien seltsam unruhig – er machte keine großen Worte mehr, sondern schob mich, den üblichen Segen murmelnd, hastig aus der Tür. Er tat mir leid; offensichtlich ging ihm der Abschied von Buschbaby sehr nahe.

Während ich die Kleine wieder einmal durch die Gegend trug, erinnerte ich mich an das erste Mal. Eilig lief ich den Feldweg entlang, der eine Abkürzung zum Dorf bildete, wobei ich bemerkte, daß sie während ihres Aufenthalts im Kloster zugenommen hatte.

Als ich in Trevann ankam, war es stockdunkel geworden, aber ich brauchte mich nicht zu fragen, wo ich die Moriskentänzer finden würde. Über mehrere Felder hinweg war ihre fröhliche Dudelsackmusik zu hören, und als ich näherkam, sah ich die dunkle Menschenmenge, die sich auf der Straße vor dem Pub in einem Kreis versammelt hatte, um zuzuschauen. Mit Erleichterung entdeckte ich Toms Auto auf dem Grasstreifen; ich bahnte mir einen Weg durch die hinteren Reihen und hielt Ausschau nach ihm, und ich hatte etwa den halben Weg hinter mir, als mich jemand ansprach.

»Ah! Sehe ich da nicht die liebreizende, aber stets ausweichende Miss Gilroy?«

Ich war wie vom Donner gerührt.

»Lieber Himmel, Exzellenz, was tun Sie denn hier?«

»Ich fahre vorbei und sehe das Tanzen, so halte ich an, um Ihre merkwürdigen englischen Bräuche zu studieren«, sagte der Emir fröhlich. »Dies ist ein Fruchtbarkeitsritus, ja?«

»Oh, mit großer Wahrscheinlichkeit«, entgegnete ich aufs Geratewohl und sah mich nach Tom um.

»Und zweifellos irgendwie in Zusammenhang mit der Produktion Ihrer hervorragenden Morris-Autos? Ich glaube, ich habe gehört, daß das Morris-Tanzen besonders verbreitet ist in Oxfordshire, wo Ihr guter Lord Nuffield seine Fabrik hat?«

»Nur ein Zufall, glaube ich, Exzellenz; irgendwie habe ich das Gefühl, daß der Name in Wirklichkeit ›maurisch‹ bedeutet.«

»Ach, wirklich? Also nicht ein auf Cornwall beschränkter Brauch?«

Ich mußte zugeben, daß diese besondere Gruppe von Moriskentänzern allerdings aus St. Johns Wood stammte. Dennoch hätte niemand ihnen Begeisterungsfähigkeit absprechen können. In die üblichen weißen Gewänder gehüllt, angetan mit Glocken, Bändern und Strohhüten, machten sie Luftsprünge, wedelten mit Halstüchern und prügelten einander in ungehemmter Lebensfreude. Ein Akkordeon und eine

Flöte erfüllten die Luft mit rhythmischer lebhafter Musik, und ein als Steckenpferd verkleideter Mann tänzelte umher, schnappte nach der Menge, wenn sie zu nahe herankam, pflaumte die Mädchen an und brachte sie zum Kreischen und sammelte mit seinem pelikanähnlichen Pferdemaul Münzen ein.

»Haben das Baby gleich mitgebracht, damit es auch was von uns hat, Missus?« fragte das Pferd und blieb vor mir stehen. »Oder ist das Ihre schmutzige Wäsche? Einen Penny übrig für arme Moriskentänzer?«

»Gestatten Sie bitte!« Der Emir ließ zuvorkommend eine Handvoll Halbkronen – kleinere Münzen hatte er wahrscheinlich nie bei sich – in das Pferdemaul gleiten.

»O Mann! Wer ist denn das, der alte Aga Khan?« wieherte das Steckenpferd und tänzelte in übertriebenem Erstaunen ein Stück zurück. Köpfe wandten sich uns zu.

»Verzeihen Sie, Exzellenz«, murmelte ich, »ich muß unbedingt mit Mr. Toole dort drüben sprechen.«

Ich hatte Tom gerade an der anderen Seite des Kreises entdeckt. Ich schlängelte mich zwischen den Zuschauern hindurch auf ihn zu und zog die Decke weit über Buschbabys Kopf. Glücklicherweise schien sie fest zu schlafen; sogar die lauten Rufe der Tänzer: »Wie geht es Ihnen, Sir?«, wenn sie mit den Köpfen zusammenstießen, und das beifällige Gelächter der Menge weckten sie nicht auf.

Die Szene wurde abwechselnd von den Scheinwerfern der Autos und den Blitzlichtern der Lokalreporter beleuchtet. Tom hatte seine Kamera dabei und filmte das Steckenpferd, das den Kreis durchquert hatte, um entgegenkommenderweise seine Sprünge vor ihm zu vollführen. Ich wich dem Licht aus, so gut ich konnte, trat von hinten an ihn heran und zog an seinem Ärmel.

»Tom, Tom! Einen Augenblick. Ich möchte mit dir sprechen.«

Als er sich umdrehte und mich mit dem Baby sah, war er einen Moment lang sprachlos vor Erstaunen.

»Martha! Was um alles in der Welt tust du hier mit...«
»Pst!« zischte ich. »Wann fährst du los nach London?«
»Gleich, das heißt, ich könnte ebensogut sofort losfahren – mein Film ist fast zu Ende.«
»Nimmst du mich bitte mit – und *das da*? Ich erklär's dir unterwegs. Es ist ziemlich dringend.«
»Gut, in Ordnung. Ich hole nur noch meine andere Kamera – du kannst schon einsteigen, der Wagen ist nicht abgeschlossen.«
Guter, zuverlässiger Tom! Er reagierte so selbstverständlich, als hätte ich ihn gebeten, mich zur Post mitzunehmen.
Ich machte mich auf den Rückweg um den Zuschauerkreis herum. In diesem Augenblick, als das Steckenpferd wieder eine seiner wilden Springereien begann, drängte die Menge zurück und kreischte in vorgetäuschter Angst auf. Direkt neben mir leuchtete ein Blitzlicht auf; in seinem silberweißen Schein fand ich mich genau vor Tigger und Mait. Ihre verblüfften Gesichter wandten sich mir zu, da erlosch das Licht wieder. Für einen Augenblick war ich wie gelähmt durch diesen unglückseligen Zufall, und meine Füße schienen am Boden festgewachsen. Warum hatte ich nicht in Betracht gezogen, daß auch die beiden sich die Moriskentänzer ansehen könnten? Dann kam ich wieder zu mir und machte einen Satz in die Dunkelheit.
»He!« Das war Maits Stimme. »Kommen Sie zurück!«
»Halt sie auf!« Das war Tigger.
Ohne mich umzusehen, rannte ich auf Toms Wagen zu, so schnell ich konnte. Dies war nicht der Moment für lange Auseinandersetzungen; ich hatte nur ein Ziel: Buschbaby in Sicherheit zu bringen. Zum Glück saß Tom schon im Wagen und lehnte sich aus dem Seitenfenster, um sich vom Steckenpferd zu verabschieden und ihm für seine Mitarbeit zu danken.
»Schnell!« murmelte ich. »Fahr los. Ich werde verfolgt!«
»Da brat mir einer nen Storch!« sagte das Steckenpferd. »Sind die Schürzenjäger in Cornwall so schlimm?«

Tom öffnete mir die hintere Tür, ich hechtete über eine große unhandliche Kiste, die auf dem Boden vor den Rücksitzen stand, in den Wagen. Noch während er den Motor anließ, kamen Tigger und Mait angerannt; das Steckenpferd schwang sich mit einer großartigen Geste herum und packte beide in einer grotesken Umarmung. Dadurch kullerten alle drei zur Seite, und wir hatten Zeit, unser Tempo zu beschleunigen und von der Menge wegzukommen. Als wir aus der Bodensenke heraus waren und über den Rücken der Landzunge donnerten, verebbte all der Lärm, und die Lichter hinter uns verglommen wie eine verlöschende Rakete. Zwei Minuten später waren wir draußen auf dem dunklen Moorland, vor uns nichts als die weiße Straße, hinter uns die Dunkelheit.

»Bitte fahr schnell«, sagte ich. »Vielleicht nehmen sie den Crespina.«

Tom reagierte sofort; der Zeiger bewegte sich auf 140. Aber er fragte: »Was hat das alles eigentlich zu bedeuten, Martha? Ist das da Caras Baby?«

»Oh, Tom, es ist so viel passiert.«

»Erzähl von Anfang an«, sagte er. »Wenn wir demnächst von Gareths wenig liebenswerten Freunden verfolgt und angehalten werden sollten, wäre es besser, wenn ich genau wüßte, woran wir sind.«

Ich erzählte ihm also, wie Laureen mir zum Kloster nachgelaufen war, von der Schwarzen Witwe, und daß Soldati, der Vater des Babys, offenbar der echte Erfinder des Parfums sei. Das war Tom offensichtlich neu; ich war mir da nicht so sicher gewesen.

»Warum gehen wir nicht zur Polizei?« fragte er.

»Ich hoffe, Cara tut das in diesem Augenblick. Sie hat es jedenfalls versprochen. Ich würde mich lieber darauf konzentrieren, das Baby an einen sicheren Ort zu bringen.«

»Wohin bringen wir sie?«

»Cara meinte, daß deine Schwester Rosemary sie vielleicht für kurze Zeit nehmen würde?«

»Wirklich?« fragte Tom trocken.

»Ich habe den Vorschlag gemacht«, fühlte ich mich verpflichtet hinzuzufügen. »Glaubst du, Rosemary hätte etwas dagegen?«

»Oh, vermutlich macht bei sechs Kindern eins mehr keinen großen Unterschied. Du hältst das wirklich für nötig?«

»Meine Güte, Tom, Vorsicht ist die Mutter der Porzellankiste! Ein Baby ist so ... so leicht zu verletzen. Schließlich sterben jeden Tag Babys aus natürlichen Ursachen – und was glaubst du – welche Chancen hätte dieses, wenn Gareth beschließt, es als Geisel zu benutzen? Oder die beiden Zauberlehrlinge?«

»Gareth würde doch nicht im Ernst etwas gegen das Baby unternehmen?«

»Darauf würde ich mich lieber nicht verlassen«, wiederholte ich.

»Nein ... Es war Wahnsinn von Cara, das Kind nach England zu bringen«, sagte Tom, halb zu sich selbst, während er zügig die Kurven hangabwärts nahm und dann wieder bergauf fuhr. Fahle Wesen, Schafe oder Wild, flohen vor den langen Scheinwerferstrahlen und sprangen über die unregelmäßig mit Büschen bewachsenen Böschungen in die Dunkelheit. Der Duft von nassem Ginster, süßlich, wie von Pfirsichen, drang ins Auto.

»Ich glaube nicht, daß Cara die Absicht hatte, das Baby nach England zu bringen. Sie tat es, weil ihre Cousine keine Lust mehr hatte, sich um das Kind zu kümmern.« Ich biß mir auf die Zunge: er konnte meine Bemerkung für abschätzig halten. Mit Tom über Cara zu sprechen war wirklich nicht einfach. Aber es schien ihm nicht aufgefallen zu sein; er grübelte über die Rechtslage nach.

»Ich könnte mir vorstellen, daß Caras Rechtsanspruch auf die Formel vorhanden ist, solange das Kind minderjährig ist – aber sie müßte natürlich einen Anwalt hinzuziehen. Warum sie ihren Anspruch wohl nicht früher geltend gemacht hat?«

»Hat wahrscheinlich den Wert der Formel erst erkannt, als

sie herausfand, daß Dunskirk das Parfum produzieren wollte, nehme ich an.«

»Ja ... Ich kann mir nicht vorstellen, daß der alte Dunskirk deswegen vor Gericht gehen möchte; er wäre wahrscheinlich mit einem Vergleich einverstanden und würde das Parfum dann in Lizenz herstellen, da die Angelegenheit ein ziemlich schlechtes Licht auf Gareth wirft. Der Haken an den Ansprüchen Dunskirks liegt natürlich in der Frage, wie Gareth an die Probe gekommen ist und ob er nachweisen kann, daß Soldati ihm entweder die Formel überlassen oder ihn regelmäßig mit dem Parfum beliefern wollte.«

»Nach dem, was Cara sagte, bin ich ziemlich sicher, daß das nicht der Fall ist ...« Ich hielt abrupt inne und schaute nach hinten. »Tom.« Meine Stimme klang dünn und sonderbar. »Hinter uns kommt ein anderes Auto rasend schnell näher. Glaubst du, es könnten Tigger und Mait sein?«

»Und wenn schon«, sagte Tom. »Denkst du wirklich, sie wollen Ärger machen?«

»Cara hatte echt Angst. Und denk an die Spinne ...«

»Ja«, sagte er nachdenklich.

Er konzentrierte sich auf das Fahren. In einer Folge von gewaltigen Zickzackkurven fuhren wir einen hohen Hügel im Heidemoor hinauf; die Straße schien über die Motorhaube hinweg nach uns zu stoßen, erst von der einen Seite, dann von der anderen. Ich war froh, daß wir in Toms Rover saßen, nicht in dem armen alten Admiral. Endlich glitten wir über den Hügelrücken und verloren unsere Verfolger vorübergehend aus den Augen – falls es Verfolger waren –, da der Abstand noch ein paar Meilen betrug.

Schweigend fuhren wir weiter. Ich hatte Angst und fühlte mich Tom gegenüber befangen; daß ich nicht wußte, wie sehr er sich für Cara interessierte, machte es schwierig, die Lage mit ihm zu besprechen. Auch Tom schien nicht an einem Gespräch gelegen zu sein. Das Baby schlief Gott sei Dank immer noch tief und fest. Ich hatte mich in eine Ecke gekuschelt und die Füße hochgezogen, um der Kiste auszuweichen – die Blindgänger unter den Picknicksuppen, fiel mir jetzt ein –, und es Buschbaby auf dem Rücksitz so bequem wie möglich gemacht.

»Jetzt sehe ich die Scheinwerfer wieder; sie holen etwas auf«, wagte ich schließlich zu sagen.

»Ja.« Toms Stimme klang distanziert, fast geistesabwesend. »Etwa eine Meile weiter zweigt rechts eine Straße ab, nach Excombe; ich werde dort abbiegen und sehen, ob sie uns folgen.«

Wenige Minuten später tauchte der Wegweiser im Scheinwerferlicht auf, und Tom bog nach rechts ab; ich drehte mich um und sah, daß die Verfolgerscheinwerfer kurze Zeit darauf das gleiche taten. Wir verließen das Heidemoor jetzt, und die Straße, die durch ein tiefes Tal führte, war zu kurvenreich, als daß wir ohne Scheinwerfer hätten fahren können.

»Sie sind immer noch hinter uns«, sagte ich, nachdem wir an einigen Abzweigungen vorbeigekommen waren. Ich hatte wirklich Angst. Ich wünschte, ich hätte etwas, irgend etwas, das man als Waffe benutzen konnte. Da er mich wahrscheinlich für hysterisch halten würde, mochte ich Tom das nicht sagen. Schließlich fischte ich mir, in Ermangelung von etwas besserem, eine der Dosen mit Picknicksuppe heraus und steckte sie in meine Tasche, wo sie sich beruhigend schwer anfühlte. Zumindest war es etwas, womit man werfen konnte...

»Hm«, murmelte Tom. »Hinter Excombe kommt noch ein sehr kahler Streifen Heidemoor; bei ihrem Tempo werden sie uns dort wahrscheinlich überholen. Nicht so schön. Ich laß dich lieber in Excombe raus.«

»Mich rauslassen? Du meinst, mich *allein* lassen?«

»Es gibt dort einen Bahnhof«, sagte Tom ruhig. »Und der Zehnuhrzug von Doynen Road hält hier. Ich weiß das, weil ich das letzte Mal damit gefahren bin, und ich weiß noch, daß ich aus dem Fenster geschaut habe. Es ist jetzt« – er hielt seine Armbanduhr in das Licht des Armaturenbretts – »fünf nach zehn; der Zug müßte in etwa fünfzehn Minuten in Excombe sein, du hast reichlich Zeit, ihn zu erwischen. Hast du Geld bei dir?«

Er war ganz sachlich, aber schon der Gedanke, alleingelassen zu werden, erfüllte mich mit Panik. Es war so beruhigend gewesen, Tom die Entscheidungen zu überlassen.

»Und wenn sie mich verfolgen?«

»Verstehst du nicht, sie werden das Auto verfolgen. Wenn ich allein bin, kann ich ihnen eine herrliche Verfolgungsjagd bieten.« Tom schien Geschmack an der Vorstellung zu finden. »Wenn sie mich tatsächlich einholen sollten und feststellen, daß du gar nicht im Auto bist, wirst du schon weit weg sein.«

»Aber, Tom...«

»Mach kein Theater, Darling. Halt dich bereit, schnell rauszuspringen. Excombe ist ein kleiner Ort; es sollte nicht schwierig sein, den Bahnhof zu finden. Los geht's...«

Ein Geschwindigkeitsbegrenzungszeichen tauchte vor uns auf, und Tom ging vorschriftsmäßig auf 30 Meilen herunter.

»Großer Gott, Tom, sie werden uns auf den Fersen sein, bevor ich aussteigen kann, wenn du so langsam fährst.«

»Schon recht«, sagte er gleichmütig. »Schau mal, was vor uns ist.«

Das Dorf Excombe hatte eine angenehm breite Hauptstraße mit strohgedeckten Fachwerkhäuschen, die im blassen Mondlicht hübsch wie auf einer Ansichtskarte aussahen. Die Bewohner hockten alle behaglich in ihren Häusern. Aber vor uns rumpelte eine lange Reihe von Schwertransportern langsam durch das Dorf, den geringen Nachtverkehr ausnutzend.

»Wir werden uns dazwischenschieben«, sagte Tom. »Gut, daß wir hier auf sie stoßen, wo die Straße breit ist. Ein Stück weiter wird sie schmaler. Zwischen den Lastern wird es kein Problem sein, dich unauffällig rauszulassen.«

Er überholte drei der Lastwagen und setzte sich in eine Lücke davor. Nach einer Kurve in der Hauptstraße stießen wir auf ein Hinweisschild auf Straßenarbeiten und sahen vor uns das rote Licht einer Ampel.

»Das ist nur eine Straßenbauampel«, jammerte ich. »Es dauert immer Ewigkeiten, bis die auf Grün umschalten.«

»Dann mach dich lieber bereit, rauszuspringen, während wir warten«, sagte Tom ruhig.

Aber Tom hat immer Glück – noch ein Grund, warum ich mich bei dem Gedanken, ihn zu verlassen, so verloren fühlte. Die Ampel wechselte auf Grün, als der erste Laster sie erreichte, und wir fuhren durch, fast ohne die Geschwindigkeit zu drosseln. Zwei der Laster hinter uns kamen ebenfalls noch durch, dann sprang die Ampel wieder auf Rot.

»Gut, meine Liebe, jetzt hast du deine Chance, während unsere Freunde hinter der Ampel festsitzen. Der Bahnhof muß irgendwo rechts sein, und du hast zehn Minuten Zeit, ihn zu finden. Ich wünsche euch eine gute Reise, dir und deinem entführten Baby.«

Es klang, als lächelte er; zum erstenmal lag wieder etwas von der vertrauten Wärme in seiner Stimme.

»Aber, Tom – wo treffen wir uns?«

»Bei Rosemary natürlich. Oder – dieser Zug fährt bis Reading ziemlich langsam – vielleicht bin ich vor dir in London. In dem Fall würde ich dich in Paddington abholen. Ihr kommt gegen halb acht morgens dort an. Und jetzt, beeil dich...«

Er verringerte die Geschwindigkeit bis auf Kriechtempo und öffnete die hintere Tür, ohne auch nur den Kopf zu wenden.

Ich nahm das warme Babybündel an mich und schlüpfte hinaus, als von rechts eine Straße auf die Hauptstraße mündete. Ihre Schatten nahmen mich auf, aber vorher hatte ich noch Zeit, das Schild *Bahnhofstraße* an einem Gartenzaun zu entdecken.

8

Der Bahnhof von Excombe war winzig, und totenstill zu dieser späten Stunde. Die Tür zum Schalterraum war geschlossen, aber ein Drehkreuz führte auf den Bahnsteig. Es war ein Zug nach London angekündigt. Während ich auf dem unbeleuchteten, kühlen Bahnsteig hin und her wanderte, hörte ich ein trauriges Pfeifen und stellte fest, daß es aus einem kleinen Aufsichtsraum am Ende des Bahnhofsgebäudes kam. Hier saß im trüben Licht einer Petroleumlampe ein Bursche von etwa neunzehn Jahren, die Beine auf dem Tisch, und las. Er war blaß und picklig. Der Titel seines Buches lautete *Sex, eine Macht.* Der Junge schien erstaunt über mein Auftauchen.

Ich bat um eine Fahrkarte nach Paddington.

»Oh, Sie brauchen keine Fahrkarte nicht«, sagte er. »Keinen Sinn, bloß dafür das Büro aufzuschließen. Sie können sich eine im Zug geben lassen, wenn Sie wollen.« Er gähnte und schaute auf seine Uhr. »Wird in 'n paar Minuten kommen.«

»Glauben Sie, daß Aussicht besteht, ein Schlafwagenabteil zu bekommen?«

»Glaub ich nicht«, sagte er nicht gerade hilfreich und wandte sich wieder seinem Buch zu.

Kurz darauf tauchte die lange, erleuchtete Zugschlange mit dramatischer Plötzlichkeit hinter einer Biegung des Tales auf, wurde größer und hielt zischend an. Pickelgesicht bewegte sich träge hinaus und warf einen Postsack an Bord. Ich fand zwei oder drei Schlafwagen, aber der Schaffner teilte mir höflich mit, daß alle Abteile besetzt seien.

»Aber es gibt viele leere Abteile im Zug, Miss. Sie können sich auf den Sitzen ausstrecken und ein Schläfchen halten – nichts dagegen einzuwenden.«

Er hatte recht; der Zug schien nur zu einem Viertel besetzt. Ich fand ein leeres Nichtraucherabteil und wickelte meinen blauen Schal um die Lampe, um das Licht abzublenden.

Buschbaby schlief immer noch friedlich. Ich fragte mich allmählich, ob Bruder Stan ihr ein Aspirin oder eins seiner Kräutertränklein gegeben hatte – würde er so etwas tun? Als ich sie auf den Sitz legte, noch immer in ihre Decke eingewikkelt wie in einen Burnus, schlief sie weiter, entspannt wie eine Gummipuppe. Ich deckte nicht einmal ihr Gesicht auf; da sie so friedlich schlief, wäre es töricht zu riskieren, daß sie aufwachte. Weil ich aber Angst hatte, daß sie bei einem plötzlichen Ruck des Zuges auf den Boden rollen könnte, legte ich mich nicht hin, sondern machte nur ein Nickerchen in der Ecke ihr gegenüber – oder versuchte es wenigstens. Ich brauchte lange zum Einschlafen.

Bom, tiddeli-dom Bom, sang der Zug. Bom für Mom. Bom für Tom. Herbert Lom trinkt literweise Bom. Nahrhaftes Bom, so grün und scheen, was Scheußlicheres hat man nie gesehn.

Warum hatte Cara den Eindruck erweckt, als erwarte sie jemanden? Immer wieder hatte sie nervös aus dem Fenster geschaut; war das nur eine ganz allgemeine Beunruhigung? Vielleicht hatte sie Angst, Tigger oder Mait könnten auftauchen, um sich das Ergebnis ihres kleinen Streichs mit der Spinne zu betrachten. Wenn du das erste Mal keinen Erfolg hast, versuch es ruhig nochmal. War es Tigger oder Mait gewesen, der Mrs. Tregagle angerufen hatte? War es überhaupt richtig gewesen, Cara in Cornwall zurückzulassen? Aber sie hatte bleiben wollen. Bestimmt war sie dort doch in Sicherheit, wenn Tigger und Mait uns verfolgten? Wenn sie nun Tom erwischten? Bom, tiddeli-dom. Jo-ho-ho, und ne Buddel Bom. *Nom d'un nom, buvez Bom.* Gareth befand sich in London, das war beruhigend. London war groß – unwahrscheinlich, daß ich ihm in die Arme lief. Solange ich nicht auf Caras Vorschlag einging...

Es war wirklich ein abscheulicher Zug. Nie fuhr er länger als fünf Minuten im gleichen Tempo; er hielt, ruckte, zischte, rasselte, schleppte sich ächzend irgendeine winzige Anhöhe hinauf, raste in manischer Verzückung ein ebenso winziges Gefälle auf der anderen Seite hinunter, um dann wieder einmal knirschend stehenzubleiben, bevor er sich langsam, vorsichtig, ratternd auf den langen Weg über ein Viadukt machte. Im Westen Englands gibt es unzählige bewaldete steile Erhebungen und Täler, durch die die Eisenbahn kriecht und springt, so gut sie kann; nach ein paar Stunden hatte ich das Gefühl, die Konturen der Landschaft müßten in meinem Gehirn aufgezeichnet sein wie ein Elektroenzephalogramm. Und der Zug hielt. Und wie er hielt! Er hielt an Knotenpunkten, Kreuzungen, Tunneln, großen und kleinen Bahnhöfen, Stellwerken und Zwischenstationen. An jeder fahrplanmäßigen Haltestelle wurden Milchkannen auf- und abgeladen; an den nicht fahrplanmäßigen brüllten Lokomotivführer und Schaffner einander unverständliche Mitteilungen zu. Als Tom mir sagte, es sei ein langsamer Zug, hatte er die größte Untertreibung seines Lebens gemacht. Von Zeit zu Zeit schaute ich hinaus und nahm ohne große Freude zur Kenntnis, daß wir Taunton, Bristol, Bath oder Swindon erreicht hatten, wo wir jedesmal Ewigkeiten hielten und ich liebend gern hinausgegangen wäre, um eine Tasse Tee zu trinken, aber ich wollte das Baby nicht allein lassen oder seinen Schlaf stören. Nach Swindon sickerte trübes regenschweres Dämmerlicht ins Abteil; das Themsetal sah feucht aus und nahm Vorstadtcharakter an. Ich war dankbar, als mir einfiel, daß Tom gesagt hatte, der Zug würde nach Reading schneller; in diesem Tempo durch die Vororte von London zu kriechen hätte einen zum Selbstmord treiben können.

In Reading gab es wieder einen endlosen Aufenthalt, während Postsäcke hin und her flogen; dann fuhr der Zug plötzlich an und bewegte sich bald in einem flotten, zielstrebigen Rhythmus. Keine Milchhaltestellen mehr; wir wollten rechtzeitig zum Frühstück in London sein.

Schlingernd ratterten wir voran. Leute hasteten schwankend durch den Flur und hielten Ausschau nach leeren

Abteilen. Das Baby regte sich und streckte verschlafen einen Arm aus.

In diesem Augenblick schaute ich auf und sah, wie ein Mann vor der Tür meines Abteils stehenblieb, durch die Glasscheibe blickte und dabei war, die Tür aufzuschieben. Ein zweiter Mann trat zu ihm. Es war Tigger. Tigger und Mait.

»Also ehrlich«, scherzte Tigger, während Mait hinter ihm ins Abteil kam und die Tür wieder zuzog, »ich werde ihnen nie wieder glauben, wenn sie sagen, mit der Bahn geht's schneller. Wenn du mich fragst, wir hätten bis nach Monte Carlo fahren können, während sich dieser arme alte Zug von Excombe hierherschleppte.« Er nickte Mait zu und sagte: »Wirklich, dein Verdacht war nicht ganz unbegründet, Maitie.«

Mir war schlecht; mein Mund war so trocken wie ein Staubsauger, und mein Herz machte schreckliche hämmernde Hüpfer, die, so kam es mir vor, mit bloßem Auge zu sehen sein mußten.

»Du scheinst nicht sehr erfreut zu sein über unsern Anblick, Darling«, sagte Tigger. »Findest du es nicht schmeichelhaft, daß wir dem Zug bis hier gefolgt sind, nur um das Vergnügen zu haben, bei dir einzusteigen?«

»Das ist ein öffentlicher Zug«, sagte ich. »Niemand kann Sie daran hindern, einzusteigen.«

»He, hör dir das an!« Tigger amüsierte sich prächtig. »Ich weiß, was sie hat, sie macht sich Sorgen um ihren Schatz. Kein Grund zur Sorge, Darling, nur ein zerschmetterter Flügel. Er wird's überstehen und wieder fliegen können.«

»Hör auf mit den Späßen, Tigger«, sagte Mait kurz. Sein kerniger Männer-Ton zerrte noch mehr an meinen Nerven als Tiggers alberne Witze. »Sie findet es nicht komisch, und mich langweilt es.«

»Ich danke Ihnen«, sagte ich.

»Oh, gut, in Ordnung.« Tigger war beleidigt. »In dem Fall werden wir Ihnen nur die Kleine abnehmen und uns auf den

Weg machen, Ihre erlesene Umgebung von unserer unangenehmen Anwesenheit befreien.« Er beugte sich vor, um das Baby hochzunehmen.

»Wagen Sie es nicht!« fuhr ich ihn an. »Wenn Sie das Baby anrühren, zieh ich sämtliche Notbremsen im Wagen.«

»Aber Darling, immer mit der Ruhe.« Tigger beäugte mich wachsam. »Wir wollen doch nicht, daß wir unangenehm werden müssen, nicht wahr, Maitie? Aber wir *werden* es, wenn wir dazu gezwungen sind – daß du dich da nicht täuschst. Jetzt oder später.«

»Sie müssen verrückt sein!« Allmählich wurde mein Zorn größer als meine Angst. »Wie können Sie nur erwarten, damit durchzukommen? Verlassen Sie mein Abteil.«

»Wir sind mit dem gleichen Recht wie du hier, mein Liebes. Wie du sagtest, es ist ein öffentlicher Zug.«

»Sie haben nicht das Recht, das Baby anzurühren.«

»Nun, das ist Ansichtssache«, sagte Tigger. »Sie gehört doch nicht dir, oder?«

»Ihre Mutter hat mich gebeten, mich um sie zu kümmern.«

»Kannst du das beweisen? Irgendwas Schriftliches?«

Schwere amtliche Schritte ertönten im Korridor. Türen waren geöffnet und wieder geschlossen worden. Über Tiggers Schulter hinweg sah ich, wie eine Gestalt mit Silberknöpfen auf dunkelblauer Uniform vor unserer Tür stehen blieb und die Tür öffnete.

»Bitte Fahrkarten bereithalten!«

»Oh, Gott sei Dank, daß Sie vorbeikommen«, sagte ich mit unbeschreiblicher Erleichterung zu dem Schaffner. »Diese Männer belästigen mich. Würden Sie sie bitte auffordern, mich in Ruhe zu lassen?«

»He, was hat das zu bedeuten?« fragte der Schaffner mißbilligend. »Wieso belästigen Sie die junge Dame?«

Geschickt nutzte Mait seine Chance. »Ich fürchte, die junge Dame macht Ihnen da etwas vor«, sagte er mit seiner volltönenden jovialen Stimme. »Aus nur ihr bekannten Gründen hat sie beschlossen, mit dem Baby einer Freundin von uns durchzubrennen, und wir haben sie gerade eben gefunden.«

»Das ist eine Lüge!« sagte ich empört.

»Durchgebrannt? He, das ist eine Sache für die Polizei, jawohl«, sagte der Schaffner. »Das muß ich melden, wenn wir in Paddington ankommen, da bin ich nicht zuständig. Bis dahin geben Sie mir mal Ihre Namen und Anschriften. Und Ihre Fahrkarten, wenn ich bitten darf.«

Tigger und Mait zeigten ihre in Reading gelösten Fahrkarten. Ich sagte: »Tut mir leid, ich habe keine. Ich bin in Excombe zugestiegen.«

Ich sah, daß das einen sehr schlechten Eindruck machte. Der Schaffner musterte mich mißtrauisch.

»Würden Sie mir bitte sagen, was das kostet?« Ich brachte ein paar Pfundnoten zum Vorschein. Aber er beachtete sie nicht.

»Sie sagen, Sie sind in Excombe eingestiegen?« Ich nickte. »Wie soll ich wissen, ob das stimmt? Wie soll ich wissen, ob Sie nicht schon in Penzance eingestiegen sind? Sie sollten sich eine Fahrkarte kaufen, bevor Sie den Zug besteigen, das sollten Sie. Das muß ich melden. Reisen, ohne zu bezahlen, ist eine strafbare Handlung.«

»Du lieber Himmel! Ich wollte ja eine Fahrkarte kaufen, aber der Angestellte in Excombe sagte, es lohne sich nicht, den Schalter zu öffnen.«

Das kam auch nicht gut an.

»Ich muß mein Fahrtenbuch holen und einen vollständigen Bericht über diese Sache schreiben«, sagte der Schaffner. »Verlassen Sie bis zu meiner Rückkehr nicht das Abteil, wenn ich bitten darf, meine Herrschaften.«

Er stampfte davon, und ich machte mir nun ernsthafte Gedanken. Wir waren jetzt schon in den Vororten Londons; es konnte nicht länger als zehn Minuten dauern, bis wir in Paddington waren. Vor meinem inneren Auge sah ich mich wartend auf der Polizeiwache, während Gareth als untadeliger Stiefvater des Babys als Zeuge gegen mich auftrat.

Tigger und Mait hatten offensichtlich ähnliche Gedanken; selbstgefällig machten sie es sich auf dem Sitz mir gegenüber bequem. Tigger pfiff auf scheußlich unmelodische Weise vor sich hin.

Das Baby fing an zu weinen.

»Oh, hören Sie schon auf!« fuhr ich Tigger an. »Ihr Pfeifen kann ja jeden zum Heulen bringen.«

Er sah mich nicht an. Sein Gesicht verzerrte sich plötzlich zu einer seltsamen Grimasse. Er starrte auf das Baby, das in diesem Augenblick die Decke von sich schubste und auf den Boden gerollt wäre, wenn ich nicht schnell zugegriffen hätte.

»Jetzt sehen Sie, was Sie angerichtet haben mit Ihrem Reinkommen und all dem Lärm.«

Ich drehte das Baby um und bekam den größten Schock meines Lebens.

Es war nicht Buschbaby.

Einen Augenblick lang wirbelten mir die unwahrscheinlichsten Überlegungen im Kopf herum – hatte ich sie irgendwo abgelegt und statt dessen ein anderes Baby aufgenommen, hatte ich Buschbaby auf einer Bank im Bahnhof von Excombe zurückgelassen? Während ich völlig außer mir das Kind, das ich in den Armen hielt, betrachtete, erkannte ich plötzlich die fettig glänzenden, wenig einnehmenden Gesichtszüge Noahs, der nach einem gesunden Schlaf mit kräftiger Stimme nach seinem Frühstück brüllte.

Auf irgendeine Weise, ob versehentlich oder absichtlich, hatte Bruder Stan es geschafft, mir das falsche Baby zu geben.

Ich habe noch nie einen derart glasigen Blick gesehen wie den, der jetzt in Tiggers Augen aufglomm.

»He!« sagte er und stieß Mait an. »*Das* ist nicht das Kind, hinter dem wir her sind. Caras Kind hat ne Menge schwarzes Haar und schwarze Spaghetti-Augen. Es ist auch kleiner, nicht annähernd so groß wie das da.«

»Bist du sicher?« Mait musterte Noah zweifelnd.

»Absolut. Ihr's war 'n richtiger kleiner Makkaroni. Dies sieht nicht die Spur so aus.«

»Außerdem«, sagte ich, meine Chance mit beiden Händen packend, »falls es sich, wie ich jetzt vermute, um Caras Kind handelt, hinter dem Sie her sind, so kann ich Ihnen versichern, daß Sie sich vergeblich bemüht haben. Ihr Baby ist ein Mädchen, dies ist ein Junge. Soll ich es beweisen?«

»Nein... nein«, sagte Tigger und erhob sich hastig. »Schon gut, tut uns leid, daß Sie Ärger hatten und all das. Komm, Mait, kratzen wir die Kurve, bevor der alte Schnurrbart zurückkommt, der will uns nur vor den Kadi bringen. Unter den gegebenen Umständen hätte das nicht viel Sinn.«

»Jetzt müssen wir den ganzen Weg bis zu dem verdammten Reading zurückfahren, um das Auto zu holen«, hörte ich Mait nörgeln, als sie hinausgingen.

»Und wer hatte die tolle Idee? Wenn du mich fragst – sie hat dich echt reingelegt.«

Tigger drehte sich um und grinste mich an.

»Weiß nicht, wie du es angestellt hast, Darling, aber Hut ab! Ehrlich. Besser hättst du es nicht machen können, wenn du als Schwindlerin aufgewachsen wärst.«

Als der Schaffner zurückkam, sah er sich verwirrt um.

»Wo sind die beiden, die sich beschweren wollten?«

»Sie haben festgestellt, daß sie sich geirrt haben«, sagte ich kalt.

Ich war so erleichtert, Tigger und Mait loszusein, daß ich viel energischer als vorher mit dem Schaffner sprechen konnte, und als ich mich genug beschwert hatte über das Verhalten des Schalterbeamten in Excombe und die Art, wie schutzlose Frauen Angriffen und Unannehmlichkeiten in diesem Zug ausgesetzt seien, war er ganz kleinlaut geworden und froh, mir die Karte für einmal einfach von Excombe nach Paddington aushändigen zu dürfen. Als Gegenleistung versprach ich ihm entgegenkommenderweise, die Angelegenheit nicht höheren Orts zu melden.

Es bereitete mir echtes Vergnügen, als ich sah, wie Tigger und Mait in Paddington wie die Irren rannten, um einen Zug nach Reading zu erwischen. Ich hoffte nur, daß man sie ohne Fahrkarte erwischen würde. Tom war nirgends zu sehen, obwohl ich ewig lange wartete und zum Himmel betete, daß er auftauchen möge. Der Gedanke an ihn war wie eine wehe Stelle unter all meinen anderen Sorgen.

Schließlich ging ich zu einer Telefonzelle und rief Rosemary an. Es war nicht einfach; Noah, bestürzt über all diese Abweichung von klösterlicher Routine, hatte begonnen, zu brüllen und um sich zu schlagen wie ein Besessener. Aber mein Selbstvertrauen im Umgang mit Babys war gewachsen; ich klemmte ihn energisch unter den einen Arm und hielt den Hörer mit dem anderen soweit wie möglich von seinem Gebrüll weg.

»Hallo?« Ich hörte Rosemarys Stimme; sie klang verwirrt. »Hallo... Was ist denn los?«

»Rosemary? Hier ist Martha, Martha Gilroy. Hat Tom Sie angerufen?«

»Oh, Martha«, sagte sie, und es hörte sich an, als freute sie sich. »Nein, hat er nicht, hätte er anrufen sollen? Ich dachte, ihr tobt alle in Cornwall herum.«

Sie unterließ es taktvoll, sich zu erkundigen, warum ich sie um acht Uhr morgens anrief, zwei Handbreit von einem schreienden Baby entfernt.

»Ich hatte gehofft, er wäre inzwischen bei Ihnen«, sagte ich. »Falls er anrufen sollte – könnten Sie ihm sagen, daß alles in Ordnung ist?«

»Natürlich«, sagte sie und klang noch verwirrter als vorher.

»Und, Rosemary...«

»Ja?«

»Wäre es möglich, daß ich zu Ihnen komme? Ich habe... ich habe ein Baby dabei...«

»Das habe ich mir fast gedacht.«

»Es ist nicht mein Baby. Ich kümmere mich darum, für jemand anders, aber ich habe in meiner Wohnung nicht viel, um Babies zu versorgen...«

»Bitte, kommen Sie her«, sagte sie herzlich. »Kommen Sie zum Frühstück. Sind Sie jetzt in Ihrer Wohnung?«

»Nein, ich bin in Paddington. Sie sind ein Schatz; ich komme, so schnell ich kann.«

Rosemary wohnte in einem großen Haus am Wimbledon Common; ich war einmal mit Tom dort gewesen. Ich nahm die U-Bahn nach Waterloo, was dem armen Noah den Rest gab; die Rolltreppen und U-Bahnen versetzten ihn in hysterische Schreierei. Ein wenig konnte ich ihn mit Bruder Stans Milchflasche beruhigen; sie war kalt, aber immer noch annehmbar. In dem Vorortszug nach Wimbledon verfiel er wieder in eines seiner koma-artigen Nickerchen; jetzt war mir klar, warum ich eine so friedliche Nacht verbracht hatte.

Rosemary begrüßte mich gelassen, bot mir Kaffee an und widmete sich Noah in einer Weise, die sowohl Bruder Stans als auch meine dilettantischen Bemühungen beschämte. Ich kannte sie nicht sehr gut, aber ich mochte sie – sie war rundlich und ziemlich unordentlich, mit kurzem lockigem schwarzem Haar, Tom äußerlich überhaupt nicht ähnlich, wohl aber in ihrer gelassenen Einstellung zum Leben. Ihr großes altes Haus war unaufgeräumt, gemütlich und voll heller ungewöhnlicher Farben. Sie hatte ursprünglich Malerin werden wollen, dann aber beschlossen, ihren Beruf so lange ruhen zu lassen, bis das jüngste ihrer Kinder fünf Jahre alt war. Inzwischen nutzte sie ihre kreativen Fähigkeiten zur Dekoration ihres Hauses und zum Anfertigen von Kleidern für ihre große Nachkommenschaft. Als ich ankam, schienen überall Kinder zu sein, hüpfend, krabbelnd und kriechend, aber nach kurzer Zeit verschwanden zwei Jungen, fünf und sieben Jahre alt, um zur Schule zu gehen, zwei mütterliche Mädchen, Zwillinge von vier Jahren, stürzten sich mit Freudenrufen auf Noah, »das süße neue Baby«, während die beiden jüngsten, zwei Jahre und sechs Monate alt, wieder in ihre Bettchen gelegt wurden und friedlich schliefen.

»Darf ich telefonieren?« fragte ich Rosemary, während all das ablief.

»Natürlich, bedienen Sie sich.«

Ich hatte das Gefühl, ich müßte Cara sofort warnen, daß Buschbaby wegen Bruder Stans merkwürdigen Versehens – wie konnte er nur? – immer noch im Kloster war. Nach einigen vergeblichen Versuchen erreichte ich Trewithian; Mrs. Tregagles Schwiegertochter Lily war am Apparat.

»Kann ich Mrs. Dunskirk sprechen, wenn sie nicht gerade Aufnahmen machen? Hier ist Martha Gilroy.«

»Nein, sie filmen nicht, Miss Gilroy ...« Lily klang völlig ratlos. »Es gießt sowieso in Strömen. Aber Mrs. Dunskirk ist nicht hier! Ich weiß auch nicht, wo sie sein könnte! Sie hat kein Wort davon gesagt, daß sie fortgehen würde, aber als ich sie heute morgen wecken wollte, waren ihre Sachen alle da, aber sie hatte nicht in ihrem Bett geschlafen, und sie war weit und breit nicht zu finden! Wir wissen nicht, was wir davon halten sollen.«

»O großer Gott!« Alle möglichen unheilvollen Vorstellungen drängten sich mir auf. »Wissen Sie, ob jemand sie abgeholt hat?«

»Das kann ich wirklich nicht sagen. Sie sind alle so oft gekommen und gegangen während der letzten Tage ... heute morgen ist niemand gekommen, das weiß ich. Aber was gestern abend war ...«

»Ist sie mit meinem Wagen gefahren?«

»Mit dem Hillman? Nein, der steht hier auf dem Hof.«

Es wurde immer schlimmer. Was konnte mit Cara los sein? Es gefiel mir ganz und gar nicht.

»Ich glaube, Sie sollten die Polizei informieren.«

»Meinen Sie?« Lilys Stimme klang unschlüssig. »Glauben Sie nicht, sie könnte zu einem Freund gegangen sein, oder so, und die Nacht dort verbracht haben?«

»Nun, vielleicht ...« Barney Soglow? »Aber dann hätte sie doch sicher angerufen. Sie könnte einen Unfall gehabt haben. Ich sage Ihnen etwas: Rufen Sie ihren Schwiegervater an ...«, ich gab ihr die Nummer ... »wenn er es für richtig hält, rufen Sie die Polizei an. Es tut mir leid, daß Sie diesen Ärger haben.«

»Das ist schon in Ordnung, Miss, ich bin froh, daß Sie angerufen haben. Wir wußten nicht, was wir tun sollten.«

Ich legte den Hörer auf und saß da, kaute auf dem Telefonbleistift herum und machte mir Sorgen. Eine meiner Befürchtungen war, daß Tigger und Mait, die jetzt auf dem Rückweg nach Cornwall waren, vielleicht genug Verstand hatten, um sich zu sagen, daß Buschbaby immer noch dort sein müßte. Aber wußten sie, wo? Wie weit hatte Laureen inzwischen die Neuigkeit verbreitet? Hatte Laureens Umgebung mit Tigger und Mait Kontakt? Wie konnte ich Bruder Stan warnen, fragte ich mich und beschimpfte Bruder Lawrence wegen seiner rückschrittlichen Einstellung zum Telefon.

Schließlich schickte ich Bruder Stan ein Telegramm: »gestern falsches paket von ihnen bekommen, bitte richtiges sorgfältig aufbewahren.« Ich hoffte, es würde ihn zur Wachsamkeit veranlassen, ohne zu viel Aufsehen zu erregen.

»Und jetzt«, sagte Rosemary, die ins Zimmer gekommen war, und setzte sich an den Tisch, wo sie ihre Ellbogen zwischen den Überresten eines Frühstücks für acht Leute aufstützte. »Meine Neugier läßt sich nicht länger zügeln. Erzählen Sie mir, worum es überhaupt geht. Noch eine Tasse Kaffee?«

Ich erzählte ihr also das wesentliche, und sie lauschte mit großen Augen.

»Also wirklich!« sagte sie. »Das hört sich ja an wie in einem James-Bond-Film! Was werden Sie jetzt unternehmen?«

»Ich denke, ich werde Noah zurückbringen müssen und ihn so schnell wie möglich gegen Buschbaby eintauschen – wenn es Ihnen wirklich nichts ausmacht, sie für ein Weilchen zu nehmen?«

»Nicht das geringste, meine Liebe, die Mädchen werden entzückt sein, nicht, meine Schätzchen?« sagte sie zu den Zwillingen, die in diesem Augenblick hereingesaust kamen, um eine andere Sorte Klapper für Noah zu suchen.

»Ich wollte, Tom würde anrufen«, sagte ich unglücklich.

»Ich mache mir auch schreckliche Sorgen um ihn. Und dann ist da noch die arme Mimi, die im Krankenhaus festsitzt. Am besten nehme ich die erste Maschine zurück nach Cornwall und versuche herauszufinden, was passiert ist.«

»Oh, machen Sie sich keine Gedanken um den alten Tom. Der fällt immer auf die Füße.« Rosemary warf mir einen scharfen Blick zu. »Wissen Sie, daß Sie halbtot aussehen? Ihr Gesicht hat die Farbe von Camembert. Warum legen Sie sich nicht ein paar Stunden hin und nehmen eine Nachmittagsmaschine, wenn es sein muß? Ich verspreche, daß ich Sie wecken werde, falls eine Krise eintreten sollte. Das Gästezimmer ist ganz oben, wo die Kinder nicht hinkommen, Sie können sich also richtig ausruhen.«

Ich wußte, daß sie recht hatte. Ich konnte kaum die Augen offenhalten. Ich ließ mich nach oben bringen, in ein kühles Zimmer mit einem hübschen Blick auf Londoner Gärten. Rosemary hatte kaum die Vorhänge vorgezogen und das Zimmer verlassen, als ich mich schon auf das Bett fallen ließ und in einen tiefen Schlaf versank.

Die Strahlen der Abendsonne fielen schräg durch die Vorhänge, als ich aufwachte. Entsetzt sprang ich aus dem Bett in der Annahme, ich müßte mich schrecklich verschlafen haben, aber in dem Moment kam Rosemary mit einer Tasse Tee ins Zimmer.

»Oh, Sie sind wach«, sagte sie. »Ich habe Sie schlafen lassen, weil Tom um zehn anrief...«

»Oh, Gott sei Dank! Was ist mit ihm? Ist er okay?«

»Ja, er ist in Ordnung, entspannen Sie sich! Trinken Sie Ihren Tee. Ich habe ihm erzählt, was Ihnen passiert ist, und ich soll Sie für ihn um Verzeihung bitten. Es war nicht seine Schuld, daß es ihn erwischt hat. Offenbar kam kurz, nachdem er Sie abgesetzt hatte, irgendein junger Dummkopf auf seinem Motorrad aus einer Seitenstraße geschossen, ohne zu bremsen, und donnerte ihm in den Kotflügel. Während Tom von einem Haus in der Nähe Polizei und Krankenwagen anrief, kamen die Männer, die hinter Ihnen her waren, dazu und entlockten dem Mädchen im Beiwagen die Auskunft, Sie seien nicht bei Tom im Auto gewesen, und haben wohl vermutet, daß Sie in einen Zug umgestiegen sind. Tom sagte, sie wären davongefahren wie die Wilden, bevor er etwas unternehmen konnte. Und dann – na ja, Sie wissen ja, daß es Ewigkeiten dauert, Aussagen vor der Polizei zu machen, und er mußte seinen eingedrückten Kotflügel noch ausbeulen lassen und sich davon überzeugen, daß der Rover im übrigen fahrtüchtig war, und sich nach dem Jungen erkundigen.«

»Ist mit ihm sonst alles in Ordnung?«

»Nur eine Gehirnerschütterung, der törichte junge Dummkopf. Es war alles seine Schuld.«

»Nein, ich meinte Tom.«

»Eine Beule an der Schulter und ein paar Schnittwunden von Glassplittern, im übrigen unverletzt.« Rosemary kicherte. »Und er hat ein wunderschönes blaues Auge – die Zwillinge waren sehr beeindruckt.«

»Er ist *hier*?«

»Kam gegen eins; ich habe ihn sofort in Phils Bett geschickt. Er will bis sieben schlafen, und dann, sagt er, sei er bereit, Sie nach Cornwall zurückzufahren. Er sagte allerdings auch, es sei recht leichtsinnig von Ihnen gewesen, das falsche Baby mitzunehmen, aber so, wie die Dinge sich entwickelt haben, war es ja nur gut so.«

»Halten Sie es für richtig, daß er mich zurückfahren will?«

»Wüßte nicht, warum nicht«, sagte Rosemary gelassen. »Sie können sich beim Fahren ablösen. Außerdem schien ihm auch sehr daran gelegen, zurückzufahren.«

»Sie haben ihm erzählt, daß Cara verschwunden ist?«

»Ja.«

»Ob ich wohl duschen könnte?« fragte ich.

»Natürlich, meine Liebe. Nur zu.«

Während ich unter der Dusche stand, beschäftigten sich meine Gedanken fieberhaft mit dem Verschwinden Caras. Könnte Gareth etwas damit zu tun haben? Es lag auf der Hand, daß ich herausfinden mußte, wo er sich aufhielt.

Sobald mir das klar geworden war, schnappte ich mir Rosemarys Bademantel, lief nach unten und rief die Gay-Gal-Fabrik an. Ich bekam Miss Edwardes, die Sekretärin des alten Dunskirk, an den Apparat; sie war gerade im Begriff zu gehen. Ich bat sie, mich mit Gareth zu verbinden.

»Tut mir leid, Miss Gilroy«, sagte sie. »Er ist nicht hier. Ich fand heute morgen eine Nachricht von ihm – er hatte einen dringenden Anruf von seinem Vater und ist gestern abend mit der letzten Maschine nach Cornwall hinuntergeflogen.«

»Oh. Wissen Sie zufällig, ob es etwas mit den Aufnahmen für Avalon zu tun hatte?«

»Ich glaube nicht«, sagte sie. »Etwas Persönliches, glaube ich.«

Gareth war also in Cornwall, und Tigger und Mait inzwischen wahrscheinlich auch. Wir hatten keine Chance, vor ihnen dort zu sein. Und wenn Gareth zufällig der kleinen Laureen seine Aufmerksamkeit widmete...

Plötzlich schoß mir durch den Kopf, daß es eine Möglichkeit gab, aus dieser Massenabwesenheit von London Nutzen zu ziehen. Ich fuhr blitzschnell in meine Kleider, trotz meiner leicht zitternden Hände. Mir war schlecht vor Angst, darum war es das beste, den Job so schnell wie irgend möglich hinter mich zu bringen. Außerdem wollte ich weg sein, bevor Tom aufwachte, weil er mit Sicherheit etwas dagegen haben würde; Tom ist ein sehr gesetzestreuer Bürger.

Aber schließlich hatte Cara mir ja die Schlüssel gegeben. Und wir brauchten dringend einen Trumpf für Verhandlungen.

Ich lief hinunter in die Küche und erklärte Rosemary, daß ich etwas aus meinem Büro holen und mich in meiner Wohnung umziehen wolle und bis sieben zurücksein würde.

»Warum nehmen Sie nicht Toms Wagen? Um diese Zeit können Sie hier lange auf ein Taxi warten.«

»Das ist ein genialer Einfall.«

Rosemary holte leise die Schlüssel aus Toms Tasche und begleitete mich nach draußen. Der Rover stand vor der Tür, mit einem ziemlich mitgenommenen Kotflügel.

»Armer Tom«, sagte ich. »Das nächste Mal wird er sich zweimal überlegen, ob er mir zur Hilfe kommen soll.«

»Unsinn, das tut ihm gut«, sagte Rosemary ruhig. Sie wollte noch etwas hinzufügen, hielt aber an sich und sagte nur: »Außerdem macht es ihm Spaß. Bleiben Sie nicht zu lange. Ich werde um sieben etwas zu essen für Sie bereithalten.«

Zu dieser frühen Abendzeit durch Südlondon zu fahren war kein Problem; der Hauptverkehr spielte sich in nordsüdlicher Richtung ab. Ich brauchte nur fünfzehn Minuten bis zum Büro, wo ich einen Satz Korrekturfahnen für Midinette abholte. Dann hielt ich kurz bei meiner Wohnung, um mich umzuziehen und eine Taschenlampe zu holen, und fuhr anschließend nach Wimbledon zurück.

Hier unterbrach ich meine Fahrt. Ich wollte Tom in keiner Weise in das verbrecherische Unternehmen verwickeln, das ich plante, darum ließ ich seinen Wagen oben auf dem Hügel stehen, neben einigen dieser riesigen hölzernen Trommeln, die wie übergroße Baumwollspulen aussehen und für elektrische Kabel benutzt werden. An der Straße wurde gebaut; überall gab es Gräben, Gerüste und Baulaternen, die es mir leicht machen würden, das Auto zu finden, wenn ich zurückkam. Inzwischen war es fast dunkel, und es goß in Strömen, was mir nur recht war; je schlechter die Sicht, um so besser, dachte ich.

Ich schloß das Auto ab. Ich hatte nahe der höchsten Stelle in einer schmalen Gasse geparkt, der Ridgeway Passage, die nach unten zur Eisenbahn führte. Da ich annahm, daß sie mich in die Nähe der Gay-Gal-Fabrik bringen würde, folgte ich ihr bergab. Ich benutzte meine Taschenlampe, weil es nur eine einzige Straßenlaterne gab, auf halber Höhe.

Meine Vermutung erwies sich als richtig: Ich überquerte die Worple Road, stellte fest, daß die schmale Straße sich auf der anderen Seite fortsetzte, und stand, an ihrem Ende angekommen, vor dem Fabriktor. Es war verschlossen, aber einer meiner Schlüssel paßte auf eine kleine Pforte. Wenn es einen Nachtwächter gab, so war er nicht in der Nähe.

Ich kletterte die Feuerleiter hinauf und ging durch die Wohnung des alten Dunskirk. Obwohl ich Caras Erlaubnis hatte (was immer die auch wert sein mochte), war ich voller Schuldbewußtsein. Ich benutzte die Taschenlampe, weil ich keinen Wert darauf legte, Aufmerksamkeit zu erregen, und schlich auf Zehenspitzen hinauf in Gareths Wohnung.

Ich war noch nie dort gewesen; die Wohnung war scheußlich eingerichtet, wie ich es nicht anders erwartet hatte, mit Teppichen, in denen man bis zu den Knöcheln versank, einer Menge schmiedeeisener Gegenstände, Tischen mit dicken, unebenen Glasplatten und Botticelli-Reproduktionen in Zuckergußrahmen. Im Lichtstrahl meiner Taschenlampe wurden diese und noch andere Gegenstände sichtbar, während ich auf der Suche nach einem Bücherbord zwischen unzähligen Stereo-Apparaturen und Cocktail-Ecken umherschlich.

Es gab kein richtiges Bücherbord, nur eine winzige drehbare Einrichtung, auf der ein paar Chemie-Sachbücher, *No Orchids* und das Automobil-Verein-Handbuch für 1958 standen. Schließlich jedoch zog ich Dr. Spocks Leitfaden für Baby- und Kleinkinderpflege unter einem Stapel von Frauenzeitschriften hervor, der sich auf dem Nachttisch in Caras Glas-, Satin- und Schaffell-Schlafzimmer befand. Hastig blätterte ich das Buch durch, fand ein Blatt Papier, auf dem ein paar Krakel standen, und steckte es in meine Tasche.

Dann ging ich auf Zehenspitzen die beiden Treppen zum Labor hinunter.

Zum Glück schien kein Mensch in dem Gebäude zu sein. Ich blieb auf jeder Stufe stehen und lauschte. Denn wenn mich jemand in Caras Wohnung gefunden hätte, hätte ich wenigstens eine Entschuldigung bereit gehabt, aber für das, was ich jetzt tun wollte, gab es keine Entschuldigung.

Nirgendwo ein Geräusch, außer einem Auto, das ein paar Blocks weiter anhielt. Ich schlich weiter.

Mir war der Gedanke gekommen, daß es, wenn ich schon in der Fabrik war, töricht wäre, nicht den Versuch zu machen, eine weitere Probe vom Original-Produkt x in die Hände zu bekommen – wenn noch etwas übrig war. Wir könnten es zu einem unvoreingenommenen Parfum-Analytiker bringen und einen objektiven Bericht anfertigen lassen, der ohnehin für jede gerichtliche Untersuchung erforderlich wäre. Ich fragte mich nur, ob ich noch wußte, wo das Zeug aufbewahrt wurde? Vage erinnerte ich mich, daß der alte Dunskirk es mir gezeigt hatte, in einem großen schwarzen Glasballon, der etwa zwanzig Liter gefaßt haben mochte; vermutlich Soldatis ganzer Vorrat, den Gareth nach seinem Tod gestohlen und auf legalem oder illegalem Weg nach England transportiert hatte. Ich traute es Gareth durchaus zu, Rechnungen und Ladepapiere zu fälschen.

Der vertraute Veilchengeruch der Parfum-Abteilung hüllte mich freundlich ein, als ich mich vom Hauptlabor durch die Doppeltüren drückte. Ein Gutes hatte die Sache, dachte ich: Kein Schnüffler konnte hier die Anwesenheit einer Frau an ihrem Parfum erkennen. Vorsichtig tastete ich mich an den Wänden entlang zum fensterlosen Lagerraum, wo die Essenzen und großen Behälter untergebracht waren.

Als ich an der Tür zur Feuerleiter vorbeikam, hatte ich die glänzende Idee, sie aufzuschließen und den Schlüssel einzustecken, für den Notfall. Das ganze Gebäude schien leer, dunkel und stumm, aber meine Nerven waren nicht gemacht für ein solches Unternehmen; ich fühlte mich äußerst unbehaglich.

Sobald ich im Lagerraum war und die Tür geschlossen hatte, schien es mir ungefährlich, das Licht anzuschalten und die verschiedenen Behältnisse, die wie Kraut und Rüben durcheinanderstanden, hastig in Augenschein zu nehmen. Ich sah 180-Liter-Behälter aus Stahl, große, orientalisch aussehende Urnen aus glasiertem Ton, Lederfässer und alle möglichen Fäßchen, Krüge und Flaschen. Zuerst schien mein Vorhaben hoffnungslos, da viele dieser Behälter außer mit einigen unverständlichen Hieroglyphen nicht beschriftet waren. Doch dann entdeckte ich in einer Ecke einen staubigen Glasballon in einer Korbhülle, der einfach mit x bezeichnet war, und darüber, auf einem Wandbrett, Reihen von kleinen braunen und grünen Probenflaschen, die als ›x1, x2, x3, x4, x5‹ markiert waren – Zeugen von Gareths fruchtlosen Versuchen, das Original zu reproduzieren. Zwei oder drei von ihnen trugen das Zeichen x ohne Zahl, ich schnappte mir also eine davon und steckte sie in meine Handtasche, wobei ich mir wie ein echter Einbrecher vorkam. Triumph! Dann hastete ich zur Tür zurück, knipste das Licht aus und wartete einen Moment. Es herrschte Totenstille. Ich öffnete die Tür Zentimeter für Zentimeter und schlich mich hinaus. Ich hatte etwa drei oder vier Schritte in Richtung Feuerleiter gemacht, als ich erstarrte – ich hatte einen kühlen Luftzug von links gespürt und ein leises Seufzen gehört, als die Doppeltüren, die zum Hauptlabor führten, sich öffneten und wieder schlossen. Irgend jemand anders hatte den Raum betreten. Irgend jemand stand dort in der Dunkelheit, vielleicht direkt vor der Tür, reglos, lauschend – jemand, der wie ich Grund hatte, das Licht nicht anzuschalten.

Wer? Doch sicher nicht der Nachtwächter?

Rechts von mir war die Glasscheibe der Tür zur Feuerleiter als ein verschwommener, nicht ganz so dunkler Fleck zu erkennen. Um die Tür mit einem Satz zu erreichen, war sie zu weit entfernt; ich wußte auch, daß allerlei im Wege stand, nur erinnerte ich mich nicht mehr genau, was: Stühle, Kisten, eine große Waage – die Gefahr, darüber zu fallen, war zu groß.

Schritt für Schritt bewegte ich mich seitlich voran.

Ein Flüstern aus der Nähe der Tür brachte mich zum Stehen. »Cara? Bist du es, Cara?«

Für einen Augenblick war ich eher überrascht als verängstigt. Warum sollte irgendwer Cara hier erwarten?

»Es hat keinen Sinn, Versteck zu spielen, Darling, ich kann

dich atmen hören«, fuhr die Stimme freundlich fort. »Außerdem hat der Alte an der Pforte mir gesagt, daß er eine junge Dame auf der Feuerleiter gesehen hätte, nach seiner Meinung war es Mrs. Dunskirk.«

Vermutlich mein Kopftuch und das schlechte Licht, aber selbst dann mußte er bemerkenswert kurzsichtig sein.

Ich atmete so leise wie möglich und schlich weiter, Zoll für Zoll. Von irgendwo auf der anderen Seite des Raums hörte ich das leise Geräusch einer Bewegung; der Sprecher kam langsam auf mich zu.

»Hörst du mir zu?« fragte er. »Du kannst ebensogut antworten – ich weiß, daß du es bist. Du hast es mit der Angst zu tun bekommen, als wir dir die Spinne schickten, nicht? Ein Jammer, daß sie das falsche Mädchen erwischt hat, aber es gibt dort, wo sie herkommt, noch reichlich davon. Mait hat einen Kumpel, der sie züchtet. Ein vielseitiges Talent, nicht wahr? Du wolltest mit dem feinen Herrn abhauen, oder? Aber du konntest es nicht ertragen, zu verschwinden, ohne dir eine Probe einzustecken. Komischerweise hatte ich zufällig die gleiche Idee.

Sauber, wie du das Mädchen dazu gebracht hast, uns mit dem falschen Baby an der Nase rumzuführen, aber wenn ich dich habe, brauch ich das Baby nicht, oder? Hier sind wir gemütlich zusammen, und niemand ist in der Nähe; der taube alte Junge unten schlürft Tee in seiner kleinen Bude; außerdem kennt er mich sowieso. Und selbst der Knall einer Wasserstoffbombe würde ihn nicht vom Hocker reißen.

Du weißt wohl, was ich will? Ich will die Formel, die du versteckt hast. Ich kenne mich aus mit Frauen, ich weiß, daß du sie bei dir hast, wahrscheinlich in deinem BH versteckt. An Gareths Stelle hätte ich sie dir schon lange abgenommen. Der alte Gareth ist zu weich. Er ist erledigt, weißt du? Zuviel, was gar nicht erst hätte passieren dürfen, ist jetzt rausgekommen. Großer Gott, er hätte Soldati nicht umzubringen brauchen; für ein gutes Angebot und mit etwas moralischem Druck hätte der Bursche sich von der Formel getrennt; wir hätten ihm leicht einheizen können wegen der Drogen, die er auf dem Schwarzmarkt verkauft hat. Aber dem alten Gareth kannst du nicht über den Weg trauen; ein richtiger Papiertiger: weich, wenn er die Zähne zeigen soll, aber wenn Diplomatie angebracht wäre, läuft er Amok. Wie ein Verrückter ist er nach Cornwall gerast, um seinen Alten rumzukriegen, aber er hat doch tatsächlich den Bus verpaßt! Und warum? Weil der kleine Tigger sich ausgerechnet hat, daß du hier vorbeikommen würdest, bevor du dich absetzt. Gareth versteht nichts von Frauen, sie machen ihn nur nervös. Aber ich bin anders. Gib mir nur einfach die Formel, Darling, dann kannst du deinen Weg gehen, und ich geh' meinen.«

Währenddessen war er langsam nähergekommen, und ich hatte mich Schritt für Schritt seitlich vorangetastet, bis ich nur noch etwa acht Fuß von der Feuerleiter entfernt war. Aber in diesem Moment stieß meine tastende Hand unglücklicherweise gegen ein Emailtablett, das auf einem Hocker stand. Tigger hörte das Geräusch und machte ein paar vorsichtige Schritte in meine Richtung.

»Versuch nicht, dorthin abzuhauen, Darling«, sagte er mit milder, verständnisvoller Stimme. »Ich habe hier nämlich eine kleine Flasche Schwefelsäure, *la vitriola*, du weißt schon, *parla inglese?* Sie würde deinen hübschen Teint sehr verunstalten. Keine Mannequin-Jobs mehr, und der feine Freund würde dich vielleicht nicht mehr so gern mögen, wenn du nur noch ein halbes Gesicht hättest.«

Es lief mir eisig über den Rücken. War es möglich, daß er die Wahrheit sagte? Vom Verstand her bezweifelte ich es. Aber er könnte im Hauptlabor eine Flasche an sich genommen haben. Und obwohl es genausogut Menthol oder Zimtsäureäthylester sein konnte, würde ich das erst erfahren, wenn es zu spät war.

Vor Säuren habe ich einfach Angst. Ihr durchdringender Geruch, der weiße erstickende Dampf, abscheulich wirkungsvoll, die Vorstellung von Säure im Gesicht, in den Augen, das kann einen weichmachen...

»He, Tigger«, flüsterte ich. »Was wirst du mit dem Parfum machen? Wenn bekannt wird, daß die Formel gestohlen ist, kannst du sie nicht mehr benutzen.«

Ich sprach leise, in der vagen Hoffnung, daß ich taktisch ihm gegenüber im Vorteil war, solange er mich für Cara hielt.

»Machen?« sagte er. »Ich kann eine Menge machen. Es gibt viele Ecken auf der Welt, wo sie noch nicht von Dino Soldati gehört haben. Oder von den Dunskirks. Und vorher werde ich es benutzen, um ein bißchen Cash aus dem alten Dunskirk rauszustemmen; ich schätze, er wird es sich eine hübsche Stange kosten lassen, den Namen seines Lieblings aus den Gerichtsakten rauszuhalten. Hör jetzt auf, mich hinzuhalten, Darling, gib mir einfach das Stück Papier.«

Martha, wie grenzenlos dumm von dir, hierherzukommen. Du hättest dir denken können, daß so etwas passieren würde, und was glaubst du eigentlich, was Tom von dir halten wird, wenn er das hört?

Der Gedanke an Toms Zorn machte mir irgendwie Mut. Während meine Finger nach dem Papier in meiner Tasche suchten, stießen sie auf etwas anderes, einen Zylinder vom Durchmesser eines Tennisballs, die Dose Picknicksuppe. Lieber Himmel, ich hatte sie die ganze Zeit mit mir herumgetragen und nicht daran gedacht, sie zu benutzen. Ich drehte sie zwischen meinen Fingern und suchte nach der kleinen dreieckigen Öffnungslasche.

»Tigger«, murmelte ich, »du machst einen Fehler.«

«O nein«, sagte er. »Ich weiß, daß du Gareth sitzenlassen willst. Ich weiß auch, wer der andere Mann ist. Ich habe die Augen offengehalten, dort unten in Cornwall. Gut, okay, viel Glück. Ich werde dir nicht im Weg stehen, vorausgesetzt, du gibst mir die Formel. Was nützt sie dir schon? *Du* kannst kein Parfum herstellen. Warum bist du also so stur?«

Die Dose Suppe in meiner Tasche war immer heißer geworden, seit ich die Lasche zurückgezogen hatte; sie war inzwischen kaum noch anzufassen. Ich entschied, daß der letzte Augenblick, wo sie noch sicher war, gekommen sei, holte sie vorsichtig aus meiner Tasche und schleuderte sie wie eine Handgranate in die Richtung, aus der Tiggers Stimme kam. Es gab einen herrlichen, spritzenden, knirschenden Knall und einen kräftigen Geruch nach heißer Hummercremesuppe. Tigger gab einen erstickten Laut von sich und warf ziellos irgend etwas in die Gegend, aber ich hatte das Emailtablett von dem Hocker genommen, hielt es als Schild vor mein Gesicht und rannte blitzschnell zur Tür. Er machte keinen Versuch, mich aufzuhalten; vermutlich wischte er sich heiße Suppe aus den Augen. Geschieht ihm recht, dachte ich rachsüchtig, während ich die Tür hinter mir abschloß.

Es regnete jetzt ziemlich heftig, und die eisernen Sprossen der Feuerleiter waren glitschig wie Schmierseife, aber ich merkte es kaum. Ich sauste hinunter, so schnell ich konnte, und um die Ecke des Gebäudes und hatte den asphaltierten Vorhof zur Hälfte überquert, als ich an der Pforte den Crespina parken sah. Mait stand etwas weiter an der anderen Seite des Hofs und unterhielt sich mit dem Nachtwächter. Ich dankte dem Schicksal für Schuhe mit Kreppsohlen und schlich auf meiner Seite leise weiter. Als ich genau auf Höhe der beiden war, schrie jemand aus einem Fenster im ersten Stock:

»Mait! Halt Cara fest!«

»Cara? Wo ist sie denn?« rief Mait verblüfft zurück. Ich hörte Tigger noch etwas brüllen, als ich durch das Haupttor, das für den Crespina geöffnet worden war, hinausrannte. Dann schlug eine Tür zu, und ich hörte, wie der Motor angelassen wurde, aber das beunruhigte mich nicht weiter. Ich flitzte über die Straße in die kleine Passage. Dort hinauf konnte er mir nicht folgen, sie war viel zu schmal.

Kurz darauf jedoch hörte ich Schritte hinter mir; noch war ich meine Verfolger nicht los.

Das einzige, was mich tröstete, während ich die dunkle schmale Gasse hinaufjagte, war, daß ich diesmal nicht auch noch ein Baby schleppen mußte. Aber ich hätte viel für ein paar weitere Dosen Hummercremesuppe gegeben. – Während ich rannte, verfertigte der hysterische Teil meines Denkens, der um so besser funktionierte, je schiefer die Dinge laufen, ein Empfehlungsschreiben für eine Werbekampagne:

Mrs. Jones aus Llandivwlli hat immer eine Dose Picknicksuppe unter dem Schalter ihres Unterpostamts bereitstehen für den Fall eines Überfalls. ›Genau die richtige Suppe dafür‹, sagt sie, ›und wenn mal kein Überfall stattfindet, ist es ein leckeres Abendessen für mein Männe und mich.‹ Stimme des Kommentators: Picknicksuppen, genau das Richtige! Eine Dose am Tach hält Gangster in Schach.

Währenddessen trugen meine Beine mich treu und brav den Hügel hinauf, und meine Lungenflügel öffneten und schlossen sich wie die Türen von Harrods zur Schlußverkaufszeit. Allmählich quälte mich die Frage, wie ich in Toms Wagen kommen sollte. Wo hatte ich den Schlüssel hingetan? In mein Portemonnaie oder in meine Brieftasche? Und war das Schloß im Türgriff des Wagens oder darunter? Und benutzte man für Aufschließen und Anlassen den gleichen Schlüssel? Mein Kopf war völlig leer, ich konnte mich nicht erinnern, und ich war sehr im Zweifel, ob ich genug Zeit haben würde, all das herauszufinden, bevor mein Verfolger mich einholte. Ich hörte die schweren, entschlossenen Schritte näherkommen, nur noch etwa zwanzig Meter hinter mir. Es mußte Mait sein, dachte ich mit sinkendem Mut; mit dem mageren Tigger hätte ich fertigwerden können – wenn er nicht gerade eine Flasche Schwefelsäure bei sich trug.

Ich war oben auf dem Ridgeway-Hügel angelangt und rannte direkt gegen eine der großen hölzernen Kabeltrommeln. Etwa die Hälfte des Kabels war noch drauf, und die Trommel, kopflastig, schaukelte beunruhigend heftig hin und her. Ich packte sie an den Rändern, um sie wieder ins Gleichgewicht zu bekommen. Das Ding war größer als ich, etwa sieben Fuß Durchmesser. In diesem Augenblick traf mich eine Eingebung, wie einst der Apfel Newton. Ich drehte die Trommel an ihren riesigen Bolzen, schaukelte sie noch heftiger hin und her, einmal, zweimal, und ließ sie die kleine Passage hinunter in die Dunkelheit rollen. Ich hörte ein Krachen und einen Schrei, wartete aber nicht, um zu sehen, was passiert war, sondern raste zum Auto, fand den Schlüssel, öffnete die Tür, ließ den Motor an und war weg, bevor ich den ganzen Vorgang überhaupt zur Kenntnis genommen hatte. Ich habe nie herausgefunden, wo ich den Schlüssel hatte.

Nur um sicherzugehen, fuhr ich in Richtung Kingston Bypass und um ein halbes Dutzend Häuserblocks herum, bis ich mich vergewissert hatte, daß ich nicht verfolgt wurde, und bog dann in die Wimbledon High Street ein, um zehn Minuten später brav vor Rosemarys Haus anzuhalten. Es gab schlechterdings keinen Grund für Tigger und Mait hierherzukommen.

Es war genau zehn Minuten vor sieben.

Rosemary öffnete mir die Tür und sagte: »Tom ist im Wohnzimmer. Lassen Sie sich von ihm einen Drink geben. Ich mache gerade eine Art Abendessen zurecht – bin gleich fertig. Phil ist unterwegs, ich werde also mit euch allein sein.«

Philip, Rosemarys Ehemann, war Volkswirtschaftler und schien sich meistens mit Untersuchungsausschüssen in entlegenen Orten wie Tristan da Cunha oder Tierra del Fuego aufzuhalten, vielleicht, weil sein Zuhause so überquoll von jungem Gemüse.

Ich ging ins Wohnzimmer, das unaufgeräumt, aber von Frieden erfüllt war, mit Holzbausteinen und Kleinkram-Spielzeug überall auf dem Teppich verstreut. Tom stand mit einem Glas in der Hand vor dem Kaminfeuer und sah nachdenklich aus. Er hatte ein beeindruckendes blaues Auge.

»Ich habe mir dein Auto ausgeliehen. Hoffentlich hast du nichts dagegen«, sagte ich und hielt ihm die Schlüssel entgegen.

Er streckte die Hand aus – und hielt dann inne, schnuppernd.

»Was ist das da?«

Ich schaute am linken Ärmel meiner Jacke hinunter und sah einen langen, dunklen, schmierigen Fleck.

»Oh, Himmel! Schwefelsäure.« Dann schnupperte ich daran und sagte: »Nein, Pfefferminzöl.«

»Hast du einen Bottich mit Pfefferminze in deiner Wohnung?« Tom musterte mich mißtrauisch, wobei er durch seine geschwollenen Lider blinzelte.

»Was trinkst du da? Whisky? Kann ich auch einen haben? Nein«, sagte ich, während er zum Getränketablett ging, »ich war in der Gay-Gal-Fabrik. Cara hat mir die Schlüssel gegeben und mir gesagt, wo sie die Formel versteckt hat...«

»*Was*?« Tom goß den größten Teil eines Glases Scotch über einen abgeschabten rosa Teddybären. »Willst du damit sagen, *daß Cara die Formel hatte*?«

»Ja, wußtest du das nicht?« Ich sah mit Interesse, daß diese Neuigkeit Tom ebenso überraschte, wie sie mich überrascht hatte.

»Natürlich nicht! Darum also hat Gareth sie so schlecht behandelt! Es hatte überhaupt nichts mit Eifersucht auf das Baby zu tun.«

»Die Entführung des Babys hat nur Öl ins Feuer gegossen.«

»Warum hat sie dir erzählt, wo sie die Formel versteckt hat?«

Das hatte ich mich eigentlich auch schon gefragt.

»Vielleicht als eine Art Rückversicherung«, sagte ich widerstrebend. »Ganz gleich, was auch geschehen mochte, sie wollte nicht, daß Gareth die Formel in die Hände bekam, und sie wußte, daß ich mich um Buschbabys... daß ich die Interessen des Babys wahrnehmen würde.«

»Wie meinst du das: ganz gleich, was auch geschehen mochte?«

»Tom, ich mache mir die größten Sorgen um Cara. Weißt du, daß sie verschwunden ist, daß sie letzte Nacht gar nicht auf den Hof zurückgekommen ist? Gareth hält sich auch in Cornwall auf – ist gestern abend runtergeflogen, sagte Miss Edwardes mir. Wenn Cara ihn weiter lächerlich gemacht, ihn weiter hingehalten hat... als ich Gareth das letzte Mal sah, kam er mir schrecklich nervös und aus dem Gleichgewicht geraten vor...«

»Siehst du da nicht vielleicht Gespenster?« fragte Tom. Sein Ton war skeptisch, aber ich sah, daß er über meine Worte nachdachte und daß ihm die Sache auch nicht gefiel.

»Ich weiß es nicht, Tom. Ich halte Gareth ehrlich für fähig, durchzudrehen, wenn er nicht bekommt, was er haben will. Er ist so lange Zeit Daddys Liebling gewesen – und jetzt riskiert er, alles zu verlieren.«

»Dann sollten wir lieber sehen, daß wir so schnell wie möglich nach Cornwall zurückkommen und ihm und dem alten Dunskirk klarmachen, daß Avalon nicht auf den Markt kommt, bis Herkunft und Besitzverhältnisse eindeutig geklärt sind.«

»Das sollte ernüchternd wirken«, stimmte ich zu. »Glaubst du, daß das auch Georges Meinung ist?«

»Ich weiß es. Ich habe vor zwanzig Minuten in seiner Wohnung angerufen; er ist zurück aus Paris, mit Eloise im Schlepp.«

»Oh, Gott sei Dank – wie gut für den *lieben George*!« rief ich, ehrlich erleichtert. »Ich bin ja so froh. Du hast ihm die ganze Geschichte erzählt?«

»Mehr oder weniger. Wenn du also die Formel hast... wie bist du übrigens zu all diesem Pfefferminzzeug gekommen?«

»Oh, nur ein kleines Malheur«, sagte ich leichthin, während ich mich innerlich köstlich amüsierte bei dem Gedanken, daß Tigger ausnahmsweise einmal mehr empfangen hatte als den wohlverdienten Lohn.

»Alles nicht so schlimm.«

»Na, und wo ist nun diese blutgetränkte Formel?«

Ich zog das Blatt aus meiner Tasche.

Und darauf stand: »Insgesamt 30 Unzen: 6 Unzen in 5 Flaschen oder 7½ Unzen in vier Flaschen. 15 Unzen Kondensmilch, 15 Unzen Wasser, 3 Eßl. Feinzucker od. 6 Eßl. Dextrin und Maltose Präp., 5 Tropfen kristallinisches Vit. D, 50 mg Vit. C.«

»Was um alles in der Welt ist das?« fragte Tom.

In diesem Augenblick hatte Rosemary das Zimmer betreten und las über meine Schulter mit.

»Meine Güte, was für ein *Getue*«, sagte sie. »Ich bin allemal dafür, Babys zu stillen.«

Ich dachte an meine Heldentaten und Niederlagen im Labor und brach in hemmungsloses Lachen aus. All das für dieses Blatt Papier!

»Eine Formel ist es schon«, sagte ich. »Die Formel für Giovanetta Soldatis Ernährung. Ich fürchte, Cara hat mich reingelegt.«

9

Die Fahrt zurück nach Cornwall verlief ohne besondere Ereignisse. Wir wechselten uns ab beim Fahren und Schlafen. Noah schlief den ganzen Weg; das Kind hatte eine echte Begabung dafür, in den Armen Morpheus' zu ruhen. Wenn er nicht ein solcher Siebenschläfer gewesen wäre, dachte ich, hätte ich die Vertauschung viel früher entdeckt, und wir wären gar nicht erst nach London gekommen, was uns eine Menge Ärger erspart hätte. Andererseits wären wir dann nicht an eine Probe von Produkt x gekommen. Wir hatten sie George gebracht, der sie umgehend analysieren lassen wollte.

»Was möchtest du zuerst tun?« fragte Tom, als wir Launceston hinter uns gelassen hatten und das Heidemoorland vor uns lag, purpurfarben und schwarz im Licht einer blutroten Morgendämmerung unter hochgetürmten Regenwolken. Mr. Tregagle hatte recht gehabt mit seinem Drei-Tage-Sturm. »Sollen wir zur Polizei gehen und uns nach Cara erkundigen?«

Im Grunde war ich stocksauer auf Cara. Natürlich hoffte ich, daß ihr nichts zugestoßen war, und die vergebliche Liebesmüh mit dem falschen Baby war, zugegeben, nicht ihre Schuld. Aber sie hätte mir nicht ohne jeden Grund die Geschichte mit der Formel vorzuschwindeln und mich lächerlich zu machen brauchen. Warum hatte sie das getan? Um sicherzugehen, daß ich das Baby nach London brachte? Um die Verfolgung von sich abzulenken?

Ich war auch nicht gerade versessen darauf, den alten Dunskirk wiederzusehen, ihm gegenüberzutreten in dem Wissen, daß sein geliebter Sohn ein Dieb und möglicherweise auch ein Mörder war, daß sein neues Superprodukt gestohlen war und das Image von Gay Gal nicht nur nicht aufpolieren, sondern eher in den Schmutz ziehen würde, daß unsere wunderschöne Werbekampagne geplatzt war und daß seine feine Schwiegertochter, selbst wenn sie nicht von Anfang an von dem Verbrechen gewußt hatte, doch ganz eindeutig hineinverstrickt war; immerhin hatte sie geschwiegen, als ihr klar wurde, was geschehen war, wahrscheinlich, weil sie befürchtete, man könnte sie für eine Komplizin halten.

»Ich denke«, sagte Tom, der meine Gedanken wohl erraten hatte, »du wirst zuerst sehen wollen, wie es Mimi geht.«

»Das möchte ich wirklich. Arme Mimi – sie wird denken, wir seien alle gestorben oder etwas in der Richtung.«

»Und vermutlich wirst du auch möglichst bald zum Kloster gehen wollen.«

Wieder hatte seine Stimme diesen kühlen, trockenen Ton; seine Augen waren ausdruckslos auf die Straße vor uns gerichtet. So sagte ich nur: »Ja.«

»Während du diese Dinge erledigst, werde ich mich mit dem alten Dunskirk unterhalten und herauszufinden versuchen, ob er oder die Polizei eine Ahnung hat, wo Cara steckt, und ich werde dem Kamerateam sagen, daß sie zusammenpacken sollen. Wir haben Glück, daß die Picknickfilme alle im Kasten sind. Dann ruf ich dich gegen eins im Hof an. Oder wollen wir uns zum Lunch im Pub treffen? Was hältst du davon?«

»Du bist wirklich lieb«, sagte ich dankbar. Es war nett von ihm, so rücksichtsvoll zu sein, während er sich doch sicher große Sorgen wegen Cara machte. »Ruf mich an, nur für den Fall, daß einer von uns beiden aufgehalten wird.«

Als Tom mich am Trewithian-Hof absetzte, fand ich den Koffer mit Mimis Sachen vor Caras Tür, genau dort, wo ich ihn hingestellt hatte. Tom blieb nur so lange, bis er von den Tregagles erfahren hatte, daß sie nichts von Cara gehört hätten, und fuhr dann weiter zu Mr. Dunskirks Haus nach Polneath.

Lily Tregagle brannte darauf, über Caras Verschwinden zu schwatzen. »Die Polizei ist gekommen und hat Fragen gestellt«, sagte sie mit weit aufgerissenen Augen. »Aber Sergeant Pearce hat mir im Vertrauen erzählt, daß sie wohl nicht viel machen können. Wenn eine junge Dame auf und davon ist, na ja, zehn zu eins, daß es keine Sache für die Polizei ist, oder? Eigentlich, hat er gesagt, kann man sie gar nicht holen, wenn es nicht so aussieht, als ob es eine öffentliche Ruhestörung gibt. Und das ist doch unwahrscheinlich, nicht, obwohl Ausländer natürlich wirklich leichter reizbar sind.«

Mir erschien nichts wahrscheinlicher als eine öffentliche Ruhestörung, wenn Gareth Cara erwischte, aber ich äußerte mich nicht dazu, sondern fragte Mrs. Tregagle nur, ob sie so freundlich wäre, ein Auge auf Noah zu haben, während ich rasch zu Mimi ins Krankenhaus ging. Sie versprach mir das gern, gab mir für die arme Miss Wie-war-doch-der-Name Grüße mit und sagte, mit Allergien sei das so eine Sache, nicht?

Als ich im Krankenhaus ankam, rechnete ich fest damit, daß die Oberin mich hinauswerfen würde, weil vor halb acht abends Besucher keinen Eintritt hatten, aber es stellte sich heraus, daß sie in Mimi, selbst einer sich vor Schmerzen krümmenden Mimi, ihren Meister gefunden hatte.

Da kein Einzelzimmer frei war, hatte Mimi, die lieber im Straßengraben sterben würde, als auf einer öffentlichen Krankenstation gesund zu werden, es geschafft, in einer kleinen leeren Abstellkammer untergebracht zu werden. Ich erhielt die Erlaubnis, sie zu besuchen, und traf sie fast starr vor Zorn an, weil man sie genötigt hatte, einen blauweiß gestreiften

Jungenschlafanzug zu tragen, der ihr mehrere Nummern zu groß war.

»So ist es recht, lach nur!« fauchte sie, als ich ihren Koffer auf ihr Bett stellte und Hyazinthen, Anemonen und Narzissen in eine große nierenförmige Schüssel legte. »Eine feine Freundin bist du! Wer hat mir versprochen, in ein paar Stunden mit Brandy zurückzukommen?«

»Oh, Mimi, es tut mir aufrichtig leid. Du wirst mir verzeihen, wenn du hörst, was ich durchgemacht habe.«

»Nein, das werde ich nicht«, sagte sie rachsüchtig. »Außer du bist auch von einer Spinne gebissen worden. Sieh dir doch an, was sie mit mir gemacht haben!«

»Ich finde, du siehst großartig aus«, sagte ich. »Ich wünschte nur, Tom wäre hier, um Fotos zu machen.«

Sie sah wirklich komisch aus, wie sie da aufrecht in den blauweißen Streifen saß, wutbebend, mit ihrer römischen Nase, dem nach oben stehenden schwarzen Haar und den fiebrig glänzenden Augen.

»Hoffentlich ist es dir gelungen, der Oberin Brandy abzuschwatzen«, sagte ich, während ich ihr in ein kleidsameres Kleidungsstück half.

»Allerdings, das ist mir gelungen«, vertraute Mimi mir an. »Wir sind geradezu Busenfreundinnen geworden. Aber erzähl, was dir passiert ist? Hast du die elende Cara gefunden?«

Plötzlich packte sie ein Krampf, sie wurde völlig steif, und ihre Muskeln zitterten wie Banjosaiten.

»Gib mir die Schüssel«, keuchte sie. »Ich muß mich wieder übergeben.«

Sehr betroffen kippte ich die Blumen auf den Boden und hielt ihren Kopf, bis der Anfall vorüber war und sie sich matt und schweißgebadet zurücklehnte.

»Mimi! Geht das seit Montag immer so weiter?«

»Jede verfluchte Stunde«, sagte sie zwischen zusammengepreßten Zähnen. »Wenn ich das gewußt hätte, als dieser Typ mich am Montag abend besuchte ...«

»Als wer dich besuchte, Mimi?«

»Tigger, oder Mait, ich kann die beiden nicht auseinanderhalten. Er tauchte zur Besuchszeit auf. Ich war noch ziemlich benommen. Als sie sagten, ich hätte einen Besucher, war ich sicher, daß du Tom oder Jimmy mit meinen Sachen geschickt hättest. Es hat ihn offenbar umgehauen, als er mich sah – er murmelte etwas von einem Mißverständnis, und daß er gedacht hätte, es sei Cara, die man ins Krankenhaus gebracht hatte. Ich hab ihm also erzählt, daß sie nach London zurückgefahren sei; dachte, auf diese Weise würde ich ihn am schnellsten los. Abscheuliche kleine Wanze – wollte sich wohl die Wirkung seines Späßchens ansehen. Wenn ich zu dem Zeitpunkt nicht so langsam reagiert hätte, hätte ich ihm gründlich die Meinung gesagt, bevor er sich verdrückte.«

»Nimm es dir nicht so zu Herzen. Ich hab ihm eine Dose kochendheiße Suppe ins Gesicht geschmissen und Mait von einem Hügel eine extrem schwere Kabeltrommel entgegengerollt, du bist also einigermaßen gerächt.«

»Das höre ich mit Vergnügen.« Mimis Knöchel wurden weiß, als ein neuer Krampf sie schüttelte.

Eine Schwester, die in diesem Augenblick hereinkam, bestätigte, daß sie frühestens übermorgen aus dem Krankenhaus entlassen würde; man war offensichtlich stolz auf diesen ungewöhnlichen Fall und wollte soviel wie möglich aus der Situation herausholen. Ich ging kurz danach und versprach Mimi, zur Besuchszeit wiederzukommen.

»Das glaub ich erst, wenn ich dich sehe«, sagte sie düster.

Ich war kaum in unser Quartier zurückgekehrt und war gerade dabei, den Tregagles von Mimi zu berichten, als das Telefon klingelte. »Es ist für Sie«, sagte Lily, und ich folgte ihr in die gemütliche, unordentliche Küche mit den Aufzeichnungen über Milcherträge, Stapeln von Eierbehältern und dem Topf mit Kartoffelschalen, der stets für die Hühner auf dem Herd stand.

»Hallo? Oh, Tom. Von wo rufst du an?«

»Ich bin in Polneath.« Seine Stimme klang sehr gedämpft.

»Was ist los?«

»Der arme alte Dunskirk.« Er senkte die Stimme noch mehr. »Er hat einen Schlaganfall gehabt.«

»Oh, nein!«

»Leider ja. Offensichtlich... hörst du mich?«

»Ja.«

»Die Haushälterin hat mir berichtet, daß am Montagabend zwei Mitteilungen durch Boten überbracht wurden. Eine für Mr. Dunskirk, eine für Gareth. Dunskirk las die an ihn gerichtete und war völlig außer sich. Er rief Gareth in London an und forderte ihn auf, sofort nach Cornwall zu kommen und die Angelegenheit zu erklären. Gareth kam mit dem Flugzeug, las die an ihn gerichtete Mitteilung, und er und sein Vater hatten eine wütende Auseinandersetzung. Die Haushälterin hörte, wie sie sich gegenseitig anschrien, wußte aber nicht, worum es ging. Dann rannte Gareth wutentbrannt in die Nacht hinaus. Der alte Dunskirk rief seinen Anwalt in London an und sagte, er wolle sein Testament ändern, und bat ihn, früh am nächsten Tag zu kommen – das war gestern. Aber während der Nacht hatte er einen Schlaganfall, und sie fanden ihn rechtsseitig völlig gelähmt auf. Er konnte nur noch murmeln.«

»O lieber Gott. War ein Arzt...«

»Ja, der Arzt war da, der Anwalt auch. Der Anwalt konnte nichts machen, weil der alte Junge sich nicht verständlich machen konnte; er sprach mit dem Arzt und fuhr nach London zurück.«

»Was ist mit Gareth, wo...«

»Das will ich gerade erzählen. Offenbar ist er gestern den ganzen Tag nicht nach Hause gekommen, tauchte aber unerwartet heute morgen auf, unrasiert, mit blutunterlaufenen Augen und außer sich, blieb aber nur kurz, schnappte sich die kleine Dingsda...«

»Laureen?« fragte ich, voll böser Vorahnungen.

»Ja. Die Haushälterin sah durch das Fenster, wie er sie in das Auto schleppte, kam aber zu spät nach unten, um zu fragen, was da vor sich gehe. Sie ist ohnehin völlig aus dem

Häuschen, die arme Frau. Es kommt jetzt eine Schwester und ein Krankenwagen, um den alten Dunskirk zurück nach London zu bringen, und ich habe angeboten, hierzubleiben und beim Aufräumen des Hauses zu helfen, wenn der Krankenwagen fort ist; wird jetzt nicht mehr lange dauern.«

»Die Mitteilungen – von wem kamen sie?«

»Keine Ahnung. Vielleicht von Cara?«

»Keine Neuigkeiten von ihr?«

»Nichts. Aber, Martha...«

»Ja?«

»Sei bitte vorsichtig, hörst du? Mir gefällt überhaupt nicht, was ich von Gareth gehört habe. Ich glaube, du hattest recht mit dem, was du über ihn gesagt hast. Hoffen wir, daß er nach London zurückgefahren ist, aber wenn er sich noch in der Nähe aufhält...«

»Wer sieht jetzt Gespenster?« Er setzte zum Protest an. »Nein, in Ordnung... Ich werde aufpassen. Aber warum sollte er mir etwas tun?«

»Gib jedenfalls acht.«

»Wann sehen wir uns?«

»Ich komme rüber, sobald der Krankenwagen abgefahren ist. Ich habe Jimmy angerufen; das Team ist auf dem Weg nach London.«

»Auch gut«, sagte ich. »Das Wetter ist sowieso hoffnungslos.«

Das kurze Versprechen der Morgenröte war schon vor geraumer Zeit davongespült worden von wild dahinjagenden Wolken, die einander in Scharen über den Himmel folgten wie Lemminge. Ruhelos klopften und kratzten Mrs. Tregagles Fuchsien gegen das Fenster, und die Narzissen im Obstgarten wurden zerrupft und gegen den Boden gepeitscht.

Ich berichtete Tom von Mimi, und da sie nicht vor dem Wochenende würde reisen können, machte ich den Vorschlag, am nächsten Tag mit ihm in seinem Rover nach London zurückzufahren und Buschbaby mitzunehmen. Am

Sonnabend wollte ich dann nach Cornwall zurückfahren, um Mimi und den Admiral abzuholen.

»Gut«, sagte er. »Wir werden den Rest besprechen, wenn wir uns sehen. Gib acht, Liebes ...«

»Okay, okay.«

»Alles Gute.« Er legte den Hörer auf.

Ich legte auch auf und bemerkte, daß Mrs. Tregagle direkt neben mir stand.

»Tut mir leid, Mrs. Tregagle, ich hab Sie nicht gesehen.« Warum war mir plötzlich so heiter zumute? Der Himmel mochte es wissen; wo sich doch all unsere Angelegenheiten in einem jammervollen Durcheinander befanden. Armer alter Dunskirk ...

»Eine Nachricht, Miss. Ein Herr hat sie für Sie dagelassen, während Sie im Krankenhaus waren.«

Gareths Schrift auf der Rückseite eines Briefumschlags: ein fahriges, holpriges Gekritzel.

Ich habe etwas, was Sie wollen, Sie haben etwas, was ich will. Erkundigen Sie sich lieber im Kloster.

Buschbaby! Warum war ich nicht zuerst zum Kloster gegangen?

Schnell, Regenmantel anziehen, Noah nehmen, Beeilung ...

Nein, erst Tom anrufen, hören, was er sagt.

»Wann wurde die Nachricht hier abgegeben, Mrs. Tregagle?«

»So vor zwei Stunden, meine Liebe, gegen zwölf.«

Es war zum Verzweifeln – es dauerte Ewigkeiten, Dunskirks Nummer zu erreichen: besetzt, besetzt, besetzt. Der Arzt vielleicht, der Krankenwagen, Vorbereitungen für die Fahrt. Endlich bekam ich eine Frau an den Apparat, besorgt, den Tränen nahe. Die Haushälterin – wie hieß sie noch?

»Oh, Mrs. Oldcastle? Hier spricht Martha Gilroy, von Salmon und Bucknell. Entschuldigen Sie bitte die Störung, aber könnte ich Mr. Toole sprechen? Ich glaube, er ist bei Ihnen.«

»Mr. Toole ist gerade zur Apotheke nach Camelot gefahren, um eine Arznei zusammenstellen zu lassen. Kann ich etwas ausrichten?«

Ich dachte fieberhaft nach. Es hatte keinen Sinn, die arme Frau mit Neuigkeiten von Gareth zu belasten; es hörte sich an, als sei sie schon jetzt am Ende ihrer Kräfte.

»Könnten Sie ihn bitten, mich so schnell wie irgend möglich beim Kloster zu treffen? Sagen Sie ihm, daß ich dringend dort hingebeten worden bin.«

»Ja, ich werde es ihm sagen.« Aber würde sie daran denken? Es klang, als sei sie außer sich vor Sorge.

»O je«, sagte Mrs. Tregagle, als sie sah, wie ich Noah einwickelte. »Schreckliches Wetter, um ein Baby da rauszubringen, nicht?«

»Nicht so schlimm, ich werde mich beeilen, ich nehme den Hillman.«

Ich legte den schläfrigen Noah auf den Rücksitz, wo er regungslos wie ein Polster liegenblieb. Besorgt wie eine Glucke brachte Mrs. Tregagle eine Decke, um ihn festzuklemmen und vor der Witterung zu schützen.

Bösartige kleine Regengüsse schlugen gegen die Seitenfenster, als der alte Wagen den Weg hinunterschwankte; in den Telefonleitungen pfiff der Wind. Nachdem ich das kurze Stück Hauptstraße hinter mir hatte und mich dem Kloster näherte, sah ich mit Erstaunen, daß einer der Brüder auf der großen, mit Grasbüscheln übersäten Weide links von mir arbeitete. Den aufkommenden Sturm nahm er offensichtlich gar nicht wahr und hieb mit einer Hacke auf Disteln ein; er sah wie die Niedergeschlagenheit in Person aus. Seine Kapuze flog rhythmisch auf und ab, wie der schäbige Federschmuck eines alten schwarzen Vogels, und er schien mit sich selbst zu sprechen.

Als ich näher herankam, sah ich, daß es Bruder Stanislas war. Ich war entsetzt über seinen jammervollen Gesichtsausdruck.

»Bruder Stan! Was ist mit Ihnen los?«

»Oh, mein Kind? Müssen Sie das fragen?« Sein Kummer

hätte komisch gewirkt, wenn es nicht so mitleiderregend gewesen wäre. »Sie sind es vor allen anderen, die ich um Vergebung bitten muß.«

»Weil Sie mir das falsche Baby gegeben haben? Nun, es erwies sich zwar als etwas lästig, aber am Ende hat sich alles zum besten gewendet. Und ich bin ohnehin sicher, daß es nur ein Versehen war.«

»Nein, es war kein Versehen«, sagte er kläglich. »Es war, weil das kleine Buschbaby erkältet war, und ich hatte mir überlegt, man dürfte die Kleine nicht nach draußen bringen. Ich wußte, daß Sie nach Cornwall zurückkehren würden, und bis dahin wäre sie wieder in Ordnung gewesen. Außerdem war ich überzeugt, hier sei sie besser aufgehoben als irgendwo sonst. – Nein, das war nicht der wahre Grund. Warum versuche ich mich selbst zu betrügen? Es war schlecht, schlecht und egoistisch, weil ich es nicht ertragen konnte, mich von ihr zu trennen. Ich hatte sie so ins Herz geschlossen. Es war durch und durch töricht, was ich da getan habe. Und ich habe Ihnen großen Ärger gemacht, und Bruder Lawrence ist sehr böse auf mich – mit Recht.«

»O je«, sagte ich mitfühlend. »Müssen Sie nun zur Strafe Disteln hacken? Hören Sie jetzt bitte auf – es gießt ja in Strömen. Ich bin sicher, Sie haben genug gearbeitet.«

»Nein, mein Kind, ich habe nicht annähernd genug getan. Ich habe etwas Schlechtes getan und muß dafür büßen.« Er schlug sich reumütig an die Brust und hackte wieder auf die Disteln ein, als verkörpere jede einzelne eine Todsünde; dabei murmelte er etwas vor sich hin, das sich wie die Stammformen der lateinischen Verben anhörte.

»Aber wer kümmert sich um die Babys, Bruder Stan, während Sie hier arbeiten?«

»Bruder Lucian«, sagte er trübselig. »Und das ist für ihn eine ebenso große Strafe wie das Distelhacken für mich. Böser, sündiger Stanislas, all diese Schwierigkeiten zu verursachen!«

Es war Bruder Lucian gewesen, verriet er mir, der die

Vertauschung der Babys entdeckt und zornig Bruder Lawrence darüber berichtet hatte, und weil Lucian in der Angelegenheit unangemessen heftige Gefühle gezeigt zu haben schien, hatte Bruder Lawrence sofort den Spieß umgedreht und ihn bestraft, indem er ihm die Aufsicht über das Kinderzimmer übertrug.

»O Himmel«, sagte ich. »Armer Lucian. Ich gehe wohl lieber schnell zu ihm und helfe ihm ein bißchen. Kommen Sie doch bitte mit, Bruder Stan, ich bin sicher, mehr bereuen, als Sie es tun, kann man gar nicht!«

Aber er wollte nicht mitkommen; er zog die Schultern hoch und stampfte durch den Regen auf die andere Seite der Weide, so schnell, daß er meine Frage, ob Gareth schon im Kloster gewesen wäre, nicht mehr hörte.

Ich zog Noah aus dem Auto und ging, in Erwartung eines Chaos, zum Kinderzimmer. Lucian, so dachte ich, würde bei der Pflege von Babys hoffnungslos versagen, besonders wenn die Aufgabe als Bestrafung gedacht war. Die armen Babys unter seiner Obhut taten mir von Herzen leid, besonders Buschbaby.

Ohne mir die Mühe zu machen zu läuten, ging ich direkt den zementierten Flur entlang und war bestürzt, als ich nicht Lucian, sondern Bruder Lawrence vorfand, der mit mürrischem Gesicht Aufsicht führte.

»Warum haben Sie nicht geläutet?« fuhr er mich an. »Nun? Reden Sie! Was wollen Sie?«

»Ich bin gekommen, um Busch...« Ich verstummte. Nur zwei der Orangenkisten waren belegt. Buschbaby war nicht da. »Wo ist sie?« fragte ich heiser. »Und wo ist Lucian?«

»Bruder Lucian tut Buße«, sagte er kurz.

»Wofür?« fragte ich, erhielt aber nur einen vernichtenden Blick, während er mir Noah abnahm und ihn in eine Orangenkiste plumpsen ließ.

»Wenn *Sie* sich hier nicht hereingedrängt hätten, junge Frau, und sich eingemischt hätten, wo Sie nichts zu suchen haben, wäre uns viel Ärger erspart geblieben. Und jetzt haben

Sie vielleicht die Güte, dorthin zurückzugehen, wo Sie hingehören, und uns in Ruhe zu lassen.«

So müde und beunruhigt ich auch war – am liebsten hätte ich ihn geohrfeigt. Aber das hätte mir auch nicht weitergeholfen.

»Ich werde gehen, und mit Freuden, wenn Sie mir sagen, wo das Baby ist, das ich abholen möchte, das kleine, schwarzhaarige.«

»Ihr Vater hat sie abgeholt.«

»Oh, *nein* – Sie meinen, ihr Stiefvater? Blond, sehr gut aussehend?«

»Ich selbst habe ihn nicht gesehen. Bruder Lucian ließ ihn herein und übergab ihm das Kind.«

»O, mein Gott. Ist das schon lange her? Hat er gesagt, wohin er sie bringen wollte? Kann ich mit Bruder Lucian sprechen?«

»Ich habe Ihnen gesagt, junge Frau«, sagte Bruder Lawrence und runzelte die Stirn, »daß er Buße tut.«

»Aber ehrlich, Bruder Lawrence, es ist wichtig! Der Mann, der sie abgeholt hat, ist unzurechnungsfähig, möglicherweise sogar ein Mörder!«

Bruder Lawrence schien zu zögern. Schließlich sagte er widerstrebend: »Ich muß zugeben, daß ich zornig war, als ich feststellte, was Bruder Lucian getan hatte. Er hätte das Kind nicht übergeben dürfen, ohne mich zu fragen. Aus diesem Grund habe ich ihn seiner Pflichten im Kinderzimmer entbunden.«

Er nahm eine Holzkelle auf und rührte mit angeekeltem Gesicht in einem Eimer, in dem kleine Kleidungsstücke in Seifenlauge einweichten.

»Bitte lassen Sie mich mit ihm sprechen, Bruder Lawrence.«

»Also gut. Sie werden ihn damit beschäftigt finden, die Schweineställe zu säubern. Gehen Sie freundlicherweise außen herum, *nicht* durch die Gemeinschaftsbezirke. Und bleiben Sie nicht länger als unbedingt erforderlich.«

Er drehte mir den Rücken zu und begann – indem er es auf Armeslänge von sich entfernt hielt – zimperlich ein Baby zu begutachten, das zu wimmern begonnen hatte. Es war eindeutig, daß er mir die ganze Schuld an den Vergehen der beiden Brüder gab, und traurig räumte ich ein, daß er wohl recht hatte.

Ich verließ das Gebäude durch den Ostausgang und wandte mich nach links, in Richtung aufs Meer. Der Weg ging weiter, an einer hohen Mauer, die den Gemüsegarten umgab, entlang und endete an einem Tor, das auf ein unbearbeitetes schmales, bis an die äußerste Spitze der Landzunge reichendes Feld führte. Inzwischen regnete es so heftig, daß alle weiter entfernten Gegenstände wie von grauen Schleiern verhüllt schienen. Nachdem ich den Hillman den holperigen Weg soweit wie möglich hinuntermanövriert hatte, ließ ich ihn an dem Tor stehen und rannte durch den strömenden Regen zu der Ansammlung von Hütten aus Schlackenstein innerhalb des Feldes, wo sich die Schweineställe der Bruderschaft befanden. Der Geruch und das Gegrunze waren unverkennbar.

Ich sah Lucian, wie er Stroh aufgabelte. Er trug Gummistiefel und eine Art schwarzen Overall mit einer Kapuze, die er zurückgeworfen hatte. Sein dunkles Haar hing in Strähnen herab, und sein hageres, geistesabwesendes Gesicht hatte etwas von einem Dürer-Stich. Er hatte die nicht begeisterten Schweine auf das Feld hinausgejagt und warf ihnen ihre Streu mit wütender Energie hinterher. Als ich mich über die Trennwand des Schweinestalls lehnte und ihn anrief, zuckte er heftig zusammen; ganz eindeutig hatte er mein Kommen nicht gehört.

Ohne mich anzusehen, sagte er schnell: »Ich bin beschäftigt, ich habe jetzt keine Zeit.«

»Lucian, ich muß mit dir reden. Bruder Lawrence hat mich hierhergeschickt.«

Er wandte sich mir halb zu, immer noch mit abgekehrtem Gesicht. Ich sah das nervöse Zucken seiner Wange.

»Bitte, Lucian – der Mann, der Caras Baby abgeholt hat – war er groß und blond? Hat er gesagt, wohin er fahren wollte? War noch jemand bei ihm?«

Eine endlose Zeitlang antwortete er nicht; er stand einfach nur da und schaute hinunter auf die Zinken seiner Mistgabel, die zur Hälfte im dampfenden Stroh steckten.

»Bitte, Lucian, es ist wirklich wichtig! Es ist sogar möglich, daß er das Kind umbringt! Warum sagst du es mir nicht? Weißt du es nicht? Hat er überhaupt nichts gesagt?«

Schweigen. Seine Wange zuckte. Seine Knöchel auf dem derben Holzgriff waren weiß. Ich fühlte, daß meine Geduld zu Ende ging, aber ich wartete, und schließlich sagte ich so sanft wie möglich:

»Du mußt es mir wirklich sagen, Lucian. Dies ist auch für dich wichtig.«

»Warum«, sagte er mit tonloser Stimme, ohne sich umzudrehen.

»Wegen des Babys. Du hast es gehaßt, nicht wahr?«

Da endlich drehte er sich um und musterte mich mit einem langen, seltsamen Blick aus seinen blutunterlaufenen Augen.

»Du warst wütend auf mich, nehme ich an, weil sie mein besonderer Liebling war, und wütend auf Bruder Stan, weil er einen Trick anwendete, um sie zu behalten. Darum warst du froh, sie loszuwerden, als dieser Mann auftauchte, war es das?«

»Was geht die ganze Sache dich überhaupt an?« murmelte er und runzelte die Stirn. »*Du* bist doch nicht die Mutter.«

»Nein«, sagte ich langsam. »Nein, ich habe keine Kinder.«

Plötzlich kam mir eine Erleuchtung, derart deutlich, daß ich nicht verstehen konnte, warum mir das alles nicht schon vor Jahren ganz klar geworden war. Mir fielen sogar wieder Bruchstücke einer unwichtig erscheinenden, lange vergessenen Unterhaltung ein. Eine müßige Frage von mir: »Wie viele Kinder wollen wir haben, Lucian? Findest du vier eine gute Zahl?« Lucian war offenbar in das Sortieren von Manuskripten vertieft, hörte nicht zu; schließlich kam eine Antwort, die das Gespräch in eine andere Richtung führte. Wie lange danach hatte er begonnen, sich von mir abzuwenden und sich in sich selbst zurückzuziehen? Bald darauf? Schon am nächsten Tag?

Diesem Gedankengang folgend, fragte ich, ohne an die Konsequenzen zu denken:

»War das Baby, das zusammen mit deiner Mutter starb, als du zehn warst – ein Junge oder ein Mädchen?«

»Bitte verschone mich mit deiner unausgegorenen Psychologie!« knurrte er wütend. »Was für eine Rolle spielt das?«, fügte dann aber mürrisch hinzu: »Es war ein Mädchen.«

Armer Lucian – mit einem solchen Einschnitt, mit einer solchen Rivalin aus seiner Vergangenheit leben zu müssen!

Ich hatte nicht laut gesprochen, aber er funkelte mich an, als hätte ich es getan.

»Du brauchst mich nicht zu bemitleiden! Ja, schon gut, ich weiß, daß ich eifersüchtig war, ich gebe es zu! Ich gebe den ganzen verdammten Mist zu! Ich hasse Kinder. Aber das alles habe ich schon von Bruder Lawrence gehört, ich höre es mir von dir nicht noch einmal an!«

»Das brauchst du auch nicht«, sagte ich leicht verwundert. Bruder Lawrence! So so! »Aber ich habe der Mutter des Babys versprochen, daß ich mich um die Kleine kümmern und sie an einen sicheren Platz in London bringen würde. Daß ihr Stiefvater sie in die Hände bekommen hat, ist das Schlimmste, was ihr passieren konnte. Ich muß wissen, was vorgefallen ist. Bitte sag es mir, Lucian.«

»Ich weiß es nicht.«

In diesem Augenblick war ich wirklich verzweifelt. Ich wußte, daß er log – alles an ihm verriet das, sein Gesicht, seine Stimme, die ganze Körperhaltung. Lucian war immer von einer fanatischen, erschreckenden Halsstarrigkeit gewesen; wenn er etwas nicht wollte, konnte keine Macht der Erde ihn dazu veranlassen. Und inzwischen verrann die Zeit; obwohl es eigentlich noch Stunden hätte dauern müssen, bis es dunkel wurde, hingen die schweren Wolken jetzt so tief, daß schon eine Art Dämmerung herrschte. Ich spürte, wie der anhaltende Regen allmählich durch die Schultern meines Regenmantels drang. Was konnte ich nur tun? Bruder Lawrence anflehen?

»Lucian«, begann ich, als etwas an meiner Hand zerrte. Erschrocken drehte ich mich um und sah die kleine Laureen neben mir stehen. Sie bot einen jämmerlichen Anblick, klatschnaß, mit schmutzigem, regen- und tränenverschmiertem Gesicht. Ihr feuchtes Haar hing in Strähnen herunter. An einem Knie hatte sie eine Schnittwunde, beide Knie waren aufgeschürft, und ihre Schuhe, deren Schnürsenkel sich gelöst hatten, waren lehmverkrustet.

»Laureen! Was um alles in der Welt tust du hier?«

Sie schluchzte so jämmerlich, daß es fast unmöglich war, sie zu verstehen.

»Er h-h-hat gesagt, ich soll im Auto bleiben, aber ich wollte nicht, es war so k-k-kalt! D-d-darum bin ich ihm nachgelaufen, a-a-aber er war nicht da, oh-oh-oh-oh. Und es war steil, und ich bin gefallen, k-k-kuck mal!«

Schluchzend und schluckend streckte sie mir ihre verschmierten, blutenden Hände entgegen.

Ich kniete nieder und legte einen Arm um das arme kleine Wesen.

»Arme Laureen – da bist du wirklich schlimm gefallen! Wo ist es passiert?«

»Auf der Klippe.« Sie zeigte mit dem Kopf zur Landspitze.

»Ist dein Vater dort?«

»Ich w-weiß nicht, wo er ist.«

»Wo ist euer Auto?«

Sie zeigte unbestimmt auf das Feld.

»Er hat das Auto dort stehenlassen und ist die Klippe runtergegangen? Hatte er Caras Baby bei sich?«

»Ja-a, das hatte er«, schluchzte sie, »aber er wollte mich nich mitnehmen. Er hat gesagt, ich soll im Auto bleiben.«

Wie lange mochte das her sein?

»Lucian«, sagte ich, »bring Laureen bitte zu Bruder Lawrence, würdest du so lieb sein? Sage ihm, er möchte sie säubern und ihr etwas Heißes zu trinken geben. Du kannst den Hillman nehmen, dann geht es schneller. Und dann schicke jemanden zum Strand hinunter – und kannst du die Polizei benachrichtigen lassen? Wir dürfen keine Zeit verlieren. Ich gehe schon voran. Bitte beeil dich.«

Ich versuchte, forsch und gelassen zu sprechen, als existierte die Möglichkeit, daß er es ablehnen könnte, mir zu helfen, überhaupt nicht. Es funktionierte. Er warf einen finsteren Blick auf Laureen, als mißfalle ihm seine Aufgabe, aber er wandte sich um und ging zögernd auf den Hillman zu.

Beinahe hätte Laureen alles verdorben, indem sie heulte und sich an mich klammerte.

»Will nich mit dem schwarzen Mann gehn, will nich!«

»Oh, Laureen, im Kinderzimmer ist ein lieber Mann, der deine häßlichen Wunden waschen und besser machen wird. Und wahrscheinlich gibt er dir Brot und Honig und schöne heiße Milch. Hol um Gottes Willen Bruder Stan, wenn's geht«, murmelte ich Lucian zu, während ich Laureen, die sich durchnäßt, störrisch, rebellisch an mir festklammerte, ins Auto drängte.

Lucian nickte, ohne mich anzusehen, und beschäftigte sich eingehend mit dem Armaturenbrett.

Laureen trat wütend gegen die Wagentür.

»Hör endlich auf!« fuhr Lucian sie plötzlich an, wobei er zu meinem Erstaunen und meiner Erleichterung eine natürliche, gesunde Wut an den Tag legte, streckte einen Arm aus und zerrte Laureen geschickt auf den Beifahrersitz.

Sie war so entgeistert, daß sie für einen Augenblick das Heulen einstellte, und er sagte: »So ist's recht! Jetzt halt den Mund, sonst werden wir wahrscheinlich gegen die Mauer knallen. Ich bin seit sieben Jahren nicht mehr gefahren.«

Ich schlug die Tür hinter Laureen zu und sah, daß Lucian mir mit abgewandtem Gesicht an Laureen vorbei einen Zettel durch das Fenster entgegenhielt; bevor ich Zeit hatte, ihn mir anzuschauen, heulte der Motor schon auf, und der alte Wagen schoß ruckartig, aber schnell den schmalen Weg zum Kloster hinauf.

Es war fast zu dunkel, um das feuchte Tintengeschmier noch lesen zu können:

Cara sagt, sie habe es Ihnen gegeben, ich weiß also, daß Sie es haben. Kommen Sie lieber auf die Insel, wenn Sie das Baby haben wollen.

Das törichte, Unheil anrichtende dumme Ding! dachte ich zornig, während ich hastig über das steinige Feld auf die Ginsterhecke zulief, die es zur Klippe hin begrenzte. Warum mußte sie Gareth eine solche Lüge erzählen? *Wollte* sie ihr Kind denn nicht retten?

In einer Bodensenke am Ende des Feldes erblickte ich Gareths Typ E, leer.

Dann fiel mir ein, daß Cara natürlich annehmen mußte, Buschbaby sei inzwischen in London in Sicherheit. Bruder Stans unglückselige Vorliebe für das Baby hatte uns wirklich in Schwierigkeiten gebracht.

Ich erreichte die Hecke und schaute nach unten. Von hier aus konnte ich die ganze kleine Bucht übersehen. Die Flut stieg; weißgesäumte Brecher rollten aufgebracht weit den Strand hinauf bis dahin, wo die Picknicksuppen-Idylle gedreht worden war. Der regennasse Kiesstrand beschrieb jetzt einen klaren Bogen, so unberührt, als habe nie ein Mensch seinen Fuß darauf gesetzt. Die dem Strand vorgelagerte Insel war kaum zu erkennen, nur als grauer verschwommener Fleck.

Ich sah mich nach Gareth um, aber weit und breit gab es kein Zeichen von ihm. Allerdings konnte ich die Anlegestelle der Klosterboote, die sich nahe der Landspitze befand, von meinem Standort aus nicht sehen. Ich begann, rutschend und stolpernd, den Klippenpfad hinunterzulaufen. Es war eindeutig, daß Laureen hier entlanggekommen war; ihre Fußabdrücke waren in dem Lehmboden gut zu erkennen, und hier war auch die lange Rutschspur, wo sie hingefallen und dann entmutigt umgekehrt war. Eine ihrer Haarschleifen lag im Matsch neben dem Pfad.

Nun stürzte sich der kleine Weg durch ein Gewirr aus Schlehen und Ginster und Fuchsien, um abrupt an dem großen Landungsboot aus Beton zu enden, das, schräg zwischen die Felsen gezwängt, den Mönchen als Landungssteg diente. Ich dachte zurück daran, wie Mimi und ich an dem heißen Frühlingstag dort ein Sonnenbad genommen hatten, während das Kamerateam die Mustang-Folge drehte. Jetzt spülten graue, eilige Wellen über das untere Ende, und hochgewirbelte Kieselsteine schlugen kratzend gegen den rauhen Beton; jener müßige, sonnige Morgen schien ein ganzes Leben zurückzuliegen.

Gareth war auch hier nicht zu entdecken.

Aber eines der Boote vom Kloster fehlte, und ich sah die tiefe Rinne, wo es den Strand hinunter ins Wasser gezogen worden war. Ich starrte hinüber zur Insel und bemühte mich, mit meinen Blicken den prasselnden Regen und die Gischt zu durchdringen. Bildete ich es mir nur ein, oder bewegte sich dort etwas Weißes auf den Felsen?

Ich wußte, daß ich hinüberfahren und nachsehen mußte.

Die Boote des Klosters waren schwere, unbeholfene Fahrzeuge, die zum Makrelenfang und zum Aussetzen von Hummerkörben benutzt wurden; ich brauchte meine ganze Kraft, um das übriggebliebene Boot zum Wasser hinunterzuziehen. Unter normalen Umständen wäre ich wahrscheinlich gar nicht dazu fähig gewesen. Aber inzwischen war ich in Wut geraten, in eine sich um nichts scherende, durch nichts zu bremsende und von Herzen befriedigende Wut, gegen Cara, weil sie mich mit ihren Lügen und Machenschaften in diese Situation gebracht hatte, und gegen Gareth, wegen seiner unzurechnungsfähigen, halsstarrigen Erpressermethoden! – Was erwartete er eigentlich von einer solchen Handlung? Er mußte doch inzwischen wissen, daß er erledigt war!

Diesen Gedanken verfolgte ich allerdings lieber nicht weiter bis zu dem naheliegenden Schluß: daß Gareth tatsächlich wußte, daß er erledigt war, und daß gewöhnlicher Egoismus und Halsstarrigkeit jetzt umgeschlagen waren in Paranoia.

Inzwischen war ich so naß, daß mein Regenmantel mich nur noch behinderte. Ungeduldig warf ich ihn, zusammen mit meiner Handtasche, auf den Strand. Auch meine Jeans und mein Hemd waren durch und durch naß und klebten unangenehm auf der Haut. Es war ein schrecklicher Gedanke, daß ein kleines Baby diesem Wetter ausgesetzt sein sollte.

Den alten Motor mit seinen Tücken anzulassen bedeutete einen langen Kampf. Und kaum war ich ein paar Meter gefahren, da stellte ich fest, daß der Wind das Boot quer über die Bucht drückte; ich mußte den Kurs ändern und mich nach rechts von der Insel halten, wobei ich nur sehr langsam voran kam; zwei Meter zur Seite für einen Meter nach vorn. Es schien etwa zwanzig Minuten zu dauern – wahrscheinlich waren es in Wirklichkeit nicht mehr als zehn –, bis ich die kurze Strecke bewältigt hatte. Draußen, auf halber Höhe, waren die Wellen groß und unruhig, aber als ich an die Leeseite der Insel kam, war das Wasser weniger bewegt. Obwohl ich befürchtet hatte, mit dem Boot gegen die Landungsboot-Mole zu krachen, brachte ich es fertig, es an den Steg zu manövrieren und im flachen Wasser vor dem winzigen Strand festzumachen, ohne viel Schaden anzurichten. Das andere Boot lag auch dort.

Gareth war also auf der Insel.

Es wurde jetzt etwas heller; direkt über der Insel sahen die Wolken zwar noch blauschwarz aus, aber von Osten her warf ein gelber Streifen über dem Meer einen fahlen Schein wie Bühnenbeleuchtung auf den hügeligen Boden. Ich konnte Gareth nicht entdecken, aber es gab viele Möglichkeiten, sich zu verstecken: zerklüftete Felsen unten am Wasser, die Burgmauer weiter oben und das Phantasiegebäude aus viktorianischer Zeit innerhalb der Mauer, auf dem höchsten Punkt. Er konnte überall sein. Ich suchte nach ihm, rief:

»Gareth!« doch der Wind trug meine Stimme zurück zum Strand.

Der schneidend kalte Regen und das unnatürliche Licht ließen die Insel völlig verändert aussehen. Ich erkannte in ihr kaum das friedliche Plätzchen wieder, wo ich auf einem Felsen gesessen, Texte für Midinette geschrieben und mich gefragt hatte, ob ich im Kloster anrufen sollte, während Jimmy sich darüber beschwerte, daß die Möwen seine Aufnahmen verdürben. Die Felsen waren glitschig von Regen und Gischt. Vorsichtig kletterte ich hinauf zum Landungsboot, wobei ich mich wieder fragte, wessen Idee es gewesen war, das plumpe Ding hierherzubringen, und wie sie es überhaupt in diese Lage gebracht hatten. Es war etwa sechzig Meter lang und mehr als zehn Fuß hoch; als ich oben stand, war ich dem Wind voll ausgesetzt, so daß ich Mühe hatte, mich auf den Beinen zu halten. Die höhersteigenden Wellen schlugen hohlklingend gegen den langen Rumpf, dessen unteres Ende bereits von Wasser bedeckt war, aber aus der Gezeitenmarke am Boot ging klar hervor, daß es nie ganz unter Wasser lag. An seinem zum Ufer hin liegenden Ende hatten die Mönche eine Art Felsengrotte für Meditation und Gebet gebaut, mit dem Eingang zum Meer. Obwohl die Grotte mir sehr unwahrscheinlich als Versteck vorkam, kletterte ich vorsichtig hinauf, ging um eine offene Luke im Betondeck des Bootes herum, klopfte an die Holztür und rief: »Gareth? Sind Sie da drinnen?«

Keine Antwort, ich öffnete die Tür und schaute hinein. Er war nicht dort, aber zu meinem Verdruß entdeckte ich allerlei von den Kameraleuten zurückgelassene Requisiten, ein Stativ, Pfeile und Bogen, eine der Kronen, die Cara getragen hatte, und einen ihrer grobgestrickten Pullover. Schlampige Aufräumarbeiten! Irgend jemand hatte es nicht für nötig gehalten, bei dem heftiger werdenden Sturm noch einmal zur Insel überzusetzen, um die Reste einzusammeln. Salmon und Bucknell würden ohne Zweifel die Rechnung zahlen. Ich verließ die Grotte, schlug die Tür hinter mir zu und machte mich daran, den glitschigen schmalen Pfad zur Öffnung in der Burgmauer hinaufzuklettern.

Inzwischen war ich zutiefst beunruhigt. Wenn Gareth auf der Insel gewesen wäre, hätte er mich doch sicherlich ankommen sehen, mein Rufen hören müssen? Konnte es sein, daß er beschlossen hatte, sich – mit dem Baby – aus dem Staub zu machen, nachdem er vielleicht so lange gewartet hatte, bis er überzeugt war, daß ich nicht kommen würde? Wenn Buschbaby auf der Insel wäre – hätte ich sie dann nicht irgendwann weinen hören müssen, auch bei diesem Wind?

Der kurzgewachsene Rasen innerhalb der Burgmauern war leer, ebenso das kleine Sommerhaus mit dem gewölbten Dach; Regen fegte hindurch, und der schwarzrote Fliesenboden glänzte vor Nässe. Etwas Weißes lag neben einer der Trägersäulen; mit einem hohlen Gefühl im Magen hob ich es auf. Ein Babystrumpf, völlig durchnäßt und tropfend. War er absichtlich dort liegen gelassen worden, als Verspottung zum Abschluß meiner vergeblichen Verfolgungsjagd?

Mit schwindender Hoffnung suchte ich den Rest der Insel ab. Ich machte einen Rundgang um die Burgmauer und schaute hinter jeden Felsen, jeden Ginsterstrauch. Wie einst Robinson Crusoe fand ich keinerlei Lebenszeichen.

Auch als ich überall gewesen war, konnte ich einfach nicht glauben, daß wirklich niemand auf der Insel war; noch einmal suchte ich alles ab. Mir war jämmerlich zumute, wenn ich an das dachte, was geschehen sein mußte.

Schließlich machte ich mich unendlich deprimiert auf den Weg zurück zu dem kleinen Stück Strand an der Leeseite des Landungsstegs, wo die beiden Boote gelegen hatten.

Meins war weg.

Aber es war nicht weit. Ich sah es, in etwa dreißig Fuß Entfernung, wie es ziemlich schnell über die Bucht zu der Stelle trieb, wo die Wellen in Gischtwolken gegen die gegenüberliegende Landspitze donnerten. Die Mönche würden mit einem Boot auskommen müssen, bis ich ihnen einen Ersatz kaufen konnte. Aber wie konnte es sich losgerissen haben?

Ich hatte es mit einem völlig ausreichenden Knoten an einer eisernen Krampe festgemacht, die in das Landungsboot geschlagen worden war. Die Krampe war noch da, sicher genug, um die *Queen Mary* zu halten.

Während ich die Krampe inspizierte, wurde ich von hinten gepackt. Die Hände wurden mir gewaltsam auf den Rücken gezerrt und mit qualvoller Heftigkeit zusammengeschnürt. Ich schrie und wand mich hin und her und versuchte, mich loszureißen, aber ich hätte ebensogut versuchen können, meine Hände aus einer elektrischen Wringmaschine zu befreien.

Es war natürlich Gareth. Das Beängstigende war, daß er, trotz nasser Kleidung und zerzaustem Haar – seine Jeans troffen, die Samtjacke war schwarz vor Nässe – immer noch so *normal* aussah, während er gelassen einen Knoten nach dem anderen in den Strick machte, der meine Hände fesselte.

»Gareth! Was zum Teufel haben Sie eigentlich vor? Würden Sie mich bitte sofort loslassen?«

»Na also«, sagte er, meine Wut ignorierend, überprüfte gewissenhaft sein Werk und entschied offensichtlich, daß es in Ordnung war. »Ich g-g-glaube nicht, daß das die Durchblutung hindern wird. Aber das werden wir ja s-s-sehen, nicht wahr? Und jetzt: Wo ist die Formel?«

»Ich habe sie nicht«, sagte ich und versuchte, ruhig zu bleiben, ihm vernünftig zu begegnen. »Bitte, lassen Sie mich gehen.«

Er runzelte die Stirn.

»Lügen Sie nicht, das ist a-albern. Ich weiß, daß Sie sie h-h-haben. Cara hat es gesagt.«

»Gareth!« Ich konnte mich nicht länger beherrschen. »*Wo ist Cara?* Was haben Sie mit ihr gemacht?«

Ein Ausdruck ganz außergewöhnlicher Gehässigkeit trat in sein Gesicht. Er sagte:

»Sie werden s-s-sie nie wieder sehen. Sind Sie nicht froh? Sie hat sich Ihren Freund geangelt, n-n-nicht wahr?«

»Was haben Sie mit ihr gemacht?«

»Das würden Sie wohl gern wissen!« Etwas an der Art, wie er dort stand und mich selbstzufrieden anlächelte, ließ mir das Blut in den Adern erstarren. Mit dem Wasser, das aus seinem dichten blonden Haar und den hellen Augenbrauen rann, hätte er Modell stehen können für eine jener markigen Anzeigen, auf denen harte Männer einen echten Männertabak genießen; alles stimmte bis auf den Ausdruck der Augen.

Ich wagte nicht, ihn direkt zu fragen, ob er Cara ermordet hatte. Oder mich nach dem Baby zu erkundigen. Statt dessen sagte ich:

»Ich sehe, daß es viel zu besprechen gibt. Bitte binden Sie mich zuerst los.«

»Es gibt ü-ü-überhaupt nichts zu besprechen«, sagte er. »Ich will die Formel haben. Ist sie in Ihrer Handtasche? Haben Sie sie d-d-darum auf der anderen S-S-Seite gelassen? Ich habe Sie mit dem hier beobachtet.«

Er hielt ein Fernglas an einem Riemen hoch; ich glaubte Jimmys Fernglas wiederzuerkennen. Hatte man es mit den Pfeilen und Caras Pullover in der Grotte zurückgelassen?

»Sie ist nicht in meiner Handtasche. Ich habe die Formel überhaupt nicht.«

»Ich g-g-glaube Ihnen nicht. Cara s-s-sagte, sie hätte sie Ihnen geschickt.«

Voll böser Ahnungen fragte ich mich, was Cara mit ihrer Lüge hatte erreichen wollen? Aufschub einer endgültigen Auseinandersetzung? Hatte sie das erreicht?

In Gedanken schwankte ich zwischen zwei Möglichkeiten – Gareth hinzuhalten und dadurch später eine noch größere Wut zu riskieren, oder wahrheitsgemäß jedes Wissen vom Verbleib der Formel zu bestreiten. Aber diese Überlegungen lösten sich abrupt in nichts auf, als von irgendwo über mir, vom oberen Ende des Landungsbootes, ein schwacher Schrei zu mir drang.

»Das Baby? Wo ist es?«

»Es ist also aufgewacht«, sagte Gareth gereizt. »Ich hatte es so satt, beide flennen zu hören, daß ich die Kleine mit ein p-ppaar Aspirin zum Schlafen gebracht habe. Hab die verdammte L-L-Laureen an der anderen Seite rausgesetzt, nachdem sie mir gezeigt hatte, w-w-wo Sie diese hier versteckt hatten. Ich hätte nie gedacht, daß das quengelnde kleine Gör s-s-so nützlich sein könnte.«

Er schwang sich auf das Betonboot – die locker zur Schau gestellte Muskelkraft beunruhigte mich; sie bestätigte den Eindruck, den mir schon sein Händegriff vermittelt hatte – und sprang leichtfüßig wieder herunter, mit einem Bündel, das sich zu regen begann, sich streckte und wimmerte. Ich erkannte Buschbabys schwarzen Haarschopf unter einem Stück Persenning.

»Haben sie ins Herz geschlossen, was?« sagte er und beobachtete mich mit einem sauren, unfreundlichen Grinsen. »C-C-Cara sagte, Sie seien ganz versessen darauf, sich um sie zu kümmern. Gut, Sie können sie haben, sobald Sie mir das Stück Papier übergeben haben.« Jetzt war ich wirklich zu Tode erschrocken. Ich hatte angenommen, daß ich den tiefsten Punkt bereits erreicht hatte, aber man weiß ja nie, was noch kommt. Der Anblick von Gareth, wie er dort stand, Buschbaby nachlässig unter den Arm geklemmt, erweckte in mir eine ganze Folge von atavistischen Gefühlen.

Ich sagte: »Ich kann Sie nicht davon abhalten, in meine Tasche zu schauen, wenn Sie wollen. Aber die Formel ist jetzt für Sie nicht mehr zu gebrauchen, das ist Ihnen doch klar?«

Seine Augen leuchteten auf. Er sagte: »D-d-dann ist sie also in Ihrer Tasche«, triumphierend, und ohne sich um den zweiten Teil meiner Äußerung zu kümmern.

»Das habe ich nicht gesagt.«

»Das werden wir gleich sehen.«

Er fing an, das Boot loszumachen.

»Binden Sie mich los, dann helfe ich Ihnen«, sagte ich. Ich hoffte, daß, wenn das Boot übergesetzt hatte – die Strecke war länger geworden, da die Flut immer noch stieg –, Lucian oder Tom oder die Polizei oder irgend jemand sonst am

Strand aufgetaucht sein würde. Ganz zwanglos ging ich auf das Dingi zu.

»O n-n-nein, Sie nicht«, sagte Gareth. Er versetzte mir einen heftigen Stoß, so daß ich rückwärts den Strand hinaufstolperte und über einen Felsblock stürzte. Vor Schmerz keuchend und mit meinen auf dem Rücken gefesselten Händen war ich hoffnungslos im Nachteil; bis ich mich aufgerappelt hatte, hatte Gareth Buschbaby in das Boot fallen lassen, schob es an und sprang leichtfüßig an Bord.

»Ich komme zurück, um Sie loszubinden, wenn die Formel d-d-da ist«, rief er. »Wenn sie nicht da ist, komme ich noch schneller zurück.«

Mir blieb nichts anderes übrig, als mich zitternd auf den Felsen zu kauern und zuzusehen, wie das Boot langsam durch die bewegte See vorankroch.

Die Sicht wurde wieder schlechter. Aber ich sah deutlich genug, wie Gareth schließlich das gegenüberliegende Ufer erreichte, begierig nach der Tasche griff und ihren Inhalt durchwühlte. Seine abschließende Geste war unmißverständlich: Er schleuderte die Tasche von sich, so daß Papierfetzen und andere Dinge sich über den ganzen Strand verteilten. Dann sprang er zurück ins Boot, und ich sah voller Verzweiflung, wie es wieder größer wurde, als es auf mich zukam. Ich hatte meine letzte Chance verspielt, denn selbst wenn noch jemand vom Kloster herunter zum Strand gelaufen war – und ich war nicht einmal absolut sicher, *daß* jemand auftauchen würde –, wie sollte er jetzt zur Insel herüberkommen?

Als Gareth das ruhigere Wasser im Schutz des Landungsstegs erreicht hatte, setzte er das Boot nicht auf den Strand, sondern wartete, den Motor im Leerlauf, etwa zwölf Fuß entfernt, dort wo es noch tief war.

»Gedacht, Sie könnten mich reinlegen, was?« sagte er. Wieder beunruhigte seine unnatürliche Gelassenheit mich zutiefst. Er hätte toben und rasen müssen, weil ich versucht hatte, ihn auszutricksen. Statt dessen legte er eine Art forscher Ungerührtheit an den Tag, ganz anders als sein übliches

Verhalten, so als sei meine List etwas, womit er gerechnet hatte.

Ich versuchte, an ihm vorbei etwas zu erkennen. Die Gestalt, die ich am gegenüberliegenden Ufer gesehen zu haben glaubte, war jetzt verschwunden; ich mußte sie mir eingebildet haben. Und in jedem Fall konnte Hilfe jetzt unmöglich noch rechtzeitig eintreffen. Doch irgend etwas mußte ich schließlich tun.

»Gareth«, sagte ich. »Denken Sie bitte nach. Was können Sie jetzt noch mit der Formel anfangen? Sie können Avalon nicht herstellen, Sie können es nicht auf den Markt bringen, das müssen Sie doch einsehen. Jeder weiß, daß es nicht Ihre Erfindung ist.«

»Was haben Sie mit dem Papier gemacht?« fragte er. »Tragen Sie es bei sich?«

Seine flackernden Blicke durchbohrten mich auf der Suche nach Verstecken. Weder mein Hemd noch meine Jeans hatten Taschen, und wenn sie welche gehabt hätten, wäre ein Stück Papier darin schon längst zu Matsch geworden, aber er war offensichtlich weit darüber hinaus, an so etwas zu denken. Ich ahnte schon, was er als nächstes tun würde, und alles in mir krampfte sich zusammen. Er ließ den Motor wieder an.

Jetzt begann Buschbaby, die auf dem Boden des Bootes leise vor sich hingewimmert hatte, richtig zu brüllen. In gewisser Weise war ich erleichtert; ich hatte große Angst gehabt, daß er ihr eine zu hohe Dosis Aspirin gegeben hatte. Aber ihr Geschrei klang völlig gesund.

»Zum Teufel mit dir, halt die Klappe!« fuhr Gareth sie an, doch sie brüllte weiter. Er hielt das Boot an, jetzt nur noch wenige Fuß vom Ufer entfernt, und stand auf, wobei er Buschbaby hochhielt.

»Martha«, sagte er, immer noch mit dieser sonderbaren, nicht normalen Ruhe. »Ich habe genug davon, zum Narren gehalten zu werden. Und ich habe genug von Kindergeschrei. Ich werde sie ins Wasser schmeißen, w-w-wenn Sie mir nicht sagen, wo Sie die Formel versteckt haben.«

»Nein!« schrie ich verzweifelt. Ich rannte ungeschickt zum Wasser hinunter und begann, zum Boot zu waten, in der vagen Hoffnung, daß ich ihn irgendwie zurückhalten könnte.

»Dies ist Ihre l-l-letzte Chance«, sagte er. »Werden Sie es mir sagen oder nicht? Nein? Also gut, eins – zwei – drei ...«

»Tun Sie's nicht!«

Er hörte mir gar nicht zu. Er befand sich in einem Zustand, in dem er gar nicht mehr zuhören konnte. *»Rein!«* schrie er ausgelassen und warf Buschbaby von sich. Ihr Jammern, lauter werdend, beschrieb einen großen Bogen, und eine Wasserkrone schoß in die Höhe, da wo sie landete.

Aber es war nicht alles Wasser; ich sah, wie sich ihr Hände entgegenstreckten; unglaublicherweise war *Lucian* dort, hinter dem Boot Wasser tretend; in seinem schwarzen Overall mit Kapuze sah er aus wie ein seltsamer St. Christophorus, der aus den Wellen aufstieg. Nur der Heiligenschein fehlte.

Gareth war bei seiner Rachehandlung selbst ins Schwanken geraten. Er stürzte in das etwa fünf Fuß hohe Wasser und ging unter. Das Boot schaukelte und schoß auf Lucian zu, und dieser tat das nächstliegende: Er legte Buschbaby auf den Boden des Bootes und schwamm zum Anlegesteg, wobei er das Boot hinter sich herzog. Von dort aus hatte er keine Mühe, einzusteigen. Er ließ den Motor an.

»Lucian!« schrie ich. »Bring das Boot auf die andere Seite. Sorge dafür, daß das Baby trockene Sachen anbekommt, sonst kriegt sie eine Lungenentzündung. Mach schnell – ist alles in Ordnung mit dem Baby?«

Er schaute nach unten, nickte und wendete das Boot. Gareth war wieder aufgetaucht, tropfend und fluchend; offensichtlich konnte er nicht schwimmen. Er zögerte unentschlossen. Eine Welle klatschte gegen ihn, und das schien den Ausschlag zu geben. Er begann, zum Ufer zurückzuwaten.

Lucian ließ den Motor einen Moment leer laufen und rief mir zu: »Was ist mit dir?«

»Ich schaff es schon, wenn du nur bald jemanden herschikken kannst. Aber beeil dich bitte!«

Wenn die beiden Männer aneinandergerieten, würde Lucian, mager, unterernährt, erschöpft von der ziemlich langen Strecke, die er bei bewegtem Wasser geschwommen war, keine Chance haben gegen den skrupellosen, kräftig gebauten Gareth, da war ich mir völlig sicher. Die Chance, Buschbaby zu retten, mußte ergriffen werden.

»Und danke, Lucian!« rief ich ihm verspätet nach; er drehte sich nicht um; ich wußte nicht, ob er mich gehört hatte.

»D-Darling Martha, Sie h-halten sich wohl für sehr clever, nicht wahr?« sagte Gareth drohend zu mir, während er triefend den Strand heraufstolperte. Er blieb nicht bei mir stehen, wie ich erwartet hatte, sondern schwang sich auf den Landungssteg und verschwand in der Höhle der Mönche. Im nächsten Augenblick tauchte er mit einem der Bogen und einer Handvoll Pfeile wieder auf. Damit lief er zum Ende des Landungsstegs, legte einen Pfeil auf und zielte auf das sich entfernende Boot.

»Gareth! Hören Sie auf damit! Machen Sie doch keinen Unsinn!« schrie ich und zerrte ohne Erfolg an der Schnur, die meine Hände fesselte. Ebensogut hätte ich zum Wind sprechen können. Ich konnte nur hoffen, daß der Wind selbst und die Tatsache, daß Gareth wahrscheinlich keine Ahnung vom Bogenschießen hatte, ein Unheil verhindern würden. Der Bogen schien gut zu sein, und es bestand die schreckliche Möglichkeit, daß das nur langsam vorankommende Boot noch mitten in Schußweite lag.

Ein Pfeil zischte davon in die Dämmerung und traf mit einer weißen Spur jenseits des Bootes aufs Wasser. Jetzt zielte Gareth sorgfältiger und schoß einen zweiten Pfeil ab. Diesen lenkte der Wind von seinem Kurs ab und trug ihn ebenfalls über das Boot hinaus. Ein dritter blieb hinter dem Boot zurück. Inzwischen waren das Boot und der schwarze Umriß, als der Lucian gerade noch zu erkennen war, beinah in dem allgemeinen Grau untergegangen, aber Gareth schien bemerkenswert gute Augen zu haben. Sein vierter Pfeil landete kurz vor der uns zugekehrten Seite des Bootes, und nach dem fünften schrie er triumphierend auf. Ich sah, daß Lucian sich heftig zur Seite bewegte, aber kein Ton drang herüber. Getroffen? Es war mir nicht möglich, das zu erkennen; das Boot fuhr weiter und war bald wirklich nicht mehr zu sehen. Gareth schoß noch ein paar weitere Pfeile ab, aber sie gingen eindeutig am Ziel vorbei, und mit einem wütenden Ausruf warf er den Bogen vom Ende des Landungsstegs ins Wasser.

Im gleichen Augenblick wurde mir klar, daß ich mich jetzt besser aus dem Staube machte; nachdem ihm ein Opfer entrissen worden war, würde er seine Enttäuschung wahrscheinlich am nächsten auslassen. Es war nicht einfach, mit gefesselten Händen schnell den steilen, glitschigen Pfad vom Strand hoch hinaufzulaufen, aber ich erreichte eine Geschwindigkeit, die einer Olympiasiegerin zur Ehre gereicht haben würde.

Allerdings hätte ich wissen können, daß es hoffnungslos war. Doch immerhin schaffte ich es, ihm für etwa zehn Minuten zu entkommen. Das Problem war, daß die kleine Insel nicht auf dieses hassenswerte Katz-und-Maus-Spiel eingerichtet war; es gab einfach nicht genug Platz. Schließlich verfolgte er mich hinunter zum Landungssteg, wobei er ständig aufholte. Ich hatte schon verzweifelt mit dem Gedanken gespielt, unterzutauchen und zu versuchen, mich zum Festland treiben zu lassen, wenn ich auch bezweifelte, daß ich das mit gebundenen Händen schaffen würde.

In der Mitte des Landungsbootes holte Gareth mich ein und schleppte mich, trotz meines Tretens und Zappelns, zurück zur Grotte der Mönche. Dann setzte er mich mit einem Überraschungscoup außer Gefecht, indem er mir in die Kniekehlen trat und mich in die offene Luke drängte. Mit einem Aufschrei reinsten Entsetzens stürzte ich hinunter; zehn Fuß tief zu fallen ist nie ein Vergnügen, aber im Stockdunklen viele Fuß tief in Wasser zu fallen, dessen Tiefe man nicht kennt – hu! Dieser Augenblick verschafft mir noch heute Alpträume. Das Wasser schloß sich über mir; ich zappelte und warf mich hin und her, brachte es fertig, auf die Beine zu kommen und stellte mit Erleichterung fest, daß es mir nur bis zur Brust reichte. Aber was war sonst noch hier drinnen? Meine Phantasie bevölkerte das riesige, leere Boot mit gewaltigen Tintenfischen, Muränen und menschenfressenden Krebsen.

»M-Martha?« Gareths Stimme dröhnte widerhallend in der Betonmuschel. Ich schaute hinauf. Sein Kopf war von der Luke umrahmt, fünf Fuß über mir.

»Gareth! Hören Sie, ich *schwöre*, daß ich Ihre verdammte Formel nicht habe. Bitte lassen Sie mich nicht hier drinnen.«

Donnernd schlugen die Wellen gegen das untere Ende des Bootes, so daß es erbebte; ich spürte mit Schrecken, wie unsicher das ganze Ding auf seinem Felssims lagerte; es konnte jeden Moment ins Wasser gleiten und mich mitnehmen.

»Jetzt h-hören Sie mir zu«, sagte Gareth. »Sie wissen, daß im Boden des Bootes noch ein großes Loch ist, s-so daß es volläuft, wenn die Flut steigt? Ich h-hab mich dort versteckt, als Sie auf d-d-die Insel kamen, daher w-w-weiß ich es.«

»Wie sind Sie wieder rausgekommen?« fragte ich listig.

»D-d-da ist eine Leiter. Ich habe sie aber in die Höhle gestellt. Ich l-l-laß sie runter, wenn S-S-Sie mir sagen, was Sie mit der Formel gemacht haben.«

»Warum denken Sie eigentlich, daß ich sie habe?«

»Cara hat es mir gesagt«, erklärte er geduldig. »Sie s-s-sagte, daß sie sie am Montag zur Post gebracht hat.«

»An meine Wohnung in London?«

»Nein, an den Bauernhof. Sie m-m-müssen sie inzwischen erhalten haben.«

»Habe ich aber nicht. Wann hat Cara das gesagt?«

»Gestern.«

Wo war Gareth gestern gewesen? Ich hatte keine Ahnung. Irgend etwas glimmerte phosphoreszierend im dunklen unteren Teil des Bootes, und es roch scheußlich hier drinnen –

nach Fäulnis, Schlamm, Fisch –, hatte er Cara auch diese Behandlung angedeihen lassen? *Und wo war sie jetzt?*

Es war eiskalt. Das steigende Wasser klatschte mir gegen die Rippen, es kam mir schaumig, ölig vor – kein sauberes Meerwasser. Einer Panik nahe rief ich das erste, was mir in den Sinn kam:

»Vielleicht haben Tigger und Mait die Formel, Gareth?«

»N-n-nein, haben sie nicht«, sagte er. »Sie haben mich sitzen lassen. Cara hat ihnen auch eins ihrer kleinen Briefchen geschrieben, ebenso wie m-m-mir und Dad. Sie haben mir gestern erklärt, daß sie aussteigen. Mir egal, ich bin besser dran ohne sie.«

»Was hat Cara in ihren Briefen geschrieben?«

»Na ja«, sagte er gleichgültig, »über Dino Soldatis Tod.«

»Sie haben ihn also getötet, Gareth?«

»Es war ein Unfall«, sagte er in gereiztem Ton. »Ich hätte es nicht getan, wenn er hilfsbereiter gewesen wäre. Ich h-h-hab also das Parfum genommen, was davon da war, und das Labor angesteckt. Die Formel konnte ich nicht finden.«

»Sie war nicht dort. Wußten Sie nicht, daß Cara sie an sich genommen hat?«

»Hab ich erst erfahren, als sie's mir neulich auf dem Bauernhof gesagt hat. Das Miststück«, sagte er kalt. »Ich h-h-hätte wissen sollen, daß sie m-m-mich irgendwie reinlegen würde. Ich bin froh, daß ich sie erwischt und ihr gründlich die Meinung gegeigt habe.«

»Wissen Sie, daß Ihr Vater einen Schlaganfall hatte?«

»Was macht es schon aus für mich, wenn er stirbt? Er sagte, er w-w-würde sein Testament ändern.«

»Er hat es noch nicht geändert. Der Anwalt kam zu spät.«

»D-d-das glaube ich Ihnen nicht. Und überhaupt, was kümmert's mich?« rief er in plötzlichem Zorn. »Ich hab das ganze lumpige Kosmetikgeschäft satt.«

»Warum wollen Sie dann die Avalon-Formel?«

»Ich werde s-s-sie verkaufen«, sagte er träumerisch. »Sie wird viel Geld einbringen, ist Ihnen das klar? Das ist ein großes, ein klassisches Parfum. Ich hab das sofort erkannt. Selbst Soldati wußte nicht, was er da hatte.«

»Und was werden Sie dann tun, Gareth?«

Das Wasser stand mir inzwischen bis zum Kinn. Immer wieder verlor ich das Gleichgewicht wegen meiner gefesselten Hände und mühte mich, verzweifelt Wasser tretend, wieder einen Halt auf dem mit Kieselsteinen bedeckten Boden zu finden.

»Dann werde ich das Geld nehmen und nach Italien gehen und m-m-meine Stimme ausbilden lassen.«

»Ihre *Stimme*?« Ich war völlig verblüfft.

»Ich wollte immer Opernsänger werden, aber Dad ließ es nicht zu. Er sagte, Gesang sei nur für sonntags und den ›M-M-Messias‹ zu Weihnachten und kein richtiger Beruf für einen Mann. D-d-dämlicher alter Dummkopf! Hoffentlich ist er tot. Die Ausbildung m-m-meiner Stimme hätte mein Stottern geheilt.«

»Das stimmt«, sagte ich nachdenklich. »Das hätte sie wohl...«

Er spähte wieder zu mir herunter.

»Sie sind ein nettes Mädchen, Martha. Ich wollte, ich hätte Sie früher kennengelernt, anstatt des dummen Weibs aus Italien. Sie sind viel mehr mein Typ. Wenn Sie mir nur die Formel geben würden, könnten Sie mit mir kommen, wenn Sie wollen. Wir würden Spaß haben in Italien«, sagte er schmeichelnd.

Armer Gareth; ich hätte heulen können. Er dauerte mich wirklich von Herzen mit seinem hoffnungslosen kindischen Traum.

»Es tut mir leid, Gareth. Ich *habe* die Formel einfach nicht! Cara muß Sie reingelegt haben. Lassen Sie mich jetzt bitte raus; das Wasser reicht mir bis zum Mund.«

Eine ölige Welle überspülte mich, und ich verwandte meine ganze Energie darauf, zu treten, um den Kopf über Wasser zu halten, so daß ich nur den zweiten Teil dessen, was er sagte, hörte:

»...dann muß ich Sie eben hierlassen.« Es klang bedauernd. »T-t-tut mir leid, Martha. Sie wissen zuviel, das ist es. Über Soldati und alles...« Er erhob sich, um wegzugehen.

»Gareth!«

Doch der Versuch zu schreien war sinnlos; eine neue Welle füllte meinen Mund, und ich ging wieder unter, während ich mich verzweifelt bemühte, mir einige Anweisungen ins Gedächtnis zurückzurufen, die wir als Kinder in einem Sommerlager erhalten hatten: Wie man sich mit einem Mindestmaß an Anstrengung über Wasser halten kann. Laß deinen Kopf nach vorn hängen, bleib in der Schwebe wie ein Seepferdchen. Atme so langsam wie möglich. Auf diese Weise kannst du dich bis zu vier Stunden über Wasser halten, selbst wenn dir die Hände auf dem Rücken gefesselt sind...

Die Bedingungen hier sind ideal, überlegte ich, solange ich nur bei Kräften bleibe und nicht so blöd bin, das Bewußtsein zu verlieren.

Das einzige Problem war, daß es so kalt und dunkel war, und mir war kalt, bitterkalt, und ich war so schrecklich müde.

Ich mußte versuchen, an irgend etwas zu denken, um gegen die Schwäche anzukämpfen. Bom vielleicht. Es ist das lebendige, aktive Sprudeln in Bom, das Sie fit hält. Bom, so leicht verdaulich, voll von Hämoglobin und Mineralsalzen, so nahrhaft, so rein, so gut, daß die Energie aus Bom *direkt* in Ihren Blutkreislauf fließt. Bom ist dazu voll nahrungsfördernder Fermente – also nicht nur selbst leicht verdaulich, sondern es hilft Ihnen auch, die übrige Nahrung zu verdauen!

Oh, da bin ich auf eine Goldader gestoßen, dachte ich. Das muß ich mir merken. Leiden Sie an Verdauungsschwierigkeiten? Ist Ihnen die leichteste Kost zuviel? Warum versuchen Sie es nicht mit einem Aperitif aus dampfend heißem Bom? Es beruhigt, hilft Ihrem Magen. Oder, im Sommer, Bom kalt, als Aspik...

Huh! Der phosphoreszierende Gegenstand hatte sich offensichtlich in Bewegung gesetzt, schien in meine Richtung zu treiben. Er war groß und wälzte sich träge voran. Vielleicht ein untergegangener Balken? Am besten drehte ich ihm den Rücken zu. Indem ich meine Schultern zu Hilfe nahm, brachte ich es fertig, mich umzudrehen. Das Gefühl, das Ding hinter mir zu haben, war nicht angenehm, aber immer noch besser, als es anzuschauen.

Mein Kopf berührte die Decke. Bald würde es kaum noch Luft zum Atmen geben. Wo war die Luke? Ohne es zu merken, hatte ich mich von ihr entfernt; jetzt versuchte ich, wieder auf sie zuzutreiben, mit Hilfe einer Art Flatterbewegung meiner Arme. Dort würde ich wenigstens frische Luft haben. Und wenn Gareth fortgegangen war, bestand vielleicht eine Chance, daß ich mit Schultern und Ellbogen mich irgendwie so hochschieben konnte, daß ich den Kopf frei bekam. Die plötzliche Hoffnung ließ mein Herz klopfen und meinen Atem zu schnell gehen; ich schluckte Wasser und wäre beinah untergegangen.

Aber Gareth wartete schon auf mich. Er kauerte neben der Luke; ich sah, wie sein Kopf sich gegen den Himmel abzeichnete.

»Sind Sie es, Martha?« sagte er im Konversationston. »Ich fürchte, Sie können nicht herauskommen. Wenn Sie es versuchen, bleibt mir nichts anderes übrig, als mit diesem Stein zuzuschlagen.«

Er hatte etwas in der Hand. Er hob es hoch.

Da ertönte plötzlich ein Ruf, und Schritte donnerten über das Deck des Bootes. Gareth wurde zur Seite gestoßen; der Stein flog ihm aus der Hand.

»Martha!« Toms Stimme. »Was zum Teufel machst du da drinnen?«

»O, Tom! Bist du es wirklich?« Und indem ich meinen Gefühlen nur unzulänglich Ausdruck verlieh, fügte ich hinzu: »Ich bin schrecklich froh, daß du gekommen bist.«

Er war nicht allein. Ich hörte noch andere Stimmen. Jemand rief: »Haltet ihn fest!«, und es gab ein Handgemenge, sogar ein Schuß ertönte. Von oben hörte ich ein gewaltiges, stotterndes Dröhnen, das ich irgendwie mit Picknicksuppen in Verbindung brachte. Im Augenblick interessierte es mich nicht besonders.

»Du wirst mich wohl rausziehen müssen«, sagte ich zu Tom. »Meine Hände sind auf dem Rücken gefesselt.«

»Um Himmels willen!« Er kniete nieder, packte mich unter den Armen und hob mich an. Jemand anders – ich sah flüchtig eine dunkelblaue Uniform – half ihm, indem er meine Ellbogen von hinten faßte. Wir stolperten alle in einem lächerlichen Haufen übereinander. Ich fühlte Toms Wange an meiner, stoppelig, und mir fiel ein, daß wir in der vergangenen Nacht von London heruntergefahren waren und er noch gar keine Gelegenheit gehabt hatte, sich zu rasieren.

Unsinnigerweise begann ich zu weinen.

»Tom... Tom! Ich habe furchtbare Angst, daß Caras Leiche unten im Boot treibt!«

10

»Trink noch einen Brandy.« Mimi reichte mir gastfrei die Flasche.

Sie hatten für mich ein zweites Bett in die Abstellkammer gequetscht und mich von allen Seiten mit Wärmflaschen umgeben, so daß ich mir vorkam wie ein mit Kartoffeln garnierter Sonntagsbraten. In kritikloser Dankbarkeit ließ ich mich auf die herrliche harte schmale Matratze fallen. Irgendwo weinte ein Baby.

»Buschbaby?« fragte ich hoffnungsvoll.

»Zäh wie Leder die Kleine. Sie haben sie nur als Vorsichtsmaßnahme hergebracht. Wenn sie erwachsen ist, wird sie vermutlich zu den Ledernacken gehen.«

»Und Lucian?«

»Dem geht es, wie ich höre, erstaunlich gut, wenn man bedenkt, daß ihm ein Pfeil durch den Arm geschossen wurde. Ein anderer von den alten Knaben kam mit deinem

Auto, um ihn abzuholen, nachdem sie ihn in der Unfallstation verbunden hatten. Dr. McGregor sagt, dieses ganze Hokuspokus-Filmgeschäft sei eine merkwürdige Beschäftigung für anständige, ehrrliche Leute; wir hätten sein Krankenhaus mit mehrr lebensgefährlichen Verletzungen gefüllt, als sie normalerweise im ganzen Jahrrr zu sehen bekommen.«

»Still jetzt«, sagte Dr. McGregor und betrat auf sein Stichwort hin prompt das Zimmer. »Bitte etwas weniger Unterhaltung, Mistress Dourakin. Die junge Dame ist völlig erschöpft, und ich will grrad dafür sorrgen, daß sie bis morrgen abend gut schläft. Seien Sie leise...«

Die Nadel, Gott möge sie segnen, näherte sich meinem Arm und erlöste mich durch traumlosen Schlaf von meinem schmerzenden Körper.

Als ich wieder aufwachte, ließen die schräg einfallenden Strahlen der Abendsonne all die Aluminium- und Kupfergeräte in dem kleinen Zimmer aufleuchten; ich hörte das fröhliche Klappern von Teetassen aus der Hauptstation und die Klänge von Schuberts *Militärmarsch* im Unterhaltungsprogramm der BBC. Tum didel tum didel tum tum tum. Was für ein prächtiges Thema für Bom; ich durfte nicht vergessen, es bei Gelegenheit als musikalische Untermalung vorzuschlagen.

Dann konzentrierte ich mich auf meine Umgebung und sah Tom an meinem Bett sitzen. Ich habe noch nie etwas Schöneres gesehen als sein freundliches, gar nicht besonders gutaussehendes Gesicht.

»Was ist mit Gareth passiert?« fragte ich sofort.

»Er ist ins Wasser gesprungen. Ein Polizist sprang hinterher, konnte ihn aber nicht rechtzeitig erwischen. Gareth ist ertrunken. Um seines Vaters willen wirklich die beste Lösung. Und du brauchst nicht als Zeugin auszusagen.«

»Seinem Vater geht es also besser?«

»Man kann es noch nicht sagen.«

»Und Cara?«

»Bis jetzt keine Spur. Sie sind noch immer auf der Suche.«

»Was war denn das im Boot?«

Tom sagte entschuldigend: »Es war ein toter Seehund.«

»Ich muß schon sagen«, erklärte Mimi und schüttelte sich kräftig, »ich gebe nur ungern zu, daß irgendwem ein scheußlicheres Schicksal als mir zustoßen könnte, aber in einem Boot mit einem toten Seehund eingeschlossen zu sein... Brrrr! Ich fühle wirklich mit dir, Martha.«

»Wie bist du auf die Insel gekommen?« fragte ich Tom, indem ich in Gedanken etwas zurückging. »Hat Mrs. Oldcastle dir meine Nachricht überbracht?«

»Hattest du ihr eine Nachricht hinterlassen? Nein, die habe ich nie erhalten – sie hat es in ihrer Sorge um den alten Jungen wohl vergessen. Nachdem der Krankenwagen abgefahren war, bin ich zum Hof gegangen, und Mrs. Tregagle erzählte, du hättest eine Mitteilung erhalten, du möchtest zum Kloster kommen, und seist sofort losgelaufen. Ich bin also hinter dir her und kam gerade da an, als – dein Mann –« Tom zögerte, seltsam unsicher.

»Lucian?«

»Als Lucian hereinkam, klatschnaß und blutend, das Baby im Arm. Dann traf dieser furchterregende bärtige alte Bruder...«

»Bruder Lawrence...«

»...Bruder Lawrence mit ein paar Polizisten in einem Hubschrauber der Küstenwache ein, den er irgendwo aufgetrieben hatte. Und ich bin mit ihnen rübergeflogen.«

»Ich war froh, als du da warst.«

»Ganz schön blöd von dir, allein loszuziehen, oder?« Aber es klang nicht sehr vorwurfsvoll.

»Es war wegen des Babys. Ich wagte es nicht zu warten.«

»Ich weiß.« Er stand auf. »Geht es dir jetzt wieder gut?«

»Wunderbar. Ich möchte aufstehen.« Zum erstenmal fiel mir auf, daß ich einen blauweiß gestreiften Jungenschlafanzug trug. Mimi grinste mich boshaft an.

»Ich glaube nicht, daß du schon aufstehen darfst.«

»Wohin gehst du, Tom?«

»Ich fahre nach London zurück. Irgend jemand muß dem armen George das Händchen halten.«

Doch vorerst hielt er für einen Moment jetzt meine Hand, dann winkte er Mimi zu und war fort.

Es kam mir so vor, als sei es kühler geworden. »Ich wünschte wirklich«, sagte ich, »sie könnten feststellen, was mit Cara passiert ist. Schrecklich, daß man das nicht weiß.«

»Um die Wahrheit zu sagen«, entgegnete Mimi, »ich habe da eine Theorie. Aber warten wir ab.«

Am nächsten Tag durften wir beide aufstehen und wurden entlassen. Ich mußte vor der Polizei aussagen. Anschließend fuhr ich, während Mimi packte und die kleine Laureen scharf im Auge behielt, zum Kloster, um mich zu verabschieden. Buschbaby nahm ich mit; ihre Abenteuer schienen sie auf wunderbare Weise unberührt gelassen zu haben, und sie war so niedlich und fröhlich wie immer. Die ganze Zeit, während ich mit Bruder Stan sprach, hielt er sie auf seinem Knie und betrachtete sie eingehend, als wolle er versuchen, ihren Anblick auswendig zu lernen.

»Oh, was für ein schlimmer, törichter Sünder ich war«, seufzte er. »Sie sehen, wie weit wir vom rechten Weg abkommen können, wenn die eigenen Wünsche nicht in Schach gehalten werden. Armes kleines Buschbaby, wer wird es jetzt nehmen?«

Buschbaby schaute auf zu ihm und lächelte ihr strahlendes, verschwörerisches Lächeln.

»Das ist eigentlich der Grund, warum ich zu Ihnen gekommen bin. Ich dachte, es würde Sie freuen.« Aus irgendeinem Grund mußte ich mich räuspern. »Die Polizei hier hat sich wegen des Todes ihres Vaters mit den italienischen Behörden in Verbindung gesetzt, und es hat sich herausgestellt, daß Soldati Eltern hat, die in Piemont leben. Sie waren entzückt, als sie hörten, sie hätten ein Enkelkind, und möchten es zu sich nehmen.«

Sein Gesicht leuchtete auf.

»Ach, das ist gut, das ist die beste Lösung! Und sie wird ihnen den verlorenen Sohn ersetzen.«

»Ja«, sagte ich betrübt.

Bruder Stan sah mich mit seinen gütigen, gescheiten Augen an und sagte: »Sie haben das ganze Leben noch vor sich, mein Kind. Jetzt gehe ich, um wieder Buße zu tun. Oh, wieviel Buße werde ich tun müssen, bis ich mich von meiner sündigen Habgier freigemacht habe! Hier kommt auch Bruder Lucian, um auf Wiedersehen zu sagen.«

Er warf Buschbaby einen letzten sehnsüchtigen Blick zu und lief hastig aus dem Zimmer, während Lucian eintrat, blaß, den einen Arm in der Schlinge, doch mit klarem Blick und aufrechter, als ich ihn in Erinnerung hatte. Wir schauten einander etwas befangen an. Dann sagte ich:

»Danke, daß du uns gerettet hast, Lucian.«

»Um ein Haar hätte ich es nicht getan.«

»Aber am Ende *hast* du es ja getan!«

»Ja«, sagte er und wirkte noch immer etwas erstaunt. »Es war gar nicht so schlimm, wie ich befürchtet hatte.«

»Die schreckliche Schwimmerei?«

»Nein«, sagte er ernst. »Das meinte ich nicht. Ich meinte die Kinder.«

Während ich noch überlegte, wie ich antworten sollte, sagte er: »Martha?«

»Ja, Lucian?«

»Es tut mir leid – die Art und Weise, wie ich dich verlassen habe.«

»Du konntest nicht anders. Und jetzt spielt es keine Rolle mehr. Was wirst du jetzt tun?«

»Ich werde noch eine Weile hierbleiben«, sagte er langsam. »In einem Jahr oder so bin ich wohl so weit, daß ich von hier fortgehen kann. Dann werde ich vielleicht wieder in einem Verlag arbeiten. Und du?«

»Ach, ich mach weiter in meinem Job.«

»Glaubst du, daß du heiraten wirst?« Er fragte ohne Umschweife und einfach, wie ein Kind.

»Ich ... ich weiß es wirklich nicht ...«

»Den Mann, der geholfen hat, dich zu befreien ...«

»Tom Toole?« Schon wenn ich seinen Namen aussprach, empfand ich ein Gefühl der Wärme.

»Ich hab mich ein wenig mit ihm unterhalten. Er scheint sehr nett zu sein.«

»Ja«, sagte ich. Ich nahm Buschbaby aus der Orangenkiste, in die Bruder Stan sie gelegt hatte, und ging zur Tür.

Lucian sagte: »Sicher ist Bruder Lawrence anderer Meinung, aber ich bin froh, daß du hierhergekommen bist, Martha. Leb wohl, und viel Glück.« Sehr zu meiner Überraschung gab er mir einen schnellen, sanften Kuß und Buschbaby einen komischen, zögernden Stups. Ich erwiderte seinen Kuß voller Zuneigung und lief nach draußen zum Admiral, ohne allzuviel um mich herum wahrzunehmen.

Als ich wieder auf dem Hof ankam, platzte Mimi vor Neuigkeiten.

»Sieh mal, was der Emir mir geschickt hat!« Sie brachte einen großen schwarzen geschliffenen Rubin mit einem roten Herzen zum Vorschein, der Gott weiß was wert sein mußte. »Einfach mit der Post geschickt wie ein Stück Seife.«

»Großer Gott! Es wundert mich, daß du den Mut hattest, das Päckchen zu öffnen.«

»Hatte ich ja nicht. Ich bat Mrs. Tregagle, das zu übernehmen – mit der Zange. Und für dich ist ein dicker Brief da, mit Marken aus Turkinistan. Beeil dich, und mach ihn auf. Ich komme um vor Neugier, was der alte Ibn Abdullah sich da ausgedacht hat.«

Der Brief war mit violetter Tinte geschrieben, durchdringend parfümiert mit Äthylphenylacetat und über und über bedeckt mit königlichen Siegeln und Schnörkeln.

Meine liebe Martha,

Sie werden vielleicht erstaunt sein, von mir zu hören, aber Abdullah sagt, ich muß schreiben und erklären, warum er nicht wollte, daß ich die Formel behalte. Er sagte, es sei nicht recht, und er könne es mir nicht erlauben, wenn ich eine von seinen Frauen werden soll ...

Es verschlug mir die Sprache. Ich drehte den Brief um und las die Unterschrift. Cara.

»Lies doch *weiter*!« rief Mimi.

... wenn ich eine von seinen Frauen werden soll. Als er mich also am Montag abgeholt hat, bestand er darauf, daß ich sie in einen Umschlag stecke und an Sie schicke, zusammen mit dem Brief, den Gareth an Soldati geschrieben hat und in dem er sich mit ihm für die Nacht von Soldatis Tod verabredet hat.

Abdullah sagt, die Formel sollte Dinos Kind gehören. Er sagt, Sie würden sich um alles kümmern, weil Sie aufrecht und ehrlich sind. Er sagt, ich bin nicht aufrecht, aber er liebt mich. Wir wollen Giovanetta nach Turkinistan holen, außer Sie wollen sie adoptieren.

Ich habe Mr. Dunskirk einen Brief dagelassen, in dem ich ihm von Gareths Schlechtigkeit berichtet habe, und einen für Gareth, daß er mich am Flughafen treffen soll, und dort, zusammen mit Abdullah, werde ich ihm sagen, daß ich nichts mehr mit ihm zu tun haben will, weil er unehrlich und nicht einmal erfolgreich ist. Und außerdem habe ich Angst, daß die Polizei sagen wird, ich sei seine Komplizin, was überhaupt nicht wahr ist.

Armer Gareth! dachte ich und erinnerte mich an das trotzige *Ich hab ihr gründlich die Meinung gegeigt.* Wie anders mußte es in Wirklichkeit ausgesehen haben – Caras vernichtende Anklage, vorgebracht in Anwesenheit des Emirs. Und dann hatten Tigger und Mait ihm erklärt, sie würden aussteigen; kein Wunder, daß er außer sich vor Wut zurück nach Cornwall gefahren war, sich Laureen geschnappt und dann versucht hatte, mir die Formel mit Hilfe der Entführung von Buschbaby zu entlocken. Kein Wunder, daß er mir nicht sagen wollte, was aus Cara geworden war. Cara würde auf Rosen gebettet sein bis ans Ende ihrer Tage – solange sie sich anständig benahm. Das reichte wirklich, um einen auf die Palme zu bringen.

Gareth kann sich scheiden lassen, wenn er will, ging der Brief weiter. *Abdullah sagt, ich werde seine Frau Nummer eins sein, oder zumindest Nummer zwei. Das ist besser als fürs Fernsehen zu arbeiten, denn er ist sehr reich. Er läßt Ihnen und Miss Dourakin Grüße ausrichten, und ich schicke dem lieben Tom herzliche Grüße. Ich bin so glücklich. Ihre Freundin Cara.*

»*Freundin*«, sagte Mimi. »Das ist doch das letzte. Ob sie es mit Absicht getan hat oder nicht, sie hat dich jedenfalls fast umgebracht mit ihrem Abschiedsgeschenk. Aber wenn sie die Formel an dich geschickt hat, warum hast du sie nicht erhalten?«

»Mir kommt es so vor, als hätte Mrs. Tregagle uns gesagt, der Briefkasten am Ende des Weges wird aus irgendeinem Grund nicht benutzt. Erinnerst du dich? Wir bitten lieber bei der Post, daß sie ihn für uns öffnen.«

Mrs. Tregagle war entsetzt, als ich ihr davon berichtete.

»Die Schnecken!« rief sie aus, »die kriechen immer rein und fressen Briefe, schrecklich lästig. Wann ist der Brief wohl eingesteckt... Montag? Fünf ganze Tage? O je, o je...«

Ein Postbeamter aus Camelot kam eiligst angefahren und öffnete den Briefkasten für uns. Aber Mrs. Tregagles düstere Prognose war nur zu richtig gewesen. Von dem belastenden Brief und von Dino Soldatis kostbarer Formel war nichts mehr übrig als eine weiche, feuchte, zerfetzte Masse, wie ein Spitzendeckchen, reichlich mit Schleim überzogen und völlig unleserlich.

»Ach, unsre Schnecken hier sind mächtig gierige Fresser«, sagte der Mann von der Post und schüttelte den Kopf.

»Würde es sich vielleicht um was Wichtiges handeln? Vielleicht, daß Sie Schadenersatz verlangen sollten?«

»Ich glaube nicht, daß die Besitzerin sich deswegen viele Gedanken macht«, sagte ich und drehte mich um, um einen Blick auf Buschbaby zu werfen, die auf dem Rücksitz des Admirals lag und bewundernd ihre eigenen rosa Füßchen betrachtete.

Ich brachte die Kinder auf dem schnellsten Weg zu Rosemary. Tom, mit dem ich mich dort traf, berichtete, der alte Dunskirk erhole sich und habe nach Laureen gefragt.

»Damit er sie so falsch wie Gareth erziehen kann, der arme alte Junge. – Weiß er schon alles?«

»Er weiß nur, daß Gareth bei einem Unfall ums Leben gekommen ist. Aber ich nehme an, daß Cara in ihrem Brief ausgepackt hat; das, und der Streit, haben wohl den Schlaganfall ausgelöst. Erinnerst du dich, daß George deine Probe von Produkt x analysieren lassen wollte? Der Chemiker sagte, jemand von Gay Gal habe ihm vor mehreren Monaten genau das gleiche Parfum gebracht, aber es sei ihm nicht gelungen, alle Bestandteile herauszufinden.«

»Vermutlich Gareth, der langsam verzweifelte.« Ich wartete einen Augenblick und fragte dann: »Findest du die Sache mit Cara nicht erstaunlich?«

»Das komischste, was ich seit langem gehört habe«, sagte Tom, den die Angelegenheit zu belustigen schien.

»Und es macht dir nichts aus?« fragte ich vorsichtig.

»Ausmachen? Warum sollte es?«

»In Cornwall warst du doch recht häufig mit ihr zusammen.«

»Mein Gott«, sagte Tom, »irgendwie mußte ich die Zeit doch rumkriegen. Du warst ständig... warst ständig im Kloster, und die arme Cara schien sich ziemlich überflüssig vorzukommen. Ich muß allerdings zugeben, daß ich mir doch leichte Gedanken machte – um die Zeit, als man ihr Baby entführte – sie könnte mich als Nummer Zwei vorgesehen haben. Deshalb war es eine große Erleichterung, als der alte Abdullah auftauchte und sie ihr Interesse ihm zuwandte. Von Anfang an war für jeden sichtbar, wie das laufen würde. Auch die geniale Begabung, die du mir freundlicherweise attestiert hast, konnte gegen zehntausend am Tag und einen Thron nicht ankommen. Ich habe sie einmal beobachtet, wie sie sich mit einer der Avalon-Kronen auf dem Kopf im Spiegel betrachtete; und ich fand damals, sie sah sehr nachdenklich aus. Jetzt, wo sie als Sultanin die große Dame spielen kann, muß sie sich ja nach Herzenslust amüsieren.«

»Und selbstgefällig an uns hier in London in unsererm langweiligen alten Büro zurückdenken.«

»Du kommst zurück? Du hast also nicht die Absicht, es noch einmal mit Lucian zu versuchen?« fragte Tom betont gleichgültig.

»Meine Güte, nein! Du hattest völlig recht, zwischen uns liegen Welten. Aber ich bin froh, daß ich ihn wiedergesehen habe, ich verstehe jetzt alles viel besser.« Ich verließ das gefährliche Terrain und wechselte das Thema: »Es sieht also so aus, als ob das arme kleine Buschbaby sein Erbe nie antreten wird.«

»Mach dir nichts draus, sie hat wenigstens eine Familie. Und das erinnert mich an etwas.« Tom zog ein Bündel Flug-Tickets aus der Tasche. »Ich dachte, du würdest vielleicht gern mit mir nach Italien fliegen und dafür sorgen, daß sie sicher in ihr neues Zuhause kommt. Besser, man erledigt das schnell, meinst du nicht?«

Vier Tage später gingen wir in heißer Sonne einen staubigen Bergpfad hinunter. Ich sah alles noch genau vor mir: das kleine weiße Haus zwischen Zypressen, die beiden vor Freude weinenden alten Menschen – jetzt wußte ich endlich, von wem Buschbaby ihre Augen hatte –, und die Schwestern, Tanten, Vettern und Cousinen, Katzen, Ziegen, Hühner, Rosen, Zitronenbäume und Esel. Eine ... Familie.

Wir gingen ziemlich schnell.

»Wein nicht, Martha«, sagte Tom endlich.

»Ich weine ja gar nicht... nicht richtig. Es ist nur...«, ich hielt inne und suchte nach einem Taschentuch.

»Hier.« Tom drückte mir eins in die Hand. »Das muß ich wohl dauernd bei dir tun.« Seine Stimme klang, als ob er lächelte.

»Danke.« Ich putzte mir die Nase und trocknete meine Augen. Wir gingen weiter.

»Wir können viele haben«, schlug er nach einer Weile vor. »Sechs, wie Rosemary, wie fändest du das?«

»Das wäre hübsch. Dann werde ich allerdings nicht mehr ganz soviel Zeit für Werbetexte haben, oder? Du meine Güte!« rief ich und blieb wie angewurzelt stehen, weil mir ein Gedanke gekommen war.

»Was ist denn jetzt los?«

»Ich habe gerade nachgedacht. Unsere ganze Kampagne, die Werbegeschichte machen sollte, war völlig *umsonst*. Was sollen wir nur tun? George wird verzweifelt sein.«

»Ich mach dir einen Vorschlag«, sagte Tom, hängte sich bei mir ein und legte noch einen Schritt zu. »Warum ändern wir nicht einfach hier und da den Text ein bißchen und benutzen die Filme statt dessen für Bom? Ich glaube nicht, daß die Verbraucher den Unterschied merken.«

Joan Aiken im Diogenes Verlag

Ärger mit Produkt X

Roman. Aus dem Englischen von Karin Polz
detebe 21538

Als Martha Gilroy den Auftrag bekam, eine Werbekampagne für ein aufregendes neues Parfüm zu starten, hatte sie keine Ahnung, worauf sie sich da einließ. Eine Reise nach Cornwall, wo sie einige Werbeaufnahmen machen wollte, geriet zu einem Horrortrip.

»*Ärger mit Produkt X* ist der Titel eines herrlich spannenden Krimis, dessen Autorin einen Hang zur Satire hat. Dies macht die Lektüre so amüsant.«
Martina I. Kischke/Frankfurter Rundschau

Tote reden nicht vom Wetter

Roman. Deutsch von Nikolaus Stingl
detebe 21477

Jane, Graham und die beiden Kinder sind eine ganz normale Familie. Graham ist Architekt, Jane hat ihre Arbeit bei einer Londoner Filmfirma aufgegeben, seit sie in das neue, teure Haus auf dem Land gezogen sind. Geldprobleme zwingen Jane bald dazu, ihren alten Job wieder anzunehmen und dem finsteren Ehepaar McGregor tagsüber Haus und Kinder anzuvertrauen...

»Joan Aiken präsentiert uns rabenschwarze, schaurig-schöne Geschichten.« *Die Welt, Bonn*

Die Kristallkrähe

Roman. Deutsch von
Helmut Degner. detebe 20138

Kleine alltägliche Schrecknisse steigern sich in der *Kristallkrähe* über große Verwirrungen zu einem finsteren Ende. Da ist die junge Schriftstellerin, die mit ihrer entsetzlich eifersüchtigen Freundin zusammenlebt, die Ärztin und ihr Bruder, dem sie eine tödliche Krankheit bescheinigt, dazu kommen diverse Schizophrene und Depressive und – ein entwichener Leopard.

»Als ihr Krimi *Die Kristallkrähe* erschien, verglichen die Kritiker sie mit Patricia Highsmith, Celia Fremlin und Margaret Millar. Wenn eine Bezeichnung auf sie paßt, dann wäre das: Storyteller, Geschichtenerzählerin.« *Titel, München*

Der eingerahmte Sonnenuntergang

Roman. Deutsch von Karin Polz
detebe 21473

Lucy reist nach England, um herauszufinden, was mit ihrer alten Tante Fennel und deren Freundin geschehen ist. Die beiden alten Damen lebten im High Beck Cottage am Rand des Hochmoors von Yorkshire. Nun scheinen sie verschwunden zu sein. Was wie ein ganz normaler Verwandtenbesuch beginnt, entwickelt sich rasch zu einem gefährlichen Abenteurer für Lucy...

»Das Beiwort ›unterhaltsam‹ ist für den Psycho-Thriller *Der eingerahmte Sonnenuntergang* von Joan Aiken schlichte Tiefstapelei. Die Lektüre dieses Buches ist ein hochgradiges Vergnügen.«
Martina I. Kischke/Frankfurter Rundschau

Haß beginnt daheim

Roman. Deutsch von Nikolaus Stingl
detebe 21686

Nach einem Nervenzusammenbruch ist Caroline zur Erholung bei ihrer Familie: der Mutter Lad, Trevis, der älteren Schwester Hilda und einer alten Tante. Doch statt zu genesen, wird sie immer verwirrter...

»Das Quartett der vier bösen Damen – Patricia Highsmith, Margaret Millar, Ruth Rendell [d.i. Barbara

Vine] und Joan Aiken – ist auf dem Gebiet des Psycho-Krimis nicht zu schlagen. Die Damen verbreiten jenen sanften Schrecken, dem Thriller-Fans nicht widerstehen können.«
Martina I. Kischke/Frankfurter Rundschau

Der letzte Satz

Roman. Deutsch von Edith Walter
detebe 21743

Willkommen in Helikon, dem eleganten Insel-Sanatorium, das seine Gäste vor allen Bedrohungen schützen kann. Außer vor sich selber...

»Dieses Buch ist eine Wonne!« *The Times, London*

Das Mädchen aus Paris

Roman. Deutsch von
Nikolaus Stingl. detebe 21322

Wohin sie geht, zieht Ellen Paget Liebhaber an: den ambivalenten Professor Bosschère in Brüssel, den unberechenbar-eigenwilligen Comte de la Ferté in Paris, ihren Stiefbruder Bénédict. Ihre gebieterische Patin, Lady Morningquest, bereitet einer zarten Romanze ein rasches Ende und schickt Ellen nach Paris...

»Wieder einer der bestrickenden, aufregenden Romane, die Joan Aiken seit zwanzig Jahren zu einem Publikumsliebling machen.«
Publishers Weekly, New York

Du bist Ich

Die Geschichte einer Täuschung
Deutsch von Renate Orth-Guttmann
Leinen

Man schreibt das Jahr 1815. In einem feinen Mädchenpensionat in England stellen Alvey Clement und Louisa Winship fest, daß ein einzigartiges Band sie eint. Zwar stammen sie aus sehr unterschiedlichen

Gesellschaftsschichten und sind vom Temperament her ganz verschieden, aber vom Aussehen her *sind sie sich völlig gleich*. Dieser überraschende Zufall paßt der verwöhnten Louisa sehr gut ins Konzept.

»Wie Patricia Highsmith versteht es Joan Aiken, eine Geschichte langsam anlaufen zu lassen und sie mit unerbittlicher Hand zum dramatischen Knoten und dessen Auflösung zu führen.« *Die Presse, Wien*

Für Kinder:

Das letzte Stück vom Regenbogen

Deutsch von Matthias Müller. Mit zahlreichen Illustrationen von Margaret Walty
Ein Diogenes Kinderbuch

Joan Aiken entführt uns mit ihren Geschichten in fremde Länder, wo jeden Tag phantastische Dinge passieren, und sie zeigt uns ganz alltägliche Plätze, wo das Zauberhafte nur um so außergewöhnlicher erscheint.

»Ihre besondere Begabung liegt in einem gewissen Schwung beim Geschichtenerfinden, der den Leser in einen anhaltenden Zustand von Glück versetzt.«
Times Literary Supplement

Margaret Millar

Gesetze sind wie Spinnennetze

Roman. Aus dem Amerikanischen von Jobst-Christian Rojahn
Leinen

»Ein Krimi ist immer so gut wie seine Überraschung am Ende. So lautet die klassische Faustregel. Nur ist sie schon lange überholt. Der moderne Kriminalroman richtet sein Augenmerk meist stärker auf die psychologische Durchleuchtung seiner Figuren oder auf eine Enthüllung des Verbrechens als Spiegel unserer gesellschaftlichen Realität.
Die Kriminalromane der Amerikanerin Margaret Millar können freilich alle diese Qualitäten für sich in Anspruch nehmen. In ihrem neuen Roman *Gesetze sind wie Spinnennetze* ist dies nicht anders. Ein Mordfall wird vor Gericht verhandelt. Es gibt Indizien, aber kaum ein Motiv, und die Ungewißheit des Urteils hält den Leser ebenso in Spannung wie die offene Frage, ob es denn überhaupt zu einer Lösung des Falles kommt. Der Fall selbst dient der routinierten Autorin dabei als eine Gelegenheit, die verborgenen Interessen der darin verwickelten Personen aufzudecken und die unterschwelligen Beziehungen zwischen ihnen zu verdeutlichen.« *Frankfurter Allgemeine Zeitung*

»Sie gehört seit langem zu jenen Autorinnen des Diogenes Verlags, nach deren Büchern man blind greifen kann. Sie sind immer handwerklich perfekt und stammen aus dem angelsächsischen Raum, wo man für derlei Themen offen Interesse zeigt in der Überzeugung, spannend unterhalten, also nicht enttäuscht zu werden.« *Die Presse, Wien*

Anne Fine
Killjoy
Roman

Mit einer Ohrfeige beginnt die grausame Geschichte einer Obsession. Ian Laidlaw ist ein ausgeglichener Mann, ruhig, kultiviert, tüchtig. Er ist Vorsteher der Fakultät für Politikwissenschaft an einer schottischen Universität. Seine regelmäßigen, ereignislosen Tage nehmen ihren ausgewogenen Lauf – bis die Studentin Alicia ihm eines Nachmittags ins Gesicht lacht und seine geordnete Welt zum Einstürzen bringt.
Laidlaw verfällt ihr mit besitzergreifender Leidenschaft, und die beiden beginnen ein gefährliches und schließlich zerstörerisches Spiel. Alicias Vergehen ist die Skrupellosigkeit der Jugend, und Laidlaws Strafe zeigt die unheilbare Zerrüttung seiner Welt.
Mit ihrem ersten Roman *Killjoy* schuf Anne Fine ein unvergeßliches Porträt eines Lebens der heillosen Verletzungen. Ein aufschreckendes, nachdenklich stimmendes und, im wahrsten Sinne des Wortes, fesselndes Buch.

»Eine schmerzhaft fesselnde Version von ›La Belle et la Bête‹.« *The New Yorker*

»Der Erstling dieser jungen schottischen Autorin ist verheerend eindringlich, ungewöhnlich klug – grauenhaft gut.« *Publishers Weekly*